COLLECTION FOLIO

Aristophane

Théâtre complet

TOME I

LES ACHARNIENS,
LES CAVALIERS, LES NUÉES
LES GUÊPES, LA PAIX

*Texte traduit,
présenté et annoté
par Victor-Henry* **Debidour**

Gallimard

« *On sait que les comédies sont faites pour être jouées, et je ne conseille de lire celles-ci qu'à ceux qui ont des yeux pour découvrir dans la lecture tout le jeu du théâtre.* »

MOLIÈRE : Avis au lecteur
en *tête de* L'Amour médecin.

PRÉFACE

« *C'est un monstrueux assemblage d'une morale fine et ingénieuse et d'une sale corruption : où il est mauvais, il passe bien loin au-delà du pire, c'est le charme de la canaille ; où il est bon, il va jusqu'à l'exquis et à l'excellent, il peut être le mets des plus délicats.* »

... *De qui croyez-vous que parle La Bruyère ? de Rabelais, bien sûr. Mais ce pourrait être d'Aristophane. Voilà tout de suite, semble-t-il, de quoi nous aguicher. En fait, nous ne savons guère de lui — un peu, là encore, comme pour Rabelais — que ce qu'il est possible de tirer de son œuvre pour éclairer sa personne. Né à Athènes, il y a environ vingt-quatre siècles, il débuta fort jeune au théâtre, en 427 avant Jésus-Christ, et fit représenter une quarantaine de comédies. Comme on ne trouve plus trace de lui après 387, on suppose qu'il dut mourir entre 385 et 375. Sa carrière fut brillante, mais non sans déceptions. Si* Les Acharniens, Les Cavaliers, Les Guêpes, Les Grenouilles, *et, en 387, une dernière comédie de son cru, aujourd'hui perdue, obtinrent le premier prix,* La Paix *et* Les Oiseaux *ne furent classés qu'au second rang, et* Les Nuées *au troisième. Nous n'avons conservé que onze comédies dont les huit premières —* Acharniens, Cavaliers, Nuées, Guêpes, Paix, Oiseaux, Lysistrata, Thesmophories *— se groupent entre 426 et 411 ;* Les Grenouilles *sont de 405 et les deux dernières,* Assemblée des femmes *et* Plutus, *assez nettement postérieures (392-388). Interrogeons-les.*

Mais d'abord, que sont-elles ? Qu'est-ce que la comédie athénienne au temps où Aristophane aborde ce genre ? Son origine est à la fois religieuse et populaire : elle dérive de fêtes rituelles assez désordonnées, avec processions, danses et bamboches, apparentées à ce que sont aujourd'hui un « corso » carnavalesque ou un « monôme » d'étudiants : mascarades bruyantes, invectives sans vergogne, refrains truculents mettaient en joie la foule au passage du cômos (χῶμος), *cortège et cohue en l'honneur des joies patronnées par Dionysos.*

Puis la comédie prend forme. Au lieu de déferler à travers villages et faubourgs, le cortège se fixe sur une esplanade pour s'y livrer à des ébats plus réglés ; l'improvisation disparaît ; les fonctions se différencient entre un meneur de jeu et un chœur conduit par son propre meneur de chant et de danse, le coryphée. Mais il n'y a encore ni acteurs ni intrigue au sens moderne de ces mots.

Il vaut pourtant la peine de s'arrêter un instant sur cet état embryonnaire de la représentation comique, car il éclaire bien des aspects importants de ce qui suivra. Le lien avec le culte de Dionysos subsistera, et c'est toujours à l'occasion des fêtes de ce dieu que seront jouées les comédies ; ces réjouissances étaient surtout rurales, destinées à des paysans et vignerons et animées par eux : et ce n'est pas par hasard que — en dehors même du fait que ses idées et ses goûts l'y portaient — Aristophane chantera avec tant de verve et d'amour la vie campagnarde. Du point de vue technique, les divers « moments » qui s'étaient cristallisés à partir de la confuse fête initiale subsisteront, bien reconnaissables, enchâssés dans la comédie postérieure : d'abord l'Entrée du chœur (πάροδος) tumultueuse et fanfaronnante ; puis le « Combat de gueule », affrontement burlesque — lui-même divisé en plusieurs temps qui laisseront des marques très précises dans le mouvement dramatique et la versification — entre le chef de chœur et le récitant ; l'Intermède ou Parabase (παράβασις) où l'on s'adresse directement au public, et qui restera chez Aristophane comme un morceau bizarre qui tient à la fois de la parade foraine, de l'admonestation très grave, du monologue bouffon et du brocard satirique ; enfin la Sortie (ἔξοδος), farandole aussi endiablée que l'entrée.

Dans ces conditions, ce n'est pas du tout à notre expérience moderne du théâtre écrit et dit qu'il faut nous référer pour comprendre Aristophane, mais plutôt à la Commedia dell'arte, aux clowneries individuelles et collectives dont Molière savait bien le prix lorsqu'il montait la turquerie du Bourgeois gentilhomme ou la cérémonie du Malade imaginaire, aux « fatras » et soties de notre Moyen Age, aux Propos des bien yvres ; c'est *aux bonimenteurs, charlatans, chansonniers et compères de revue.*

La comédie athénienne, sous l'influence de celle de Sicile, en viendra à poser et à dénouer une situation, à exposer une thèse ; elle gardera pourtant un caractère indiscipliné, décousu, voire absurde. Elle ne sera pas calculée pour les doctes et les délicats, mais d'abord pour conquérir tout de go l'adhésion, à la fois massive et superficielle, d'un vaste public qu'elle prend tel qu'il est, dans ses goûts, ses manies, ses habitudes et ses préjugés, alors même qu'il s'agit de le rabrouer : si nul poète n'est plus décidément antidémagogue qu'Aristophane, c'est sur un ton et grâce à des procédés essentiellement populaires, et même vulgaires, qu'il lance ses idées. Et l'on sent bien que, pour lui plus encore que pour Molière, les textes que nous lisons ne sont qu'une sorte de résidu fossile de ce qu'étaient ses farces lorsqu'elles vivaient vraiment : pendant les deux heures de temps où, aux Lénéennes ou aux Dionysies, elles faisaient jubiler, en pleine guerre — et quelle guerre ! — les citoyens d'Athènes.

Cependant, vers le milieu du Ve siècle, la comédie a acquis quelque dignité : l'élément proprement dramatique s'est affirmé. Un Prologue (πρόλογος) dialogué précède l'entrée du chœur pour exposer la donnée et en amorcer le développement. Un lien organique s'établit entre le rôle imparti au chœur et le déroulement de l'action : dans les œuvres de la jeune maturité d'Aristophane l'équilibre entre ces deux éléments est admirable. Tout en restant hautement fantaisiste, le choix des personnages que le chœur est censé incarner est étroitement solidaire de l'économie et des intentions de toute la pièce : Oiseaux pour la cité céleste qui se fonde loin des folies d'ici-bas ; Grenouilles auprès des marais infernaux d'où Dionysos va essayer de ramener un poète tragique ; Citoyennes pour épauler les desseins de leur meneuse Lysistrata, et Vieillards frustrés et libidineux pour s'en indigner ; Nuées pour symboliser les billevesées que Socrate vend à ses disciples ; jeunes Aspirants de cavalerie pour faire honte au peuple de la veulerie qu'il montre devant la racaille politicienne ; Braves Gens de toute l'Hellade, et particulièrement du terroir attique, pour travailler de bon cœur à la cessation des hostilités.

Il ne faut pas croire qu'Aristophane faisait jouer ses pièces dans un théâtre « antique » comme ceux qui sont parvenus *jusqu'à nous, grandioses hémicycles avec gradins de pierre et aménagements monumentaux « en dur » pour la scène, les dégagements, le mur du fond. Un tel théâtre n'a existé à Athènes qu'un demi-siècle après la mort de notre poète. Le cadre était plus modeste. Représentons-nous des gradins en bois, appuyés sur la pente naturelle du rocher de l'Acropole, et dominant un espace libre à peu près circulaire, l' « orchestre » (ὀρχήστρα) où évoluait le chœur, c'est-à-dire, pour la comédie, une troupe de vingt-quatre chanteurs-danseurs. Quant aux acteurs, qui d'ailleurs dansent et chantent aussi à l'occasion, on peut tenir pour certain qu'au temps d'Aristophane ils ne jouaient pas sur un plateau très surélevé comme ce sera le cas plus tard. Le texte même des pièces, avec les jeux de scène qu'il implique, exigeait une étroite liaison entre le chœur et les acteurs, qui étaient donc presque de plain-pied avec l'orchestre. Et la « scène » (σκηνή) n'est pas une estrade sous leurs pieds, mais un bâti de bois placé derrière eux, qui sert de vestiaire et dont la face antérieure forme le décor.*

Celui-ci n'a nul souci de créer l'illusion du « vrai ». La mise en scène avait recours aux machines, dont le caractère rudimentaire ne nuit pas, bien au contraire, à l'effet recherché. Lorsque, dans Les Nuées, le « pensoir » de Socrate avec ses bizarres accessoires se révélait au public par la manœuvre d'un plateau monté sur roulettes, et que le philosophe se livrait à ses méditations éthérées accroupi entre ciel et terre dans un panier suspendu au bras d'une grue ; lorsque, dans La Paix, Laven- dange voltigeait ainsi, à cheval sur son bousier, la grossièreté même des moyens techniques était d'une portée comique irrésis- tible.

Et Aristophane ne manque jamais une occasion d'accuser ce caractère, de rappeler que l'on est au théâtre : les personnages interpellent le public, et Dionysos, dans Les Grenouilles, court se réfugier, terrorisé par les monstres infernaux, aux pieds de son grand prêtre qui est au premier rang des spectateurs, présidant à la « liturgie » comique qui ridiculise le dieu même en l'honneur de qui on la célèbre.

Quant aux accoutrements, ils sont, eux aussi, résolument conventionnels et bouffons. Les acteurs sont des caricatures animées : le masque — héritage direct de la mascarade primitive

— *leur donne une trogne hilare, ricanante ou hideuse ; des rembourrages gonflent des croupions, tétons grotesques ou bedons, et parfois un gourdin jusqu'alors dissimulé dans quelque pli, se dresse au bon endroit pour illustrer explicitement une obscène boutade. Les choreutes, à l'avenant : dans* Les Guêpes, *ils ont un dard au derrière ; dans* Les Oiseaux, *ils devaient s'orner de plumets et de plumeaux ; dans* Les Nuées, *s'emmitoufler de voiles vaporeux. Pour l'entrée des* Cavaliers, *on peut supposer la moitié des choreutes à califourchon sur l'échine de leurs camarades affublés d'une tête de cheval en carton. Sans doute le poète et le chorège (qui assumait le montage de la farce) tenaient-ils secrets leurs préparatifs : dans ces conditions, la seule irruption du chœur, dans ses déguisements et dans son mouvement — caracolant pour* Les Cavaliers, *chaloupé pour* Les Nuées, *tourbillonnant pour* Les Guêpes —, *devait être un moment comique aussi surprenant que réussi.*

Les combinaisons métriques, qui suivent et guident à la fois les fluctuations du mouvement dramatique, sont très variées et répondaient à des dictions elles-mêmes différenciées : la déclamation, tout en restant simplement parlée sans accompagnement musical, était déjà accentuée et « chantante » ; d'autres moments appelaient des inflexions nettement plus rythmées et modulées, soutenues par la musique ; enfin des couplets étaient chantés soit par les acteurs, soit surtout par le chœur : strophe, chantée par la moitié du chœur, et antistrophe, par laquelle l'autre moitié lui donnait un répons rigoureusement symétrique. Musique fort simple, sans polyphonie ni acrobaties.

Le public était ample, depuis le petit peuple jusqu'aux membres du Conseil des Cinq-Cents, aux magistrats, aux citoyens honorés, pour services rendus à l'État, d'une place de premier rang (προεδρία). Les étrangers étaient admis. Le spectacle était payant, mais le droit d'entrée de deux oboles était couvert pour les pauvres par une allocation prélevée sur un fonds spécialement prévu pour cette dépense.

Tels sont les traits principaux des représentations qu'animait le génie d'Aristophane. Elles étaient solennelles, commençant par un sacrifice à Dionysos et s'achevant par la distribution des couronnes qui donnait lieu à la consécration d'ex-voto par les vainqueurs. Mais elles étaient « bon enfant », aussi bien du côté de l'orchestre, où l'on conduit la pièce avec une verve endiablée, que sur les gradins où l'on grignote des olives en bombardant de noyaux les voisins : on s'interpelle, on trépigne, on braille, on s'engueule, on jubile — le tout cordialement, sous l'œil des valets de police qui, à coups de bâton, rétabliront l'ordre si l'on « exagère de trop », comme on dit dans notre Midi.

Mais s'il était nécessaire de présenter ainsi le comique d'Aristophane, parce que tel était réellement son climat, il mérite aussi d'être savouré et même médité à tête reposée pour les idées dont il est nourri et pour la poésie dont il rayonne.

Gardons-nous de voir en Aristophane un « intellectuel », un « penseur » qui s'assiérait à sa table de travail en se disant : « Comment vais-je faire pour répandre les convictions dont je suis pénétré ? » C'est d'abord un comique, qui, en observant ses concitoyens qu'il coudoie dans les rues, se demande : « Comment vais-je les faire rire ? » Tous les moyens sont bons, nous venons de le voir — et pourtant Aristophane ne se déchaîne pas au hasard. Dire aux gens leurs quatre vérités, c'est encore être au service de la vérité contre le mensonge et l'erreur.

Certes il y avait pour les auteurs comiques, comme pour nos chansonniers et revuistes, un fonds commun et coutumier de thèmes où chacun puisait.

Mais on peut faire confiance à Aristophane lorsqu'il affirme énergiquement qu'il n'est pas un poète « comme les autres ». Il se veut, et se sait, plus grand qu'eux par la dignité de son art, par la hauteur de sa pensée, par son courage ; il est doublement bienfaiteur de la cité : non content de donner du bon temps aux Athéniens, il leur montre les voies par où il ne tiendrait qu'à eux de restaurer des temps meilleurs, puisqu'ils ont trouvé en lui un tel guide pour « conjurer les malheurs du pays et pour le nettoyer » (Guêpes, v. 1043).

Et d'abord, il est l'homme de la paix, tout au long de cette guerre du Péloponnèse qui a opposé Athènes et Sparte pendant près de trente ans et dont les conséquences furent désastreuses, irrémédiables pour toute la Grèce. La paix, il la regrette, et il la souhaite avec toute la vigoureuse sincérité du bon vivant qui aime, pour les autres comme pour lui, les joies matérielles, que l'on dit basses, et qu'il voit drues, saines, et même saintes ; mais aussi avec la générosité d'un cœur qui a su s'élever à une vue très haute de la communauté hellénique, dont la solidarité des paysans ou des femmes, par-delà les frontières, est le symbole.

En politique comme en toutes choses, le caricaturiste qu'est Aristophane grossit le trait : gardons-nous de caricaturer à notre tour sa pensée. Sans doute, en pleine guerre contre Sparte, dont le régime est aristocratique et autoritaire, il semble tendre la main à l'adversaire en bafouant les chefs que la démocratie athénienne a désignés pour mener énergiquement la lutte. Faut-il pourtant voir en lui un défaitiste, un traître vendu à l'ennemi et à la « clique » des oligarques ? L'impérialisme oppressif est-il tout du côté de Sparte ? ou du côté de ce Cléon qui proclamait sans détour : « Nous ne sommes pas libres de poser des bornes à notre volonté de commander » ? Le mot *nous* est cité par Thucydide, qui ne l'aimait pas non plus, et dont le témoignage et le jugement si pondérés corroborent en somme d'assez près les positions d'Aristophane.

Le patriotisme et le civisme de celui-ci ne sont pas niables : il souhaite la paix, mais c'est pour l'amour de sa patrie qu'il la veut ; il déteste la démagogie, mais c'est pour l'amour de son peuple qu'il se bat contre les meneurs que ce peuple s'est donnés.

S'il châtie bien, c'est qu'il aime bien. Il aime son Athènes, il a chanté en son honneur les cantiques les plus fiers et les couplets les plus charmants ; encore faut-il qu'elle soit elle-même : sereine, généreuse, libérale — et heureuse, comme elle l'était un demi-siècle auparavant : « Quelle bénédiction de revenir à l'ancien temps ! » (Cavaliers, v. 1387). Y croyait-il vraiment, lui si peu dupe des illusions flatteuses, à cet âge d'or d'hier ? C'est possible : quel est le fils bien né qui n'est pas persuadé que sa mère, aujourd'hui ridée et misérable, a été une resplendissante jeune fille ?

Les idées d'Aristophane ? Rien de plus simple. C'est la dénonciation de tout ce qui, la mise au pilori de tous ceux qui empêchent Athènes d'être restée ou de redevenir cette Athènes-là, « avec son diadème de violettes, celle que tant d'hymnes ont chantée, où demeure le Peuple environné de gloire » . Ce n'est rien de plus que cette croisade, nourrie de bel amour et de bonne haine, et n'allons pas chercher en lui un idéologue. Ce n'est aussi rien de moins — et ce n'est pas peu : il y en a tant, à ses yeux, de ces malfaisances et de ces malfaiteurs !

Il y a la guerre et tous ses suppôts : les militaires ambitieux, les fournisseurs de l'armée, les profiteurs de la pénurie, et jusqu'aux prêtres et aux devins qui exploitent la crédule angoisse populaire. Il y a la politiciennerie de tout rang, depuis les sycophantes et les orateurs — tantôt alarmistes ou tantôt endormeurs — jusqu'aux grands chefs qui captent les suffrages, sabotent les négociations, pressurent et terrorisent les cités alliées, c'est-à-dire vassales, et confisquent les biens des honnêtes gens pour leur profit personnel et pour les allocations qui leur assurent leur clientèle. Il y a la paralysie agitante qui déshonore le pouvoir judiciaire dans une cité où tous les citoyens, au lieu de s'occuper de leurs affaires, veulent faire métier de juge au tribunal des Héliastes, dans un pullulement de procès, de chicanes et de calomnies. Il y a la corruption des mœurs, l'arrogance des manières, le dérèglement du goût et du bon sens, chez ceux qui devraient être l'honneur de la cité, notamment chez les intellectuels, sophistes, esthètes, gens de théâtre, tous maîtres qui empoisonnent de leurs leçons une jeunesse écervelée et décervelée. Tous, et au premier rang les trois plus voyants, Cléon, Euripide et Socrate : tous ces gens qui sèment le scepticisme, le fatalisme et le fanatisme, la frivolité et l'abrutissement, le cynisme et l'hypocrisie, la panique et l'indifférentisme, le snobisme, la pourriture et l'aveuglement. Eux, et aussi la masse de tous ceux qui, victimes de ces méchants guides et de ces mauvais exemples, sont coupables de les accepter, de les suivre, de s'en laisser imposer par eux au lieu de les balayer.

Sainte croisade, avec la conviction du prédicateur qui appelle un peuple à se régénérer — certes Aristophane a bien cet accent-là à certains moments. Et pourtant ce grand redresseur n'est pas sans se contredire, ce grand justicier ne brille pas par l'équité et la bonne foi : il reproche à Cléon d'être un gros possédant, et à Euripide d'être le fils d'une marchande des quatre-saisons ; il ridiculise la poésie de guerre, et célèbre la belliqueuse splendeur de l'Iliade et des Sept contre Thèbes ; il accuse Euripide de pornographie, ce qui de sa part marque un bel aplomb ; il fustige les lâches, mais il confond délibérément les braves avec les bravaches. Combien d'autres traits de ce genre pourrait-on citer au passif de ce polémiste qui a ignominieusement calomnié deux au moins de ses grands ennemis, Socrate et Euripide.

Et pourtant nous sentons bien qu'Aristophane est un cœur

droit et généreux. La clé de cette difficulté, la voici : c'est que, s'il a un regard pour observer, un cerveau pour juger, une conscience — mais oui ! — pour l'éclairer, il a aussi et d'abord une loi intime qui est le secret de son génie, et qui gouverne son regard, son cerveau, sa conscience : la loi du comique. Et l'essence du rire, quoi qu'on en ait pu dire, ne relève ni de la pure clairvoyance intellectuelle, ni des préceptes de la pure moralité. C'est pourquoi devant un Aristophane ou un Rabelais, on peut débattre sans fin de la solidité ou de l'inconsistance de leurs idées, de leur férocité ou de leur bonté, de leur rôle de démolisseurs ou de restaurateurs de la vérité. Eux qui ont tant jugé (et si peu ! car le rire tranche sans juger ou juge sans trancher), comment les juger ? Ils nous échappent, en nous laissant, chacun pour notre compte, devant un amer et salubre devoir : celui de discerner dans quelle mesure le monde où nous vivons offrirait encore à leur verve les mêmes occasions de se déchaîner (et la réponse n'est pas douteuse), et d'en tirer, nous, les leçons qui s'imposent, si pénibles soient-elles à notre confort intellectuel et moral.

Mais il est un aspect d'Aristophane qui couronne tout : il est poète, par toutes les fibres de son talent. Il n'oublie jamais que ce n'est pas « avec des idées » qu'on est poète, mais « avec des mots ». Il aime les mots : il en est fou, il en est ivre — d'une sage ivresse parfaitement maîtresse de ses joies. Cet homme qui est un si grand vivant, je veux dire doué d'une inépuisable capacité de faire vivre, il commence par faire vivre pour eux-mêmes les mots qu'il charge d'animer ses intentions ; ils sont vivants, avec leur tumulte, leur épaisseur, leur saveur, leur fumet, leurs couleurs ; il rend leurs arêtes vives à des locutions usées, il fait éclater les vocables et les noms propres érodés par l'usage. Il invente des mots, fabricateur génial ; il en procrée, père d'une rocambolesque progéniture — monstres joyeux qui ne seront jamais viables que chez lui. Ce qu'il obtient par là, c'est un effet de vertige, qui nous prend à la fois à l'estomac et à l'oreille et nous monte au cerveau. Et n'est-ce pas là l'incantation poétique, avec le dynamisme du mot, du charroi des mots et de la gambade des mots, dansant « entre le son et le sens » ? Dynamisme étonnamment contagieux, qui emporte Aristophane tout le premier, et ses personnages qui se prennent dans l'engrenage de la diction héroïque ou fantaisiste, et jusqu'au traducteur qui en vient, lorsqu'il baigne vraiment dans son travail, à voir les calembours français jaillir devant ses pas même quand il n'en a pas besoin — comme sauterelles dans les herbes sèches.

L'aspect proprement musical de la poésie d'Aristophane nous échappe largement, hélas. Mais la musique interne de son langage est sensible à qui même ignore le grec : onomatopées, harmonie imitative, mots hérissés ou obèses, fracassants ou voltigeants, mitraille des injures, coassement des grenouilles, roulades des oiseaux.

La langue populaire, où que ce soit, a d'infinies ressources de création verbale ; mais ce qui est le privilège des Grecs, c'est que leur haute poésie, de son côté, n'en a pas moins : et Aristophane tient les deux bouts de la chaîne. Il cumule, amalgame et télescope de diverses manières ces trésors si différents, et l'un des points de croisement principaux, c'est la parodie, où il est maître. Mais il sait aussi orchestrer à part, avec une grande sûreté de touche sur cet immense clavier, le style de la grande envolée et celui de la priapée. Il s'évade, avec une déconcertante facilité, de l'éloquence vers la bouffonnerie, du pathétique vers le narquois et réciproquement. Le Ronsard des Discours des misères de ce temps *et de la* Remontrance au peuple de France, *le* Malherbe des grandes odes nationales, peut-être même le Corneille des nobles causes servies par de nobles champions, eussent pu trouver dans Aristophane des départs de strophes, ou de tirades dignes d'eux. Mais ces virtualités héroïques et épiques rencontrent chez lui un double obstacle : celui de sa vocation comique et celui de ses penchants terre à terre. Aussi les thèmes bénis de son lyrisme sont-ils ceux des bonheurs qui sont de tous les jours, ou qui devraient l'être : c'est, dans La Paix, *la gentille et frugale bamboche des vignerons pendant les pluies d'hiver (un* Le Nain...*) ; ce sont les échappées de poésie pastorale, bocagère ou même potagère qui se glissent un peu partout ; c'est le mariage de la fraîcheur éblouie et de la grosse blague, lorsque les* Grenouilles *s'égosillent si joyeusement tandis que Dionysos, dans la barque à Charon, se pèle le derrière à tirer sur l'aviron.*

Telle est la poésie d'Aristophane. Évidemment, pour ceux qui posent comme incompatibles vision comique et vision poétique, grand comique et grande poésie — tout au plus concéderaient-ils *du bout des lèvres un accord possible entre le sourire de bonne compagnie et la poésie mineure — pour ceux-là Aristophane n'est qu'un grossier baladin. Le type de ces hommes serait Lamartine : il n'y a pas de grenouilles au bord du Lac, et l'on sait comment Lamartine fera mourir Socrate :*

> Comme un lis sur les eaux et que la rame incline,
> Sa tête mollement penchait sur sa poitrine, *etc.*

Aristophane, de l'autre côté du Styx, s'il entend ces vers, s'esclaffe en pensant que pour sa prochaine comédie sur les « rêveurs à nacelles » Lamartine le fournit de lui-même en parodies... Aristophane a tort et il a raison. En tout cas, dans la même génération romantique, un autre poète, celui du Satyre, des Châtiments *et des* Chansons des rues et des bois, *sentait et aimait la poésie d'Aristophane. Nous aussi, je pense. Et il y comptait bien, lui qui, dans* Les Nuées, *disait à son public : « Celui qui rit aux pièces des autres, tant pis pour lui ! Qu'il fasse grise mine aux miennes ! Mais si je vous charme, moi, avec mes trouvailles, alors dans les âges futurs on dira de vous : ils voyaient clair ! »*

Cette adhésion de la postérité, dont il se proclame si assuré, pour des farces qui s'appuyaient sur une actualité très passagère, c'est la plus belle récompense d'Aristophane. Mais pour nous aussi elle est un honneur, un profit, une joie : à applaudir Aristophane, il ne faut pas croire qu'on s'abaisse : on s'épanouit, toujours, et, parfois, on se grandit. Et cela aussi, il le savait bien.

Victor-Henry Debidour

NOTE SUR LA TRADUCTION

Il est possible d'*interpréter* Aristophane à grand renfort de notes explicatives — « jeu de mots intraduisible en français » — et de discussions serrées sur la teneur du texte grec et les hypothèses critiques qu'il suggère. Il est possible d'en gazer la crudité à l'aide de périphrases édulcorantes ou de points de suspension. Mais dans les deux cas c'est accepter d'en tuer toute la puissance comique directe. N'oublions pas que ces crudités étaient faites pour se dérouler tambour battant devant un vaste public qui n'était ni pointilleux ni bégueule.

Il est possible en revanche, et justement pour sauvegarder toute l'allégresse mordante de ces farces, de les *adapter* en transposant résolument les données, les procédés, les allusions, en coupant ici, en ajoutant là : tentation séduisante, mais dangereuse pour bien des raisons...

Mais il est une gageure que nul ne saurait se flatter de tenir victorieusement : celle de *traduire* le texte à la fois dans son mouvement et son exactitude : c'est pourtant ce que l'on a tenté ici : être *littéralement* fidèle à *l'esprit* d'Aristophane. On ne s'est écarté du sens strict que là où il était impossible de le conserver sans ruiner un effet comique, sans enrayer une lecture qui doit rester courante et aisée. Les anachronismes, les balourdises sont voulus, quand il a semblé qu'ils concouraient aux intentions du poète plutôt qu'ils ne les desservaient. Les calembours sont rendus tant bien que mal. Certains sont détestables, mais on aurait tort de croire qu'ils sont toujours bons en grec. Aristophane n'est souvent pas difficile sur la qualité de ce qui provoque les éclats de rire. Et s'il ne recule pas devant la scatologie la plus épaisse et la plus grasse obscénité, ce n'est pas au traducteur à s'ériger en censeur.

On a adopté le vers blanc pour les morceaux où, en grec, une versification toute différente développe un rythme lyrique ou burlesque qui tranche sur la trame générale. Les couplets chantés sont imprimés en italiques, et l'on a essayé de restituer l'équilibre qui fait correspondre rigoureusement à la « strophe » du premier demi-chœur l'« antistrophe » du second. Quant aux parodies de la diction tragique ou des couplets oraculaires, qui sont si fréquentes, on les a aussi traduites en vers

Le sens littéral est donné en note chaque fois que l'on a cru devoir prendre avec lui quelques libertés. Mais il eût été fastidieux de rendre compte de bien des solutions de détail adoptées au cours de la traduction, notamment pour les sonorités et les répétitions de mots. En se reportant au grec, le lecteur pourra, s'il en a la curiosité, se les expliquer lui-même. Qu'il veuille bien croire en tout cas que, si elles ne le satisfont pas toujours, elles sont toujours consciencieusement pesées.

Enfin, Aristophane est prodigue de jeux de mots sur les noms propres, qu'ils soient réels ou forgés par lui. Dans ce dernier cas, en particulier, il faut en tenir compte aussi bien pour mieux saisir la clé du comportement des personnages que pour ne pas laisser échapper des drôleries. Aussi avons-nous *traduit* ces noms pour les protagonistes comme pour les comparses, chaque fois qu'ils nous ont semblé contenir une intention explicite ou implicite.

Le lecteur est invité à se reporter à l'exposé plus détaillé qu'il trouvera en tête du tome II, sur l'ensemble des problèmes théoriques et pratiques que pose Aristophane à ses traducteurs.

Le texte suivi est celui de l'édition Victor Coulon (Société d'édition « Les Belles Lettres »), sauf en quelques passages qui sont indiqués en notes.

Les Acharniens

INTRODUCTION

Les Acharniens, joués en 425, sont la première en date des comédies d'Aristophane qui nous sont conservées. Mais dans la carrière du poète, qui débuta très jeune, ce n'est que la troisième, puisque dans les deux années précédentes il avait donné *Les Détaliens* (ou *Les Gens du festin*) et *Les Babyloniens*. Ce que nous savons de ces deux pièces montre qu'elles étaient inspirées déjà du même esprit « réactionnaire » (contre les insanités de l'éducation moderne) et antidémagogique (contre Cléon en particulier) qui marquera les chefs-d'œuvre à venir. *Les Acharniens* trouvent très naturellement leur place dans cette chaîne. Si Cléon n'y est pas pris à partie avec la violence enragée qui se déchaînait dans *Les Babyloniens* et se déchaînera dans *Les Cavaliers*, le thème central est bien celui qui tiendra le plus au cœur du poète tout au long de sa carrière : la propagande pour la paix.

La guerre entre Sparte et Athènes, et leurs alliés, dure déjà depuis six ans, et ceux qui sont responsables des destins d'Athènes ne songent qu'à renforcer l'effort militaire, à déployer une activité diplomatique intense pour recruter des appuis, des alliances. Ce n'est pas là, aux yeux des amis de la paix, un véritable effort patriotique, mais une propagande tapageuse pour « remonter le moral » du bon peuple, et pour autoriser un bellicisme impérialiste qui pressure impudemment les alliés et les honnêtes gens. Contre ces malfaiteurs qui se donnent pour les seuls champions du salut public, il faudrait montrer combien la guerre est absurde et ruineuse (pas pour tout le monde...). Certes cela peut se faire par arguments, et Aristophane ne s'en prive pas : il affirme par exemple que les hostilités ont été déclenchées par Périclès, à cause d'Aspasie, pour un motif futile, dérisoire ; que tout le monde, à Sparte, à Mégare et à Thèbes comme à Athènes, en souffre, donc que tout le monde voudrait la trêve, sans que personne ose faire le premier pas, parce que les gens de guerre, politiciens et militaires, veillent à aigrir les rancunes mutuelles, et brandissent, pour intimider les pacifiques, l'accusation de lâcheté, de défaitisme, de trahison ; contre ces meneurs, le poète s'évertue à prouver que ce qui fait tant de mal, ce n'est pas qu'il y ait des Spartiates, c'est qu'il y ait la guerre...

Mais on ne fait pas une comédie à coups de raisonnements, fût-ce en leur donnant un accent simpliste et caricatural, ce dont Aristophane ne se prive pas. Il faut *montrer* les aberrations, les faire toucher du doigt, pour les *démontrer*. Ce primat de l'effet de choc concret, de l'éclat de rire démystificateur, est merveilleusement mis en œuvre dans *Les Acharniens*. L'idée clé en est à cet égard d'une simplicité géniale : puisque la communauté des Athéniens, telle qu'elle se comporte, ne veut pas faire la paix, c'est *un* Athénien qui, seul, va conclure *sa* paix personnelle avec les ennemis, un homme clairvoyant et courageux, dont le nom même, Dicéopolis (Justinet), montre qu'il est un citoyen qui voit juste. Une fois admise cette donnée fantaisiste, tout se déroule avec une logique et une force de persuasion toujours rebondissantes. Justinet est seul contre tous, mais nul ne peut rien contre sa félicité, aux pieds de laquelle viennent mourir tous les malheurs publics. Sa personne, sa famille, sa maison jouissent d'une extra-territorialité bénie : *il a la paix*, lui, et par lui, par ses paroles et par ses actes nous la voyons, nous la humons et la palpons dans toute sa réalité bienfaisante. Quelle leçon de choses ! A lui la liberté de célébrer, avec les siens, en privé, ses propres Dionysies champêtres pour remercier les dieux. A lui le droit d'ouvrir son propre marché, où viendront affluer, échappant à toutes mesures d'embargo et de confiscation, les plus savoureuses denrées de toute la Grèce. A lui de narguer tous ses compatriotes, victimes, ou coupables — ou, tel Vaten-guerre, coupables et victimes successivement — d'une politique guerrière dont l'engrenage n'impose que des servitudes cruelles et ne propose que des grandeurs fallacieuses. Qu'on

n'attende pas de lui qu'il leur fasse partager à bon compte les
bénéfices de son initiative : ils ne méritent pas une telle
générosité — sauf ceux qui ne sont vraiment responsables
en rien de leur infortune. Il n'y a peut-être que les femmes
à être dans ce cas, et elles sont symbolisées ici par la jeune
épousée à laquelle Justinet consent à céder de quoi ne pas
être privée de sa nuit de noces par la mobilisation de son
mari...

Justinet est seul, bafoué au début de la pièce par les officiels
et par le peuple assemblé, pourchassé et à demi lynché par les
charbonniers du bourg attique d'Acharnes, qu'un réflexe
doublement conditionné de vieux briscards et d'âmes simples
fanatisées porte à ne pas vouloir entendre parler de poser les
armes. Justinet est seul, mais il est invulnérable et tout-
puissant, à cause de l'évidence même du bien public qui
rayonne de sa situation. C'est elle qui désarme les Acharniens,
parce qu'ils ont, au fond, le cœur droit et la cervelle sensée.
Et derrière eux, se devine tout le peuple d'Athènes qui, peu
à peu, se presse autour de Justinet, pour le féliciter, l'implorer, le porter en triomphe. Les autres, les incurables, les
sycophantes, les charlatans, les forts en gueule et les fiers-
à-bras, sont balayés, empaquetés, envoyés au diable ou
à l'hôpital. Dans la cité régénérée et sauvée il n'y a plus
place que pour le rire, celui de la raillerie sans pitié envers
les malfaisants en déroute, celui de l'allégresse dans toutes
les joies de vivre reconquises. Chemin faisant, Aristophane à égratigné ou estoqué quelques individus qu'il a
de très bonnes ou très mauvaises raisons personnelles de
détester, et en particulier — déjà — Euripide. Mais l'âme
de la pièce est ailleurs, et elle s'épanouit dans ce final jubilant.

Ce jour-là, puisque *Les Acharniens* eurent le prix du
concours, le théâtre de Dionysos fut lui-même pour deux
heures une enclave de paix dans Athènes et dans la Grèce, un
minuscule territoire, plein à craquer, qui était libre
d'angoisses et de scrupules, et où « la guerre du Péloponnèse
n'avait pas lieu ». S'il y a une leçon à tirer de cette farce si
énorme sur un fond de tableau si douloureux, c'est d'abord
qu' « une minute de paix, c'est bon à prendre » ; et c'est aussi

que chacun peut s'interroger pour savoir s'il n'est vraiment
pour rien, ni d'acte, ni de consentement, dans ce qui installe
la guerre entre les hommes, s'il est digne que Justinet lui
verse, pour lui réchauffer le cœur, quelques gouttes de son
nectar...

ANALYSE

Au début de la pièce nous sommes sur la Pnyx, lieu d'assemblée du peuple d'Athènes. Justinet est seul devant les gradins encore vides. Il déplore la frivolité des citoyens qui se désintéressent des destinées de l'État, et en particulier de l'urgente nécessité de recouvrer la paix. Quant à lui, il est bien décidé à faire débattre cette question (v. 1-42). Un héraut appelle les citoyens, qui commencent à arriver, et fait expulser, malgré Justinet, le nommé Toutdivin qui prétend aller négocier une trêve à Sparte (v. 43-60). On introduit des Ambassadeurs athéniens qui viennent rendre compte de leur mission en Perse et promettent monts et merveilles (v. 61-90). Ils prétendent avoir ramené l'Œil-du-Shah, homme de confiance du souverain oriental, qui doit confirmer leurs dires. Justinet, qui rongeait son frein, dénonce cette mise en scène d'imposture grossière imaginée par des vendus (v. 91-124) et décide, puisqu'il n'y a rien à espérer de ses concitoyens, d'envoyer Toutdivin traiter pour son propre compte à lui, Justinet, et à lui tout seul, avec les Spartiates (v. 125-133). La séance de l'Assemblée se poursuit ; un autre ambassadeur, Théoros, affirme que le roi des Bulgares envoie à Athènes un renfort inestimable : des guerriers valaques dont il présente des spécimens fort inquiétants (v. 134-174). On lève la séance. Toutdivin revient de Sparte avec la trêve de Justinet, qui rentre chez lui, jubilant (v. 175-203).

Entre le Chœur des Charbonniers d'Acharnes. Ils sont à la recherche du traître qui, ont-ils appris, s'est ménagé un accord avec l'ennemi (v. 204-236). Ils se cachent pour observer Justinet qui, fort de sa trêve, célèbre en famille les Dionysies champêtres (v. 237-279). Le Chœur l'assaille (v. 280-325) et il ne doit son salut qu'à un stratagème : parodiant un épisode du Télèphe d'Euripide, il menace de poignarder un sac de charbon. Devant

*ce chantage qui les atteint dans ce qu'ils ont de plus cher, les
Charbonniers baissent pavillon, et consentent à le laisser plaider
sa cause (v. 326-392). Pour s'assurer de meilleures chances
d'amadouer ses adversaires, Justinet court chez Euripide, et lui
demande divers accessoires empruntés aux plus misérables héros
de son théâtre (v. 393-489). Il prononce ensuite devant le Chœur
un long discours pour dénoncer la malfaisance et l'aveuglement
des fauteurs de la guerre (v. 490-556). Survient un militaire
bravache, Vatenguerre, auquel Justinet tient tête sans se démonter. Le Chœur se convertit brusquement à la cause de la paix
(v. 557-627).*

*Dans la parabase, le Coryphée fait l'éloge des mérites d'Aristo-
phane (v. 628-664), puis, après un bref intermède lyrique (v. 665-
675), s'en prend aux déplorables errements des Athéniens (v. 676-
718).*

*Rentre Justinet. Puisqu'il n'est plus en guerre, lui, il peut
commercer librement avec les Spartiates et leurs alliés. Il installe
donc son petit marché privé (v. 719-728). Arrive un Mégarien :
poussé par la famine qui règne chez lui, il vient proposer à
Justinet de lui acheter, contre un peu d'ail et de sel, deux petites
truies qu'il lui apporte dans un sac, et qui sont en réalité ses deux
fillettes. Après un long marchandage assez scabreux, l'affaire est
conclue, malgré les vaines menaces d'un Délateur (v. 729-835).
Le Chœur félicite Justinet (v. 836-859). Survient un Thébain qui
apporte de savoureuses victuailles ; Justinet veut lui acheter une
anguille (v. 860-904). En paiement, le Thébain emportera, ficelée
dans un ballot, une marchandise inconnue à Thèbes mais dont
Athènes regorge : un dénonciateur professionnel (v. 905-958).*

*Encouragé par le Chœur, Justinet, après avoir refusé son
anguille à Vatenguerre qui la lui fait demander (v. 959-999),
procède aux apprêts de son festin (v. 1000-1016). Un paysan,
victime de pillards béotiens, vient supplier en vain Justinet de lui
céder quelques gouttes de paix (v. 1017-1046). Mais la supplique
d'une jeune mariée, qui voudrait bien que son époux pût vaquer
à d'autres combats que ceux de la guerre, a plus de succès
(v. 1047-1068). Vatenguerre fait irruption : mobilisé, il s'équipe
fébrilement, pendant que Justinet gouailleur poursuit ses préparatifs de bombance (v. 1069-1142) ; puis l'un et l'autre s'en vont
à ce qu'ils ont à faire. Intermède du Chœur (v. 1143-1173). Mais*

voici revenir, ensemble, Vatenguerre et Justinet. L'un s'est donné une entorse et clame sa souffrance et ses malheurs, l'autre a recruté deux jolies filles et chante les joies qu'il attend d'elles et de la dive bouteille. Tandis que les serviteurs du militaire le traînent chez le rebouteux, le Chœur porte en triomphe le citoyen pacifique (v. 1174-1234).

PERSONNAGES :

JUSTINET (Dicéopolis), citoyen d'Athènes.
LE HÉRAUT de l'Assemblée du peuple.
TOUTDIVIN (Amphithéos).
AMBASSADEURS athéniens auprès du Shah de Perse.
BLAGARTABAN (Pseudartabas), l' « Œil du Shah ».
THÉOROS.
CHŒUR de charbonniers du bourg d'Acharnes, en Attique.
EURIPIDE, poète tragique.
VATENGUERRE (Lamachos), guerrier fanfaron.
UN MÉGARIEN.
UN BÉOTIEN de Thèbes.
UN PAYSAN.
UN GARÇON D'HONNEUR.
UNE ESTAFETTE.
PERSONNAGES ÉPISODIQUES : une fille de Justinet, serviteurs d'Euripide
   et de Vatenguerre, les deux fillettes du Mégarien, délateurs, messa-
   gers.
FIGURANTS : conseillers, eunuques, Valaques, la femme de Justinet et
   son esclave Xanthias, des musiciens, la Trêve, une matrone, deux
   courtisanes, etc.

   [*Le décor offre trois portes : au milieu, c'est la maison
   de Justinet, à gauche celle d'Euripide, à droite celle de
   Vatenguerre. Sortant de chez lui, Justinet, qui a un sac et
   un bâton, regarde avec douleur l'espace vide de l'orchestre, qui est censé représenter la Pnyx, où se tiennent les
   assemblées du peuple d'Athènes*]

JUSTINET

Ah ! j'en ai eu des soucis pour me ronger le cœur ! Et des
joies, pas beaucoup, ah ! certes pas beaucoup : trois ou quatre,
pas plus ! Mais les chagrins ça grouille par millions, par
fourmillions !... Voyons, quelles joies vraiment jubilatoires
est-ce que j'ai eues ? Ah ! je sais ! ce qui a comblé mon noble
cœur, c'est quand j'ai vu Cléon recracher ses cinq sacs[1] ! quel
éblouissement ! Quels chics types, ces Cavaliers, d'avoir fait
ça[2] ! Bien mérité de la patrie ! Oui, mais une autre fois, c'est
une douleur vraiment tragique qui m'a saisi, lorsque, béant
d'impatience, au lieu du nom d'Eschyle j'ai entendu l'annon-
ceur dire : « Théognis[3], à toi le plateau ! » Tu parles d'une
secousse, en plein cœur !... Mais une autre fois j'ai eu bien du
plaisir à voir venir en scène, après Moschos, Dexithéos[4] pour
chanter ses couplets... Oui, mais cette année même, j'ai été
assassiné, mis en chair à pâté, moi spectateur, quand Chaeris
a montré le nez pour lancer son grand air...

Mais jamais, non jamais, depuis que je me récure, la lessive
ne m'a blessé les yeux comme ils le sont à présent : c'est jour
d'assemblée régulière matinale, et l'enceinte est déserte :
Tenez ! les gens bavardent sur la place, et se sauvent de ci de
là pour échapper au filet des rabatteurs[5]. Les Commissaires

1. *Litt. : cinq talents* (à peu près 30 000 francs de germinal). — Dans
tous les cas où ce sera possible, cette traduction rendra les sommes
d'argent de façon *expressive*, mais, *vague* ; de même pour les unités de
mesure.
2. Il s'agit de la comédie des *Babyloniens*, où Aristophane montrait
les Cavaliers faisant recracher à Cléon le fruit de ses tractations
politiques malhonnêtes.
3. Poète médiocre et froid, surnommé « la Neige » cf. v. 140.
4. Moschos, Dexithéos, Chaeris (cf. v. 866), musiciens.
5. *Litt. : la corde vermillonnée* qui, manœuvrée par des appariteurs,
servait à canaliser vers la Pnyx les flâneurs pour les forcer à accomplir
leur devoir civique en assistant à l'Assemblée.

vers 1-22

eux-mêmes ne sont pas là ; ils arriveront en retard, et puis, une fois venus, quelle bousculade entre eux, vous voyez ça d'ici, pour être au premier rang ! une cohue, une avalanche ! Mais la Paix, comment la fera-t-on ? c'est le cadet de leurs soucis ! « Patrie ! ô ma patrie !... » Et moi, toujours le premier des premiers, je viens à l'Assemblée, je m'assieds ; et alors, je suis comme tout seul, je geins, je bâille, je m'étire, je pète, je trôle, j'écris par terre, je m'arrache des poils, je fais mes comptes, je lorgne vers mon champ, je soupire après la paix ; la ville, je la déteste ; c'est mon village que je regrette. Lui, il ne m'a jamais dit : « Casque[1] pour le charbon ! pour le vinaigre ! pour l'huile ! »... « Casque ! » : il ne connaissait pas ce mot-là, il me fournissait tout ça lui-même. Pas question de : Casque ! Alors, ce coup-ci, c'est bien simple, j'ai mon plan, moi ici présent : crier, interpeller, engueuler tout parleur qui ouvrira la bouche sur autre chose que sur la paix !

[*Une foule de figurants entrent en désordre*]

Mais voici les Commissaires : il va être midi ! Qu'est-ce que je disais ? Vous voyez ! c'est bien ça ! Ils se bousculent tous pour avoir un siège au premier rang !

LE HÉRAUT

Passez vers le devant, pour être dans l'enceinte rituelle !

TOUTDIVIN [*arrivant tout essoufflé*]

Quelqu'un a déjà parlé ?

LE HÉRAUT

Qui demande la parole ?

TOUTDIVIN

Moi !

---

1. *Litt. : achète.* Le jeu de mots est un peu différent en grec.

vers 23-46

LE HÉRAUT

Qui es-tu ?

TOUTDIVIN

Toutdivin.

LE HÉRAUT

Tu n'es donc pas un homme ?

TOUTDIVIN

Non : je suis un immortel. Toutdivin, mon ancêtre, eut pour parents Déméter et Triptolème ; il eut pour fils Céléos ; du mariage de Céléos avec Phénarète, ma grand-mère, naquit Lycinos, et, de celui-ci... moi ! ainsi je suis immortel. Et les dieux s'en sont remis à moi de conclure une trêve avec les Lacédémoniens, à moi tout seul. Mais j'ai beau être immortel[1], Messieurs, je n'ai pas de provisions de route : les Commissaires me les refusent !

LE HÉRAUT

Police !

[*Les Archers saisissent Toutdivin*]

TOUTDIVIN [*se débattant en vain*]

Holà ! dieux paternels, n'aurez-vous point égard...

JUSTINET

Messieurs les Commissaires, vous bafouez l'Assemblée en arrêtant un homme qui voulait nous conclure un armistice, et nous faire raccrocher les boucliers !

LE HÉRAUT

Reste assis ! Et silence !

JUSTINET

Non, morbleu, je ne me tairai pas, si vous ne commission-nez l'Assemblée pour discuter de la paix !

1. Parodie des théogonies, généalogies divines.

vers 46-60

LE HÉRAUT [*annonçant*]
Les ambassadeurs auprès du Shah[i] !

JUSTINET
De quoi ? le Shah ? J'en ai plein le dos, moi, des ambassadeurs, et des pavaneurs, et des bonimenteurs !

LE HÉRAUT
Silence !

    [*Entrent les Ambassadeurs, habillés à l'orientale,
comme des satrapes*]

JUSTINET [*à part*]
Boufre ! Tonnerre de... Lorient[2] ! quel accoutrement !

L'AMBASSADEUR
Vous nous avez envoyés auprès du Shah de Perse, avec une
allocation journalière de deux drachmes, il y a treize ans[3].

JUSTINET [*à part*]
Oh ! là ! là ! ça en fait des drachmes !

L'AMBASSADEUR
Et c'était éreintant vous savez, de se traîner au hasard des
pistes à travers les plaines du Caystre, à l'ombre de nos
baldaquins, dans les litières de voyage où nous étions molle-
ment étendus... — une agonie !

JUSTINET [*à part*]
Et moi, alors, j'étais frais et gaillard le long du chemin de
ronde, couché sur une litière de vermine !

L'AMBASSADEUR
Il nous fallait subir cette hospitalité, à toute force ! boire
dans des calices de cristal et d'orfèvrerie, un vin capiteux —
délicieux !

  1. *Litt. : du Roi*, du Grand Roi, c'est-à-dire du roi de Perse.
  2. *Litt. : par Ecbatane !* une des capitales de la Perse : juron burlesque.
  3. *Litt. : sous l'archontat d'Euthyménès.* On désignait les années
d'après le nom de l'archonte « éponyme ».

vers 61-74

JUSTINET [*à part*]

O sainte capitale[1] de nos pères, tu te rends compte comme tes ambassadeurs se moquent de toi !

L'AMBASSADEUR

C'est que chez les Barbares, pour qu'on vous considère comme un homme, il faut être d'attaque, imbattable en mangeaille et buvaille !

JUSTINET [*à part*]

Chez nous, c'est en ribaudaille : tapins, tapettes !

L'AMBASSADEUR

En la quatrième année de notre mission, nous avons atteint le palais du monarque ; mais il était parti aux chiottes avec son armée. Huit mois durant il poussa son étron, sur les Montagnes Dorées[2].

JUSTINET [*à part*]

Et combien de temps est-ce qu'il lui a fallu pour resserrer ses arrières ? Il a attendu la pleine lune ?

L'AMBASSADEUR

Après quoi, il rentra chez lui. Et alors, quelle hospitalité ! il nous faisait servir des bœufs entiers sortant du four.

JUSTINET [*à part*]

A-t-on jamais vu des bœufs cuits au four ? Quels boniments !

L'AMBASSADEUR

Oui, et il nous a fait servir aussi, je vous jure, une volaille trois fois grosse comme Cléonyme[3]. On l'appelait une faridondinde.

1. Jeu de mots entre ἄκρατον (vin non additionné d'eau) et Κραναά, épithète solennelle et prestigieuse d'Athènes.
2. La Perse, par ses mines d'or et les paillettes que roulent ses fleuves, est un Eldorado.
3. Cf. *Cav.*, v. 958 n.

vers 75-89

JUSTINET [*à part*]

Et voilà comment tu nous dindonnais, toi, en empochant nos deux drachmes !

L'AMBASSADEUR

Et aujourd'hui, nous voici de retour, accompagnés de Blagartaban, l'Œil du Shah !

JUSTINET [*à part*]

Ah ! si un corbeau pouvait le lui arracher d'un bon coup de bec ! le tien aussi, à toi l'ambassadeur !

L'AMBASSADEUR [*annonçant*]

L'Œil du Shah !

[*Paraît un personnage dont le masque porte un œil énorme au milieu du front, et une espèce de bavette de cuir, figurant une barbe à l'assyrienne. Il est flanqué de deux eunuques*]

JUSTINET

Ventrebleu ! Au nom du Ciel, l'ami, tu as tout à fait la mine d'un croiseur-corsaire ! Tu cherches un bon coin pour aborder derrière un promontoire ? C'est un soufflet de sabord, on dirait, que tu as autour de l'œil et qui pend par en bas !

L'AMBASSADEUR

Allons, Blagartaban ! Expose-nous ce que le Shah t'a chargé de venir dire aux Athéniens !

BLAGARTABAN

I artamane Xarxana piaona satra.

L'AMBASSADEUR

Tu as compris ce qu'il dit ?

JUSTINET

Non, ma foi, pas moi !

vers 90-101

L'AMBASSADEUR

Il dit que le Shah va vous envoyer de l'or ! [*A Blagartaban*]
Parle plus fort, toi, et prononce clairement le mot : or.

BLAGARTABAN

Zaura pador, bourmoul ftugrec !

JUSTINET

Ah ! malheur ! c'est clair comme de l'eau de roche !

L'AMBASSADEUR

Alors, qu'est-ce qu'il dit ?

JUSTINET

Ce qu'il dit ? que les Grecs se laissent bourrer le mou, s'ils
s'attendent à recevoir de l'or des Perses !

L'AMBASSADEUR

Mais non ! C'est « moult bourriches d'or » qu'il a dit !

JUSTINET

De quoi ? bourriches ? Tu es un beau menteur ! Tire-toi de
là ! C'est moi qui vais l'interroger tout seul ! [*A Blagartaban*]
Allons, dis-moi clairement les choses ! [*Montrant son bâton*]
Martin t'écoute ! Si tu ne veux pas que je te mette en perce et
en sang, Persan[1] ! réponds : le Shah, est-ce qu'il va nous
envoyer de l'or ? [*Blagartaban et ses eunuques font un signe
négatif*] Alors nous étions drôlement bernés par nos ambassadeurs ? [*Signe affirmatif des trois hommes*] Eh ! mais c'est à la
grecque qu'ils ont hoché la tête, ces lascars ! Pas de doute : ils
sont d'ici et de chez nous ! Ces deux eunuques, il y en a un que

1. *Litt. : que je te teigne en teinture [pourpre] de Sardes.*

vers 102-117

je reconnais, celui-là [*Il lui arrache son masque*] c'est Clisthène[1], ce fils de Mâlebouc! Dis donc,

>   quel infernal dessein, vieux singe cul-pelé,
>   as-tu pu concevoir[2]

en te mettant cette barbe-là, pour venir devant nous déguisé
en eunuque? Et celui-ci? Qui est-ce bien? Ça ne serait pas
Straton, des fois?

LE HÉRAUT

Silence; assieds-toi! [*Après avoir consulté du regard les
Commissaires, gênés*] Le Conseil invite l'Œil du Shah. Il sera
traité aux frais de l'État[3].

>   [*Blagartaban et ses acolytes se retirent*]

JUSTINET

Y a de quoi s'étrangler, non? Alors, moi, je traîne la savate
ici, et, pour héberger ces gens-là, la porte est toujours grande
ouverte!... Allons-y, je vais me lancer dans une affaire
formidable, grandiose!... Toutdivin, voyons, où est-il?

TOUTDIVIN

Présent!

JUSTINET [*à voix basse*]

Tiens, prends ces huit drachmes, et va négocier une trêve
avec les Lacédémoniens, pour moi tout seul, et pour mes
mioches « et ma digne moitié »! [*Se tournant vers les Commissaires*] Et vous autres gargarisez-vous de vos ambassades,
gobe-mouches!

>   [*Toutdivin sort*]

---

1. Inverti notoire (comme Straton). Son père, *Sibyrtios* (dont le nom
évoque un rude chasseur), était, lui, un vrai mâle.
2. Parodie d'un vers d'Euripide. Le procédé est si constant, dans
cette comédie comme dans toutes les autres, que nous nous épargne-
rons de le relever systématiquement.
3. *Litt. : au Prytanée.* L'entretien au Prytanée était un honneur et une
faveur accordés à ceux qui avaient bien mérité de l'État. Aristophane
raille maintes fois l'indignité de ceux à qui ce privilège était galvaudé.

vers 118-133

LE HÉRAUT

Que s'avance Théoros[1] revenu de chez le roi Sitalcès !

THÉOROS

Me voici.

JUSTINET [*à part*]

Autre menteur dont on nous claironne l'entrée en scène !

THÉOROS

Notre séjour en Bulgarie[2] n'aurait pas tant duré...

JUSTINET [*à part*]

Pardi ! Si tu n'avais pas été si grassement payé !

THÉOROS

... Mais les chutes de neige avaient encerclé la Bulgarie, les fleuves étaient gelés...

JUSTINET [*à part*]

Juste au moment où ici Théognis faisait jouer sa pièce[3] ! Brr...

THÉOROS

J'ai donc passé, avec le roi Sitalcès, tout ce temps-là à boire. Vous savez, ce qu'il était bien disposé pour Athènes, c'est colossal ! Il vous adore, littéralement ! A tel point qu'il écrivait même sur les murs : « Aux Athéniens, pour la vie ! » Quant à son fils, que nous avions fait citoyen d'Athènes, il était dévoré du désir de manger des saucisses à notre carnaval[4] ; il implorait de son père un bateau à monter pour

---

1. Séide de Cléon, maintes fois attaqué par Aristophane. Ici un effet comique naît de son nom même, qui signifie « représentant officiel envoyé à l'étranger ».
2. *Litt. : en Thrace*.
3. Cf. v. 11 n.
4. *Litt. : aux Apaturies*, fête annuelle à Athènes. Le mot ἀπατᾶν (berner) crée un jeu de mots, qui a été transféré aussitôt après (« un bateau à monter »).

secourir sa mère patrie ! Le père fit serment, après libations, de nous envoyer une armée de secours, si puissante que les Athéniens diraient : « Quelle vague de sauterelles nous arrive dessus ! »

JUSTINET [*à part*]

Je veux bien crever comme un chien si je crois un mot de ce que tu dis là — sauf pour les sauterelles !

THÉOROS

Et dès aujourd'hui, c'est le peuple le plus guerrier de la Bulgarie qu'il a dépêché vers vous.

JUSTINET [*à part*]

Ça au moins, c'est clair : on va voir.

LE HÉRAUT

Les Bulgares amenés par Théoros, avancez ici !

[*Paraissent trois ou quatre figurants à mine patibulaire, en accoutrement plus ou moins tartare, tenant chacun un énorme phallus*]

JUSTINET [*à part, en les apercevant*]

Qu'est-ce que c'est que ce fléau-là ?

THÉOROS

C'est l'armée des Valaques[1] !

JUSTINET [*à part*]

De quoi ? Valaques ? Hé ! dis donc, qu'est-ce que c'est ? Qui est-ce qui leur a décapuchonné leur engin, aux Valaques ?

THÉOROS

Ces gens-là, si on leur verse deux drachmes de solde journalière, se chargeront d'écrabouiller la Béotie tout entière.

1. *Litt. : des Odomantes*, peuple barbare du bas Danube.

vers 147-160

JUSTINET

Quoi ? deux drachmes à ces dardeglands ? Eh bien, ils vont pouvoir protester,

> nos bons servants de rame,
> la cohorte sur qui repose
> la sauvegarde de nos murs[1] !

[*Les Valaques lui volent son balluchon*]

Oh ! là ! là ! Je suis perdu ! Les Valaques qui me mettent mon ail à sac ! Allez-vous lâcher cet ail, oui ou non ?

THÉOROS

Malheureux ! Ne les affronte pas ! ils sont ivres d'ail[2] !

JUSTINET [*implorant les Commissaires pendant que les Valaques croquent l'ail à belles dents*]

Messieurs les Commissaires, pouvez-vous rester indifférents au traitement qui m'est infligé, dans ma patrie, et par une horde de sauvages ? [*Ceux-ci lui lancent une épluchure sur le nez*] Mais je fais opposition à la poursuite de la délibération sur la solde à verser aux Bulgares ! J'atteste qu'un présage est venu du ciel : j'ai reçu une goutte[3] !

LE HÉRAUT

Invitation est faite aux Bulgares de se retirer, et de se présenter après-demain. Les Commissaires lèvent la séance.

[*Tout le monde s'en va. Justinet est seul*]

---

1. Les matelots d'Athènes seront jaloux, à juste titre, de la forte solde de ces vils mercenaires. Cf. *Cav.*, v. 1078 n.
2. On faisait manger de l'ail aux coqs de combat pour les « doper ».
3. Tout « signe » de mauvais augure faisait interrompre les débats, et suspendre les décisions. Cf. *Nuées*, v. 580 et suiv.

vers 161-173

JUSTINET

Quelle misère ! Le bon aïoli dont il faut faire mon deuil !...
Mais voici Toutdivin, qui revient de Sparte. Sois le bienvenu,
Toutdivin !

[Toutdivin, hors d'haleine, entre, chargé de trois outres]

TOUTDIVIN

Ne me dis pas ça avant que j'aie pu m'arrêter court en
courant ! Il faut que je me sauve, pour me sauver des pattes
des Acharniens !

JUSTINET

Qu'est-ce qui se passe ?

TOUTDIVIN

Je venais ici t'apporter une trêve, j'allais bon train, mais ils
ont flairé la chose, eux autres : des vieux coriaces, des
Acharniâtres ! de quels bois ils sont faits, ces durs à cuire ! des
territoriaux de choc [1], cœur de chêne et loupe d'érable ! Ils se
sont tous mis à brailler : « Salopard, tu apportes une trêve
quand nos vignes sont sciées ? » Et de ramasser des pierres
dans le pan de leurs manteaux... et moi de détaler... et eux de
me poursuivre en gueulant !

JUSTINET

Laisse-les gueuler. Tu apportes la trêve [2] ?

TOUTDIVIN

Oui, bien sûr. Trois échantillons à déguster. Celle-ci est de
cinq ans. Tiens, goûte !

---

1. *Litt. : des combattants de Marathon.* L'expression était proverbiale ; la bataille remontait à soixante-cinq ans.
2. Le mot σπονδαί (trêve) a pour premier sens : libation. On
répandait du vin en offrande aux dieux pour les prendre à témoin des
serments échangés.

vers 174-188

JUSTINET

Pouah !

TOUTDIVIN

Eh bien ?

JUSTINET

Je n'en veux pas. Elle sent le goudron et l'arsenal maritime.

TOUTDIVIN

Eh bien, prends celle-ci. Elle est de dix ans. Tiens, goûte.

JUSTINET

Non plus. Elle a un relent d'ambassades à l'étranger. Et
amère !... comme un refroidissement d'alliance !

TOUTDIVIN

Eh bien, en voici une de trente ans, sur terre et sur mer.

JUSTINET

Ah ! Vin-dieu[1] ! Quel bouquet ! Nectar et ambroisie !
N'avoir plus à me précautionner des « Trois jours de
vivres[2] ! » Ce qu'elle me chuchote aux papilles, c'est : « Va où
ça te plaît ! » Celle-ci, je la prends, et je me la verse, et je vais
la siroter à fond. A la santé des Acharniens ! Moi je prends
congé de la guerre et de ses misères, et je rentre chez moi
célébrer les Dionysies champêtres.

TOUTDIVIN

Et moi, je vais m'esquiver... les Acharniens !...

[*Il détale. Entre le Chœur*]

1. *Litt. : O Dionysies !* Ce sont les fêtes de Dionysos (Bacchus), dieu
du vin et du théâtre.
2. Recommandation officielle signifiée à tous ceux qui étaient
mobilisés pour une guerre.

vers 189-203

LE CHŒUR

[STROPHE]

> Tous à sa trace et à ses trousses !
> où donc est-il, l'individu ?...
> demandons à tous les passants !
> L'intérêt de l'État exige
> qu'on saisisse l'individu !

[Au public]

> Hé ! vous autres, renseignez-nous :
> Quelqu'un sait-il de quel côté
> a bien pu s'esquiver le porteur d'armistice ?
> Détalé ! filé ! volatilisé !
> Hélas, quel malheur, le poids des années !
> Pour sûr, quand je courais, en ma verte jeunesse,
> restant dans la foulée d'un champion olympique[1],
> en portant sur le dos ma charge de charbon,
> il n'aurait pas eu si beau jeu,
> sale porteur de trêve, à m'échapper ainsi
> quand j'étais à ses trousses,
> si preste qu'il puisse être à se carapater !

[ANTISTROPHE]

> Mais aujourd'hui que l'ankylose
> s'est installée en nos jarrets
> et que le vieux Fringancostaud[2]
> traîne la jambe — il a filé !
> Traquons quand même ! Aux dieux ne plaise
> qu'il goguenarde à nos dépens,
> même tout vieux que nous voici,
> pour nous avoir semés, nous autres Acharniens !
> Il a — ô dieux bons, ô Père céleste ! —
> offert l'armistice à nos ennemis,
> contre qui nous voulons, quant à nous, que la guerre,
> pour l'amour de nos champs, redouble, inexpiable !

1. *Litt.* : *Phayllos*, champion célèbre de course à pied.
2. *Litt.* : *Lacratidès*. Ce nom implique l'idée de vigueur.

vers 204-228

Notre âpre rage est aiguisée :
nous n'aurons de répit qu'ils n'y soient empalés
jusqu'à la garde ! et puis,
qu'ils y viennent encore, à piétiner nos vignes !

LE CORYPHÉE

Allons, cherchons-le, il le faut, scrutons sur le chemin de
Lancepierre[1] ! Pourchassons-le de terre en terre jusqu'à ce
qu'on le trouve une bonne fois ! Moi, ce type-là, de faire grêler
sur lui des pierres je n'aurai jamais mon soûl !

JUSTINET [*de l'intérieur*]

Silence révérentiel ! Silence !

LE CHŒUR

Taisez-vous tous ! Vous avez entendu l'invite révérentielle ?
C'est lui, c'est bien lui que nous cherchons. Allons tous, par
ici, dégageons ! Il va offrir un sacrifice, notre homme, il sort !

[*Ils se dissimulent. La scène est censée s'être transpor-
tée à la campagne, devant la ferme de Justinet*]

JUSTINET [*apparaissant avec sa fille, qui tient une corbeille, deux
esclaves portant un phallus, et sa femme qui, comme dans la
chanson, ne porte rien*]

Silence révérentiel ! Silence ! Marche un peu plus en avant,
toi la porteuse de corbeille ! Que Xanthias dresse le saint
Pilon bien vertical. Pose ta corbeille, ma fille, que nous
offrions les prémices.

LA FILLE

Mère, passe-moi la cuiller que je nappe de crème ce
gâteau[2] !

---

1. *Litt. : dans la direction de Ballène.* Jeu de mots sur le nom de
Pallène, bourg attique, modifié selon le radical de βάλλω « jeter des
pierres, lapider ».
2. Rite pour les gâteaux consacrés en offrande aux dieux.

vers 229-246

JUSTINET

Et voilà qui est bien! O Vin-dieu, cher seigneur, daigne,
tenant pour agréable cette procession à laquelle je procède, et
ce sacrifice que je fais pour toi, m'accorder heureuse célébra-
tion de ta Fête champêtre, maintenant que je me suis
démobilisé! Et que mon armistice trentenaire développe
pour moi tous ses bienfaits! Allons, ma fille, veille, ma jolie, à
porter joliment ta corbeille, vrillant sur elle un regard à la
pimprenelle[1]. Bienheureux qui t'épousera, ma chatte, et te
fera des chatounes[2] pour lâcher d'aussi gentils vents-coulis
que toi, au petit jour! Avance, et fais bien attention que dans
la foule quelqu'un n'aille pas te gruger en douce tes bijoux!
Xanthias, à vous deux de tenir le saint Pilon bien droit
derrière la porteuse de corbeille. Moi je vais faire cortège en
chantant l'hymne. Et toi, ma femme, reste sur la terrasse: tu
feras le public. En route!

   [*La procession fait le tour de l'orchestra tandis que
   Justinet chante*]

Bon drille[3]! hé compagnon de la dive Bouteille,
fier bambocheur des nuitées de godaille,
sacré paillard, chasseur de beaux gàrçons —
quelle allégresse! après cinq ans d'absence
   je te salue en rentrant au village!
   car j'ai signé ma trêve personnelle:
   j'ai liquidé les tracas et les guerres
      et tous les vatenguerre!
Vaut-il pas mieux, dis, bon drille, bon drille,
mille fois mieux surprendre en sa maraude
quelque tendron (la fille de cuisine

---

   1. *Litt.: un œil de mangeuse de sarriette.* On mangeait cette herbe en
salade. L'image implique quelque chose de vif, aigu et vinaigré.
   2. *Litt.: belettes.* On élevait des belettes comme animaux domestiques contre les rats. Le mot, comme « chatte » en français, se prenait
en acception gentille ou galante.
   3. *Litt.: Phalès,* dieu phallique dont le culte était lié à toutes les joies
sensuelles, à tous les mystères de la fécondité.

à mon voisin[1]*) son fagot sur l'épaule*
à son retour de la garrigue ? — et puis
la ceinturer, soulever, culbuter,
        hop ! et la dénoyauter !
Bois avec nous, bon drille, dis, bon drille,
et au matin, tu te dessoûleras
en t'empiffrant de paix, à pleine assiette !
Le bouclier, on va le pendre au clou !

[*Le Chœur, brusquement, se rue à l'assaut de la
procession, dont les participants, sauf Justinet, se réfu-
gient dans la maison*]

LE CHŒUR

C'est lui, le voilà, c'est lui !
Tirez ! tirez ! tirez ! tirez !
Cogne, cogne le salaud !
Tirez ! tire ! tireras-tu ?

[STROPHE]   JUSTINET

Hé, qu'est-ce qui vous prend ? Dieu puissant ! vous allez
fracasser ma marmite !

LE CHŒUR

Non pas certes ! c'est toi-même
qu'on va lapider à mort,
caboche de saligaud !

JUSTINET

Et pour quelle raison, digne sénat d'Acharnes ?

LE CHŒUR

Tu le demandes, toi, scélérat sans vergogne,
traître à notre patrie ! Toi qui, seul de nous tous,

---

1. *Litt. : Thratta, la servante de Strymodoros, au retour du Phellée.* On
donnait souvent aux esclaves le nom de leur pays d'origine (ici la
Thrace). Le Phellée était un plateau broussailleux non loin d'Athènes.

vers 273-290

as signé l'armistice, et qui oses encore
après cela nous regarder en face ?

JUSTINET

Mais pourquoi j'ai signé,
vous l'a-t-on dit ? Écoutez-moi, voyons !

LE CHŒUR

T'écouter, toi ? A mort ! sous un monceau de pierres !

JUSTINET

Pas avant
de m'avoir écouté ! Permettez, braves gens !...

LE CHŒUR

Nous ne permettrons rien.
Pas un mot ! point de phrases !
Je t'exècre encor plus que Cléon !... (Celui-là
on lui taillera la peau en lanières
pour chausser les Cavaliers !)

LE CORYPHÉE

Quant à toi, non, je ne t'écouterai pas étirer tes discours. Tu
as traité avec les Laconiens : tu vas payer !

JUSTINET

Laissez-donc les Laconiens dans leur coin, braves gens !
Question armistice, écoutez plutôt, pour savoir si j'ai bien fait
de le signer !

LE CORYPHÉE

Comment peux-tu prononcer les mots « bien faire », du
moment que tu as traité avec eux ? Suffit !... Il n'y a rien qui
tienne, pour ces gens-là, ni autels, ni loyauté, ni serment !

JUSTINET

Mais moi je sais bien que les Laconiens, nous les accablons
trop : ils ne sont pas cause de tous nos ennuis.

vers 291-310

LE CORYPHÉE

Pas de tous ? scélérat ! C'est ce que tu as le culot, à présent, de nous dire en face, tout net ? Et tu veux qu'on t'épargne ?

JUSTINET

Non, pas de tous ! pas de tous ! Moi qui vous parle, je pourrais vous faire voir bien des cas où c'est à eux qu'on a fait tort.

LE CORYPHÉE

Ça alors ! pour le coup, c'est formidable ! Ça me chamboule le cœur d'entendre ça. Tu vas oser prendre devant nous la défense de nos ennemis ?

JUSTINET

Oui ; et si mes dires ne sont pas justes, si le peuple n'est pas de mon avis... [*Il fait le geste de se décapiter*] je veux bien avoir déjà la tête sur le billot pour parler.

LE CORYPHÉE

Allons, camarades, à quoi bon lanterner au lieu de fabriquer à ce type-là, à coups de pierre, une casaque écarlate — en peignée !

JUSTINET

Hé là ! quel noir tison vous fait fumer comme ça ? Allez-vous m'écouter ? m'écouter, oui ou non, ô rejetons d'Acharnes !

LE CORYPHÉE

Nous n'écouterons rien !

JUSTINET [*sans se démonter*]

Eh bien ! je vais passer un mauvais quart d'heure !

LE CORYPHÉE

Mort à moi, si je t'écoute !

vers 311-324

JUSTINET

Ne dites pas ça, Acharniâtres que vous êtes !

LE CORYPHÉE

Tu vas être mort, à la minute, tiens-le-toi pour dit !

JUSTINET [*changeant de ton*]

Bon. Alors vous allez voir de quel bois je me chauffe !
Je tuerai, par représailles

    vos trésors les plus chers entre les plus chéris !

J'ai là des otages de chez vous : je vais les chercher et les
immoler[1].

[*Il rentre dans sa maison*]

LE CORYPHÉE [*inquiet*]

Dites-moi, camarades, qu'est-ce que c'est que cette menace
contre nous autres Acharniâtres ? Tiendrait-il enfermé chez
lui le mioche de l'un d'entre nous ? Ou bien qu'est-ce qui le
rend si faraud ?

JUSTINET [*revenant avec un couffin à charbon
et un couteau*]

Tirez, je vous en prie ! Mais moi, celui-ci [*Montrant le
couffin*] je le saigne ! Je vais savoir bien qui d'entre vous a un
peu de cœur pour la charbonnaille.

LE CORYPHÉE

Ah ! nous sommes perdus ! Ce couffin-là, il est de mon
cousinage ! Ah ! ne perpètre point le crime que tu médites. Je
t'en supplie ! non, je t'en supplie !

---

1. Ici commence la parodie du *Télèphe* d'Euripide, joué treize ans
auparavant. Télèphe, roi de Mysie, avait été défait par les Grecs, et
atteint à la jambe par la lance d'Achille, qui pouvait seule guérir les
blessures qu'elle avait faites. Dans cette tragédie — qu'Aristophane n'a
cessé de poursuivre de ses sarcasmes — il se déguisait en mendiant
pour venir au camp grec. Mais un imprudent éloge des Troyens le
démasquait ; on allait l'écharper, mais il menaçait de tuer le petit
Oreste tombé entre ses mains, et bravait ses adversaires. Finalement
Achille acceptait de le guérir.

vers 324-334

[ANTISTROPHE]   JUSTINET

> Oui, je vais l'immoler ! Vous pouvez bien gueuler !
> Je n'écouterai rien !

LE CHŒUR

> Vas-tu le faire périr,
> Ce compagnon de nos jours,
> Ce trésor de nos foyers ?

JUSTINET

> Moi non plus, à l'instant, vous ne m'écoutiez pas !

LE CHŒUR

> Eh bien, parle à présent à ta guise, et dis-nous
> ce qui te porte envers ceux de Lacédémone
> à tant de bienveillance... O mon couffin mignon,
> au grand jamais je ne te trahirai !

JUSTINET

> Eh bien, pour commencer,
> videz-moi donc tous vos cailloux par terre !

LE CHŒUR

> Voilà : ils sont par terre ; et toi, pose ton glaive !

JUSTINET

> Voyons voir
> Si vous n'en cachez pas encore dans vos manches ?

LE CHŒUR [*secouant ostensiblement ses habits*]

> Tout est versé par terre !
> Tu vois : rien dans les manches !
> Ne nous lanterne plus, et dépose ton arme !
> Tu peux constater : on a tout vidé
> à force de gigoter !

JUSTINET

Ainsi vous prétendiez m'estoquer à coups... de gueule, vous
tous ! Et celui qui a failli rendre l'âme, c'est un panier de
charbon de vos forêts[1] — et cela parce que ses compatriotes

1. *Litt. : du Parnès*, montagne boisée de l'Attique.

vers 335-349

sont des foutraques! Voyez, il a eu une telle peur qu'il m'a
lâché dessus un concentré de poussier, comme une seiche!
C'est malheureux des verjus pareils! Quel caractère vous
avez! lapider les gens, gueuler, ne rien vouloir entendre
d'équitablement dosé! Alors que moi je veux bien parler la
tête sur le billot, pour dire ce que j'ai à dire sur les
Lacédémoniens! Et pourtant, ma vie à moi, je l'aime bien, ma
foi!

[STROPHE]   LE CHŒUR

> *Eh bien, qu'attends-tu donc?*
> *Apporte ici dehors un billot, et dis-nous*
> *quels puissants arguments tu détiens, misérable!*
> *Je brûle du désir de savoir ta pensée.*
> *Mais toi-même as fixé les clauses de l'épreuve;*
> *   respecte-les : pose ici le billot*
> *avant de te risquer à prendre la parole!*

[*Justinet rentre chez lui, et revient avec un billot*]

JUSTINET

Eh bien, vous pouvez constater : le billot, le voici! Et celui
qui va parler, [*Il se pointe le doigt sur la poitrine*] le voilà, nom
d'un petit bonhomme! Pour sûr que je ne vais pas me blottir
derrière un parapet, morbleu! Non, je dirai ce que je pense en
faveur des Lacédémoniens! Pourtant, je risque gros; je sais
bien comment sont les campagnards : leur plus grand plaisir,
c'est d'entendre chanter leurs propres louanges et celles de la
Cité par quelque charlatan, à raison ou à tort. Et dans tout ça,
ils ne voient pas de quel trafic ils sont l'objet. Et les vieux, je
sais aussi leur humeur; ils n'ont qu'une idée en tête : leur
jeton de vote pour broyer les gens! Personnellement j'ai payé
pour le savoir[1], avec ce que Cléon m'a fait subir pour ma
comédie l'an dernier. Il m'a traîné devant le Conseil, calomnié, noyé dans une salive de mensonges, tordu, rincé — un

---

1. Naturellement, c'est Aristophane qui parle, évoquant ses démêlés
avec Cléon à propos de sa comédie des *Babyloniens*.

torrent tourbillonnant! J'ai failli y rester tant il m'a fait
d'embarramerdements!

Ainsi laissez-moi à présent, avant de parler, m'équiper au
mieux pour forcer la pitié.

[ANTISTROPHE]   LE CHŒUR

> *Pourquoi ces simagrées ?*
> *Pourquoi ces faux-fuyants et moyens dilatoires ?...*
> *Mais soit ! fais à ta guise : emprunte à Hiéronyme*
> *le taillis ténébreux de sa tignasse hirsute*
> *comme magique abri*[1], *si tu veux, et déploie*
> *toutes les roueries d'un suppôt d'enfer !*
> *Car nous n'admettrons plus d'excuse en ce débat !*

JUSTINET

L'heure est venue de me munir d'un cœur de preux! Il faut
que j'aille trouver Euripide.

[*Il va vers la porte de gauche*]

Holà! portier!

LE SERVITEUR D'EURIPIDE [*ouvrant la porte*]

Qui est là?

JUSTINET

Est-ce qu'Euripide est chez lui?

LE SERVITEUR

Il n'y est pas, tout en y étant. A toi de conclure, si tu sais
réfléchir.

JUSTINET

Comme ça? Il y est, sans y être?

LE SERVITEUR

Parfaitement, mon vieux. Son esprit vagabonde, cueillant
de poétiques fleurettes : il n'est donc pas là. Mais sa personne,

---

1. *Litt. : un « casque d'Hadès »* (coiffure magique qui rendait invi-
sible, comme l'anneau de Gygès) *aux-poils-ténébreux-épais-serres*. Hiéronyme, poète hirsute, plusieurs fois raillé par Aristophane (cf. *Nuées*,
v. 349).

elle est là ; les pieds plus haut que la tête[1], il compose une
tragédie.

JUSTINET

O Euripide, heureux es-tu entre les bienheureux, d'avoir un
esclave qui tient sa partie avec tant de talent ! [*Au Serviteur*]
Dis-lui de venir.

LE SERVITEUR

Mais non, c'est impossible.

JUSTINET

Mais si, fais-le tout de même [*Le Serviteur lui claque la porte
au nez*]. Pas question de m'en aller ; je vais frapper à la porte.
Euripide !... Euripidinot !... Écoute-moi,

si jamais tu prêtas l'oreille à un mortel !

C'est Justinet qui t'appelle, moi, Justinet, de Bourbancal[2] !

EURIPIDE [*de l'intérieur*]

Mais non ! Je n'ai pas le loisir.

JUSTINET

Mais si ! Fais-toi transporter par le plateau roulant[3] !

EURIPIDE

Mais non ; c'est impossible.

JUSTINET

Mais si, fais-le tout de même.

1. Euripide, grand spécialiste de héros mendiants et boiteux, « vit »
ses personnages : il est incapable de se tenir debout, et s'entoure d'un
décor de marché aux puces (cf. *Thesm.*, v. 148-167).
2. *Litt.* : *de Cholléides*, bourg de l'Attique. Le nom, en grec, évoque
l'idée de « boiteux ». Justinet, pour se faire bien voir d'Euripide, se
présente comme un confrère de son Télèphe.
3. *Litt.* : *l'eccyclème*, procédé de machinerie employé en tragédie
pour faire paraître sur scène des personnages qui sont censés rester à
l'intérieur de leur demeure.

vers 399-408

EURIPIDE

Eh bien, pour le plateau roulant, soit. Mais pour poser le pied par terre, je n'ai pas le loisir.

[*Le plateau s'avance : Euripide est couché sur un grabat, les pieds surélevés par un coussin, comme un blessé. Autour de lui, tout un bazar de hardes et d'objets hétéroclites rangés sur des étagères*]

JUSTINET

Euripide !

EURIPIDE

De toi qu'ai-je à ouïr ?

JUSTINET

Tu fais tes vers les pieds en l'air, au lieu de les faire les pieds d'aplomb ? Pas étonnant que tu fasses des boiteux ! Et ces guenilles que tu portes — misérable et tragique vêture ? Pas étonnant que tu fasses des mendiants !

Allons, je t'en supplie à genoux, Euripide, donne-moi un bout de guenille de ton vieux drame ! Il faut que je me fende d'une longue tirade devant le chœur. Et c'est la mort qui m'attend, si je m'en tire mal.

EURIPIDE

Rayon des haillons ? Quel genre d'article ? Ceux que portait — les voici — Œnée, le vieillard de douleur, quand j'ai fait jouer ce rôle[1] ?

JUSTINET

Non, pas d'Œnée : d'un homme encore plus malheureux.

EURIPIDE

Ceux de Phénix, l'aveugle ?

---

1. Œnée, Phénix, Philoctète, Bellérophon, Thyeste, Ino, héros et héroïne d'Euripide, accablés de diverses misères.

vers 409-421

JUSTINET

Non pas de Phénix, non. Il y en avait un autre, plus malheureux que Phénix.

EURIPIDE

Quels lambeaux de mon vestiaire réclame-t-il bien, ce type-là ? Tu veux peut-être dire ceux de Philoctète le mendiant ?

JUSTINET

Non ! d'un mendiant bien plus mendiantissime !

EURIPIDE

Alors tu veux la crasseuse défroque qui habillait Bellérophon le boiteux ? Regarde !

JUSTINET

Non, pas Bellérophon... Mais l'autre, celui que je veux dire, il était boiteux aussi, et quémandeur, et loquace, et beau parleur !

EURIPIDE

J'y suis : j'ai ton homme. C'est Télèphe le Mysien.

JUSTINET

Oui ! Télèphe ! c'est bien lui ! Donne-moi ses loques, je t'en supplie !

EURIPIDE [*au Serviteur*]

Petit ! donne-lui les guenilles de Télèphe. Elles sont au-dessus des haillons de Thyeste, entre ceux-ci et les loques d'Ino. Tiens, voilà, prends !

JUSTINET [*déployant entre le soleil et lui
le manteau troué comme une écumoire*]

Cette bure, j'y vois des constellations [1] !

---

1. *Litt. : O Zeus, dont le regard perce et domine de toutes parts !* J'ai cru pouvoir transposer cette solennelle invocation, ici parodique, par une allusion au vers célèbre de Hugo.

vers 421-435

Veuille le ciel que tout mon équipement devienne celui du plus malheureux des hommes ! Euripide, puisque tu as déjà été si gentil en me donnant cette guenille, ajoutes-y aussi les accessoires qui vont avec : tu sais, le sale petit bonnet mysien pour ma tête :

> Car je dois aujourd'hui sembler un mendiant :
> je suis ce que je suis, mais ne le dois paraître !

Que le public sache qui je suis, mais que le Chœur, planté là tout benêt, se laisse enfifrer par mes finasseries !

EURIPIDE

> Je te le donnerai,
> car tu es plein d'idées, et délié d'esprit... !

JUSTINET

Le Ciel te tienne en joie ! Et Télèphe, qu'il ait le destin que je pense !

> [*Admirant lui-même sa noble faconde*]

Bon, ça ! Peste, je me sens déjà foisonnant de finesses[1] ! Mais il me faut encore un bâton de mendiant.

EURIPIDE

Prends,
> Et quitte ce parvis aux dalles de granit !

JUSTINET

O mon cœur, tu me vois chassé de ces demeures,

alors que j'aurais besoin encore de tant d'ustensiles ! C'est maintenant qu'il faut te faire crampon, pour quémander et supplier ! Euripide, donne-moi donc un petit corbillon troué par la flamme d'un lumignon !

EURIPIDE

Qu'as-tu besoin, chétif, de cette vannerie ?

1. Cf. Sosie dans l'*Amphitryon* de Molière : « Peste, où prend mon esprit toutes ces gentillesses ? »

vers 436-454

JUSTINET

Nul besoin, je l'admets ; mais mon cœur la désire !

EURIPIDE

Tu es bien harcelant ! Quitte donc ces demeures !

[*Il lui donne une corbeille percée*]

JUSTINET [*soufflant dans le trou*]

Pff !

Le Ciel te tienne en joie, comme jadis ta mère !

EURIPIDE

Allez ! déguerpis-moi d'ici !

JUSTINET

Non ! donne-moi encore une chose, rien qu'une : une vilaine écuelle ébréchée.

EURIPIDE

Tiens, et va-t'en au diable !

Sache que tu te rends bien importun céans !

JUSTINET [*à part*]

Et toi, morbleu, tu n'as pas encore compris ce que tu nous fais endurer [1] ! [*Haut*] Allons, Euripide, mon trésor chéri, rien qu'une chose : un petit cruchon bouché par une éponge !

EURIPIDE

Dis donc, toi ! Veux-tu donc me ravir toute ma tragédie ? Prends, et retire-toi !

JUSTINET

Je me retire... Et pourtant, comment faire ? Il me faut encore une chose, une seule : si je n'obtiens pas, c'en est fait de moi. Écoute, Euripide, mon trésor chéri, donne-la-moi, et

---

1. Euripide, dont les pièces — à en croire Aristophane — assomment tous les gens de goût, est mal venu à reprocher à qui que ce soit de l'ennuyer.

vers 455-467

je m'en vais, et je ne reviens plus : pour mettre dans mon corbillon, un vieux trognon ! donne !

EURIPIDE

Je n'y survivrai pas ! Tiens, voilà ! Adieu tout mon théâtre !

JUSTINET

Allons, c'est fini, je m'en vais. C'est être trop importun :
    Je suis indésirable à messeigneurs. Que n'ai-je compris cela plus tôt !...
          [*Il va pour partir et s'arrête brusquement*]

Malheur à moi ! tout est fichu ! J'ai oublié ce qui est la clé de tout mon destin ! Euripidinet, mon minet chéri, mon trésor, je veux bien souffrir mille morts si je te fais encore une demande — sauf une, toute seule, seulette... : donne-moi un brin de cerfeuil,
    legs de ta digne mère[1] !

EURIPIDE [*au serviteur*]

L'insolent ! Fais tomber la herse de notre huis !
    [*Le plateau roulant le fait disparaître chez lui*]

JUSTINET

O mon cœur ! sans cerfeuil il nous faut départir !
Sais-tu bien quel combat tu vas devoir combattre
à l'instant, en parlant pour les hommes de Sparte ?
En avant, ô mon cœur ! En ligne ! c'est l'instant !

Tu t'arrêtes ? Allons, remets-toi en marche : tu as pris une rasade d'Euripide pour te donner de l'estomac !

    A la bonne heure ! Allons, pauvre âme solitaire,
    Avance jusque-là... Et là livre ta tête

après avoir dit tout ce que tu penses. De l'audace ! Marche !... Ah ! mon âme, je suis content de toi !

---

1. Aristophane, par manière de dérision envers Euripide, va répétant qu'il était fils d'une marchande de légumes.

vers 468-488

LE CHŒUR

Que vas-tu faire ?
Que vas-tu dire ?
Mais sache bien, en tout cas, que tu es
un homme au front d'airain à qui rien ne fait peur,
d'offrir à la Cité ta tête
avant de plaider seul contre tous ! quel enjeu !
Pas un frisson ? quel homme !
Allons,
c'est toi qui l'as voulu. Parle, nous t'écoutons !

JUSTINET

Messieurs les Spectateurs,
Ah ! ne nourrissez point d'aigreur à mon endroit,
si, pauvre besacier, je me mêle pourtant

devant les Athéniens d'opiner sur les affaires d'État, dans
cette farce que je trousse : s'il s'agit de parler juste, elle a son
mot à dire elle aussi, la farce ! mes propos seront sévères, mais
justes. En tout cas, cette fois, Cléon n'aura pas à m'incriminer
pour avoir diffamé l'État devant des étrangers : car nous
sommes entre nous, en ce concours des Lénéennes, les
étrangers ne sont pas encore là : les levées qu'ils nous doivent,
ni en argent ni en hommes nos alliés ne sont venus les fournir.
Oui, nous voici entre nous, pur froment civique, rien que fine
fleur et son (les implantés[1], pour moi, c'est le son).
    Les Lacédémoniens, moi, je les déteste, et comment !
Veuille le dieu des Mers, le Prince du Ténare[2], engloutir leurs
maisons, tous tant qu'ils sont, dans un tremblement de terre !
Est-ce que je n'ai pas eu mes vignes coupées, moi aussi ? Mais
tout de même (si je vous dis ça, c'est que nous sommes ici en
amis pour causer) pourquoi rendons-nous les Laconiens

---

1. *Litt. : les Métèques*, étrangers domiciliés à Athènes et dotés d'un
statut qui les associait dans une assez large mesure à la vie civique.
2. Posidon. Ce dieu préside aux tremblements de terre, qu'il provoque
d'un coup de son trident.

vers 489-513

responsables de tout ça ? C'est chez nous qu'il y avait des gens
— je ne dis pas la Cité elle-même, notez bien que je ne dis pas
la Cité — de la racaille, de la canaille, des faux jetons, des
gens tarés, des marque-mal, des espèces de rastaquouères, qui
se répandaient en dénonciations : « Importés de Mégare, ces
paletots[1] ! » Et s'ils avisaient quelque part un concombre, un
levraut, un cochon de lait, une tête d'ail, des grumeaux de
sel : « Importé de Mégare ! »... et hop ! saisie et criée immédiates ! Bon, tout ça n'est que bagatelles maison. Mais il y a la
gourgandine Simaitha : de jeunes fêtards éméchés[2] font une
virée à Mégare, et l'enlèvent. Les Mégariens prennent ça très
mal, la moutarde leur monte, et ils enlèvent, en représailles,
deux pensionnaires de la maison d'Aspasie[3]. Et alors, c'est
l'origine de la guerre : elle a éclaté entre tous les Grecs, à
cause de trois catins. Et alors, courroux de Périclès : notre
Olympien lance éclairs et tonnerres, met la Grèce en marmel-
lade, fulmine des décrets rédigés en style de chanson à boire :

> Interdits de séjour
> sont les gens de Mégare,
> sur terre et au marché,
> sur mer et sous le ciel[4] !

Et alors les Mégariens, gagnés pied à pied par la famine,
demandent aux Spartiates d'obtenir la mise au rancart du
décret motivé par l'affaire des catins. Malgré des invites
réitérées, nous refusons. Et alors, c'est le tintamarre des
boucliers qui se déclenche. On me dira : « Point ne fallait ! »

1. Lainages, porcs, aulx, sel étaient les principaux produits du
terroir de Mégare.
2. *Litt. : enivrés après une partie de cottabe,* jeu de buveurs pratiqué
au cours des festins.
3. Aspasie, compagne de Périclès, est assimilée à une patronne de
lupanar. Il va de soi que la guerre a eu d'autres causes, et singulièrement plus profondes, que cet absurde fait divers. Les propagandistes
de paix avaient tout intérêt à minimiser et à décrier les motifs du
conflit.
4. Parodie d'une chanson de Timocréon de Rhodes.

vers 514-540

Et que fallait-il faire, alors ? à vous de répondre !

Voyons, si quelque Spartiate, « embarqué sur sa nef », avait campé sur la sellette et vendu un sale cabot venant de chez nos plus infimes vassaux [1],

> seriez-vous donc restés calmement au logis ?
> Non certes ! loin de là !...

Sûr et certain, vous auriez à l'instant mis à flot trois cents navires, et la ville se serait remplie de tohu-bohu de soldats, et de clameurs autour de l'amiral, et de paiements de soldes, et de redorages de figures de proue, et de brouhaha de halles aux grains, et de répartition de rations de vivres, et d'outres, et de courroies, d'attelles d'avirons, et d'acheteurs de jarres, et d'ail, et d'olives, et d'oignons ensachés, et de couronnes, et d'anchois, et de tambourineuses, et d'yeux pochés... L'Arsenal, lui, se serait rempli de rabotages de pales de rames, de martelages de chevilles de bois, de garnissages de sabords de nage, de quartiers-maîtres-contremaîtres, de cadences de fifre, et de trilles et de sifflets !

> Voilà, je le sais trop, ce que vous auriez fait !
> Et nous donnerons tort à Télèphe ? Allons donc !

Vous voyez bien que nous n'avons pas un brin de bon sens !

PREMIER DEMI-CHŒUR

Vraiment ? chenapan, triple saligaud ! Tu as le toupet, vilain gueux que tu es, de parler de nous sur ce ton ?... Et même s'il y a eu un mouchard par ci par là, est-ce une raison pour nous agonir ?

SECOND DEMI-CHŒUR

Oui, c'en est une, parbleu ! Et ce qu'il dit est bien dit : tout y est juste, il n'a pas menti d'une syllabe.

PREMIER DEMI-CHŒUR

Juste ? et après ? était-ce à lui de nous le dire ?
Il va payer bien cher ses impudents propos !

---

1. *Litt. : les Sériphiens.* Le sens de ces deux vers reste obscur.

vers 541-563

SECOND DEMI-CHŒUR

Dis donc, toi, où fonces-tu ? Reste tranquille. Si tu frappes cet homme, c'est toi qui vas être emporté sur une civière !

PREMIER DEMI-CHŒUR

> *A moi !*
> *Toi dont les yeux dardent l'éclair*
> *Viens à notre aide, ô Vatenguerre[1],*
> *empanaché, gorgonigère[2] !*
> *A moi ! surgis, cher Vatenguerre,*
> *toi notre ami, notre compère !*
> *Ah ! s'il se trouve en ces parages*
> *un capitaine, un colonel,*
> *un preux, sauveur de citadelles,*
> *qu'il vienne à l'aide, et qu'il se presse !*
> *Voilà déjà qu'on me ceinture !*

[Vatenguerre sort de chez lui, dans un formidable accoutrement guerrier]

VATENGUERRE

D'où vient à mon oreille un tel appel aux armes ?
Où faut-il que je coure à la rescousse ? Où dois-je répandre la panique ? Et qui a fait bondir
ma Gorgone hors de son sac de couchage ?

JUSTINET

Hé, Vatenguerre, noble héros, quelles aigrettes ! quel harnachement[3] !

---

1. *Litt. : Lamachos*, dont le nom même contient le mot « combat ». Aristophane fait de lui le portrait le plus cruel, comme bravache et poltron. Plus tard, lorsque Lamachos fut mort au champ d'honneur, le poète fit amende honorable à sa mémoire.
2. Le bouclier de Vatenguerre est timbré d'une tête de Gorgone.
3. Nous lisons ici, sur la suggestion de van Daele, ὅπλων et non : λόχων.

vers 564-575

LE CORYPHÉE

Hé, Vatenguerre! Cet individu, voilà-t-il pas des heures qu'il dit pis que pendre de nous tous, ses concitoyens!

VATENGUERRE

Vilain gueux!
Qui te rend si hardi de tenir ce langage?

JUSTINET

Vatenguerre, noble héros, pardonne-moi si, pauvre gueux que je suis, j'ai un peu laissé aller mon caquet!

VATENGUERRE

Qu'as-tu dit de nous? Vas-tu parler?

JUSTINET

Je ne me souviens pas encore... Tes armes me font une telle peur... ça me donne le tournis. Dis, je t'en supplie, ôte-moi cet épouvantail!

VATENGUERRE [*posant son bouclier*]

Voilà.

JUSTINET

Bon. Couche-le sur le dos, par terre, là, près de moi.

VATENGUERRE

C'est fait.

JUSTINET

Bon. Ote cette plume de ton casque et passe-la-moi.

VATENGUERRE [*chevaleresque*]

Tiens, reçois mon plumet!

JUSTINET

Bon. A présent tiens-moi le front que je dégobille. Ils me lèvent le cœur, tes plumeaux.

vers 576-586

VATENGUERRE

Hé ! dis donc ? qu'est-ce que tu fais ? Tu vas te servir de mon plumet pour vomir ? C'est une plume de...

JUSTINET

De quel oiseau peut-elle bien être ? de fanfaraudruche, peut-être ?

VATENGUERRE

Haha ! Un homme mort, voilà ce que tu vas être !

JUSTINET

Non, non ! Vatenguerre, ce n'est pas ici une épreuve de force. Et si tu es si fort, que ne m'as-tu déjà décapsulé ? Tu es bien équipé pour ça !

VATENGUERRE

C'est comme ça que tu parles à ton général, gueux ?

JUSTINET

Moi, je suis un gueux ?

VATENGUERRE

Non ? alors qui es-tu ?

JUSTINET

Qui je suis ? Un bon citoyen ; je ne m'appelle pas Lintrigant, moi. Depuis que c'est la guerre, je suis le soldat Trimedur ; et toi, depuis que c'est la guerre, monsieur de Hautepaie !

VATENGUERRE

C'est que j'ai été désigné.

JUSTINET

Oui, par trois étourneaux [1] ! C'est justement pourquoi j'ai

1. *Litt. : trois coucous.*

vers 587-598

fait ma trêve : ça m'écœure de voir de vieux chenus sous les
drapeaux, pendant que des jeunes comme toi se sont défilés !
Il y en a en Thrace, avec de grasses allocations — des
ravacholibrius, des entourloupétaradeurs ; il y en a à l'État-
majoie[1], il y en a en Épire[2] — c'est les pires : des robert-
micmacaires, des natifs de Charlatanville[3] — il y en a en
Sicile, et en Calabre, et en Calabredaine[4] !

VATENGUERRE

C'est qu'on les a désignés !

JUSTINET

Mais d'où vient que vous avez toujours une paie à toucher,
de bric ou de broc, vous autres, et [*montrant les Acharniens*]
jamais un seul de ceux-là ? Franchement, Dupoussier, est-ce
que tu as jamais été ambassadeur, dis, avec tes cheveux gris ?
Tu vois ? il secoue la tête. Et toi, Charbonnard ? Et toi,
Portesac ? Et toi Boisdechêne ? Est-ce qu'il y en a un qui a vu
Ecbatane ou l'Épire ? Ils disent que non ! Mais le fils à
Pimbêche[5], oui, et Vatenguerre, oui : des gens qui, pas plus
loin qu'avant-hier, pliaient sous les arriérés de cotisations et
les dettes ! et devant eux, comme quand on vide un seau de
toilette par-dessus bord, le soir, tous leurs amis criaient :
Gare ! tirez-vous de là !

VATENGUERRE

Sainte Démocratie ! est-ce qu'on peut tolérer ça ?

---

1. *Litt. : auprès de Charès.* Ce nom fait penser à l'idée de prendre du
bon temps (χάρμα).
2. *Litt. : chez les Chaoniens*, peuple d'Épire, dont le nom seul est
inquiétant, cf. *Cav.*, v. 78 n.
3. *Litt. : des hâbleurs de Diomeia*, bourg d'Attique dont les habitants
étaient renommés pour avoir ce défaut.
4. *Litt. : à Camarine, à Géla* (ville de Sicile) *et à Catagéla*, lieu
imaginaire dont le nom signifie : « tourne en ridicule » et fait calembour avec Géla.
5. *Litt. : Cœsyra*, type de femme « de la haute » et vaniteuse.

vers 599-618

JUSTINET

Non pour sûr — sauf si Vatenguerre touche sa paie !

VATENGUERRE

En tout cas, contre les Péloponnésiens, toujours je ferai la
guerre, et partout je les saboulerai ; et sur mer et sur terre, de
toutes mes forces.

[*Il rentre chez lui*]

JUSTINET

Et moi je fais proclamation à tous les Péloponnésiens,
Mégariens et Béotiens, de venir faire négoce et marché avec
moi — mais avec Vatenguerre, ça non !

[*Il rentre chez lui*]

LE CHŒUR

C'est lui le vainqueur du débat. L'opinion publique se rallie
à lui quant à la trêve. Et là-dessus, déshabillons-nous et
attaquons l'intermède.

[*Le Coryphée s'avance seul et s'adresse aux spectateurs*]

LE CORYPHÉE

Depuis que notre patron a entrepris de faire jouer des
farces, on ne l'a pas encore vu se mettre en avant pour faire
savoir au public l'étendue de ses mérites. Mais puisque ses
ennemis répandent des calomnies chez les Athéniens prompt-
avisés, en disant que ses pitreries bafouent l'État et outragent
le peuple, il demande la parole pour y répondre devant les
Athéniens prompt-ravisés. Il déclare être un de vos grands
bienfaiteurs, notre poète : n'a-t-il pas mis le holà quand vous
vous laissiez piper à des discours inspirés par l'étranger,
quand vous vous délectiez de cajoleries — une politique de
benêts béats ? Avant, les délégués des autres cités, pour vous
piper, commençaient par vous saluer : « Citoyens au diadème
de violettes ! » Sitôt qu'on vous avait dit ça, vous autres, à

vers 619-637

cause du diadème, de frétiller du postère sur vos sièges. Et si, après vous avoir cajolés en douce, quelqu'un parlait d' « Athènes l'étincelante », il obtenait n'importe quoi à cause de cet « étincelante » — une étiquette pour faire l'article sur des sardines ! En agissant comme il l'a fait, quel bienfaiteur il a été pour vous ! et en montrant ce que c'est, pour les peuples des autres cités, que l'administration démocratique ! Voilà pourquoi leurs délégués viendront acquitter le tribut avec un ardent désir de voir l'éminent poète qui n'a pas craint de faire entendre aux Athéniens la voix de la justice. Et les glorieux échos de son audace se sont propagés bien loin : jusqu'au Shah de Perse qui a demandé à brûle-pourpoint aux ambassadeurs lacédémoniens, primo : lequel des deux camps avait la supériorité navale, secundo : lequel des deux notre poète criblait de ses flèches. « Eh bien, reprit-il ensuite, ce sont les gens de ce camp-là qui sont d'ores et déjà les meilleurs, et de loin, et qui de loin l'emporteront dans cette guerre, s'ils gardent un tel conseiller. »

Voilà pourquoi les Lacédémoniens vous invitent à signer la paix, à condition de leur céder l'île d'Égine. Égine, ils s'en moquent : c'est qu'ils veulent vous rafler votre poète [1] ! A vous donc de ne pas le lâcher, jamais ! Car ses comédies continueront à vous enseigner ce qui est juste. Oui, il s'engage à vous prodiguer une foule de bonnes leçons, de recettes de félicité ; et cela, sans cajoleries, sans promesses de pots-de-vin, sans embobelinages, sans basses combines et sans arrosages : rien qu'en vous montrant ce qui est le mieux.

> Là-dessus, Cléon peut bien
> chinoiser, manigancer
> tous les coups bas qu'il voudra
> contre moi ! A mes côtés
> c'est l'Honneur et la Justice

---

1. Allusion peu claire. Aristophane n'était évidemment pas d'Égine, mais il devait y posséder des biens.

vers 638-662

qui combattront ; et jamais
on ne me verra mener
comme lui la politique
d'un capon ni d'un ruffian !

[STROPHE]   PREMIER DEMI-CHŒUR

Viens chanter, ô Muse d'Acharnes !
Donne-nous ton feu et ta flamme,
et ton mordant et ton entrain !
Comme l'étincelle que dardent,
attisée au vent du soufflet,
les charbons de notre chênaie,
(près du fretin qu'attend la poêle,
lorsqu'on brouille la marinade
ocellée de moires huileuses
et qu'on brasse la pâte à frire)
apporte-nous ainsi ta fière pétulance
et la rusticité vibrante de tes chants,
Muse — notre payse !

LE CHEF DU PREMIER DEMI-CHŒUR

Nous, les vieux de la vieille, nous avons des reproches à
faire à la Cité : au lieu de nourrir le déclin de nos ans comme
le mériteraient les batailles navales où nous nous sommes
jadis illustrés, vous nous en faites voir de dures ! Vous nous
jetez, vieillards que nous sommes, dans des procès ; vous nous
laissez bafouer par des godelureaux d'orateurs, nous qui ne
faisons plus que nous survivre, sans ressort et sans voix,
comme des flûtes aphones, nous qui n'avons d'autre Providence tutélaire que notre bâton. Nous bafouillons de vieillesse quand nous sommes au prétoire ; nous n'y voyons goutte
dans la Justice — que sa noirceur ! Le godelureau, lui, qui
s'est attaché à soutenir lui-même sa plainte sans avocat, il
nous harcèle et nous bombarde de mots rapides, et qui font
balle. Et puis il nous traîne à la barre, il nous interroge en
phrases traquenardes ; il bouscule le patriarche, l'embar-
bouille, l'écrabouille. Le pauvre vieux mâchonne quelques

vers 663-688

mots... sur quoi il écope d'une amende, et on le renvoie. Alors il gémit, il sanglote en disant à ses amis : « Le prix qu'on me demandait pour ma sépulture, c'est juste le montant de l'amende qui m'est infligée ! »

[ANTISTROPHE]   SECOND DEMI-CHŒUR

> *Dites-moi, des choses pareilles*
> *est-il possible qu'on en voie ?*
> *et qu'on accable au tribunal*
> *un vieillard aux cheveux tout blancs*
> *qui a peiné sa rude part !*
> *Tant de sueurs ont ruisselé,*
> *brûlantes, sur ce mâle front !*
> *A Marathon, il s'est conduit*
> *comme un brave, pour la patrie !...*
> *A Marathon, les poursuivants,*
> *c'était nous — qu'à présent poursuit, et même écrase la*
> *canaille ! Et voilà de quoi clouer le bec*
> *   à tout Écorniflard*[1] *!*

LE CHEF DU SECOND DEMI-CHŒUR

Car enfin, qui peut tolérer qu'un homme voûté, de l'âge de Thucydide[2], ait succombé pour s'être trouvé aux prises avec cette brute des steppes qui fait le vide autour de lui, Euathlos le fils de Céphisodème, ce porte-parole jacasseur ? J'ai essuyé des larmes de pitié, à voir ce digne vieillard bousculé par un cogne ! Ah ! Terre et Ciel ! quand il était lui-même, Thucydide, il ne se serait pas laissé facilement rembarrer, fût-ce par Achaïa[3] en personne. Il aurait fait mordre la poussière, pour

---

1. *Litt. : quelque Marpsias.* On ne sait trop qui est cet individu, dont le nom signifie « qui agrippe ».
2. Non pas le futur historien, mais le rival malheureux de Périclès.
3. Personne ne comprend ce vers. Le texte donne : « *Il aurait supporté* (ou : *tenu bon devant*) *Achaïa elle-même.* Achaïa est un des surnoms de Déméter, déesse toujours considérée comme tutélaire... Ou bien faut-il comprendre : l'*Achaïe* ?

commencer, à une douzaine d'Euathlos, il aurait aplati de ses clameurs tonitruantes trois mille cognes, il aurait cogné plus efficacement que toute la clique du père de cet olibrius ! Eh bien, puisque vous ne voulez pas laisser les vieux dormir en paix, votez au moins un cloisonnement judiciaire : qu'un vieux ne puisse avoir qu'un autre vieux, édenté, pour porter la parole contre lui, et les jeunes, un giton, un jacasseur, un Alcibiade ! Dorénavant, il faut — avec sanctions pour les contrevenants — faire chasser le vieux par le vieux, et le jeune par le jeune.

[*Justinet sort de chez lui et trace un carré sur le sol*]

JUSTINET

Voilà tracé le périmètre de mon marché personnel : zone de libre commerce pour les gens du Péloponnèse, de Mégare et de Béotie, à condition de ne vendre qu'à moi, et pas à Vatenguerre ! Pour la police du marché, je désigne trois agents, après tirage au sort : les cravaches que voici : flic[1], flac ! Dans cette zone, entrée interdite à tout dénonciateur, à tout ressortissant de la nation indic[2]. Et là-dessus, je vais chercher la stèle qui porte les clauses de mon armistice, pour la dresser bien en vue sur le carreau.

[*Il rentre. Paraît un Mégarien, un sac sur l'épaule, avec deux petites filles*]

LE MÉGARIEN

Salut à touâ[3], mârché d'Athènes ! On t'aime ben, nous aut's, ceusses de Mégâre. J'avions r'gret de touâ, fouâ d'âmi, autant que d'mâ mére ! Eh ben ! pauv's 'tites fiotes à vot'pére

1. Les agents de police des marchés étaient armés de lanières.
2. *Litt. : du Phase.* Le mot grec fait calembour avec l'idée de dénonciateur, d'indicateur.
3. Tout le rôle du Mégarien — comme ensuite du Thébain — est en dialecte. L'effet comique devait être assez voisin de celui du rôle de « Piarrot » dans le *Dom Juan* de Molière. La traduction tente une équivalence tout à fait conventionnelle.

ed'misére, v'là qu'y faut êt' à la hauteur pou gâgner vôt'
târtine, si çâ s'trouve! Coutez-mouâ ben, et qu'vôt' vent'
affâmé aye des ôreilles! Qu'esq' y vous vâ le mieux? C'est-y
que j'vous vends? ou qu'vous râstez su c'te foutue fâmine?

LES PETITES

Qu'tu nous vends! Qu'tu nous vends!

LE MÉGARIEN

C'est ben m'n âvis, et je l'pârtâge!... Ouais, mais qui c'est
qui soye si gourde pour v's âcheter? ârgent pârdu, pour lui,
c'est sûr!... Ah! j'ons eune idée, un truc ben d'cheu nous!
Pucelettes, pôrcelettes[1], c'est tout comme... J'vons vous
câmoufler en pôrcelettes, que j' pôrte à vend', que j'dirons.
Boutez-vous aux m'nôttes ces sâbots que v'là, comme les 'tits
côchons, et tâchez môyen d'âvoir l'air de deux filles ed'bônne
truie! Pasque, j'vous fiche mon billet que si vous m'râstez sul
cârreau pour rer' tourner cheu nous, z'âpprendrez c'qu'est ed'
creuver d'faim. Allez, boutez-vous cor ces groins que v'là, et
pis fourrez-vous comme çâ dans le sâc! Et tâchez moyen de
grôgnonner et d'couiner, pâreil que p'tits gôrets de sâcrifice!
Et moi; j'vons hucher Justinet! Où qu'il est? Justinet! Ti
veux-t-y âch'ter des pôrcelettes?

JUSTINET [*sortant*]

Quoi? un type de Mégare?

LE MÉGARIEN

On a v'nu pou l'mârché!

JUSTINET

Comment allez-vous?

1. La scène roule sur l'équivoque du mot χοῖρος qui signifie au sens
propre : « petit cochon », mais qui a aussi un sens obscène (cf. en
français : « oursin »). L'alternance porcelette/pucelette essaie d'en
garder quelque chose.

LE MÉGARIEN

On râvâle not' faim au coin du feu.

JUSTINET

Mais c'est la bonne vie[1], avec un flûtiau pour accompagner ! Et à part ça ? Qu'est-ce que vous faites à Mégare, pour l'heure ?

LE MÉGARIEN

Oh ! lâ ! lâ ! A tant que j'sommes pârti d'lâ-bas, les ceusses du Conseil, çâ qu'y f'saient pou les citôyens, c'tait d'tâcher môyen qu'on creuve nous aut', au pus vite au pus pire !

JUSTINET

Eh bien, comme ça, vos ennuis seront tout de suite finis !

LE MÉGARIEN

Tu pârles !

JUSTINET

Et quoi d'autre à Mégare ? Combien coûte le blé ?

LE MÉGARIEN

Cheu nous, l'est normément pus cher que l'bon Guieu !

JUSTINET

C'est du sel que tu apportes ?

LE MÉGARIEN

Ah ! ouiche, c'est-y pâs vous qu'âvez mis l'embârgo d'ssus ?

JUSTINET

Pas d'ail non plus ?

1. Il a compris : « on avale notre vin ».

vers 751-761

LE MÉGARIEN

Quouâ çâ, d' l'ail ? C'est cor t'jours vous, quand vous foncez cheu nous, pareil qu'des campâgnols, qu'vous mettez les gousses en l'air âvec vos piques !

JUSTINET

Mais alors, qu'est-ce que tu apportes ?

LE MÉGARIEN

Des pôrcelettes, moûâ, pour les sâcrifices !

JUSTINET

Bonne idée. Montre un peu.

LE MÉGARIEN

Ah mais ! C'est qu'âlles sont beûlles ! Soupése donc, s'ti veux ! Alle est grâsse, âlle est beûlle !

JUSTINET [*plongeant la main dans le sac*]

Hé là ? Qu'est-ce que c'est que ce machin-là ?

LE MÉGARIEN

Une pôrcelette, parguieu !

JUSTINET

Qu'est-ce que tu dis ? D'où sort-elle, cette porcelette ?

LE MÉGARIEN

D'Mégâre. C'est-y pâs eune pôrcelette, çâ ?

JUSTINET

Ce n'est pas mon avis.

LE MÉGARIEN

C't un peu fôrt ! Vous v'rendez compte ! Y veut pâs m' crouâre ! Y dit qu' c'est pâs eune pôrcelette, çâ. Eh ben, s'ti

vers 761-771

veux, j' te pârie eune pôgnée de thym à la crôque-au-sel, si
c'est pâs c' qu'on appelle une pôrcelette, çâ, en greuc !

JUSTINET

Ouais ! C'est humain cette bête-là !

LE MÉGARIEN

Voui ben, crebieu [1], pisqu'âlle est à mouâ : à qui donc ti
crouâs qu'alle est ? 'Coute-les brâiller, ti veux ?

JUSTINET

Oui je veux, bons dieux !

LE MÉGARIEN

D'péche-touâ d'gueuler un brin, dis, pôrcelinette ! T' veux
pâs ? Tu lâ boucles, dis, gueuse, sâcripante ! Morguieu, j'vons
t'rerappôrter cheu nous !

UNE PETITE

Koï ! Koï !

LE MÉGARIEN

Alôrs ? C'est-y eune pôrcelette ?

JUSTINET

Une pucelette-porcelette, d'accord. Mais quand elle aura
grandi ça fera un beau conichon !

LE MÉGARIEN

Cinq ans d'icite, c' mouâ qui te l'dis, çâ s'râ comme sâ
mâman.

JUSTINET

Mais pour le sacrifice, telle que, elle ne fait pas l'affaire.

1. *Litt. : par Dioclès*, héros mégarien.

vers 772-784

LE MÉGARIEN

Hein ? Et pourquouâ pâs l'âffaire ?

JUSTINET

La queue[1] ? elle n'en a pas.

LE MÉGARIEN

C'est qu'âlle est cor p'tiôte. Quand âlle s'râ eune grôsse côchonne, en lui en trouvera eune, ben grôsse, ben dôdue, ben rouge ! Mon'ieux, s'ti veux l'élever c't eune beûlle pôrcelette, ça !

JUSTINET [*palpant l'autre gamine*]

Ce conichon-là, c'est tout pareil à l'autre.

LE MÉGARIEN

C'est qu'â sont sœurs, même pére, même mére. Tends qu'âlle s'engrâsse, qu'âlle prenne ben du pouâl, çâ s'râ la plus beûlle pucelette à sâcrifier sur l'autel d'Aphrôdite !

JUSTINET

Mais on ne sacrifie pas de porcelettes à Aphrodite.

LE MÉGARIEN

Pas d'pucelettes pour Aphrôdite ? C'est ben la seule deûesse pour qui l'en faut ! Et pis, la châr ed'mes pucelettes, çâ s'ra un régâl, quand t'les aurâs embrôchées !

JUSTINET

Elles sont sevrées ? Elles ne tètent plus leur mère ?

LE MÉGARIEN

Pour sûr, morgieu ! Ni leur pére non pus !

1. Les bêtes qui avaient quelque défaut ou mutilation étaient impropres aux sacrifices.

vers 785-798

JUSTINET

Qu'est-ce qu'elles préfèrent manger ?

LE MÉGARIEN

Tout c'que t' leur donnerâs. Demandes-y toi-même.

JUSTINET

Hé ! gorette ? gorette ?

LES PETITES

Koï ! Koï ! Koï !

JUSTINET

Vous bouffez des glands [1] ?

LES PETITES

Koï ! Koï ! Koï !

JUSTINET

Et puis ? des bananes ?

LES PETITES

Koï ! Koï !

JUSTINET

Eh bien ! quels piaillements perçants pour les bananes !
Qu'on aille chez moi chercher des bananes pour ces deux
cochonninettes ! Voyons : c'est-y qu'elles vont les bouffer ?
Oh ! là ! là ! Ventrebleu mon patron ! Comme elles savent
souquer des mandibules ! Ah ! je sais d'où elles sont : de
Boufarik [2], ça se voit bien !

LE MÉGARIEN

Mais âlles les ont pas toutes bouffées, les bananes ! En v'là
eune que j'ai mis de côté, mouâ [3] !

1. *Litt.* : *des pois chiches* ; et plus loin : *des figues.* Mots à double
acception, dont la seconde, obscène, répond pour le sexe masculin à ce
qu'est χοῖρος pour le sexe féminin.
2. *Litt.* : *de Tragases,* par calembour avec τραγεῖν, croquer.
3. On imagine un geste de grasse gaillardise.

vers 799-810

JUSTINET

Ma foi, elles sont bien gentilles, ces deux bestioles. Combien me vends-tu tes pucelettes ? Dis ton prix.

LE MÉGARIEN

T'en aurâs eune pour eune bôtte d'ail ; et l'aut's'ti veux, pour ren qu'un litron d'sel.

JUSTINET

Je les achète. Attends-moi ici.

[*Il rentre*]

LE MÉGARIEN

Et v'là ! Si le dieu du négôce pouvait me permettre de m' défaire cômme ça de mâ fâmme et de ma mére !

[*Entre un Délateur*]

LE DÉLATEUR

Hé ! mon bonhomme, d'où es-tu ?

LE MÉGARIEN

De Mégâre, marchand d'gôrets.

LE DÉLATEUR

Alors ces petits gorets ici présents, je les dénonce comme biens ennemis ; et toi aussi !

LE MÉGARIEN

Çà y est ? Çà recômmence !
   La source de nos maux rejâillit de plus beûlle !

LE DÉLATEUR

Ton accent de Mégare te coûtera cher. Lâche ce sac !

LE MÉGARIEN

Justinet ! Justinet ! on me mouchârde !

vers 811-823

JUSTINET [*réapparaissant*]

Qui ça ? qui est le mouchard ? [*Saisissant les cravaches*] Messieurs les agents, je vous requiers de refouler les délateurs ! Cette idée ! tu veux faire chanter les gens sans connaître la musique ?

LE DÉLATEUR

Quoi ? tu m'empêcheras de dénoncer les ennemis ?

JUSTINET

Il va t'en cuire ! Va-t'en ailleurs faire le délateur : détale, et au galop !

[*Le Délateur s'enfuit*]

LE MÉGARIEN

Queûlle plaie c'est-y pour Athènes, c't'engeance !

JUSTINET

Ne t'en fais pas, mon gars de Mégare ! le prix que tu m'as demandé de tes porcelettes, tiens, le voilà, ton ail et ton sel. Adieu, bien de la joie !

LE MÉGARIEN

D'là joie ? Çâ n'pousse pas cheu nous.

JUSTINET

Pardon !... j'ai parlé en étourdi. Autant pour moi !

LE MÉGARIEN

Mes 'tites pôrcelettes, tâchez, loin de vôt'pére, d'avoir du pain à étend' sous vot'sel, si qu'on vous en dônne !

[*Il s'en va*]

LE CHŒUR [*montrant Justinet*]

Il est heureux, le bonhomme !
Tu te rends compte à quel point
son plan se réalise et marche bel et bien !

vers 824-837

Il en cueillera les fruits
en restant là
assis à son carreau ! qu'un dénonciateur,
Gagnegros[1] ou un autre, arrive,
gare à lui s'il veut s'installer !

[A Justinet]

Et personne ne viendra
pour son ravitaillement
te frauder ; ni Prépis[2] torcher son cul infâme
sur toi : ni Cléonymos
te malmener.
Tu pourras circuler dans tes habits candides,
sans tomber sur Hyperbolos[3]
pour t'embrener dans un procès !

Tu ne verras pas surgir
devant toi sur ton marché
Cratinos[4], promenant son vieux crâne tondu
(au double zéro, toujours,
comme un bagnard),
ce Mandrin malandrin[5], ce bâcleur de musique,
avec ses aisselles puantes
ce bouc, fils d'un bachi-bouzouk[6] !

Tu ne verras pas non plus
ce chenapan de Pauson[7]
venir à ton marché, et se payer ta tête,

1. *Litt.* : *Ctésias*, nom tiré de la racine de κτᾶσθαι, acquérir, s'enrichir.
2. Vil personnage, connu seulement par ce passage. — Cléonyme, cf. *Cav.* v. 958 n.
3. Démagogue qui succéda plus tard à Cléon à la tête du parti populaire.
4. Le vieux poète comique, rival d'Aristophane. Cf. *Cav.*, v. 400 n, v. 526 et suiv.
5. *Litt.* : *cet Artémon, archicanaille,* avec jeu de mots entre περιπόνηρος et περιφόρητος, surnom d'Artémon, qui ne se déplaçait qu'en litière.
6. *Litt.* : *dont le père est de Tragasès* : le nom de ce bourg fait penser en grec à « bouc » donc à « puanteur ».
7. Pauson, Lysistratos, deux casse-pieds faméliques.

vers 838-855

ni Lysistratos, la honte
de son quartier[1],
pourri de vice, indécrottable, et qui ne cesse
de claquer de froid et de faim
plus de trente jours chaque mois !

[*Entre un Béotien de Thèbes avec son serviteur, chargés
d'énormes ballots, et suivis d'un groupe de flûtistes
burlesques*]

LE BÉOTIEN

Corbleu, j'en ai plein l'épaule, j'chuis tout end'lori ! [*A son
esclave*] Pose la menthe, Isménias, bien d'licatement. Et vous
tous, qui me faites accompagnement depuis Thèbes, choufflez
dans vos becs de flûtes — en culs de poule !

JUSTINET

Assez ! Au diable ! Jouez des flûtes ! oust ! D'où m'arrive ce
fichu vol de sales guêpes à l'assaut de ma porte ? Ils frelon-
donnent, on dirait Chaeris[2] !

LE BÉOTIEN

Ah ! chà, dam' oui, ch'est bien gentil de ta part, l'ami !
D'puis Thèbes qu'ils sont là à me chouffler au derrière, ils ont
fait tomber mes fleurs de menthe partout par terre ! Chit'
plaît, ach'te moi quèque chose de ch'que j'apporte, de la
v'laille ? des chigots de sauterelles ?

JUSTINET

Hé bonjour, Bébéotien, mangeur de pain d'orge ! qu'est-ce
que tu apportes ?

LE BÉOTIEN

Tout ch' qu' y a de bon en Béotie, ch'est bien chimple !
Marcholaine ! menthe ! chpart'ries, mèches de lampes ! des
can'tons, des choucas ! des perdriaux ! des poules d'eau ! des
roit'lets ! des plonchons !

1. *Litt. : de Cholarges*, dème de l'Attique.
2. Cf. v. 16 n.

vers 856-876

JUSTINET

C'est une vraie rafale d'oiseaux que tu viens drosser sur mon marché !

LE BÉOTIEN

Et ch'porte encore des oies, des l'vrauts, des r'nards, des taupes, d'-z-hérichons, des b'lettes, des blaireaux, des putois, des loutres, d'-z-angouilles du Lac[1] !

JUSTINET

Hein ? O porteur de la plus régalante matelote qui puisse s'offrir aux humains, permets-moi de présenter mes hommages — dis, c'est vrai ? tu en apportes ? — à tes anguilles !

LE BÉOTIEN [*tirant une anguille de son sac*]

Damoigelle, princesse, entre cinquante sœurs,
      de mes vierges lacustres !
montre-toi, fais rigette au client étranger !

JUSTINET

            O bien-aimée,
Objet d'un long désir, te voici donc venue !
Tu as pour soupirants... tous les gars de la troupe !
pour amant... Morychos[2] !

— Pages, apportez-moi le fourneau ici, et l'éventoir ! Regardez donc, les enfants, quelle anguille extra nous est arrivée,
      après plus de cinq ans de douloureuse absence !
      Saluez-la, mes fils ! Pour fêter cette hôtesse,
je fournirai de bon cœur le charbon. [*Faisant signe à son serviteur*] Non : emporte-la à la cuisine...
      Rien ne puisse jamais, jusque dans le trépas,
      me séparer de toi qui m'attends sur ton lit
d'épinards !...

1. *Litt. : du lac Copaïs*, en Béotie. Elles étaient très renommées.
2. Gourmand célèbre et fort riche.

vers 876-894

LE BÉOTIEN

Et moi, combien tu vas me la payer ?

JUSTINET

Comme droit de place sur le carreau, tu m'en feras bien cadeau ! Mais si tu as autre chose à vendre parmi tout ça, dis ton prix.

LE BÉOTIEN

Oui-dame ! Tout est à vendre !

JUSTINET

Eh bien, dis ton prix. Ou bien si tu préfères un échange, et remporter d'ici un autre chargement chez toi ?

LE BÉOTIEN

Pour chûr ! Tout ch' qu'y a à Athènes et qu'y a pas chez les Béotiens !

JUSTINET

Alors veux-tu que je te cède des anchois du Golfe [1], ou de la vaisselle, pour emporter ?

LE BÉOTIEN

Des anchois ? de la vaichelle ? Mais y en a là-bas ! Nenni : je veux quèque chose qu'y a point chez nous, mais ici à gogo !

JUSTINET

Alors j'y suis ! Emporte un délateur, bien emballé comme une amphore !

LE BÉOTIEN

Mes aïeux [2] ! Bonne affaire ! Ch' gagnerai gros à le faire voir là-bas, pareil qu'un chinge tout plein de maliche jusqu'à ras bord !

1. *Litt. : de Phalère*, port de l'Attique.
2. *Litt. : par les deux héros*, juron thébain. Il s'agit des deux fondateurs légendaires de la ville.

vers 895-907

JUSTINET

Eh bien voilà justement Nicarchos qui vient faire sa petite
promenade de délation...

LE BÉOTIEN

L'est bien chi p'tit pour sa taille, ch'ui-là !

JUSTINET

Mais tout méchant !

[*Entre Nicarchos*]

NICARCHOS [*voyant les denrées*]

A qui ces denrées ?

LE BÉOTIEN

Ch't à moi ichi ! Cha vient de Thèbes, fouchtra !

NICARCHOS

Alors, moi je les dénonce : provenance ennemie !

LE BÉOTIEN

Qu'est ch' qui te prend, de partir en guerre et en bataille
contre des v'lailles ?

NICARCHOS

Et toi aussi je te dénoncerai par-dessus le marché !

LE BÉOTIEN

Qu'est-che que ch' t'ai fait ?

NICARCHOS

Je vais te le dire, « par égard pour le public qui
m'écoute [1] » : tu introduis une mèche qui vient des territoires
ennemis.

1. Formule habituelle dans les procès.

vers 908-916

JUSTINET

Et alors ? C'est pour une mèche que tu fais feu ?

NICARCHOS

Oui : elle serait susceptible d'incendier l'Arsenal.

JUSTINET

L'Arsenal ? une mèche ?

NICARCHOS

Parfaitement.

JUSTINET

Et comment ça ?

NICARCHOS

Suppose qu'un Béotien l'enfile dans une paille, l'allume et l'expédie dans l'Arsenal par un tuyau de gouttière, en prenant soin qu'il souffle un grand mistral : il suffirait que le feu touche une fois les navires, ils flamberaient à la minute.

JUSTINET

Maudit gibier de potence ! ils flamberaient avec une paille et une mèche ?

[*Il le rosse*]

NICARCHOS

Je prends des témoins !

JUSTINET

Obture-lui le bec. Donne-moi du foin, que je l'emballe comme une amphore pour l'emporter ! Faut pas qu'il se casse pendant le transport !

[STROPHE]   LE CORYPHÉE

> *C'est ça, mon très cher, emballe*
> *pour le Thébain son emplette,*

vers 917-930

afin de lui épargner
la casse au cours du transport !

JUSTINET

Oui, tu peux compter sur moi.
Faut du soin : vu que déjà
c'est un drôle de raffut
qu'il bafouille — tout fêlé !
Et c'est pas les dieux, pour sûr,
qui voudront le protéger !

LE CORYPHÉE

Mais l'acheteur, qu'en fera-t-il ?

JUSTINET

Un récipient à tous usages :
vase à brasser les infamies,
mortier pour touiller les procès,
poubelle à éplucher les comptes,
bassine à brouiller les affaires !

[ANTISTROPHE]   LE CORYPHÉE

Moi je ne me fierais guère
à un pareil ustensile
pour l'usage domestique,
s'il fait toujours ce raffut !

JUSTINET

Mais non, l'article est solide :
garanti contre la casse,
tel que tu le vois, pour peu
qu'on le tienne suspendu
par les pieds, la tête en bas !

LE CORYPHÉE [*au Béotien*]

Tu vois ? l'affaire est dans le sac !

vers 931-946

LE BÉOTIEN

Cha va. Ch'emporte ma récolte.

LE CORYPHÉE

Mais oui, Béotien de mon cœur,
rassemble, emporte ta récolte,
et utilise où tu voudras
à toutes fins ton délateur !

JUSTINET

J'en ai eu du mal pour l'emballer, le fichu gredin ! [*Au Béotien*] Tiens, enlève ta vaisselle, Béotien !

LE BÉOTIEN [*à son esclave*]

Arrive ichi, baiche-toi un peu et tends l'épaule, Isménillot !

JUSTINET

Attention ! Coltine-le avec précaution ! De toute façon le colis ne vaut pas un clou, mais tout de même !... Et si tu gagnes quelque chose à promener cette marchandise-là, tu seras bien le seul à pouvoir bénir nos délateurs !

[*Le Béotien s'en va. Justinet rentre chez lui. Entre un valet*]

LE VALET DE VATENGUERRE

Justinet !

JUSTINET [*sortant*]

Qu'est-ce que c'est ? Pourquoi m'interpelles-tu ?

LE VALET

Pourquoi ? Ordre de Vatenguerre : lui céder de tes grives, pour une drachme — tiens, la voilà — en vue de la fête des Flacons ; et une anguille du Lac, pour trois drachmes.

JUSTINET

Qui est-ce, nommé Vatenguerre, pour avoir mon anguille ?

vers 947-963

LE VALET

Le redoutable preux, le vaillant qui brandit
sa Gorgone, en faisant vibrer la triple aigrette
dont s'ombrage son casque !

JUSTINET

Il n'aura rien, sacrebleu, même s'il me faisait cadeau de sa
rondache ! Un anchois, s'il veut, pour aller avec sa fine-
aigrette, en secouant sa salade ! et s'il me casse les oreilles,
j'appelle les agents. Quant à moi, j'emporte la marchandise,
et je rentre chez moi

sous les ailes propices
des grives et des merles !

[STROPHE]　　　　　　LE CHŒUR

Vous avez tous vu, citoyens,
cet esprit éclairé, ce sage entre les sages,
quels trésors il peut emmagasiner,
depuis qu'il a signé sa trêve — en libre-échange ! —
tant en objets utiles au ménage
qu'en pitance friande à manger chaude à point !
Sans qu'il ait à lever le petit doigt, chez lui
se donnent rendez-vous toutes les bonnes choses !
Je ne veux plus de Guerre, et lui tiendrai toujours
ma porte close ; et à ma table
je ne l'admettrai plus à chanter nos refrains [1],
jamais ! C'est une brute avinée, une intruse
qui vient tirer bordée aux frais des braves gens
qui auraient tout pour être heureux !
Elle a fait mille horreurs chez nous, charivaris,
bagarres, pots cassés ! Moi, je lui prodiguais
les risettes : « Bois donc ! prends tes aises ! tiens, vide
le verre de l'amitié ! » Elle,
de plus belle, faisant flamber nos échalas

1. *Litt. : l' « Harmodios »*, chanson joyeuse qui évoquait le souvenir
des tyrannicides.

vers 964-986

et nous brutalisant, saccageait les vendanges
de nos vignes !

[ANTISTROPHE]   LE CHŒUR

    A tire-d'aile, il est parti
s'apprêter à dîner. Son âme se dilate !
Quel train de vie ! Pour nous le dire, il a,
voyez, devant sa porte, éparpillé des plumes !

    [*Apparaît une femme fort séduisante qui incarne la*
Trêve]

    Gentille Trêve, ô toi qui fais cortège
à Vénus toute belle, aux Grâces adorables,
hé ! quel joli minois !... Et tu me le cachais !
si quelque Amour voulait nous unir dans ses bras,
toi et moi — un Amour, tu sais, comme on les peint,
    la couronne de fleurs au front !... —
Peut-être me prends-tu pour un vieux rabougri ?
Va, si je t'épousais[1]*, je serais bien capable*
de réussir encor, crois-moi, triple besogne :
    d'abord sarcler longue enfilade
de vigne ; et puis bouter mainte verte bouture
de figuier, tout au long de cette haie ; enfin
un cep fort bien greffé (le vieux est encor là !)
    et kyrielle d'oliviers
tout autour du lopin : de quoi fournir l'onguent
pour les festivités que nous célébrerions,
    toi et moi !

UN CRIEUR PUBLIC [*entrant*]

Oyez peuples ! Selon l'usage de nos pères s'ouvre la fête des Flacons ! Au son de la trompette, on boit. Et le premier de tous qui aura vidé son litron recevra un sac à vin... modèle Ctésiphon[2] !

---

1. Toute la fin de ce couplet agreste file un long sous-entendu gaillard.
2. Ce Ctésiphon, obèse, portait le sobriquet de « l'Outre ».

vers 987-1002

JUSTINET [*vers l'intérieur*]

Hé, les enfants! les femmes! Vous n'avez pas entendu?
Qu'est-ce que vous faites? Vous n'entendez pas le crieur?
Faites mijoter, faites griller, faites sauter, retirez du feu la
gibelotte, plus vite que ça! Nouez les guirlandes! Ici les
broches, que j'enfile les grives!

[STROPHE]   LE CHŒUR

> *Ah! mon ami, je t'envie*
> *d'être aussi bien inspiré —*
> *mais bien plus, de te trouver*
> *aussi bien ravitaillé!*

JUSTINET

> *Que diras-tu quand tu verras rôtir mes grives!*

LE CHŒUR

> *Ici encor, je te donne raison!*

JUSTINET [*à son serviteur*]

> *Le feu! attise dessous!*

LE CHŒUR

> *Tu entends? Ah! quel maître queux, quel connaisseur*
> *quelle fine fourchette on sent dans la façon*
> *qu'il a de présider à son propre service!*

> [*Entre un Paysan, l'air pitoyable*]

LE PAYSAN

Ah! misère de moi!

JUSTINET

Seigneur! qui est-ce, celui-là?

LE PAYSAN

Un homme qui a bien du malheur!

JUSTINET

Alors, garde-le pour toi, et circule!

vers 1003-1019

LE PAYSAN

Mon bon ami, puisque tu es tout seul à avoir de la trêve, passe-m'en une petite dose — de cinq ans seulement, si tu veux !

JUSTINET

Qu'est-ce qui t'est arrivé ?

LE PAYSAN

Je suis ruiné : j'ai perdu ma paire de bœufs !

JUSTINET

Comment ça ?

LE PAYSAN

A Phylé ; les Béotiens me les ont raflés !

JUSTINET

Misère de misère ! Et tu ne portes pas le deuil[1] ?

LE PAYSAN

Des bêtes qui me faisaient, dieu sait, nager dans une opulence... de bouses !

JUSTINET

Et alors, qu'est-ce que tu demandes au juste ?

LE PAYSAN

Je n'ai plus d'yeux, à force d'avoir pleuré mes bœufs ! Si tu veux faire quelque chose pour Bonœil[2] de Phylé, frotte-moi les yeux avec un peu de paix, vite !

JUSTINET

Ben mon salaud ! Je ne suis pas médecin cantonal !

1. *Litt. : et tu t'habilles de blanc ?*
2. *Litt. : Dercétès.* Ce nom implique l'idée de regard perçant.

vers 1020-1030

LE PAYSAN

Va ! je t'en supplie ! Pour que des fois je récupère mes bœufs !

JUSTINET

Pas question. Va-t'en geindre au dispensaire[1] !

LE PAYSAN

Dis, donne-moi une goutte de paix, tout juste, tiens, fais-la glisser dans ce chalumeau !

JUSTINET

Pas une micromilligoutte ! Oust ! va-t'en geindre ailleurs !

LE PAYSAN

Ah ! misère de moi ! Mes chers petits bœufs de labour !

[*Il s'en va*]

[ANTISTROPHE] LE CHŒUR

Notre homme a trouvé des charmes
à savourer cette trêve !
car il ne semble pas près
d'en faire part à personne !

JUSTINET

Du miel sur le boudin ! Les calmars, à la poêle !

LE CHŒUR

Dis, tu entends cette voix de stentor ?

JUSTINET

Les anguilles, sur le gril !

LE CHŒUR

Tu veux donc nous tuer, de male mort de faim,

1. *Litt.* : *chez les gens de Pittalos.* Pittalos était médecin.

vers 1031-1044

moi-même, et les voisins, en répandant ainsi
de tels fumets, et de tels cris à pleine voix !

[*Entre un garçon d'honneur suivi d'une matrone*]

LE GARÇON

Justinet ! Justinet ?

JUSTINET

Qui est-ce, celui-là ?

LE GARÇON

Un jeune marié m'envoie te porter ce plat de viande de sa
noce.

JUSTINET

Qui que ce soit, c'est bien gentil à lui !

LE GARÇON

Il te prie, en échange de la viande, et pour pouvoir ne pas
partir en guerre et rester dans son lit pour s'escrimer, de lui
verser dans cette fiole une lampée de paix, une seule !

JUSTINET

Emporte ta viande ! Emporte ! Je n'en veux pas ! Il n'aura
rien, même pour des mille et des cents ! [*Se tournant vers la
matrone*] Et celle-là, qui est-ce ?

LE GARÇON

C'est la présidente de la noce. Elle a un mot à te dire de la
part de la mariée — à toi tout seul.

JUSTINET

Eh bien ? Qu'as-tu à me dire [*La femme lui parle à l'oreille*].
Vingt dieux ! elle est bien bonne, la requête de la mariée ! elle
me demande — ardemment — le moyen de garder à la maison
l'engin de son petit mari ! [*Il fait signe à son serviteur*] Allons,
apporte la trêve. A elle, j'en donnerai, rien qu'à elle : c'est une
femme, elle n'est pour rien dans la guerre. [*A la matrone*]

vers 1045-1062

Viens ici, approche ta bouteille là-dessous, comme ça, femme.
Tu sais comment elle doit faire, la mariée ? Tu lui explique-
ras : quand on racolera les soldats, elle n'a qu'à en frictionner,
la nuit, l'engin de son homme. [*A son serviteur*] Remporte la
trêve, et apporte la louche, que je transvase le vin pour la fête
des Flacons !

LE CHŒUR

Ah ! voici se hâter, sourcilleux et hautain,
  un homme : il doit porter quelque grave nouvelle !

UNE ESTAFETTE [*frappant fébrilement à la porte de Vatenguerre*]

Holà ! cruels chagrins, guerres et vatenguerres !

VATENGUERRE [*sortant de chez lui*]

Qui donc frappe à ma porte aux cabochons d'airain ?

L'ESTAFETTE

Ordre de l'État-Major : quitter tes foyers, immédiatement
et sans délai, muni de tes troupes sur tes talons, et de tes
plumets sur ta tête. Après quoi, monter la garde, sous la neige,
aux points de passage frontaliers. Un informateur a fait savoir
que des pillards béotiens profiteraient de la fête des Flacons
et des Marmites [1] pour lancer un raid.

JUSTINET

Ah ! Ces messieurs de l'État-Major... Chez eux le nombre y
est, mais pas la qualité !

VATENGUERRE

Ce coup-là est dur ! On ne me laisse même pas célébrer les
fêtes !

JUSTINET

Voilà ! Aux armes, citoyen ! C'est la campagne de Vaten-
guermanie !

---

1. Fête de Dionysos, célébrée au début de mars, où on offrait des
plats cuisinés, viandes et légumes.

vers 1062-1080

VATENGUERRE

Ah ! misère de moi ! C'est toi à présent qui te paies ma tête ?

JUSTINET [*dressant son éventoir sur un casque imaginaire*]

Dis donc, tu veux te battre avec un Ogre[1] à quadruple panache ?

VATENGUERRE

Hélas, hélas ! quel message cette estafette est venue me signifier !

JUSTINET [*voyant arriver un nouveau messager*]

Hé là, hé là, et à moi, de quel nouveau message accourt-on me faire part ?

LE MESSAGER

Justinet !

JUSTINET

Qu'y a-t-il ?

LE MESSAGER

A table, vite ! En avant marche, muni de ton couffin et de ton litron ! C'est le prêtre de Dionysos qui t'invite. Mais presse-toi ! On n'attend que toi depuis un bon moment pour se mettre à dîner. Tout est prêt à part ça : sièges, tables, coussins, tapis, couronnes, parfums, hors-d'œuvre (les mignonnes sont déjà là), gâteaux, galettes, chaussons, tartes, danseuses — et les chansons à boire[2], depuis un bon moment !... Allons, en vitesse, dépêche-toi !

VATENGUERRE

Malheureux que je suis !

JUSTINET

Ce que c'est que t'être mis sous le panonceau de ta grande Gorgone ! [*A son serviteur*] Boucle la maison, et qu'on emballe mon dîner.

---

1. *Litt. : un Géryon.*
2. *Litt. : et le « bien-aimé Harmodios » ; cf. v. 980 n.*

vers 1081-1096

VATENGUERRE

Gamin, gamin ! allons, ici mon havresac !

JUSTINET

Gamin, gamin ! allons, par ici mon couffin !

VATENGUERRE

Du thym à la croque-au-sel, gamin, et des oignons !

JUSTINET

Une rouelle de poisson pour moi ! Foin des oignons !

VATENGUERRE

Une ration de conserve, apporte ici, gamin !... Oh que ça
pue !

JUSTINET

Pour moi aussi, gamin, une ration, mais je la cuirai là-bas.

VATENGUERRE

Va-t'en chercher mes deux plumets pour mettre au
[casque !

JUSTINET

Pour moi, mes deux pigeons ! apporte aussi les grives !

VATENGUERRE

Cette plume d'autruche, ah ! qu'elle est belle et
[blanche !

JUSTINET

Cette chair de pigeon, qu'elle est belle et dorée !

VATENGUERRE

Dis donc, as-tu fini de blaguer mon harnais ?

JUSTINET

Dis donc, voudrais-tu bien ne plus lorgner mes grives ?

VATENGUERRE

Va me chercher l'écrin de mon aigrette triple !

vers 1097-1109

JUSTINET

Toi, passe-moi ce plat : c'est du ragoût de lièvre !

VATENGUERRE

Mon panache, ma foi, les mites l'ont bouffé !

JUSTINET

En hors-d'œuvre, ma foi, ce civet, je le bouffe.

VATENGUERRE

Dis donc, voudrais-tu bien ne plus m'interpeller ?

JUSTINET

Mais non : c'est que nous avons un vieux débat à vider, le gamin et moi [*A son esclave*] : on parie, veux-tu ? Vatenguerre fera l'arbitre. [*A Vatenguerre*] Qu'est-ce qui est le meilleur, les sauterelles ou les grives ?

VATENGUERRE

Tu te fous de moi !

JUSTINET [*à l'esclave*]

A son avis, c'est les sauterelles, et de loin.

VATENGUERRE

Gamin, gamin, ma pique au râtelier ! décroche, et me l'apporte !

JUSTINET

Gamin, gamin, mon cordon de saucisses ! enlève, et me l'apporte !

VATENGUERRE

Allons, que je débobine ma pique hors de ses langes !

[*Il donne l'arme à son valet et commence à dévider*]

Ferme ! tiens bon, gamin !

JUSTINET [*donnant le plat à son valet et commençant à dérouler une saucisse interminable*]

Et toi aussi, gamin, tiens ferme !

vers 1110-1121

VATENGUERRE

Pour caler ma rondache, gamin, apporte la béquille !

JUSTINET [*se tapant sur le ventre*]

Et pour caler la mienne un bon pâté d'anguille [1].

VATENGUERRE

Amène ici l'orbe de ma rondache, avec la gorgone qui la rehausse !

JUSTINET

Et pour moi, l'orbe de ma quiche, avec le gorgonzola qui la relève !

VATENGUERRE

Voilà-t-il pas une blague bien fadasse, bonnes gens ?

JUSTINET

Voilà-t-il pas une quiche succulente, bonnes gens ?

VATENGUERRE [*montrant son bouclier*]

Toi, enduis-moi ça de graisse ! Sur le métal, je vois un vieux capon, qui aura à en répondre [2] !

JUSTINET [*montrant sa quiche*]

Toi, enduis-moi ça de miel ! Ici, c'est un vieux brave homme qu'on voit : il envoie Vatenguerre se faire couper la gorgamelle !

VATENGUERRE

Pour la bataille, gamin, apporte ma cuirasse !

---

1. *Litt. : les petites galettes cuites au four.* Le grec κριβανίτας fait assonance avec κιλλίβαντας, béquilles.
2. Il se mire dans son bouclier bien graissé. Par inspiration « catoptromantique » il est amené à révéler bon gré mal gré sa véritable nature.

vers 1122-1132

JUSTINET

De la futaille, gamin, tire-moi un cruchon[1] !

VATENGUERRE

C'est pour me cuirasser quand il faudra se battre !

JUSTINET

C'est pour me cuitasser quand on voudra trinquer !

VATENGUERRE

Ficelle bien la couverture à la rondache, gamin !

JUSTINET

Ficelle bien la mangeaille dans la baluche, gamin !

VATENGUERRE

Le paquetage, c'est moi qui le porterai : sac au dos !

JUSTINET

Et moi, la pèlerine à l'épaule, je décampe.

VATENGUERRE

Charge-toi du bouclier, gamin. Paré ? en avant, marche !
Sacrebleu ! il neige ! quel sale temps ! on claque des dents.

JUSTINET

Prends la mangeaille ! A nous le bon temps ! On claquera
pas du bec !

[Ils s'en vont tous deux]

LE CHŒUR

Allez, en route, et bonne chance !
Vous partez tous deux en campagne,
mais vos voies sont bien divergentes :

1. *Litt. : Tire-moi aussi pour moi, en guise de cuirasse, le litron.* Le
grec emploie le mot θωρήσσεσθαι « se cuirasser », au sens imagé de
« bien boire ».

vers 1133-1144

> lui, il va boire et festoyer,
> toi, grelotter aux avant-postes
> tandis qu'il sera couché, lui,
> avec quelque jolie mignonne
> à se faire fourbir le... chut !

[STROPHE]

> *Antimachos [1], fils de Sipeuquerien,*
> *le scribouillard, le triste rimailleur,*
> *en un mot comme en cent*
> *le feu du ciel puisse l'écrabouiller !*
> *Organisateur du concours comique,*
> *il m'a, pauvre de moi, renvoyé sans souper !*
> *Ah ! je voudrais voir ça : qu'il commande un calmar ;*
> *qu'on le lui serve, grésillant,*
> *frit à point, accostant à bon port sur sa table ;*
> *notre homme va s'en saisir... Et alors*
> *vienne un cabot qui s'en empare et qui détale !*

[ANTISTROPHE]

> *Et d'une ! Mais je lui souhaite encore*
> *en pleine nuit, une autre catastrophe :*
> *qu'en revenant chez lui*
> *brûlant de fièvre, après un exercice équestre,*
> *il croise en route un ivrogne, un Oreste*
> *furieux, qui lui cogne un bon coup sur le crâne !*
> *Et lui, en tâtonnant pour saisir une pierre,*
> *qu'il saisisse dans l'ombre,*
> *une merde bien fraîche à pleine main ; alors,*
> *ce caillou d'or et de feu, qu'il le lance,*
> *qu'il rate l'agresseur... et vlan ! sur Cratinos !*

> [*Entre un Messager, très affairé, qui va frapper à la
> porte de Vatenguerre*]

LE MESSAGER

O vous que Vatenguerre a placés sous son joug,
cohorte domestique !

---

1. On ne sait rien de ce personnage ; il est donné pour *fils de Psacas*,
sobriquet qui signifie « goutte, miette ».

vers 1145-1174

de l'eau, de l'eau, faites-en chauffer dans une bouilloire !
préparez de la gaze, un emplâtre, des pansements, des
onguents, de la charpie pour sa cheville ! Le héros s'est blessé
à un piquet en sautant un fossé, il s'est démantibulé la
cheville sens devant derrière, il s'est fendu le crâne en
tombant sur un caillou ; sa Gorgone, réveillée en sursaut, a
jailli de sa rondache ; et de son cimier a chu sa grande plume
de fanfaraudruche.

Alors, devant les rocs, il fit sonner sa plainte :
« Orbe éclatant, adieu [1] ! c'est la dernière fois
que mon regard te voit ! Lustre de mon honneur,
je t'abandonne ici ! c'en est fait de ma vie ! »
Il dit, puis il s'effondre en un ruisseau de larmes,
se relève, et s'accointe avec des fuyards — lui,
traqueur et pourfendeur d'ennemis en maraude !
Mais le voici lui-même. Allons, ouvrez la porte !

[*Entre Vatenguerre, affalé, bras de ci, bras de là, au cou
de deux hommes*]

VATENGUERRE

Oh là là ! oh là là ! O rage, ô désespoir !
      O souffrance fatale !
Je péris sous le coup d'une pique ennemie !
Le sort le plus amer, pourtant, que je redoute
serait que Justinet me vît ainsi navré
      pour narguer mes malheurs !

[*Entre Justinet, tenant enlacées deux femmes, une à
chaque bras*]

JUSTINET

Oh là là ! oh là là ! Ces tétons, ma parole,
C'est ferme et c'est dodu comme des pamplemousses [2] !
Baisez-moi, mes trésors, à langue langoureuse,
      baisers sucés et pourléchés !

---

1. Parodie des adieux à la vie et au soleil, si fréquents dans la tragédie.
2. *Litt. : des coings.*

vers 1175-1201

C'est moi qui le premier ai séché ma bouteille !

VATENGUERRE

O sombre événement ! ô misères cruelles !
Lancinantes blessures !

JUSTINET

Hé hé, salut, Vatenguerradosd'homme !

VATENGUERRE

O douleur qui me navre !

JUSTINET [*à sa compagne de droite*]

Hé là ! tu me bécotes ?

VATENGUERRE

O douleur qui me mord !

JUSTINET [*à sa compagne de gauche*]

Holà ! tu me mordilles ?

VATENGUERRE

Aux périls du combat j'ai payé lourd écot !

JUSTINET

Point d'écot à payer pour la Dive Bouteille !

VATENGUERRE

A moi, dieu des Armées, Sauveur !

JUSTINET

Tu repasseras, ce n'est pas sa fête aujourd'hui !

VATENGUERRE

Soutenez, mes amis, ah ! soutenez mes membres !
Aïe, aïe ! tenez-moi bien !

vers 1202-1215

JUSTINET

Soupesez, mes amies, ah ! soupesez mon membre !
Serrez-lui bien la taille !

VATENGUERRE

Quel choc sur ce caillou ! Je ne sais où donner de la tête.
Je me pâme, ô vertige...

JUSTINET

Au lit ! Je sais bien où donner de l'éperon !
Je me pâme, ô vertige...

VATENGUERRE

Ne me faites pas entrer ! Emportez-moi chez Rebouteux [1],
confiez-moi à ses mains salvatrices !

JUSTINET

Et moi, chez les arbitres de la joute à boire ! Où est le
Président ? Repassez-moi mon outre !

VATENGUERRE [*montrant sa blessure pendant qu'on l'emporte*]

Une lance abominable m'a percé la carcasse !

JUSTINET [*montrant son outre*]

Vous voyez : elle est vide ! Hourra pour le triomphateur ! [*Il
la lance au chef de Chœur*]

LE CORYPHÉE

Oui ! sur ta demande, mon vieux : Hourra pour le triomphateur !

JUSTINET

Et encore, c'est du corsé que j'y avais versé ! Et je l'ai sifflé
d'un trait !

1. *Litt. : Pittalos*, cf. v. 1032 n.

vers 1216-1229

LE CORYPHÉE [*lui rendant son outre après l'avoir remplie*]

Hourra ! ô noble cœur ! Prends ton outre, et en avant, marche !

JUSTINET

Escortez-moi en chantant : Hourra pour le triomphateur !

LE CHŒUR

Oui, nous t'escorterons de nos ovations
en chantant les hourras dus aux triomphateurs,
pour toi, — et pour ton outre, en outre !

[*Le Chœur sort en chantant et en portant Justinet en triomphe*].

vers 1230-1234

Les Cavaliers

INTRODUCTION

Nous sommes à Athènes, en 424 avant Jésus-Christ ; la guerre, amorcée depuis dix ans, déchaînée depuis sept, secoue la ville, et toute la Grèce, de ses flux et reflux. Mais le théâtre, à la fois cérémonie religieuse et civique, concours littéraire et kermesse populaire, ne chôme pas. Aux Lénéennes de janvier, on joue *Les Cavaliers* d'Aristophane, qui concourt pour la première fois sous son nom. Voici jaillir, en se frottant les côtes, deux acteurs, deux clowns aux masques grimaçants fabriqués à la ressemblance des généraux Nicias et Démosthène... La comédie est lancée. Elle rebondit sans cesse, à travers les épisodes de la bagarre endiablée à l'issue de laquelle Lepeuple sera enfin désabusé de la stupide confiance qu'il met en son intendant paphlagonien, c'est-à-dire Cléon. Torrent de calembours, de pitreries, de pugilats, d'obscénités, de calomnies, de sagesse et de folie. Et tous savourent — sauf Cléon, à moins qu'il ne soit beau joueur, ce qui ne semble pas avoir été dans son caractère — la joie comique, cette joie de gratuité et de revanche : les acteurs, portés à la fois par leur texte et par leur public ; les Cavaliers qui ont accepté, pour faire plaisir au poète et pour narguer leur ennemi Cléon, de venir jouer eux-mêmes leur propre rôle ; le peuple d'Athènes qui bafoue de ses rires et de ses trépignements celui qui était, *qui est encore*, et qui sera encore demain son chef et son idole ; et enfin et surtout, le maître et le meneur de jeu de cette journée de liesse, celui qui a su faire applaudir aux citoyens leur propre caricature, à cette démocratie triomphante une satire féroce de ses mœurs politiques, et rendre odieux et burlesque pour deux heures Cléon, ce général victorieux qui vient de donner à Athènes le plus inattendu et le plus éclatant des succès militaires, la prise de Sphactérie.

Dans cette île, à l'entrée de la rade de Pylos, se trouvait bloqué depuis des semaines un important contingent de Spartiates. L'armée athénienne, à Pylos, commandée par Nicias, était elle-même dans une position très difficile. A Athènes Cléon, orateur violent, très écouté du peuple, démagogue brutal, impérialiste « jusqu'au-boutiste », criait à l'incapacité, à la carence ou à la trahison. Il nous est difficile de juger Cléon, que nous ne connaissons que par Aristophane, son ennemi juré, et par Thucydide, qu'il avait fait exiler. Il est certain qu'Aristophane accumule contre lui à plaisir, pêle-mêle, les imputations les plus fantaisistes avec les plus justifiées. En tout cas on ne se tromperait guère en voyant en lui une sorte de jacobin, avec la logique intraitable et dévastatrice qui est propre à cette race de politiciens. Il n'est pas issu du bas peuple : son père possédait une entreprise de tannerie très florissante — source d'innombrables plaisanteries pour Aristophane. Il est partisan de la guerre, offensive et sans quartier, parce qu'il veut la victoire à tout prix : elle ne sera jamais payée trop cher. Il voit les choses avec le simplisme vaniteux et buté du roturier riche, à qui tout a souri dans ses affaires, et qui apporte à celles de l'État la même obstination farouche, confiante dans son étoile, qui lui a réussi.

Et voici que son étoile politique reçoit un lustre singulier. Excédé des crocs-en-jambe et des rodomontades de Cléon, Nicias lui offre de le remplacer à Pylos. Mis au pied du mur, Cléon accepte en fanfaronnant, et déclarant que dans les vingt jours il en aura fini avec Sphactérie. On le prend au mot... et il réussit.

Sa popularité est alors à son comble. Tous les plus brillants honneurs lui sont conférés : droit d'être entretenu aux frais de l'État au Prytanée, place privilégiée au théâtre. Sa politique et sa personne triomphent : un dernier effort de fermeté dans la conduite de la guerre et dans l'attitude diplomatique, et la paix est au bout, la paix victorieuse et sans condition... C'est le moment que prend Aristophane pour traîner Cléon dans la boue et pour parler de trêve.

Il avait pour cela des raisons. La victoire de Sphactérie, empochée par Cléon, n'était due en fait qu'à l'habileté du plan d'opérations mûri par Démosthène, que Cléon s'était habilement adjoint. Au reste cette victoire, qui eut un tel prestige grâce à son aspect de coup de théâtre, ne liquidait rien : la suite l'a bien prouvé. Elle ne pouvait être autre chose, aux yeux d'un politique avisé, qu'un atout diplomatique de première valeur pour une « offensive de paix ». Aristophane ne trahissait pas la patrie en déboulonnant son dangereux héros, ni en parlant d'armistice.

Il avait aussi des appuis : tout le parti « modéré », et l'aristocratie qui avait un penchant vers le régime autoritaire de Sparte, et qui ne se voyait pas sans amertume emportée dans le double engrenage d'une guerre meurtrière et sans fin et d'une démagogie aveugle ; tous ceux qui, par égoïsme, par sentiment, et aussi par fidélité à des valeurs très hautes et respectables, regrettaient la « douceur de vivre ». Au premier rang, l'élite militaire de la jeunesse noble, le corps des Cavaliers.

Mais cette énorme farce et ce pamphlet d'actualité garde encore aujourd'hui de quoi donner à penser : c'est une leçon qui nous est donnée là, pour rappeler que le peuple aussi a ses valets abusifs et ses maîtres indignes, ses courtisans et ses exploiteurs ; pour signaler cette terrible équivoque sur laquelle est fondé le système démocratique : à savoir que le peuple constitué en organe de gouvernement, en entité politique, n'est pas le même, hélas, que celui qui, chez lui, au niveau de ses intérêts directs et de ses compétences immédiates et variées garde encore malgré tout l'esprit net et le cœur droit. Tel Lepeuple dans Aristophane : « ... le vieux, quand il est chez lui, il n'y a pas plus malin sur terre. Mais dès qu'il siège sur ce caillou[1], le voilà bouche bée comme s'il enfilait des perles ».

La démocratie est-elle le régime qui fait rentrer victorieusement le peuple « chez lui », dans l'administration des plus hautes affaires d'intérêt commun ? Ou est-elle celui qui le fait sortir de son seul chez-lui ? Aristophane a répondu. A nous de peser ce que sa réponse, dans l'énormité simpliste de ses vues de grand comique, peut avoir de sérieux.

1. Le rocher de la Pnyx, où se tenait l'Assemblée.

Mais il est une autre leçon qui nous est donnée, tout à son honneur, par cette démocratie athénienne, au milieu de ses dérèglements. La parole y était libre, et la scène — la scène officielle, car tout théâtre était théâtre d'État — y était libre, en pleine guerre. On n'avait pas besoin d'avoir recours aux artifices d'un Voltaire pour masquer, si peu que ce fût, la plus âpre et la plus brûlante des polémiques politiques. La misère de la démocratie est que, par définition, elle donne là où elle règne le droit de l'attaquer, de la bafouer à tort ou à raison. C'est aussi sa grandeur.

ANALYSE

Toute l'action se passe devant la maison d'un vieux bon-
homme d'Athénien, Lepeuple.

Entrent successivement deux serviteurs, essoufflés et gei-
gnants. L'un représente Démosthène, l'autre Nicias, deux géné-
raux athéniens. Ils se lamentent sur les mauvais traitements
qu'ils endurent, si intolérables qu'ils ne voient d'autre salut que
la fuite (v. 1-35). Tout le mal vient d'un nouvel esclave, un
Paphlagonien, c'est-à-dire Cléon, récemment entré dans la mai-
son, et qui a si bien fait que Lepeuple ne jure plus que par lui, et
lui abandonne toute son autorité, dont il abuse impudemment,
rossant et rançonnant toute la maisonnée (v. 36-70). Les deux
malheureux boivent un coup pour noyer leur chagrin... Inspira-
tion subite : il faut aller dérober au Paphlagonien les oracles
qu'il conserve jalousement et qui doivent indiquer comment sa
chute se produira (v. 71-112). Aussitôt dit, aussitôt fait. Nous
apprenons que le Ciel a marqué pour détrôner le Paphlagonien
un individu plus crapuleux et plus mal embouché encore : un
marchand de boudin (v. 113-145).

Voici précisément s'avancer l'homme en question, avec son
chargement de victuailles qu'il va vendre sur le marché. Il a
peine à comprendre qu'on ne se moque pas de lui en lui révélant
les hautes destinées auxquelles il est promis. Il accepte enfin de
tenter le coup (v. 145-233).

A ce moment paraît le Paphlagonien, écumant. Heureusement
que pour le tenir en respect, arrive au galop le chœur, formé de
jeunes Cavaliers athéniens. Longue et violente dispute verbale,
avec échange de horions, entre le Paphlagonien et le Marchand,
soutenu de la voix et du geste par le Serviteur et par le Chœur. Le
Paphlagonien, battu, n'a d'autre ressource que de s'esquiver
pour aller se plaindre au Conseil (v. 234-481).

*On envoie aussitôt le Marchand à ses trousses pour contrebat-
tre ses menées (v. 482-497).*

*Intermède (Parabase) où Aristophane se glorifie de son audace
et de son talent, en daubant sur quelques rivaux (v. 498-550).
Puis le Chœur, après une noble prière à Posidon, dieu des
chevaux et des mers, fait le panégyrique des Athéniens de jadis, et
du corps des Cavaliers qui incarne encore leurs mâles vertus
(v. 551-610).*

*Rentre le Marchand qui, vivement acclamé par le Chœur,
conte comment, en renchérissant sur sa mirobolante démagogie,
il a mis son ennemi en déroute devant le Conseil (v. 611-690). Le
Paphlagonien revient à son tour : nouvelle altercation (v. 691-
722). On décide de se présenter devant Lepeuple lui-même, pour
qu'il tranche en faveur de l'un ou de l'autre. On l'appelle. Il
paraît, s'assied sur la Pnyx, et donne audience aux deux hommes
qui se disputent ses faveurs (v. 723-762). Le Paphlagonien vante
ses services, vivement contre-attaqué par le Marchand, qui se
répand devant Lepeuple en courbettes et flagorneries (v. 763-
880). Dans cet assaut de bassesses, le Marchand l'emporte :
Lepeuple reprend au Paphlagonien son anneau et sa confiance
pour les donner au Marchand (v. 881-959).*

*L'autre a recours au procédé de charlatan qui lui a jusqu'ici si
bien réussi avec Lepeuple : les oracles, par lesquels il cherche à
l'intimider et à le duper. Là encore, il trouve son maître : le
marchand en forge aussitôt d'autres, qui ont plus de succès
(v. 960-1099). Dernière épreuve : les deux rivaux vont avoir à
choyer Lepeuple de plats fins préparés et offerts par eux. Ils
s'éloignent tous les deux pour aller les chercher (v. 1100-1110).*

*Le Chœur profite de leur absence pour tancer Lepeuple de sa
faiblesse devant ceux qui le gouvernent et le grugent. Celui-ci
répond en marquant qu'il n'est pas dupe (v. 1111-1150).*

*Rentrent les deux antagonistes, qui se livrent à une joute de
libéralité et d'ingéniosité culinaires. Cette fois encore le Paphlagonien est battu : on découvre qu'il a gardé par-devers lui les
meilleurs morceaux (v. 1151-1228). Il se révèle que les oracles
désignent bien le Marchand pour supplanter le Paphlagonien,
enfin réduit à accepter sa défaite (v. 1229-1264).*

*Nouvel intermède pendant que le Marchand prodigue ses soins
à son nouveau maître, dans la maison de celui-ci. Le Coryphée*

fait la satire de quelques individus répugnants (v. 1265-1299) et s'en prend ensuite à Hyperbolos — un des lieutenants de Cléon — par un apologue où il donne plaisamment la parole aux galères athéniennes (v. 1300-1315).

Rentre le Marchand qui explique qu'il a miraculeusement régénéré Lepeuple : il est maintenant jeune, clairvoyant et généreux (v. 1316-1334). Tel en effet apparaît-il. Il a honte de sa veulerie passée et est bien résolu à mener désormais sainement ses affaires : ce qu'il ne peut mieux commencer qu'en accueillant la Trêve que lui présente le Marchand : une séduisante jeune femme avec laquelle il pourra folâtrer (v. 1335-1395). Quant au Paphlagonien, il sera voué au mépris et à la risée publics (v. 1396-1408) [1].

---

1. Selon Paul Mazon, la pièce devait comporter encore quelques vers, accompagnant une vigoureuse et burlesque parade finale.

PERSONNAGES :

PREMIER SERVITEUR
SECOND SERVITEUR } servant tous deux Lepeuple avec dévouement. Ce sont Démosthène et Nicias, généraux athéniens.

UN MARCHAND DE BOUDIN, personnage de fantaisie.

UN PAPHLAGONIEN, entré comme intendant chez Lepeuple; c'est le démagogue Cléon.

CHŒUR formé par les Cavaliers, jeunes aristocrates athéniens.

LEPEUPLE, vieux bonhomme personnifiant le peuple d'Athènes.

[On est devant chez Lepeuple. Se précipitent successivement en scène, venant de la maison, les deux Serviteurs, avec une mimique de douleur et de colère. Ils décrivent chacun un demi-cercle de sens opposé, qui va les mettre face à face sur le devant de la scène]

PREMIER SERVITEUR

Aïe, aïe, aïe ! hou là là ! chiennerie ! Aïe aïe aïe ! hou là là ! ce chien de Paphlagonien, la dernière emplette du patron,

le Ciel l'anéantisse avec ce qu'il ourdit !

oui, comme un chien ! Depuis qu'il s'est impatronisé ici, des bleus sans arrêt et des raclées, voilà ce que la maisonnée reçoit de sa part !

SECOND SERVITEUR

Oui donc ! à mort comme le dernier des chiens, et numéro un de tous ses congénères, lui et ce qu'il aboie contre nous !

PREMIER SERVITEUR [*arrivant en face du second*]

Oh ! chien battu, comment vas-tu ?

SECOND SERVITEUR

Chienne de vie, comme pour toi !

PREMIER SERVITEUR

Eh bien, approche ici : accordons nos flûtes, et allons-y d'une geignante sur un air bien funèbre [1].

TOUS DEUX [*en chœur*]

Mumû, mumû, mumû, mumû, mumû, mumû.

PREMIER SERVITEUR

Pourquoi gémir en vain ? Est-ce qu'il ne faudrait pas chercher un moyen de nous en tirer, au lieu de continuer à geindre ?

1. *Litt. : sur un air d'Olympos*, musicien phrygien.

vers 1-12

SECOND SERVITEUR

Mais lequel ?

PREMIER SERVITEUR

Dis, toi.

SECOND SERVITEUR

Dis-le-moi, toi, plutôt, sans que l'on se chamaille !

PREMIER SERVITEUR

Ah ! Jour de dieu ! non, pas moi ! Parle, fonce ! après je m'expliquerai moi aussi.

SECOND SERVITEUR

Mais c'est que je ne suis pas en fonds... Voyons, comment pourrais-je bien dire ça en style fleuripidéen ?

Que ne me dis-tu, toi, ce qu'il me faudrait dire ?

PREMIER SERVITEUR

Ah ! non, non, pas d'empersificotages [1] ! trouve-nous plutôt un air pour tirer la révérence au patron !

SECOND SERVITEUR

Eh bien ! dis : « A-ton-nou », d'un trait, comme ça, en enchaînant.

PREMIER SERVITEUR

Voilà, je dis : « Hâtons-nous ».

SECOND SERVITEUR

Bon. Maintenant, dis « Carap », après « Hâtons-nous ».

PREMIER SERVITEUR

« Carap. »

SECOND SERVITEUR

A merveille. Maintenant, comme si tu t'astiquais, douce-ment pour commencer, dis « Hâtons-nous » et puis « Carap », et ainsi de suite, en accélérant.

1. Cf. *Ach.*, v. 478 n. Le vers qui précède est emprunté à *Hippolyte*.

vers 13-21

PREMIER SERVITEUR

Hâtons-nous carap hâtons-nous carapatons-nous !...

SECOND SERVITEUR

Hein ? Y a bon ?...

PREMIER SERVITEUR

Oui parbleu ! Sauf que pour ma peau je ne suis pas rassuré de ce que ça présage.

SECOND SERVITEUR

Pourquoi donc ?

PREMIER SERVITEUR

Parce que, quand on s'astique, la peau s'en va [1] !

SECOND SERVITEUR

Alors le mieux que nous puissions faire, c'est de recourir aux dieux, en nous jetant aux pieds de quelque sainte image !

PREMIER SERVITEUR

Comment, une sainte image ? Ah çà ? Tu crois que c'est vrai, les dieux ?

SECOND SERVITEUR

Oui, certes.

PREMIER SERVITEUR

Quelle preuve en as-tu ?

SECOND SERVITEUR

Qu'ils me prennent pour souffre-douleur, les dieux. Ce n'est pas bien raisonné ?

---

1. Équivoque qui marque sa peur d'une raclée en cas d'évasion manquée.

vers 22-34

PREMIER SERVITEUR

C'est sans réplique. Mais il faut tout de même chercher un autre biais.

[*Mimique de réflexion intense. Puis, brusquement*]

Tu veux que j'explique le coup au public ?

SECOND SERVITEUR

Ça ne serait pas si mal. Mais demandons-lui une chose, une seule : de bien nous montrer, à nous autres les acteurs, le plaisir qu'ils vont prendre à ce que nous allons dire et faire !

PREMIER SERVITEUR

Si je commençais ? [*Face au public qu'il salue*] Le patron que nous avons est rustre d'humeur, croqueur de fèves, quinteux. C'est Lepeuple, de Pnyx [1], un petit vieux acariâtre et dur d'oreille. A la dernière foire [2], le voilà qui achète un esclave, un tanneur paphlagonien, fieffée canaille, fieffé menteur. Le temps pour notre homme d'avoir débrouillé les ressorts du vieux, et le voilà à plat ventre devant le patron, et je te chatouille, et je te cajole, et je te paphlagorne [3], et je te berne à force de rognures de bouif ! Il lui dit : « Lepeuple, tu as jugé une seule affaire, c'est suffisant : va d'abord prendre ton bain, et puis empiffre-toi, bouffe, bâfre : voilà ton allocation [4]. Veux-tu que je te serve à dîner ? » Alors il rafle quelque chose que l'un de nous a préparé, et ça y est, c'est au Paphlagonien que le patron doit cette gentillesse. L'autre

1. C'était au rocher de la Pnyx que se tenait l'assemblée du peuple.
2. *Litt.* : *à la dernière nouvelle lune*, jour de foire mensuelle.
3. *Litt.* : le texte ne dit que : *flagorne*. Le calembour essaie de remplacer un effet comique du vers précédent, où Aristophane a formé un mot saugrenu — quelque chose comme « paphlagordonnier » — pour désigner Cléon.
4. C'est le fameux triobole. Cléon avait fait tripler le montant de l'indemnité payée aux citoyens-juges, qui n'était auparavant que d'une obole.

vers 35-54

jour, à Pylos[1], j'avais préparé des œufs de Sparte pour une
omelette[2] : comme une fieffée canaille qu'il est, il rôde
autour, les chipe — et c'est lui qui les a servis ! C'est pourtant
moi qui les avais battus ! Il nous tient à distance du patron, ne
le laisse soigner par personne d'autre, et pendant ses repas,
un chasse-mouches à neuf queues[3] en main, il balaie... les
orateurs. Il lui chante des oracles, le vieux en devient...
sibyllitique. Quand il le voit tout empatafiolé, il a son truc : il
lui lance à la figure un tas de bobards pour débiner les gens de
la maison ; et après, le fouet, c'est pour nous ; le Paphlagonien
caracole autour des serviteurs : il quémande, il saboule, il se
fait graisser la patte. Il nous dit : « Vous voyez Hylas[4] ? C'est
moi qui le fais fouetter. Si vous ne me donnez pas... des
apaisements, ce soir vous êtes morts ! » Et nous autres, on
paie ; sans quoi le vieux, à coups de talon, nous en fait pisser
dix fois autant... — [*Se retournant vers son camarade*] Et
maintenant, à l'action ! Réfléchissons bien, mon bon, quelle
voie il faut prendre et quel appui chercher.

SECOND SERVITEUR

La meilleure voie, c'est celle que je disais, le *Carapatons-
nous*, mon bon.

PREMIER SERVITEUR

Mais pas moyen de rien cacher au Paphlagonien ! Il a l'œil
partout, en personne ; un pied à Pylos et l'autre dans l'Assemblée. Et il s'est fendu d'une enjambée large comme ça ! il a le

---

1. Allusion — il y en aura bien d'autres — à la victoire de Pylos, dont
Démosthène avait été l'artisan, et Cléon le bénéficiaire. Cf. Introd.
2. *Litt. : une galette* ; plus loin : *c'est moi qui l'avais pétrie*.
3. *Litt. : une lanière*. Le mot fait un à-peu-près avec la branche de
myrte dont on chassait les mouches : les orateurs sont les frelons du
peuple.
4. Nom d'esclave.

vers 54-77

cul en Perse, les deux mains à Ratis... bonne, et la tête chez les Chip...riotes [1].

SECOND SERVITEUR

Alors le mieux pour nous c'est de mourir.

PREMIER SERVITEUR

Eh bien, cherche quelle serait la mort la plus virile.

SECOND SERVITEUR

Voyons, ma foi, voyons!... le procédé le plus viril? Le mieux, c'est de boire du sang de taureau. La mort de Thémistocle [2], c'est le sort le plus enviable.

PREMIER SERVITEUR

Grand dieu non! Mais un coup de vin, bien corsé, en trinquant à notre bon génie! Ça nous donnera peut-être une bonne idée?

SECOND SERVITEUR

Voyez-moi ça! du corsé? Alors c'est de boire qu'il s'agit d'après toi? Et comment aurait-on une bonne idée quand on est saoul?

PREMIER SERVITEUR

Vrai, mon bonhomme? Un robinet à radotages calamarmiteux, voilà ce que tu es! Le vin, tu oses l'insulter, pour ce qui est de dérouiller l'esprit? Le vin, qu'est-ce que tu pourrais trouver qui active mieux? Vois-tu, quand les gens boivent, c'est pour le coup qu'ils sont riches, qu'ils font leurs affaires, qu'ils gagnent des procès, qu'ils ont du bon temps et qu'ils rendent service aux copains. Allons, va vite me chercher un

---

1. *Litt. : chez les Chaoniens... chez les Étoliens... chez les Clopidiens.* Mais le premier peuple n'est là que parce que son nom évoque l'idée de « trou béant », le second celle de « quémander » ; le troisième est une déformation de « Cropidiens » pour faire penser à « voleur ».
2. Une légende prêtait à Thémistocle cette étrange fin.

vers 77-95

litron de vin, que je m'arrose la cervelle pour faire s'épanouir quelque fine parole !

SECOND SERVITEUR

Malheur ! qu'est-ce que tu vas nous faire arriver avec ton boire !

PREMIER SERVITEUR

Du beau, du bon ! Allons, apporte. Moi je vais me coucher [*Il s'allonge par terre en minaudant*]. Comme ça, si je me saoule, ça fera partout par là [*Montrant le sol de l'orchestra*] une averse de petits avis, petites idées, petites jugeotes.

SECOND SERVITEUR [*revenant de la maison où il s'est faufilé pour chercher le vin, et le rapportant triomphalement*]

Quelle veine qu'on ne m'ait pas pris là-dedans à voler le vin !

PREMIER SERVITEUR [*inquiet tout de même*]

Dis-moi, le Paphlagonien, qu'est-ce qu'il fait ?

SECOND SERVITEUR

Il a liché des biscuits salés du stock des saisies, le mauvais-œil ! et maintenant il est saoul et ronfle sur ses basanes le nez en l'air.

PREMIER SERVITEUR

Alors vas-y, verse ! et sans eau ! et que ça saute ! et largement ! c'est pour une libation.

SECOND SERVITEUR [*versant*]

Tiens : fais libation au bon génie !

PREMIER SERVITEUR [*énergique*]

Pompons et pompons bien la liqueur géniale des Côtes d'Asie [1] ! [*Il boit. Mimique d'inspiration mirobolante*]

1. *Litt. : de Pramnios.*

vers 96-107

O mon bon Génie, c'est de toi que vient l'idée, non pas de
moi !

SECOND SERVITEUR

Parle, je t'en supplie, qu'est-ce que c'est ?

PREMIER SERVITEUR

Les oracles... vite, va les voler au Paphlagonien là-dedans,
et apporte-les, tant qu'il dort !

SECOND SERVITEUR

Ça va. Mais ton Génie, j'ai peur qu'il ne s'ingénie que pour
mon malheur !

[Il rentre dans la maison]

PREMIER SERVITEUR

Bon. Quant à moi, resserrons l'intimité avec le litron, pour
m'arroser la cervelle, et faire s'épanouir quelque fine parole !

SECOND SERVITEUR *[revenant]*

C'est colossal, le Paphlagonien, ce qu'il pète et ce qu'il
ronfle ! Il n'y a rien vu : je lui ai pris le sacro-saint oracle sur
lequel il veillait le plus.

PREMIER SERVITEUR

Tu es le roi des malins. Passe-le-moi, que je le lise. Toi, verse
à boire, ne t'endors pas. Voyons voir, qu'est-ce qu'il y a là-
dedans ? Oh ! les révélations ! Donne, donne-moi le pot, vite !

SECOND SERVITEUR

Voilà. Que dit l'oracle ?

PREMIER SERVITEUR

Verse encore un coup.

vers 108-121

SECOND SERVITEUR

C'est dans les révélations : « Verse encore un coup » ?

PREMIER SERVITEUR

O Vaticinard[1] !

SECOND SERVITEUR

Qu'est-ce que c'est ?

PREMIER SERVITEUR

Donne le pot, vite !

SECOND SERVITEUR

Il avait beaucoup recours au pot, ce Vaticinard !

PREMIER SERVITEUR

Ah ! sale Paphlagonien ! C'est donc pour ça que tu montais longue et bonne garde ? C'est l'oracle sur ton compte qui t'inquiète ?

SECOND SERVITEUR

Pourquoi ?

PREMIER SERVITEUR

Là-dedans, il y a comme quoi il est fichu, lui.

SECOND SERVITEUR

Comment ça ?

PREMIER SERVITEUR

L'oracle dit tout droit que d'abord il y aura un marchand d'étoupes[2], qui d'abord aura en main les affaires de l'État.

SECOND SERVITEUR

Ça fait un, ce marchand. Et ensuite, dis ?

1. *Litt. : O Bacis !* Bacis était un fabricateur de prophéties très populaire. On verra plus loin des spécimens de ces prédictions.
2. Eucratès, cf. v. 254 n.

vers 122-131

PREMIER SERVITEUR

Après lui, il y aura encore un second marchand : de
moutons cette fois[1].

SECOND SERVITEUR

Ça fait deux marchands. Et celui-ci, qu'est-ce qui doit lui
arriver ?

PREMIER SERVITEUR

De gouverner, jusqu'au jour où il y aurait un autre type plus
dégueulasse que lui. Alors il est fichu, car voilà par là-dessus
un marchand de cuirs, le Paphlagonien rapace, braillard,
avec une voix de torrent tourbillonnant[2].

SECOND SERVITEUR [*un peu ahuri*]

Le marchand de moutons, alors, celui qui devait le liquider,
c'était un marchand de cuirs ?

PREMIER SERVITEUR

Oui bien !

SECOND SERVITEUR

Ah ! misère de moi ! D'où pourrait bien sortir encore un
marchand, rien qu'un !

PREMIER SERVITEUR

Il y en a encore un, qui tient un métier formidable.

SECOND SERVITEUR

Dis, je t'en supplie, qui est-ce ?

PREMIER SERVITEUR

Que je te le dise ?

SECOND SERVITEUR

Oui bien !

PREMIER SERVITEUR

Un marchand de boudin : voilà pour éjecter l'autre.

1. Lysiclès.
2. *Litt.* : *de Cycloboros*, torrent de l'Attique.

vers 132-143

SECOND SERVITEUR

Marchand de boudin ? O Sainte Mer ! quel métier ! Mais dis-moi, où allons-nous le dénicher, ce type-là ?

PREMIER SERVITEUR

Cherchons-le !

[*On voit apparaître le Marchand de boudin, chargé d'un ballot où sont ses denrées*]

Mais le voilà qui s'approche, comme par miracle, en route pour le marché. O créature bénie ! Viens, monte, viens ici, boudinier de mon cœur,

surgissant pour sauver la Ville et nous sauver !

LE MARCHAND DE BOUDIN

Qu'est-ce qu'il y a ? Vous m'appelez ?

PREMIER SERVITEUR

Viens ici, qu'on t'apprenne quelle chance est la tienne, et quelle mirobolante félicité !

SECOND SERVITEUR

Va, débarrasse-le de son étal, et fais-lui savoir l'oracle divin, ce qu'il y a dedans. Moi je vais jeter un coup d'œil sur le Paphlagonien.

[*Il rentre dans la maison*]

PREMIER SERVITEUR [*au Marchand*]

Allons, pose d'abord ton bataclan par terre. Et puis,

salue dévotement et la Terre et les dieux !

LE MARCHAND

Voilà. Qu'est-ce qu'il y a ?

PREMIER SERVITEUR

O béni du Ciel ! ô cousu d'or ! O toi, qui aujourd'hui n'es rien,

et qui demain seras colossalement grand !
O suzerain d'Athène en sa félicité !

vers 144-159

LE MARCHAND

Mais pourquoi, mon bon, ne me laisses-tu pas rincer mes
tripes et vendre mes boudins au lieu de te payer ma tête ?

PREMIER SERVITEUR

Tu es fou ? tes tripes !... quelle idée ! Regarde ici.

Vois-tu tous ces mortels alignés devant toi ?

LE MARCHAND

Je vois.

PREMIER SERVITEUR

Tous seront tes sujets, et tu seras Leroy[1],
ayant pour fief la Place, et les Ports, et la Roche ;

tu auras le Conseil sous ton talon et les généraux sous ton
hachoir. Aux Athéniens les fers et les cachots, et toi, aux frais
de l'État[2], tu vas nocer !

LE MARCHAND

Moi ?

PREMIER SERVITEUR

Oui, toi ! Et tu ne vois pas encore tout ! Allons, monte encore
là-dessus, oui, là, sur ton étal, et contemple les Iles, toutes, au-
dessous de toi, bien en rond !

LE MARCHAND [*juché sur son ballot*]

Je les contemple.

PREMIER SERVITEUR

Et puis encore ? Et les comptoirs, et les cargos ?

LE MARCHAND

Oui.

1. *Litt.* : *Archélas*, c.-à-d. souverain, mais le mot a une allure de nom
propre. La Roche, cf. v. 42. n.
2. *Litt.* : *au Prytanée*, cf. *Ach.*, v. 125 n.

vers 160-171

PREMIER SERVITEUR

Tu vois bien quelle mirobolante félicité est la tienne ! Et maintenant, de l'œil droit, louche sur la Carie, et de l'autre sur Carthage[1].

LE MARCHAND

C'est dans ma félicité de me déboîter le regard ?

PREMIER SERVITEUR

Non. Mais c'est que tout ça obéit à tes... micmacs. Car te voici devenir, aux termes du présent oracle, un très grand Monsieur.

LE MARCHAND

Et comment est-ce que moi, marchand de boudin, je deviendrai un Monsieur ? Réponds !

PREMIER SERVITEUR

C'est justement ça qui t'ouvre ces grandeurs, d'être un gueux, un traîneur des rues, un fortiche !

LE MARCHAND [*noblement*]

Je ne me sens pas digne de jouir d'un vaste pouvoir !

PREMIER SERVITEUR

Oh là là ! Qu'est-ce qui te fait dire que tu n'en es pas digne ? Ma parole, aurais-tu la conscience chargée de quelque vertu ? Serais-tu de bonne et honnête famille ?

LE MARCHAND

Non, grands dieux ! c'est tout de la gueusaille !

PREMIER SERVITEUR [*soulagé*]

Ah ! le veinard ! Quel atout tu as en main pour les affaires !

LE MARCHAND

Mais, mon bon, je n'ai aucune éducation — Je ne sais que mes lettres... et encore, diablement mal, les diablesses !

1. La Carie est à l'est, Carthage à l'ouest.

vers 172-190

PREMIER SERVITEUR

Ton seul tort est de les savoir, même diablement mal, les diablesses ! Mener Lepeuple, ce n'est plus l'affaire d'un homme bien éduqué et de mœurs honorables. Il en faut un qui soit ignare et crapuleux. Allons, ne fais pas fi de ce que t'octroient les dieux dans leurs révélations.

LE MARCHAND

Et comment sont-elles, les paroles de l'augure ?

PREMIER SERVITEUR

De bon augure, parbleu ! et quelque peu diaprées d'énigmes subtiles :

[*Il lit*]

« Quand l'aigle corroyal à la serre crochue
aura pris en son bec le serpent Crétinard [1]
gorgé de sang, c'en sera fait de l'aïoli
des Paphlagons : les dieux donneront haute gloire
aux débitants de tripe, à moins que par hasard
la vente du boudin ne soit d'eux préférée. »

LE MARCHAND

Mais qu'est-ce que tout ça a à voir avec moi ? Explique-moi.

PREMIER SERVITEUR

Eh bien l' « aigle corroyal », c'est le Paphlagonien qui est par là. [*Il montre la maison*]

LE MARCHAND

Et pourquoi « à la serre crochue » ?

PREMIER SERVITEUR

Le sens va de soi : parce qu'avec ses mains crochues il rafle et il emporte.

1. *Litt. : Coalémos*, sorte de génie éponyme de la stupidité.

vers 191-205

LE MARCHAND

Et le serpent, qu'est-ce qu'il vient faire ?

PREMIER SERVITEUR

C'est clair comme le jour : le serpent c'est en longueur, et le boudin aussi est en longueur. Et puis, gorgé de sang, le boudin l'est, comme le serpent. Ainsi le serpent est déclaré devoir triompher de l'aigle corroyal, à moins de se laisser mitonner par des phrases.

LE MARCHAND

La prédiction me chatouille. Mais ce qui m'abasourdit, c'est... comment suis-je capable de régir Lepeuple ?

PREMIER SERVITEUR

C'est du tout cuit : ce que tu fais déjà, continue à le faire : fricote, trip...atouille tout ! Lepeuple ? pour t'achalander auprès de lui, cuisine en amuse-bouche des petits boniments — comme un chef, quoi ! Tout le reste pour mener Lepeuple, tu l'as aussi : voix canaille, vilaine naissance, et tu traînes les rues. Tu as tout ce qu'il faut pour la politique. Les oracles et la Voix delphique sont d'accord. Allons, ceins-toi le front, et fais une prière à saint Crétin, et prépare-toi à faire face à l'individu.

LE MARCHAND

Et un allié ? Où en trouverai-je ? C'est que les riches ont peur de lui, et la classe pauvre en pète d'effroi.

PREMIER SERVITEUR

Mais il y a les Cavaliers, un millier de braves, qui le détestent ; ils te porteront secours. Il y a tous les bons et braves citoyens, tous ceux dans l'assistance qui ont oublié d'être bêtes, et moi avec eux, et le Ciel qui sera pour nous !... Et puis, rassure-toi, il n'est pas bien ressemblant[1]. Comme il est à faire peur, pas un costumier n'a eu le courage de faire

---

1. Les acteurs portaient des masques caricaturaux, à la ressemblance, le cas échéant, de personnages réels qu'ils étaient censés incarner.

vers 206-231

son portrait. Mais après tout, on le reconnaîtra bien [*Clin d'œil au public*] : Pas si bêtes, les spectateurs !

SECOND SERVITEUR [*apparaissant un instant, affolé, tandis que le Paphlagonien fait irruption sur la scène*]

Oh ! là là ! malédiction ! Voilà le Paphlagonien qui sort !

LE PAPHLAGONIEN

Non, par toute la kyrielle des dieux ! vous ne l'aurez pas belle avec la conjuration que vous tramez de longue main contre Lepeuple ! [*Avisant le pot*] Et ça ? qu'est-ce que c'est fait là ce pichet de Chalcis ? Pas de doute : vous avez pris langue avec le séparatisme chalcidien [1]. A mort ! au poteau, mes deux salauds !

PREMIER SERVITEUR

Hé, toi ! tu flanches ? Tiens le coup ! O noble cœur de saucissonnier, ne trahis pas la cause !

[*A la cantonade, claironnant et pathétique*]

Chers Cavaliers, à la rescousse ! c'est l'instant, ohé, Simon, Panétios [2] ! chargez donc sur l'aile droite !

[*Au Marchand*]

Nos hommes sont tout près ! allons, fais front, une volte-face ! Ce poudroiement, c'est signe qu'ils nous arrivent dessus en trombe ! Allons, fais front, pousse, mets-le en déroute !

[*Entre le Chœur, dans une bousculade ardente, mais non pas désordonnée : ce sont des gens qui savent manœuvrer*]

---

1. L'Eubée, dont Chalcis était la ville principale, se trouvait depuis longtemps dans la dépendance d'Athènes. Il y avait pourtant eu une sédition vingt ans plus tôt, écrasée par Périclès.
2. Ce sont deux officiers de cavalerie, auxquels Aristophane a confié le rôle de chefs des deux demi-chœurs.

vers 232-246

LE CORYPHÉE [*au Marchand*]

Cogne, cogne la canaille, qui éreinte la cohorte des Cavaliers, le grigou du fisc, le gouffre, la Charybde de rapine, la
canaille et canaille — oui, je le répéterai vingt fois, car vingt
fois le jour il fait canailleries. Allons, cogne, pousse, étrille,
disloque, vomis-le comme nous, fonce-lui dessus à toute
gueule ! Mais fais attention qu'il ne te file pas des mains, car il
connaît les chemins par où Eucratès filait tout droit se cacher
dans ses balles de son[1] !

LE PAPHLAGONIEN [*au public*]

O vénérables citoyens-juges ! Ma confrérie des Trois-
Oboles ! ô vous que j'engraisse en braillant à tort et à raison !
— à mon secours ! voilà des conspirateurs qui me rossent !

LE CORYPHÉE

Ils ont raison, puisque tu dévores de ce qui est à tous sans
attendre ta ration. Tu tâtes, comme figues[2], ceux dont on
examine la gestion, en les faisant juter pour distinguer parmi
eux lequel est trop vert, ou à point, ou pas assez mûr. Et tu
guettes entre les citoyens celui qui est un pauvre Jobard, bien
riche, pas méchant, et qui craint les ennuis. Et si tu en
connais un qui soit inoffensif, un bon benêt, tu le fais venir du
bout du monde[3], une prise de tête de Turc[4], un croc-en-
jambe, une torsion d'épaule, et tu l'embouques !

---

1. Cet Eucratès, politicien populaire, était marchand d'étoupes et
minotier. L'allusion reste obscure ; cf. v. 129.
2. Le mot figue, ou figuier, est constamment employé dans la
comédie par allusion au rôle des sycophantes, qui faisaient métier de
calomnier et dénoncer, de préférence les riches, pour profiter des
confiscations.
3. *Litt. : de la Chersonèse.* Une allusion d'actualité se cache certainement sous ce mot.
4. Jeu de mots entre διαλαϐεῖν (ceinturer) et διαϐαλεῖν (calomnier).

vers 246-265

LE PAPHLAGONIEN [*au Chœur*]

Vous aussi, vous appuyez l'offensive ! C'est moi, Messieurs, que vous rossez, le jour où j'allais proposer de vous rendre justice en érigeant en ville un mémorial de votre bravoure !

LE CORYPHÉE

Ce qu'il est hâbleur ! ce qu'il est ficelle[1] ! Tu as vu comme il rampe ! Il veut nous embaliverner comme si on était des ramollis !

LE PAPHLAGONIEN

A moi citoyens ! à moi Lepeuple ! Oh ! ces brutes qui me bourrent le ventre !

PREMIER SERVITEUR

Et tu brailles, tu mets la cité à l'envers, comme toujours.

LE MARCHAND

Eh bien, si c'est comme ça qu'il veut m'avoir, c'est comme ça qu'il va encaisser ! et s'il se baisse pour esquiver, voilà ma jambe où il va cogner du front !

LE PAPHLAGONIEN [*hurlant*]

Eh bien, moi, je vais te faire décamper du premier coup en criant — comme ça !

LE CORYPHÉE [*au Paphlagonien*]

Eh ! si tes cris te donnent la victoire, bravo pour toi ! Mais s'il a encore plus de culot que toi, à nous le gâteau !

LE PAPHLAGONIEN

Cet individu, moi, je le dénonce, et je soutiens qu'il exporte, au profit de la flotte péloponnésienne, des reconstituants[2].

1. En cuir, naturellement.
2. *Litt. : des bouillons de viande.* Le mot grec ζωμεύματα fait à peu près avec ὑποζώματα, pièces de renforcement pour les navires (ce que seraient aujourd'hui des plaques de blindage).

vers 266-279

LE MARCHAND

Morbleu, j'en fais autant contre lui, pour se ruer à table aux frais de l'État, la panse vide, et se trotter ensuite, tout rond.

PREMIER SERVITEUR

Oui parbleu ! c'est aussi de l'exportation illicite, de pain, de viande, et de filets de thon. Une licence dont Périclès n'a jamais été honoré !

LE PAPHLAGONIEN

A l'instant, vous deux, j'aurai votre peau !

LE MARCHAND

Je saurai brailler quatre fois plus haut !

LE PAPHLAGONIEN

Mon gueuloir gueulant saura t'aplatir !

LE MARCHAND

Mon brailloir braillant saura t'estourbir !

LE PAPHLAGONIEN

Ton commandement je débinerai.

LE MARCHAND

Comme un chien galeux, je t'échinerai.

LE PAPHLAGONIEN

Je t'encerclerai de fanfaronnades.

LE MARCHAND

Je te couperai tes voies de rocade !

LE PAPHLAGONIEN

Regarde-moi donc un peu sans ciller !

LE MARCHAND

Enfant du trottoir ? Je t'en offre autant !

vers 280-293

LE PAPHLAGONIEN

Ouvre ton clapet, et j'te coupe en trente !

LE MARCHAND

Boucle ton caquet, ou j'te roule en fiente !

LE PAPHLAGONIEN

J'avoue mes vols, moi ! Toi, tu les renies !

LE MARCHAND

Grand dieu de la Halle[1], on me calomnie !

LE PAPHLAGONIEN

La main dans le sac, je mens sous serment !

LE MARCHAND

A qui l'as-tu pris, dis-moi, ce talent ?

LE PAPHLAGONIEN

Et je te démasquerai devant les Commissaires : tu n'as pas
payé la dîme des offrandes sacrées sur ton stock de tripes !

[STROPHE I]   LE CHŒUR

Salaud ! braillard immonde ! Ah ! ton effronterie
remplit tout le pays et toute l'Assemblée,
les texte officiels, le fisc, les tribunaux, —
            barboteur en bourbier !
Oui, toute la cité, tu nous l'as chamboulée
notre Athènes, c'est toi qui l'as décervelée
à force de crier du haut de ton caillou[2],
guettant et harponnant[3] les versements de fonds.

LE PAPHLAGONIEN

Cette affaire-là, je sais bien qui en tire les cordons, depuis
bel âge !

1. *Litt. : Hermès de la Place*, protecteur à la fois des marchands, des
filous et des voyous.
2. Allusion à la Pnyx, cf. v. 42 n.
3. Comparaison avec le travail des pêcheurs de thons.

vers 294-314

LE MARCHAND

Et si tu ne t'y connais pas en cordonnerie, je veux bien tout ignorer des boudinailles : toi qui taillais en biseau le cuir d'une méchante carne pour escroquer les paysans à qui tu le vendais !... comme ça il avait l'air épais — mais on ne l'avait pas eu un jour aux pieds qu'il s'était avachi de deux travers de mains.

PREMIER SERVITEUR

A moi aussi, pardi, il m'a fait le même coup. Ç'a été une vaste rigolade à mes dépens pour le quartier et pour les amis : je n'avais pas fait deux lieues[1] que je nageais dans mes souliers.

[STROPHE II]   LE CHŒUR [*au Paphlagonien*]

Oui, ne t'es-tu pas signalé
d'emblée, par ton culot — la seule caution
de nos orateurs ! tu tables sur lui
pour mettre sous la vis les étrangers juteux
— première pression ! — Le fils d'Hippodamos[2]
se fond de rage à te voir opérer !
Mais un autre a surgi dont la crapulerie
te dépasse, et de loin ! et moi de jubiler !
Il va te stopper, illico, c'est sûr,
il va t'enfoncer en canaillerie
et en effronterie, et en tours de bâton.

[*Au Marchand*]

Va, toi qui fus nourri à l'école d'où sortent,
en ce siècle, tous ceux qui sont des personnages :
montre-nous à présent que c'est n'y rien connaître
que de s'être formé à saine et noble école !

LE MARCHAND

Eh bien, écoutez ce que c'est que ce citoyen-là.

1. *Litt. : je n'étais pas à Pergase*, bourgade aux environs d'Athènes.
2. Archéptolémos, un modéré.

vers 315-335

LE PAPHLAGONIEN

Encore un coup, vas-tu me laisser parler ?

LE MARCHAND

Non, morbleu ! moi aussi je suis un gueux !

PREMIER SERVITEUR

Et si ça ne suffit pas pour le faire filer doux, ajoute : et fils de gueux !

LE PAPHLAGONIEN

Encore un coup, vas-tu me laisser parler ?

LE MARCHAND

Non, sacrebleu !

LE PAPHLAGONIEN

Si, sacrebleu !

LE MARCHAND

Non, Sainte Mer ! c'est justement pour parler d'abord que je te bataillerai d'abord, et ferme !

LE PAPHLAGONIEN

Malheur ! j'en crèverai !

LE MARCHAND

Non, je ne te laisserai pas...

PREMIER SERVITEUR

Laisse-le, laisse-le donc crever, pour l'amour du Ciel !

LE PAPHLAGONIEN

Qui te rend si hardi de parler contre moi ?

LE MARCHAND

C'est que je sais parler, moi-même, et fricoter.

LE PAPHLAGONIEN

Voyez-moi ça, parler ? Ah ! ça serait du joli, le jour où il te tomberait sur les bras une affaire toute crue, à peine équarrie,

vers 336-345

si tu te mêles de l'accommoder convenablement! Non, tu
veux savoir mon avis? Les types dans ton genre, il y en a des
masses. Parce que tu t'en es bien tiré dans je ne sais quel
procès de rien du tout contre un pauvre diable de métèque, à
force de rabâcher à longueur de nuit, et de soliloquer dans les
rues, de boire des carafes d'eau, de parader et d'empoisonner
tes amis — tu croyais savoir parler? Oh le benêt! sombre
idiot!

PREMIER SERVITEUR

Et qu'est-ce que tu bois donc, toi, pour avoir mis la Cité en
cet état, à toi tout seul archiseul? Tu l'as engluée dans ta
salive: elle ne souffle plus mot.

LE PAPHLAGONIEN

Alors, tu as trouvé quelqu'un ici-bas à m'opposer, à moi?
Qu'on me donne une grillade de thon à dévorer, et puis un pot
de vin bien corsé à boire par-dessus, et j'aurai vite fait
d'enfifrer les généraux de Pylos!

LE MARCHAND

Et moi donc! une caillette de bœuf et une panse de porc! je
les engouffre, et puis je bois le jus par-dessus et sans me
torcher je prendrai les harangueurs à la gorge, et je mettrai
Nicias en transes.

PREMIER SERVITEUR

Ça me fait plaisir, ce que tu dis — mais il y a une chose qui
ne me revient pas dans cette affaire: c'est que tu engloutisses
le jus à toi tout seul!

LE PAPHLAGONIEN

Va, ce n'est pas en dévorant des chiens de mer, que tu
sauras aboyer aux trousses des gens de Milet [1].

---

1. *Litt.: ce n'est pas après avoir mangé des loups [de mer] que tu
embêteras les gens de Milet.* Allusion, qui reste obscure, à quelque
machination de Cléon. Les loups de Milet étaient réputés.

vers 345-361

LE MARCHAND

Va, quand j'aurai mangé des côtes de bœuf, j'achèterai des mines d'argent [1].

LE PAPHLAGONIEN

Et moi, je bondirai au Conseil, et je le flanquerai tout en l'air : ça va barder !

LE MARCHAND

Et moi, je te bourrerai le cul comme un boyau à boudin.

LE PAPHLAGONIEN

Et moi, je te traînerai dehors, par le croupion, la tête en bas !

LE CORYPHÉE

Sainte Mer ! il faudra que tu m'en aies fait autant à moi, avant de le traîner !

LE PAPHLAGONIEN

Je te ligoterai au carcan, et comment !

LE MARCHAND

Moi, je t'intenterai procès comme capon !

LE PAPHLAGONIEN

Je vais te travailler le cuir au chevalet !

LE MARCHAND

Moi, tailler dans le tien un grand sac à rapines !

LE PAPHLAGONIEN

On te clouera par terre, écartelé !

LE MARCHAND

Je t'apprêterai en capilotade !

1. Allusion mal élucidée.

vers 362-372

LE PAPHLAGONIEN

Les cils je t'arracherai !

LE MARCHAND

Le plastron je t'ouvrirai !

PREMIER SERVITEUR

Oui, morbleu, nous lui enfoncerons une cheville dans la hure, en bons charcutiers-traiteurs, et puis nous lui extirperons la langue, avant de passer avec vaillance et conscience l'inspection de son boyau culier béant, pour voir s'il est ladre.

[ANTISTROPHE I]   LE CHŒUR

On peut donc ajouter de l'eau à l'Océan[1] *!*
Les discours effrontés qu'entendit la Cité,
on en pouvait tenir d'encor plus effrontés ?
L'entreprise était rude !

[Au Marchand]

Fonce, envoie-le bouler et déploie le grand jeu !
Le voilà ceinturé ! Tu le tiens ! A présent,
si tu le fais flancher devant ton abordage,
tu verras quel capon ! je connais ses manières !

PREMIER SERVITEUR

Et pourtant, il a beau avoir été comme ça toute sa vie, on l'a pris pour un homme, parce qu'il moissonnait sur la campagne[2] d'autrui. Et maintenant, ces fameux épis qu'il a ramenés de cette fameuse île, il les a ficelés au carcan, il les fait sécher et prétend les monnayer.

1. *Litt. : Il y avait donc quelque chose de plus chaud que le feu !*
2. Le mot grec veut dire *été ;* d'où deux sens dérivés sur lesquels joue ici Aristophane : moisson et saison d'opérations militaires. Nouvelle allusion à l'affaire de Pylos. Les *épis*, ce sont les prisonniers spartiates à propos desquels des négociations étaient en cours avec Sparte.

vers 373-394

LE PAPHLAGONIEN

Vous ne me faites pas peur, vous, tant que vivra la Conseillerie, et que Lepeuple aura cette face d'ahuri dans ses séances.

[ANTISTROPHE II] **LE CHŒUR**

Ah ! quel culot à toute épreuve !
Le voilà, le teint clair sans changer de visage !

[*Au Paphlagonien*]

J'ai horreur de toi, et si j'y renonce,
je veux être changé en descente de lit
chez Cratinos [1], *ou bien je veux apprendre un rôle*
pour le chanter dans un drame à Périr [2] *!*
Tout partout où tu peux te voir graisser les pattes,
tu vas de fleur en fleur, et d'objet en objet...
Ah ! si tu pouvais dégorger ton miel
aussi lestement que tu l'as pompé !
Alors, je n'aurais plus qu'un seul refrain : « Buvons !
Buvons ! la bonne aubaine ! » Et le fils d'Oulios,
le vieux qui veille au grain [3], *entonnerait, je pense,*
un hourra d'allégresse effréné, frénétique !

LE PAPHLAGONIEN

Eh bien, non, vous ne me battrez pas en effronterie, mille sabords ! ou bien que je ne tienne plus jamais ma place au Ventre législatif [4] !

LE MARCHAND

Et moi, par les mille torgnioles que j'ai encaissées en mille occasions dès ma tendre enfance, sans compter les coups de

1. Vieux poète comique, accusé ici d'être un dégoûtant ivrogne. Cf. plus loin, v. 526 et suiv.
2. *Litt. : de Morsimos*, poète tragique. Μόρσιμος est aussi un adjectif de la langue poétique qui signifie : fatal, mortel.
3. Inconnu ; peut-être un commissaire aux vivres qui avait eu maille à partir avec Cléon.
4. *Litt. : que je ne sois plus présent à la* [répartition des] *tripes* [des victimes sacrifiées en l'honneur] *de Zeus, dieu de l'Assemblée.* Le mot célèbre de Daumier a quelque parenté avec la plaisanterie d'Aristophane ici.

vers 395-412

lardoire, j'espère bien te battre sur ce terrain-là, ou bien à quoi me servirait d'avoir, à force de me nourrir de détritus, pris la carrure que voilà ?

LE PAPHLAGONIEN

De détritus, comme un goret [1] ? Fieffé gueux ! C'est donc en te nourrissant d'une pâtée de goret que tu veux te mesurer avec un gorille ?

LE MARCHAND

Pardi ! mais c'est que j'ai bien d'autres choses dans mon sac : des trucs de mon enfance. Je bernais les cuisiniers en leur disant comme ça : « Regardez, les enfants ! vous ne voyez pas ? C'est le printemps : une hirondelle ! » Ils levaient le nez, ils tournaient le dos, et pendant ce temps-là je piquais des tournedos [2].

PREMIER SERVITEUR

Ça, c'est rudement bien trouvé ! Quelle prévoyante sagesse ! Aussi bien, quand il s'agissait de pissenlits [3] à manger, tu n'attendais pas les hirondelles pour en chaparder !

LE MARCHAND

Et je savais ne pas me faire prendre : si quelqu'un m'avait vu, je cachais le corps du délit entre mes fesses, et je jurais mes grands dieux ! si bien qu'un de nos orateurs déclara, après m'avoir vu à l'œuvre : « Il n'y a pas, ce garçon-là est fait pour prendre la haute main sur le peuple ! »

PREMIER SERVITEUR

Judicieuse induction. On voit bien à quels signes il l'a deviné : rapine, suivie de parjure, — et de la viande entre les fesses !

---

1. *Litt. : de boulettes de pain, comme un chien ?* Et plus loin : *avec un singe cynocéphale ?*
2. Le jeu de mots, qui n'est pas dans le texte, en remplace un autre dans la réplique qui suit, sur le mot χρεάς (viande).
3. *Litt. : d'orties*, qui se mangeaient toutes jeunes, au début du printemps.

vers 412-428

LE PAPHLAGONIEN

J'en finirai avec ton audace, ou plutôt, je veux dire, avec la vôtre à tous deux. Je vais me donner carrière, foudroyant, et faire éclater sur toi toute la puissance de mon souffle, en brouillant tout ensemble, les terre et les mers, comme ça viendra.

LE MARCHAND

Alors, moi, je prendrai mes ris[1] et puis je me laisserai voguer à la bonne chance du flot, en te souhaitant... bien du malheur.

PREMIER SERVITEUR

Et moi, en cas de voie d'eau, je ferai la sentinelle.

LE PAPHLAGONIEN

Terre et Ciel! on t'en demandera compte, de tous les millions que tu as volés aux Athéniens!

PREMIER SERVITEUR [*au Marchand*]

Gare! Choque l'écoute! voilà un coup de chien[2], un vent de calomnie qui se lève!

LE MARCHAND

Et toi, à Potidée[3], tu as ramassé dix millions, je le sais bien.

LE PAPHLAGONIEN

Eh bien quoi? [*A mi-voix, au Marchand*] En veux-tu un, de ces millions, pour te taire?

PREMIER SERVITEUR

Si c'était lui, il ne se ferait pas prier. [*Au Marchand*] Mets de la toile : le vent mollit.

1. *Litt. : je carguerai mes boudins.*
2. Jeu de mots entre χαικίας, vent de suroît, et χακίας, vent de canaillerie.
3. Potidée s'était rendue aux Athéniens cinq ans avant, à l'issue d'un siège très dur.

vers 429-441

LE PAPHLAGONIEN

Tu seras poursuivi : quatre procès de cent millions !

LE MARCHAND

Et toi, pour dérobades au devoir militaire, vingt ! et pour rapines, mille, et le reste !

LE PAPHLAGONIEN

Je soutiens que, par tes ancêtres, tu es marqué d'infamie sacrilège [1] !

LE MARCHAND

Ton grand-père, je soutiens qu'il était des gardes du corps...

LE PAPHLAGONIEN

De qui ? Explique-toi !

LE MARCHAND

De Cuirrine [2], la femme d'Hippias.

LE PAPHLAGONIEN

Tu es un saltimbanque !

LE MARCHAND

Tu es une canaille !

PREMIER SERVITEUR [*au Marchand*]

Cogne en brave !

LE PAPHLAGONIEN

Houï houï ! Ils me rossent, les conjurés !

---

1. *Litt. : que tu es issu des insulteurs de la déesse.* Il s'agit de meurtriers qui avaient profané le refuge de l'autel d'Athéna ; cf. Thucydide, I, 126.
2. Hippias, ancien tyran d'Athènes. Le vrai nom de sa femme était Myrrhine.

vers 442-452

PREMIER SERVITEUR

Cogne-lui dessus bravement, bourre-lui le ventre, arme-toi de tes pieds et paquets, et tâche de lui coller son paquet !

[*Assaut violent du Marchand*]

LE CORYPHÉE [*au Marchand*]

O nobles abatis ! Cœur entre tous vaillant !
O pour notre cité présence salvatrice,

et pour nos citoyens !... Quelle vigueur et quels feux d'artifice, ton assaut de paroles contre lui ! Comment trouver pour toi des éloges qui soient à la hauteur de notre joie ?

LE PAPHLAGONIEN

Ah ! Bonté divine ! je n'ignorais rien de toute cette affaire au moment où elle s'échafaudait : je savais parfaitement que tout ça était en train de se cheviller et de s'ajuster.

LE MARCHAND

Mais moi, je n'ignore rien des belles choses que tu fabriques à Argos. [*Au public*] Son prétexte, c'est de nous réconcilier avec les Argiens, mais c'est pour son propre compte qu'il s'abouche là-bas avec les Lacédémoniens.

PREMIER SERVITEUR

Malheur ! la charronnerie ne t'inspire rien à toi pour le style ?

LE MARCHAND
[*continuant son idée malgré l'interruption*]

Et à quel propos cette belle flamme de collaboration ? Je le sais, moi : c'est à propos des prisonniers [1] qu'on bat... les fers pendant qu'ils sont chauds !

1. Cf. v. 392 n.

vers 453-469

PREMIER SERVITEUR

Bon ça! bon ça! Vas-y du marteau pour contrer ses ajustages!

LE MARCHAND [*continuant toujours.*
Le Paphlagonien se décontenance]

Et il y en a d'autres là-bas qui tapent l'enclume avec toi pour ça. Et ça, rien, ni or, ni argent, ni ambassade de tes amis, ne me persuadera de ne pas l'expliquer aux Athéniens!

LE PAPHLAGONIEN
[*sur un ton de noble dévouement civique*]

Eh bien, moi, sur l'heure et de ce pas je vais au Conseil ; je dirai vos complots à tous, vos rendez-vous nocturnes en ville, et tout ce que vous complotez avec les Mèdes et le Shah de Perse, et ce que vous barattez avec les Béotiens.

LE MARCHAND [*gouailleur*]

Et le fromage, combient vaut-il en Béotie ?

LE PAPHLAGONIEN

Ah! sacrebleu, je te réduirai en paillasson!

[*Le Paphlagonien sort*]

PREMIER SERVITEUR [*au Marchand*]

Allons, toi, ce que tu as de cervelle et de jugement, c'est maintenant que tu vas le faire voir, toi qui as si bien su naguère cacher la viande dans ton croupion, d'après ton propre témoignage. Cours d'un bond jusqu'au lieu du Conseil : l'autre va se précipiter là-bas dedans, et déblatérer contre nous tous, et brailler tout ce qu'il sait brailler !

LE MARCHAND

Bon, j'y vais. Mais d'abord, tel que tu me vois, je vais poser ici mes tripes et mes couteaux.

vers 470-489

PREMIER SERVITEUR

Tiens donc, suiffe-toi la nuque avec ça pour pouvoir glisser hors de ses atteintes... à ta réputation.

LE MARCHAND

Tu as raison. Tu parles comme un entraîneur chevronné.

PREMIER SERVITEUR [*lui tendant une gousse d'ail*]

Tiens, prends encore ça, et avale.

LE MARCHAND

Mais pourquoi ?

PREMIER SERVITEUR

Pour que tu batailles mieux, mon vieux, dopé d'ail[1]. Allez, hâte-toi, lestement.

LE MARCHAND

C'est ce que je fais.

[*Il sort*]

PREMIER SERVITEUR

Et rappelle-toi bien : travaille du bec, déchire, bouffe-lui la crête, et ne reviens qu'après lui avoir dévoré les bajoues !

[*Il sort*]

LE CORYPHÉE [*au Marchand qui s'éloigne à grands pas*]

Va donc, et bonne chance !
Que le succès te vienne au gré de nos désirs !
Te protège le dieu patron de l'Assemblée[2] !
Sors vainqueur du combat, et t'en reviens vers nous
tout bardé de couronnes !

---

1. Cf. *Ach.*, v. 166.
2. *Litt. : de l'Agora*, ce qui implique aussi l'idée de marchandage et de voyoucratie.

vers 490-502

[*Au public*]

Et vous, prêtez attention à notre intermède, vous qui avez
tâté de toutes sortes de Muses par expérience directe! Si tel
ou tel de ces vieux chenus qui font jouer des comédies avait
voulu nous forcer à venir sur l'avant-scène pour dire des vers
au public, ça n'aurait pas été une petite affaire pour lui d'y
réussir! Mais aujourd'hui le poète le mérite, car il a les
mêmes haines que nous, il n'a pas peur de dire ce qui est juste
et il marche vaillamment contre le Typhon et l'Ouragan[1].

Quant à l'étonnement de beaucoup d'entre vous, qui sont
venus, dit-il, le tanner, en lui demandant pourquoi, depuis le
temps, il ne présentait pas de comédie pour son propre
compte, c'est nous qu'il a chargés de vous expliquer la chose[2].
Il dit, notre homme, que ce n'est pas sans motifs bien médités
qu'il a laissé s'écouler un délai de la sorte. Il estimait qu'une
comédie à trousser, c'est la tâche la plus difficile qui soit. Bien
des gens ont tâté de la muse, et bien peu ont eu ses faveurs!

Et puis, voilà longtemps qu'il discernait chez vous une
humeur fantasque selon les années : il vous voyait lâcher les
poètes ses devanciers, dès qu'ils vieillissaient, il savait ce qu'il
était advenu de Magnès à mesure que les cheveux blancs
gagnaient sur ses tempes — un homme qui avait dressé tant
et tant de trophées victorieux aux dépens de ses rivaux de la
scène : il eut beau y aller pour vous de tous les tons : gratter
les cordes[3], battre des ailes, s'enlydiser, bombiller, se teindre
en vert grenouille, il n'a pas pu tenir, et pour finir, sur sa
vieillesse — ah! en son jeune temps on n'aurait pas vu ça! —

---

1. C.-à-d. Cléon.
2. Les vraies raisons d'Aristophane étaient de prudence personnelle.
Cléon lui avait fait un procès à propos des *Babyloniens*. L'année
suivante, Aristophane avait donné *Les Acharniens* sous le nom de
Callistrate.
3. Allusions à la série des comédies de Magnès : *Les Joueurs de luth,
Les Oiseaux, Les Lydiens, Le Moucheron, Les Grenouilles.*

vers 503-524

on l'a chassé, parce qu'il était hors d'âge, et que sa verve l'avait quitté.

Ensuite, il se souvenait de Cratinos qui jadis, nourri de tout un courant d'éloges, roulait ses eaux sans à-coups à travers les plaines, arrachant de leurs assises, au passage, chênes, platanes et chicanes, et les emportant racines au vent : il n'y avait pas moyen de chanter autre chose dans un banquet que le *Chèque au talon d'or*[1] et *Ajusteurs de couplets jolis*... tant il fut en vogue ! Et à présent, quand vous le voyez se perdre en radotages, vous n'avez pas pitié de lui, maintenant que ses chevilles se démanchent, qu'il n'a plus de ressort et que ses jointures se disloquent[2]. Il est vieux, et il rôde de-ci de-là comme un pauvre polichinelle[3], avec une couronne — séchée —, et mort de soif, lui à qui ses triomphes d'antan auraient dû valoir de boire aux frais de l'État, et de se trouver parmi les spectateurs, la mine vermeille, à la place d'honneur[4], au lieu de divaguer sur scène !

Et Cratès, quels tollés vous lui avez fait subir, et quelles rebuffades ! lui qui, sans se mettre en frais, vous renvoyait bien régalés, et dont les lèvres de pince-sans-rire distillaient des trouvailles du goût le plus fin ? Encore a-t-il tenu bon (mais lui seul) — avec des chutes parfois, mais parfois il les évitait.

Bref, voilà ce que redoutait notre poète, et pourquoi il reculait toujours. Et de plus, il professait qu'avant de se mettre à la barre, il faut commencer par tirer la rame, puis être ensuite vigie de proue, et veiller au grain, et enfin seulement gouverner pour son propre compte.

Pour tous ces motifs, puisqu'en homme sage il n'a pas bondi

---

1. *Litt.* : « *Vénalité aux sandales de délation* ». Il s'agit de deux couplets à succès de Cratinos.
2. Aristophane applique à Cratinos les termes qui conviendraient pour sa lyre déchue.
3. *Litt.* : *comme un Connas*, sobriquet donné par Cratinos lui-même au musicien Connos.
4. *Litt.* : *près de* [*la statue de*] *Dionysos*. Il s'agit de la proédrie, distinction honorifique qui donnait le droit de s'asseoir au premier rang au théâtre.

vers 525-545

à l'étourdie sur les planches pour dire des balivernes, soule-
vez un immense bruissement de paumes battantes, et vogue
la galère[1] !

            Donnez-lui pour escorte
    le brouhaha joyeux du festival comique,
            afin que notre auteur
    rayonnant d'un succès qui comblera ses vœux
    se retire tout aise, et le front radieux !

[STROPHE]   LE CHŒUR

        O toi, Prince des cavalcades,
        Posidon qui trouves ta joie
        au hennissement des chevaux,
        avec leur roulement de bronze !
        et au bec bleu de nos galères
        que la chiourme fait filer !
        et aux joutes où rivalise,
        sur ses chars, toute une jeunesse
        si fière d'éblouir encore
        même lorsque le sort l'accable !...
    Viens ici dans le chœur avec ton Trident d'or,
        Toi qui règnes sur les dauphins,
        Seigneur qu'on prie à Sounion,
        Fils de Cronos, dieu de Géreste
        cher entre tous à Phormion[2]
        et à Athènes, aujourd'hui !

                    LE CORYPHÉE

Nous voulons célébrer la louange de nos pères, parce que
c'étaient des hommes, dignes de notre sol et d'un nimbe de
gloire[3], eux, dans les combats d'infanterie comme dans les

---

1. *Litt. : un ample remous sonore, en appuyant sur vos onze rames*
(c.-à-d. les dix doigts pour applaudir, la langue pour acclamer).
2. Chef athénien de haute valeur, vainqueur au combat naval de
Naupacte en 429.
3. *Litt. : dignes du Voile*, que l'on offrait tous les quatre ans à Athéna,
et sur lequel les dames de la haute société d'Athènes brodaient telles
ou telles scènes de la légende héroïque des dieux.

vers 545-566

expéditions navales, partout vainqueurs, toujours l'honneur
de la cité. Nul d'entre eux, à la vue des ennemis, ne s'arrêta un
seul instant à en faire le compte : ils avaient leur courage
pour égide. Si par hasard ils touchaient le sol de l'épaule en
quelque combat, ils s'ébrouaient, ne s'avouaient point abat-
tus, et reprenaient la lutte de plus belle. Et jamais on n'aurait
vu un des généraux du temps jadis mendier pension alimen-
taire en sollicitant pour cela Cléénète [1]. Tandis qu'à présent,
s'ils ne récoltent pas places d'honneur et pitance, ils refusent
de combattre.

Mais nous, nous revendiquons d'être, gratis, les généreux
champions de la cité et des dieux de la patrie. Et pour cela
nous ne demandons rien, sauf cette seule petite chose : si
jamais la paix revient et que nous soyons au terme de nos
peines, ne nous reprochez pas nos cheveux calamistrés et nos
corps passés à l'étrille !

[ANTISTROPHE]   LE CHŒUR

> O patronne de la cité,
> Pallas, qui régis le pays
> entre tous sacré, hors de pair
> par ses soldats, par ses poètes,
> par sa puissance, ô viens à nous !
> Amène avec toi celle qui
> dans les campagnes et combats
> travaille avec nous — la Victoire,
> associée à nos couplets,
> ralliée à notre parti
> contre nos ennemis ! Oui certes, ici même
> apparais aujourd'hui pour nous !
> Car si jamais tu sus le faire,
> il faut qu'aux hommes que nous sommes
> tu mettes en main aujourd'hui
> coûte que coûte, la victoire !

1. Père de Cléon.

vers 566-594

LE CORYPHÉE

Nous partageons les secrets de nos chevaux[1] et nous voulons aussi les célébrer. Oui, ils sont dignes qu'on leur rende hommage. Car en bien des affaires ils ont soutenu ferme avec nous assauts et batailles. Encore n'est-ce pas tellement à leurs exploits terrestres que va notre admiration, qu'aux occasions où ils sautèrent, en braves gens, dans leurs navires de transport, non sans avoir acheté des gamelles, et même, certains, de l'ail et des oignons. Et de saisir l'aviron comme nous autres les humains, et de souquer dur en hennissant : « Hue hisse ! hue hisse ! Halez ! souquez plus fort ! Qu'est-ce que c'est que ce travail ? Vas-tu en mettre un bon coup, Alezan[2] ? » Et de sauter à terre devant Corinthe. Alors, les plus jeunes avec leurs sabots creusaient des abris et allaient en corvée de fourrage. Au lieu de luzerne, ils mangeaient les crustacés qui mettaient le nez dehors, et ils allaient même les forcer jusqu'au fond des eaux ; c'est ce qui, de l'aveu de Théoros[3], fit dire à un type de Corinthe (ce panier de crabes !) : « Flots de dieu ! c'est tout de même raide, si je n'arrive pas, ni au fond des eaux, ni sur terre, ni sur mer, à échapper aux Cavaliers ! ».

[*Rentre le Marchand de boudin*]

O toi que nous aimons, fougueux et juvénile plus que tout autre au monde, quel souci nous a causé ton absence ! Mais à cette heure où te voici de retour sain et sauf, donne-nous des nouvelles de l'affaire : comment t'es-tu battu ?

LE MARCHAND

Que dire, sinon que me voici devenu Briseconseil ?

---

1. Les Cavaliers, pour ne pas faire leur propre éloge, le dérivent plaisamment sur leurs montures.
2. *Litt. : Samphoras.* Cf. *Nuées*, v. 23, n.
3. Le sens de la plaisanterie n'est pas clair. Peut-être les Athéniens donnaient-ils aux Corinthiens détestés le sobriquet de « crabes ». Sur Théoros, cf. *Ach.*, v. 134 n.

vers 595-615

[STROPHE]   LE CHŒUR

> *Alors, oui, c'est pour le coup*
> *qu'il faut des cris jubilants !*
> *C'est bien parlé ! Mais agi*
> *bien mieux encor que parlé !*
>   *Dis, si tu pouvais ici*
>   *me dérouler point par point*
>   *tout ce qui est arrivé ?*
>   *Il me semble que j'irais,*
> *pour t'entendre, au bout du monde !*
>   *Ainsi vas-y carrément,*
>   *ô mon éminent ami,*
>   *raconte ! nous sommes tous,*
> *grâce à toi, dans l'allégresse !*

LE MARCHAND

Ma foi, oui, l'affaire vaut qu'on l'entende. Tout droit donc,
je lui avais emboîté le pas quand vous m'avez expédié. Lui, là-
bas dedans, il tonitruait en paroles explosives contre les
Cavaliers, un vrai sabbat ! Entassant des mots cyclopéens, il
les traitait de conspirateurs — persuasif comme tout ! Les
membres du Conseil étaient tout oreilles : son mensonge les
envahit comme du chiendent[1], la moutarde leur monte aux
yeux, ils haussent le sourcil... Alors moi, en constatant qu'on
faisait faveur à ses paroles, qu'on se laissait duper par ce
charlatan « Allons, me dis-je, à moi, Fripouilles, Charlatans,
Sacripants, Galapiats ! à moi, Culot ! ô Voyoucratie, et toi
Trottoir, qui fus l'école de mon enfance, donnez-moi aujour-
d'hui audace, langue bien pendue et gosier qui ait bu toute
honte ! » Ainsi me recueillais-je : à ma droite, en réponse, le
pet d'un ruffian. Et moi de rendre grâces[2].

Et alors, je cogne du cul sur la grille, je l'enfonce, et ouvrant
ma plus grande gueule, je braille : « Messieurs du Conseil,

1. *Litt. : de l'arroche.*
2. Les présages — éternuements, vols ou cris d'oiseaux — étaient
favorables quand ils se manifestaient à droite.

vers 616-641

bonnes nouvelles ! j'apporte un heureux message que je veux être le premier à vous annoncer : depuis que la guerre a ouvert sur nous ses cataractes, je n'ai jamais vu les anchois à meilleur prix ! » Ce fut aussitôt un rayon de soleil sur tous les visages : on parlait de me couronner pour la bonne nouvelle. Et moi je leur explique le coup, en faisant grand mystère : qu'ils aillent bien vite, pour pouvoir acheter les anchois à foison pour presque rien, faire dans les boutiques la rafle des bocaux [1] !

Applaudissements : ils me boivent du regard, ils en bavent... Mais lui, le Paphlagonien, flaire le danger, et comme il sait évidemment le langage qui plaît le mieux au Conseil, il opine : « Vous me voyez d'avis, Messieurs, eu égard aux heureuses conjonctures qui nous sont annoncées, de les célébrer en immolant cent bœufs à la Déesse [2]. »

C'est vers lui cette fois que se marque l'approbation du Conseil. Alors moi, voyant qu'il était en train de m'écraser avec ses bouses, j'allonge le tir : « Deux cents bœufs ! » et je propose de faire vœu à la Chasseresse de mille chèvres pour demain, si les sardines venaient à cent sous le cent. Et c'est vers moi cette fois que se tournent les têtes attentives du Conseil.

Lui, mon intervention le désarçonne, il patauge. Là-dessus commissaires et gendarmes [3] se mettent en devoir de l'entraîner ; les autres font grand tumulte sur l'affaire des anchois : tout le monde est debout. Lui, il les supplie d'attendre une minute : « Pour savoir ce qu'a à vous dire le porte-parole envoyé de Sparte ! Il est venu traiter d'une trêve ! » s'écrie-t-il. Les autres, d'une seule voix, hurlent tous : « A présent, une trêve ? Bien sûr, mon bon, depuis qu'ils ont appris ce que valent chez nous les anchois ! Nous n'avons que faire de trêve !

---

1. On ne pourra donc pas mettre les poissons en conserve, et il faudra les vendre en hâte à bas prix.
2. Ces hécatombes de victimes immolées à Athéna ou Artémis profiteront à la table des Athéniens.
3. *Litt. : archers*, agents de police qui étaient des esclaves d'État, en général des Scythes.

vers 642-672

Que la guerre aille son train ! » et de hurler aux Commissaires : « Suspension ! » Là-dessus, ils voltigent de tous côtés
par-dessus la balustrade. Moi, je leur coupe l'herbe sous le
pied : je cours acheter tout ce qu'il y avait de coriandre et de
ciboule sur le marché ; et alors, je leur en fais cadeau, comme
bouquet garni pour leurs anchois (dans l'embarras où ils
étaient), pour rien, en gracieux hommage ! Ils me portent aux
nues, ils me portent en triomphe, tous : tant et si bien que
pour cent sous de fines herbes j'ai mis tout le Conseil dans ma
poche. Et me voilà.

[ANTISTROPHE]   LE CHŒUR

Tout s'est arrangé pour toi
comme il est de règle à ceux
qui sont bénis du destin !
Le gredin a rencontré
un rival qui l'a vaincu
de loin en canailleries,
en miroir aux alouettes,
et en attrape-nigauds !
Mais songe à mener au mieux
la fin de la lutte. A toi
va notre appui chaleureux,
tu le sais depuis longtemps !

[*Entre le Paphlagonien, écumant*]

LE MARCHAND

Justement, voilà le Paphlagonien qui s'avance, poussant un
mascaret devant lui, semant tempête et bourrasque comme
s'il allait m'engloutir ! C'est Croquemitaine ! rien ne l'arrête !

LE PAPHLAGONIEN

Ah ! si je ne fais pas ton affaire, je veux bien tomber en
pièces détachées ! Suffit qu'il me reste dans mon sac un de
mes mensonges de série !

vers 673-695

LE MARCHAND

Tes menaces, je m'en régale ! tes foudres mouillées, je m'en gausse ! je danse la bamboula ! Cocorico à tous les échos !

LE PAPHLAGONIEN

Bonté divine ! je ne ferai qu'une bouchée de toi pour t'envoyer en l'air — ou bien on ne me verra plus en vie !

LE MARCHAND

Une bouchée de moi ? Et moi de même : de toi, je ne ferai qu'une goulée quand je devrais crever moi-même d'une pareille ventrée !

LE PAPHLAGONIEN

Je te ferai ton affaire ! j'en jure sur la place d'honneur que j'ai gagnée à Pylos !

LE MARCHAND

Voyez-vous ça ? la place d'honneur ? Ah ! comme tu en seras chassé, et sous mes yeux, de la place d'honneur, et confiné au dernier rang du public !

LE PAPHLAGONIEN

Par le Ciel ! Je te ficellerai au carcan !

LE MARCHAND

Tu es bien vif ! Voyons, qu'est-ce que je servirai pour te repaître ? Quel repas te régalerait le plus ? Une bourse proprement coupée ?

[*Il tire de son ballot une vessie de porc qu'il offre avec un rond de jambe*]

LE PAPHLAGONIEN

Je t'arracherai les boyaux avec mes ongles.

LE MARCHAND

Et moi, en fait d'ongles, je te rognerai... ce que tu as bouffé aux frais de l'État.

vers 696-709

LE PAPHLAGONIEN

Tu me paieras ça ! Je te traînerai devant Lepeuple !

LE MARCHAND

Et moi aussi je t'y traînerai, et je déblatérerai encore bien plus !

LE PAPHLAGONIEN

Mais toi, faquin, Lepeuple ne te croit pas le moins du monde. Tandis que moi, je me moque de lui tout à plaisir.

LE MARCHAND

Quelle assurance tu as de posséder Lepeuple !

LE PAPHLAGONIEN

C'est que je le connais ! Je sais comment on lui donne la becquée.

LE MARCHAND

Oui, et puis tu fais comme les nourrices : tu le mets à piètre régime. Tu lui mâches la pitance, et tu lui en enfournes un petit peu. Mais pour ton compte, tu en as déjà fait descendre le triple !

LE PAPHLAGONIEN

Et puis, avec ma dextérité, je suis capable, ma foi, de dilater Lepeuple et de le rétrécir.

LE MARCHAND

La belle astuce ! Mon cul aussi connaît ça !

LE PAPHLAGONIEN

Non, mon vieux, il ne sera pas dit que je me laisserai bafouer par toi devant le Conseil. Allons devant Lepeuple !

LE MARCHAND

Qu'à cela ne tienne. Voilà, marche, et que rien ne nous arrête.

vers 710-724

LE PAPHLAGONIEN [*hélant vers la maison*]

Hé ! Lepeuple ! viens ici dehors !

LE MARCHAND [*même jeu*]

Tudieu, mon petit père ! viens dehors, mon Popoulot, mon tant aimé !

LE PAPHLAGONIEN

Viens dehors, pour apprendre comme on me bafoue sans vergogne !

[*Lepeuple ouvre la porte d'un air courroucé*]

LEPEUPLE

Qu'est-ce qui crie comme ça ? Allez-vous décamper de devant ma porte ? Mon rameau de fête[1], vous l'avez mis en capilotade ! [*Ému et paternel en reconnaissant son serviteur chéri*] Qui te fait du mal, Paphlagonien ?

LE PAPHLAGONIEN

C'est lui, et ces garnements qui me rossent, à cause de toi ! [*Il pleurniche en montrant le Marchand et les Cavaliers*]

LEPEUPLE

Pourquoi ?

LE PAPHLAGONIEN

Parce que je t'aime, Lepeuple, et que mon cœur est tout à toi !

LEPEUPLE [*au Marchand*]

Qui es-tu, toi ? Parle net.

LE MARCHAND

Son rival de cœur. Voilà longtemps que mon cœur est à toi, et que je te veux du bien comme tant d'autres braves et

---

1. Il s'agit de la branche d'olivier que l'on portait en procession à la fête des Pyanepsies. On l'attachait ensuite au-dessus de la porte de chaque maison, où elle restait toute l'année.

vers 725-735

honnêtes gens. Mais nous ne pouvons rien, à cause de lui. Tu es comme ces mignons, ces bourreaux des cœurs : les braves et honnêtes gens, tu n'en veux pas, et c'est à des lampistes, des savetiers, des cordonniers, des marchands de cuir que tu te donnes.

LE PAPHLAGONIEN

C'est que je comble Lepeuple de mes bienfaits.

LE MARCHAND

En quoi faisant, dis-moi ?

LE PAPHLAGONIEN

En quoi ? J'ai pris le commandement [1], coupant l'herbe sous le pied de ceux qui étaient devant Pylos : je m'embarque, je vais là-bas, et je ramène les Spartiates prisonniers.

LE MARCHAND [*l'air de n'y pas toucher*]

Et moi, en flânant hors de ma boutique — il y avait quelqu'un qui faisait bouillir sa marmite : je la lui chipe...

LE PAPHLAGONIEN

Eh bien voyons, tiens séance, Lepeuple, là tout de suite, pour savoir lequel de nous deux t'est le plus dévoué. Décide, et donne-lui ton amour.

LE MARCHAND

Oui, oui, décide donc — pourvu que ce ne soit pas sur la Pnyx !

LEPEUPLE [*digne*]

Je ne saurais siéger en autre emplacement. [*Plein d'alacrité*] En avant, marche ! Passons à la Pnyx !

LE MARCHAND [*à part*]

Oh ! là là ! malédiction ! je suis perdu ! Le vieux, quand il est chez lui, il n'y a pas plus malin sur terre... mais dès qu'il a le

1. Nous lisons ce vers 742 ainsi : στρατηγῶν, ὑποδραμὼν τοὺς ἐκ Πύλου.

vers 736-753

séant sur ce caillou, le voilà bouche bée, comme s'il encaquait des figues sèches !

[STROPHE]   LE CHŒUR

C'est pour le coup qu'il faut mettre toute la toile,
    brandir une fougue farouche
    et des arguments sans réplique,
qui puissent te donner le dessus sur cet homme !
Car il connaît des tours de toutes les couleurs,
    fort bien armé pour passer outre
    aux plus désarmantes impasses !
Avise là-dessus : contre un tel adversaire
il faut te déchaîner, massif et fulgurant !

LE CORYPHÉE

Allons, tiens-toi paré, n'attends pas qu'il fonce sur toi, devance-le, dispose tes grappins[1], prends-le de flanc, et à l'abordage !

LE PAPHLAGONIEN [*solennel*]

Vers Athéna notre patronne, qui règne sur la Cité, je fais monter ma prière. Si pour servir le peuple athénien j'ai déployé des vertus qui ne le cèdent qu'à celles de Lysiclès, de la Goulue et de Carambolette[2], puissé-je encore, comme à présent, trouver ma table mise, sans avoir rien fait, aux frais de l'État. [*Se tournant vers Lepeuple*] Mais si je te veux du mal, s'il n'est pas vrai que je mène, et seul, et de pied ferme, le bon combat en ta faveur, que je meure, qu'on me scie en deux, qu'on me découpe en courroies !

LE MARCHAND

Et moi, Lepeuple, si je n'ai pas pour toi amour et tendresse, qu'on me découpe et qu'on me fasse bouillir en ratatouille ! Et

   1. *Litt. : hisse en l'air tes « dauphins ».* Ces dauphins étaient de lourdes masses de métal qu'on faisait tomber violemment sur un navire ennemi pour le fracasser.
   2. *Litt. : de Cynna et de Salabaccho,* deux gourgandines. Pour Lysiclès, cf. v. 132 n.

vers 754-769

si ça ne suffit pas à te convaincre, qu'on me râpe ici sur place en aïoli avec du fromage, et qu'on me harponne, qu'on me chaponne, et qu'on me traîne au Champ d'Horreurs[1].

LE PAPHLAGONIEN

Où trouverais-tu, Lepeuple, un citoyen qui t'aime plus que moi ? D'abord, comme Conseiller, j'ai su faire ressortir d'énormes plus-values pour le Trésor, pressurant ceux-ci, étranglant ceux-là, harcelant les autres, sans me soucier d'un tel ou d'un tel, du moment que je te faisais plaisir.

LE MARCHAND

En voilà une prouesse, Lepeuple ! Moi aussi je t'en ferai autant. Je rapinerai le pain des autres pour te le servir. Mais lui, il n'a ni amour pour toi ni attentions... [*Lepeuple a un geste de protestation*] mais oui, c'est tout justement ce que je vais d'abord te montrer ! sauf juste pour autant qu'il se chauffe à ta braise ! Tiens : toi qui as croisé l'épée contre les Mèdes pour la défense du pays à Marathon, toi dont la victoire nous a fourni matière à si puissants coups de gosier, ça lui est bien égal que tu n'aies que ces cailloux pour y siéger comme ça sur la dure ! Ce n'est pas comme moi : vois ce que j'ai fait coudre pour toi et que je t'apporte [*Il lui présente un coussin et le lui glisse sous les fesses*]. Allons, soulève-toi, et puis assieds-toi moelleusement, pour ne pas te raboter le héros de Salamine[2].

LEPEUPLE [*tout content*]

Hé, qui es-tu, brave homme ? Ne serais-tu pas quelque rejeton de la haute lignée de nos tyrannicides[3] ? En tout cas,

---

1. *Litt. : au Céramique.* Le Céramique était un quartier où se trouvait le cimetière des soldats morts pour la patrie. Mais il avait un faubourg qui était un centre d'opérations pour les prostituées. Aristophane joue sur ce double sens.
2. Le « héros de Salamine », celui que Lepeuple, en la personne des rameurs d'Athènes, a vu mettre à rude épreuve dans la bataille, c'est son derrière.
3. *Litt. : d'Harmodios.*

vers 770-786

tu te conduis là en noble cœur vraiment, et en ami pour
Lepeuple.

LE PAPHLAGONIEN [*au Marchand*]

Piètres flagorneries ! Et c'est à ce prix-là que te voici promu
son sigisbée ?

LE MARCHAND

Hé, c'est que tu as eu des appâts beaucoup plus piètres
encore pour l'empaumer, toi !

LE PAPHLAGONIEN

Eh bien, si jamais un homme s'est levé qui défende mieux
que moi Lepeuple [*se tournant vers celui-ci*] ou qui t'aime
mieux que moi — je veux bien donner ma tête à couper !

LE MARCHAND

Comment ? tu l'aimes, toi qui le vois gîter dans ces gourbis,
ces petits pigeonniers, ces petites échauguettes [1] depuis sept
ans, sans prendre pitié de lui ? Tu le parques là-dedans, et
puis tu le mets sous la vis. Et quand Chefdeguerre [2] apporte la
paix, tu la volatilises, et les ambassadeurs, tu les flanques
hors de la ville à coups de pied dans le cul, quand ils nous font
des ouvertures pour un accord.

LE PAPHLAGONIEN

C'est pour que Lepeuple ait la haute main sur tous les
Grecs. Il y a dans les oracles qu'il doit un jour tenir ses assises
en Arcadie [3], à cinq oboles l'audience s'il ne flanche pas. Mais
de toute façon je le nourrirai, moi, je le soignerai : je saurai

1. Les campagnards de l'Attique, réfugiés en ville, s'y étaient
entassés, aménageant comme ils pouvaient les caves, les ruelles, les
remparts. Athènes était ainsi transformée en une sorte de bidonville
misérable. D'où la fameuse peste.
2. *Litt.* : *Archéptolémos* (cf. v. 327 n.). Mais cet ami de la paix se
trouve porter un nom fort belliqueux.
3. L'Arcadie est le centre même et le bastion du Péloponnèse.

vers 787-799

trouver, en consciencieux salaud, les moyens de lui assurer ses trois oboles.

LE MARCHAND

Non, ce n'est pas pour qu'il ait la haute main en Arcadie, là n'est pas ton souci : c'est pour mieux faire main basse, toi, et toucher de l'argent des étrangers, et pour que Lepeuple, sous les fumées de la guerre, ne puisse percer à jour tes canailleries et soit forcé, par contrainte en même temps que par le besoin qu'il a de ses allocations, de se tourner vers toi la bouche ouverte. Mais si jamais il retourne aux champs pour y couler des jours paisibles, s'il se revigore en mangeant de la bouillie d'orge et en disant deux mots au marc d'olives, il saura quels trésors tu lui faisais perdre contre tes allocations, et tu le verras revenir, rustaud coriace, en quête d'un amer bouillon à te faire boire[1]. Tu le sais bien, et voilà pourquoi tu le bernes en lui débitant des balivernes sur ce qui l'attend.

LE PAPHLAGONIEN

Ah ! c'est un peu fort ! C'est sur ce ton que tu parles de moi ! que tu me calomnies devant les Athéniens, devant Lepeuple, moi qui, bonté divine ! ai rendu à la cité plus de services que Thémistocle, oui, beaucoup plus, rien qu'à ce jour !

LE MARCHAND [*déclamant*]

O citoyens d'Argos, écoutez ce langage !

Toi, tu te poses en rival de Thémistocle, qui laissa notre cité débordante alors qu'il l'avait trouvée sur le flanc ? et qui par-dessus le marché lui fit pour son déjeuner une bonne liaison avec le Pirée[2], et sans rien rogner sur ses menus d'autrefois,

---

1. *Litt. : d'un caillou à utiliser contre toi.* Jeu de mots entre l'idée de lapidation et celle de désaveu électoral, car on se servait de petits cailloux en guise de bulletins de vote. Cf. *Guêpes*, v. 110.
2. *Litt. : a incorporé le Pirée à la pâte de son déjeuner.* Il s'agit de la construction des Longs Murs, qui assuraient à Athènes un libre et nouvel accès à la mer.

vers 800-816

sut les corser d'un nouvel arrivage de marée ! Toi, qui n'as cherché qu'à réduire les citoyens d'Athènes au ratatinement, en les parquant entre des murs, en leur serinant des oracles — toi, le rival de Thémistocle !... Et lui, on l'exile ; toi, on te verse des vins fins... en rince-doigts [1] !

LE PAPHLAGONIEN

Ah ! ça, c'est fort, n'est-ce pas, Lepeuple, de m'entendre traiter de la sorte, moi, par ce type-là ! — et parce que je t'aime !

LE PEUPLE [*sèchement*]

Suffit, toi ! Assez d'ignominies et de noirceurs. Voilà longues et longues années — et jusqu'aujourd'hui même — que je m'aveuglais sur tout ce que tu fais par en dessous.

LE MARCHAND

C'est le roi des salauds, mon gros Popoulot, il a fait des tas de canailleries. Quand tu bâilles, il épluche les comptables jusqu'au trognon, il en fait ses choux gras ; et il puise des deux mains, à pleines lampées, dans la caisse du peuple.

LE PAPHLAGONIEN

Rira bien qui rira le dernier ! Je t'aurai, en t'accusant d'avoir filouté dix millions.

LE MARCHAND

A quoi bon gifler la mer et barboter comme ça ? Tu es le roi des salauds pour le peuple d'Athènes. Et je prouverai — oui, Bonté divine ! ou bien que la mort m'emporte ! — que tu as touché de Mytilène plus d'un million.

---

1. *Litt. : tu t'essuies les doigts avec de la brioche.* (On se servait, à table, de mie de pain en guise de serviettes.)

vers 817-835

[ANTISTROPHE]   LE CHŒUR

O toi qui as surgi devant tous tes semblables
    pour les servir si noblement,
    quelle faconde ! je t'envie !
Fonce encor dans ce style, et tu es le géant
de la Grèce ! Toi seul posséderas la Ville,
    et feras sur les alliés
    peser le poids de ton trident,
avec lequel tu te feras des tas d'argent,
entretenant par lui ouragans et bourrasques !

LE CORYPHÉE

Et ne lâche pas ton homme, maintenant qu'il t'a donné prise ! Tu en viendras facilement à bout, avec un coffre comme le tien !

LE PAPHLAGONIEN

Non, mes agneaux ! Les choses n'en sont pas encore là, mille sabords ! car j'ai à mon actif un exploit, de quoi clouer le bec à tous mes ennemis d'un seul coup, aussi longtemps qu'il restera quelque chose des boucliers [1] ramenés de Pylos !

LE MARCHAND

Halte aux boucliers ! Là tu m'as donné prise ! Tu n'aurais pas dû, si vraiment tu aimes Lepeuple, les laisser exposer tout harnachés [2]. Mais tu l'as fait exprès ! C'est un truc, Lepeuple, que cet individu a combiné, en cas que tu veuilles sévir contre lui, pour t'en ôter les moyens. Tu vois ce noyau de jeunes gardes que lui fournit le quartier des tanneries ? (et à côté il y a celui des magasins de miel et de fromages). Tout ça, c'est acoquiné, ça ne fait qu'un ; et si tu venais à gronder, si tu

---

1. Ceux des prisonniers spartiates. On les avait exposés au Poecile, en trophée.
2. C'est-à-dire sans leur ôter poignées et courroies, de façon à les rendre inutilisables pour des émeutiers. C'est comme si l'on exposait des canons pris à l'ennemi avec leurs obus, sur les places publiques, sans les avoir enrayés ni encloués.

prenais mine de jouer au gendarme et au voleur[1], la nuit ils couraient enlever les boucliers, et bloquer les accès de la Halle au blé — notre blé !

LEPEUPLE

Ah ! misère de moi ! les harnachements y sont ? ah ! faux-jeton ! comme tu m'as escroqué longtemps, sale Trichepeuple !

LE PAPHLAGONIEN

Pauvre cher homme ! tu es tout à celui qui parle ! il ne faut pas !... Ne te figure pas que tu trouveras jamais meilleur ami que moi, qui, seul contre tous, ai brisé les conspirateurs, moi à qui rien n'échappe de ce qui se noue dans la ville — et tout de suite j'aboie !

LE MARCHAND

Oui, tu es exactement dans le cas des pêcheurs d'anguilles : quand l'étang est au repos, rien ne donne. Mais s'ils brassent la vase sens dessus dessous, ils en prennent. Pour toi aussi ça donne, quand tu mets la cité à l'envers ! Mais dis-moi, une petite question, toi qui vends tant de peaux, [*Montrant Lepeuple*] lui as-tu seulement donné un déchet sur tes stocks pour rapetasser ses souliers ? Tu l'aimes tant, s'il faut t'en croire !

LEPEUPLE

Hé, ma foi non !

LE MARCHAND [*à celui-ci*]

Alors, tu as compris à qui tu as affaire ? Tandis que moi, cette paire de souliers que j'ai achetée, la voilà : porte-la, je te la donne. [*Il ôte ses chaussures et les lui passe*]

---

1. *Litt. : de jouer à la coquille.* C'est avec des coquilles que l'on votait l'ostracisme des citoyens considérés comme indésirables.

vers 855-872

LEPEUPLE

Je décrète : entre tous les mortels, je n'en connais pas de meilleur que toi pour Lepeuple, et de plus attentionné envers l'État et envers mes orteils.

LE PAPHLAGONIEN

C'est tout de même fort que des souliers aient le bras si long ! — et ce que tu me dois, tu l'as oublié ? moi qui ai bouclé les gitons en frappant Grvttos [1] d'indignité civique !

LE MARCHAND [*le parodiant*]

Et ça, dis-moi, est-ce que ce n'est pas trop fort, de ta part, de faire de l'inspection culière et de boucler les gitons ? D'ailleurs, si tu les as bouclés, c'est par jalousie, il n'y a pas à sortir de là : c'est pour te débarrasser de cette graine d'orateurs. Et lui, [*Montrant Lepeuple*] tu le voyais sans flanelle, à son âge, et jamais, non, tu n'as pensé qu'un gilet à manches lui était bien dû, en plein hiver ! Eh bien moi, en voilà un que je te donne !

[*Il donne au vieux sa propre tunique qu'il vient d'ôter*]

LEPEUPLE [*de plus en plus enthousiaste*]

Cette idée-là, Thémistocle n'a jamais eu la pareille, non ! Pourtant, c'était une riche idée aussi, le Pirée, — mais comme trouvaille, à mon avis, ce n'est pas mieux que le gilet !

LE PAPHLAGONIEN

Ah ! misère ! Avec quels tours de singe tu veux me couper mes voies !

LE MARCHAND

Mais non ! Je suis exactement dans le cas d'un buveur qui est pris de coliques : je chausse tes procédés, comme je ferais tes pantoufles.

---

1. Inconnu.

vers 873-889

LE PAPHLAGONIEN

Mais tu ne feras pas mieux que moi en cajoleries. Car je vais lui mettre encore sur le dos — ça ! [*Il ôte son manteau et veut en revêtir Lepeuple*] Kss ! kss ! râle donc, eh ! crapule !

LEPEUPLE [*repoussant le manteau*]

Pouah ! va-t'en crever au diable ! Ça pue le cuir, c'est affreux !

LE MARCHAND

Il avait son idée en t'emmitouflant dedans : c'était pour t'asphyxier. Il en a déjà manigancé bien d'autres contre toi. Tu sais, ces fayots [1] qui se sont vendus un jour si bon marché ?

LEPEUPLE

Oui, je sais.

LE MARCHAND

Il avait son idée : c'est lui qui s'était évertué à faire tomber les prix, pour que vous en achetiez, que vous en mangiez, et qu'après ça, au tribunal populaire, vous vous fassiez tomber raides morts les uns les autres, par les gaz !

LEPEUPLE

Mille sabords ! un type de Crottone [2] m'avait déjà dit ça.

LE MARCHAND [*au public*]

C'est bien à cette occasion, je pense, que vous avez été roussis aux gaz, vous autres ?

1. *Litt. : ce silphium*, sorte de légume qui passait pour être de digestion nauséabonde.
2. *Litt. : un Coprien*. Il s'agit d'un bourg de l'Attique. Mais κόπρος veut dire : crotte.

vers 890-899

LEPEUPLE

Eh! parbleu! C'était un coup du Rouquin[1], cette manigance-là!

LE PAPHLAGONIEN

Canaille! par quelles pantalonnades tu cherches à me déboulonner!

LE MARCHAND

C'est que la Déesse m'a dit de te battre en baratin!

LE PAPHLAGONIEN

Mais tu ne me battras pas! Je déclare, Lepeuple, que tu recevras de moi, sans rien faire, une platée d'allocations — de quoi te gaver!

LE MARCHAND

Et moi, je te donne un petit pot d'onguent à appliquer sur les petites varices de tes mollets.

[*Il lui tend un petit pot de graisse*]

LE PAPHLAGONIEN

Et moi, je t'ôterai tes cheveux blancs un à un, et je ferai de toi un jeune homme.

LE MARCHAND

Tiens, voilà un blaireau que je t'offre pour essuyer le tour des tes jolies mirettes.

LE PAPHLAGONIEN

Si tu te mouches, Lepeuple, essuie-toi sur ma tête.

LE MARCHAND

Non, sur la mienne!

1. On a supposé, d'après ce passage (d'un bien pauvre comique d'ailleurs), que Cléon était roux.

vers 900-911

LE PAPHLAGONIEN

Non, sur la mienne ! [*Au Marchand*]
    Moi, je te ferai désigner
    pour l'équipement d'un navire [1].
    Toute ta bourse y passera :
    car tu n'auras qu'un vieux rafiot,
    et il te faudra sans répit
    payer d'autres rafistolages.
    Et je saurai me débrouiller
    pour que te soit attribuée
    une voile toute pourrie !

LE MARCHAND

Le voilà bien bouillant pour me paphlagonir !
    tout doux, tout doux, la Soupe-au-Lait !
    Il faut baisser un peu le feu,
    et bien écumer ses menaces —
        comme ça !

    [*Il manœuvre son écumoire au-dessus de la tête de son adversaire*]

LE PAPHLAGONIEN

    Ah ! je te ferai payer ça
    un joli prix, en t'écrasant
    sous le poids des impôts de guerre !
    Oui : grâce à mes soins diligents
    c'est parmi les gros possédants
    que l'on va t'immatriculer !

LE MARCHAND

    De mon côté, point de menaces,
    mais ce vœu que je fais pour toi :
    que tu aies un poêlon de seiches
    en train de frire sur le feu,

1. Il s'agit de la triérarchie, imposée aux riches : le citoyen désigné devait payer les frais d'équipement ou de réparation d'un vaisseau de guerre.

vers 911-930

un jour où tu auras à prendre la parole
    sur les affaires de Milet [1]
    avec pour toi, si tout va bien,
    deux millions de pot-de-vin ;
    que, dans ta hâte à engloutir
    tes seiches afin d'arriver
    encore à temps à l'Assemblée,
    ton client vienne te héler
    avant que tu aies tout mangé ;
    et qu'alors, toi, pour ne lâcher
    ni millions, ni fracassée,
    tu t'étrangles en t'empiffrant !

LE CORYPHÉE

Bravo ! Parfait ! D'accord, j'en atteste les dieux [2] !

LEPEUPLE

C'est aussi mon avis. D'ailleurs, à tous égards je trouve en lui, sans conteste, un excellent citoyen, tel que jamais encore, depuis le temps, on n'en a vu paraître pour notre démocratie de quat'sous. Quant à toi, Paphlagonien, qui prétends m'aimer, tu m'as enflammé la bile [3]. Rends-moi mon anneau, à l'instant : tu ne seras plus mon intendant.

LE PAPHLAGONIEN

Tiens, mais sache seulement une chose : si tu me retires ma gérance, on verra surgir quelqu'un d'autre, plus canaille que moi.

LEPEUPLE [*qui n'a pas écouté,*
absorbé dans l'examen de l'anneau]

Cet anneau-là, ce serait le mien ? Ce n'est pas possible. Le cachet qu'il offre est différent. Ou bien j'ai la berlue ?

---

1. Cléon est accusé de se faire payer par les cités alliées ou sujettes pour plaider leur cause devant l'Assemblée.
2. *Litt. : Bravo, par Zeus, Apollon et Déméter !*
3. *Litt. : tu m'as nourri d'ail.*

vers 931-953

LE MARCHAND

Donne voir. [*Lepeuple lui passe l'anneau*] Qu'est-ce que c'était, ton cachet ?

LEPEUPLE

Un pâté cuit à point, abrité dans sa Grèce[1].

LE MARCHAND

Ce n'est pas ce qu'il y a.

LEPEUPLE

Pas le pâté ? alors quoi ?

LE MARCHAND

Un cormoran, bec ouvert, qui tient harangue du haut d'un rocher[2].

LEPEUPLE

Boufre ! quelle misère !

LE MARCHAND

Qu'est-ce que tu as ?

LEPEUPLE

Enlève-moi ça ! Ouste ! Ce n'est pas le mien qu'il avait, c'est celui de Cléonyme[3] ! Tiens, reçois celui-ci de mes mains, et sois mon intendant.

[*Il remet un autre anneau au Marchand*]

LE PAPHLAGONIEN

Non ! pas encore, maître, je t'en supplie ! Attends d'avoir entendu les oracles que j'ai !

---

1. *Litt. : un plat de gras de bœuf cuit à point*. Calembour entre δημός (graisse) et δῆμος (peuple).
2. Cf. v. 42 n.
3. Personnage maintes fois attaqué par Aristophane, comme lâche, pour s'être enfui du combat en jetant son bouclier (cf. *Paix*, v. 676 et suiv., 1298 et suiv., etc.), comme goinfre (cf. *Cav.*, v. 1290 et suiv.), comme sycophante (cf. *Ois.*, v. 1475 et suiv.).

vers 953-961

LE MARCHAND

Et les miens alors !

LE PAPHLAGONIEN

Si tu l'écoutes, tu es condamné à te faire bourrer le train !

LE MARCHAND

Et toi, si tu l'en crois, tu es condamné à te faire dépiauter le braquemart jusqu'à la garde !

LE PAPHLAGONIEN

Mes oracles disent que tu es voué à trôner sur tout pays, couronné de roses.

LE MARCHAND

Voire, mais les miens disent, eux, que vêtu de pourpre pailletée, diadème en tête, monté sur un char tout en or, tu poursuivras... Daphné, notre voisin, et son petit époux [1].

LEPEUPLE [*au Marchand*]

Eh bien, va chercher tes oracles, pour les lui faire écouter.

LE MARCHAND

Entendu.

LEPEUPLE [*au Paphlagonien*]

Et toi, apporte aussi.

LE PAPHLAGONIEN

A tes ordres.

---

1. *Litt. : Smicythès et son seigneur et maître.* Smicythès (dont le nom, à l'accusatif, pourrait être un féminin) devait être un inverti notoire. J'ai eu recours à un vers du *Tartufe* pour conserver à cette allusion obscure une ombre de drôlerie.

vers 962-972

LE MARCHAND

A tes ordres, ma foi ! pas d'objection.

[*Ils sortent ; le Paphlagonien rentre chez Lepeuple. Le Marchand s'en va vers la ville*]

[STROPHE]   LE CHŒUR

Quelle radieuse aube de délices
 ce sera pour tous,
pour ceux qui sont là, pour ceux qui viendront,
 si Cléon est liquidé !
Sauf, évidemment, pour quelques vieux birbes
 que j'entends d'ici :
des contredisants, des râleurs fieffés
 qui au bazar de Justice
disent : « Si l'État n'avait vu cet homme
 s'élever ainsi,
il nous manquerait deux outils utiles :
 pilon et cuiller à pot [1]. »
Ce qui me renverse en lui, c'est aussi
 sa culture : un porc !
Au dire de ceux qui étaient, enfants,
 ses camarades de classe,
il se refusait la plupart du temps,
 apprenant la gamme,
à pousser plus loin que : do-ré [2]. *Le reste,*
 il n'en voulait rien savoir.
Le maître, irrité, le flanquait dehors,
  avec ce motif :
« Cet enfant ne peut apprendre qu'un air,
 un seul : Dorez-moi la paume ! »

[*Le Paphlagonien sort de chez Lepeuple. En même temps rentre le Marchand. Ils portent chacun une énorme liasse*]

---

1. Parce que Cléon broie, brouille et écume tout.
2. *Litt. : il ne pouvait jouer de la lyre que sur le mode dorien.* Calembour entre δωριστί et, plus bas, δωροδοκιστί (« sur le mode de la vénalité »).

vers 972-996

LE PAPHLAGONIEN

Tiens, regarde ! Et je ne les apporte pas tous !

LE MARCHAND

Hou là là ! quelle colique ! Et je ne les apporte pas tous !

LEPEUPLE

Qu'est-ce que c'est que ça ?

LE PAPHLAGONIEN

Des prédictions.

LEPEUPLE

Tout ça ?

LE PAPHLAGONIEN

Ça t'étonne ? Et j'en ai encore un plein coffre, ma foi !

LE MARCHAND

Et moi, un étage, et deux immeubles.

LEPEUPLE

Et bien, voyons, de qui sont-ils donc, ces oracles ?

LE PAPHLAGONIEN

Les miens sont de Vaticinard.

LEPEUPLE

Et les tiens, de qui ?

LE MARCHAND

De Vasijobard [1], le frère de Vaticinard, et son aîné.

LEPEUPLE

Et de quoi est-ce qu'ils parlent ?

1. *Litt. : de Glanis,* nom imaginaire adopté impromptu pour la consonance avec Bacis (cf. v. 123 n.).

vers 997-1005

LE PAPHLAGONIEN

D'Athènes, de Pylos, de moi, de toi, de toutes choses.

LE PEUPLE

Et les tiens, de quoi ?

LE MARCHAND

D'Athènes, de purée de lentilles, de Spartiates, de maquereaux frais, des gens qui vendent la farine à faux poids sur le marché, de moi, de toi... [*A bout d'idées, à part, et plein de rancune contre le Paphlagonien*] Qu'il se serre la queue entre les dents, celui-là !

LE PEUPLE

Eh bien, soit, voyez à m'en faire lecture — surtout de celui qui parle de moi, le fameux que j'aime tant, celui où il est dit que je deviendrai un aigle au sein des nues.

LE PAPHLAGONIEN

Bon, alors écoute-moi et fais bien attention [*Il lit*] :
  « Songe, fils d'Érechthée[1], à bien garder les voies
  que te dicte Apollon du fond de ses recès
  par révérendissime oracle du trépied :
  il t'a prescrit de protéger auprès de toi
  la présence sacrée du chien aux crocs aigus
  qui de sa gueule bée et de son âpre aboi
  te sert et te défend : tu seras bien payé.
  Sinon, il périra : mille choucas haineux
  cherchent à l'écraser de leurs croassements. »

LE PEUPLE

Bonté divine ! Ça alors, je ne sais pas ce que ça veut dire, moi. Qu'est-ce que c'est que cette histoire d'Érechthée avec des choucas et un chien ?

1. Érechthée, premier roi légendaire d'Athènes.

vers 1005-1022

LE PAPHLAGONIEN

C'est moi le chien. C'est pour toi que je donne de la voix, et Phébus t'a dit de bien me garder auprès de toi, moi le chien.

LE MARCHAND

Ce n'est pas ce que dit l'oracle. Ce chien-là [*Il montre le Paphlagonien*] procède avec les prédictions comme avec ta pâtée : il en avale la moitié en passant. C'est moi qui ai la version exacte à propos du chien.

LEPEUPLE

Eh bien, parle. Mais moi je commence par prendre un caillou : je ne veux pas me laisser entamer par ces canines de prédictions [1] !

LE MARCHAND

« Songe, fils d'Érechthée, à te garder du chien,
du Cerbère, ouvrier de servitude qui,
te flattant de la queue pendant ton déjeuner,
engloutira ton plat, épiant le moment
où tu tournes ailleurs ta bouche grande ouverte,
et, venant fureter jusque dans ta cuisine,
en douce, d'un revers de sa langue de chien,
dans la nuit, nettoiera les reliefs... et les îles [2]. »

LEPEUPLE

Ah ! Mer alors ! C'est beaucoup mieux, Vasijobard !

LE PAPHLAGONIEN

Écoute encore, très cher ! Attends ceci pour trancher :

« Dans Athènes la sainte, une fille des hommes
fera naître un lion, qui pour servir Lepeuple,
mènera le combat contre mille moustiques,
comme s'il s'agissait de sa progéniture,

1. Lepeuple chassera le chien à coups de pierres... Je lis ce vers 1029 : ... ὁ χρησμὸς ὁ περί τοῦ κυνὸς δάκη.
2. C.-à-d. tout l'empire maritime d'Athènes. Cf. v. 170.

vers 1023-1039

sans lâcher patte. Toi, pour assurer sa garde,
bâtis un mur de bois à contreforts de fer. »

Tu sais ce que ça veut dire, ça ?

LEPEUPLE

Jour de dieu ! ma foi non !

LE PAPHLAGONIEN

C'est clair : le dieu te signifie de veiller à ma conservation.
En ce lion, c'est mon cœur qui bat, et pour toi.

LEPEUPLE

Comment ? Tu es devenu Cœur-de-Lion ? première nouvelle !

LE MARCHAND

Il y a quelque chose dans l'oracle qu'il ne t'explique pas —
et pour cause ! C'est ce que veut dire ce mur de fer et de bois à
l'intérieur duquel l'oracle t'a dit de le conserver.

LEPEUPLE

Eh bien ? Qu'est-ce qu'il entendait par là, le dieu ?

LE MARCHAND [*montrant le Paphlagonien*]

Lui, le mettre aux fers, dans une cangue bien conditionnée.

LEPEUPLE

Cet oracle-là, je crois qu'il ne va pas tarder à s'accomplir.

LE PAPHLAGONIEN [*dans son emportement, il en vient à parler en
« alexandrins », comme ses oracles. Le Marchand en fera autant
tout à l'heure*]

Ah ! ne l'écoute pas ! d'envieuses corneilles
croassent contre moi : mais garde ton amour
pour le faucon qui sut — que ton cœur s'en souvienne !
t'amener, garrottés, les pintadons [1] de Sparte.

1. *Litt. : les petits corbeaux.*

vers 1039-1053

LE MARCHAND [*à part*]

S'il a risqué le coup, le Paphlagonien,
c'est bien qu'il était soûl !

[*Tout haut*] Pauvre malavisé !

fils de Cécrops, crois-tu que c'est un grand fait
                                    [d'armes ?
« Femmelette peut porter lourd fardeau :
il suffit qu'un homme ait passé par là ;
mais donner l'assaut ? Jamais de la vie[1] ! »...
loin d'aller à l'assaut, elle irait à... la selle !

LE PAPHLAGONIEN

Mais prends garde à ceci que t'évoquait l'oracle sur la
porte du port de Pylos[2] [*Déclamant*] :

A Pylos, porte à port...

LEPEUPLE

Keksekça, portaport ?

LE MARCHAND

Les portes du logis, il dit qu'il va les prendre !

LEPEUPLE

Et moi alors, ce soir, je dormirai en plein vent ?

---

1. Ces vers, de sagesse assez gauloise, viennent de la *Petite Iliade*, et
étaient passés en proverbe. Le Marchand, avec un bref commentaire de
son cru, les applique à Cléon, qui n'est qu'une femmelette et non pas
un guerrier : dans l'affaire de Pylos, Démosthène était passé par là.
2. Jeu de mots multiple. Le Paphlagonien cite un vers célèbre qui
distinguait les deux villes de Pylos, en Élide et en Messénie. D'autre
part, Pylos évoque en grec le sens de « porte ». Or l'îlot de Sphactérie,
pris par Cléon, était comme le verrou de la rade de Pylos. Enfin, plus
loin, le Marchand fait un calembour, d'ailleurs insipide, sur Pylos et
πύελος (baignoire). Littéralement le vers 1060 signifie : *il dit qu'il*
.prendra les baignoires dans l'établissement de bains. Et Lepeuple
répond : *Alors je resterai dans ma crasse aujourd'hui* ? J'ai renoncé à
rendre ce dernier à-peu-près, et j'ai prolongé le premier.

vers 1054-1061

LE MARCHAND

Oui, puisqu'il nous a escamoté nos portes. Mais voici un oracle sur la politique navale, accorde-lui toute ton attention.

LEPEUPLE

Accordé ! Donne lecture ; mais avant toute chose, mes matelots, comment paiera-t-on leur solde [1] ?

LE MARCHAND

« Prends bien soin d'échapper, cher fils d'Égée, aux ruses qu'ourdit un chien-renard, pied leste et dent sournoise, fin museau fouineur, et cervelle madrée ! »

Tu sais ce que c'est ?

LEPEUPLE

C'est Philostrate [2], ce chien-renard.

LE MARCHAND

Non, ce n'est pas ça. Ce sont les navires rapides qu'il [*Montrant le Paphlagonien*] réclame à tout bout de champ pour aller collecter de l'argent, lui. L'oracle [3] t'interdit de les lui fournir.

LEPEUPLE

Et comment ça ? Une galère, c'est un chien-renard ?

LE MARCHAND

Comment ? C'est que la galère, ça file vite, et le chien aussi.

1. La question de la solde navale était une des difficultés les plus épineuses de la politique financière et militaire d'Athènes, et soulevait de violents débats.
2. Tenancier d'un lupanar, auquel on donnait le sobriquet de Chien-renard.
3. *Litt. : Loxias*, c.-à-d. Apollon, qui inspirait la Pythie de Delphes.

vers 1062-1074

LEPEUPLE

Et pourquoi est-ce qu'on a collé un renard à la queue du chien ?

LE MARCHAND

Les renardeaux, c'est l'image des soldats, parce qu'ils grappillent les raisins dans le clos.

LEPEUPLE

Bon. Mais la solde pour mes renardeaux, où est-elle ?

LE MARCHAND

Moi je la fournirai, et sous les trois jours.

Mais prête encore l'oreille à cet oracle-ci :
« Message d'Apollon : prends garde aux tromperies
      de Fontperdue[1] ».

LEPEUPLE

Quelle Fontperdue ?

LE MARCHAND

C'est sa main. Fontperdue
en est la juste image en style poétique,
puisqu'il la tend, disant : « Versez à fonds perdus. »

LE PAPHLAGONIEN

Il interprète mal. Au juste, Fontperdue
est une allusion voilée que fait le dieu
à la main de Diopithe[2]. Au reste, j'ai pour toi
un oracle porté sur l'aile des zéphirs,
qui de toi fait un aigle, et roi sur toute terre.

LE MARCHAND

Moi aussi, et le mien te donne, outre la terre,
la mer d'Eldorado[3] ; jusque dans Ecbatane
tu rendras la justice en lichant des biscuits.

---

1. *Litt. : Cyllène*, qui permet en grec un calembour avec κυλλή, le creux de la main.
2. Devin. Cf. *Ois.*, v. 988.
3. *Litt. : la mer Rouge.* Sous ce nom, les Grecs englobaient toutes les mers d'Orient. Ecbatane, cf. *Ach.*, v. 64 n.

vers 1075-1089

LE PAPHLAGONIEN

Mais moi j'ai eu un songe, où j'ai vu sur Lepeuple
la Déesse en personne, avec une burette,
vider un élixir de prospéropulence.

LE MARCHAND

Moi aussi, par ma foi ! et j'ai vu la Déesse [1]
en personne quitter la sainte citadelle,
    une chouette au cimier,
puis épancher sur vous, d'une double burette

[*à Lepeuple*]

sur ton chef, ambroisie, et sur le sien, saumure.

LEPEUPLE

Bravo ! Décidément il n'y a pas de plus habile homme que
Vasijobard ! En foi de quoi [*Au Marchand*] me voilà, je me
livre à toi

pour guider mes vieux ans et me rééduquer.

LE PAPHLAGONIEN

Pas encore, je t'en conjure, attends un peu ! Moi je te
fournirai de l'orge en grains pour ta subsistance de chaque
jour.

LEPEUPLE

J'en ai par-dessus la tête d'entendre parler de grains : j'ai
trop souvent été berné par toi et par Théophane [2].

LE PAPHLAGONIEN

Mais je te fournirai désormais de la farine toute préparée.

LE MARCHAND

Et moi des galettes pétries et repétries, et la pitance toute
cuite. Tu n'auras qu'à manger.

1. Pallas Athéna, patronne d'Athènes, dont la colossale statue d'or et
d'ivoire — dont il sera question plus loin — se dressait au Parthénon.
2. Sans doute un des séides de Cléon.

vers 1090-1106

LEPEUPLE

Eh bien, exécutez-vous : qu'allez-vous savoir faire ? C'est à celui de vous deux qui me traitera le mieux que je confierai le gouvernail de mes décisions plénières[1].

LE PAPHLAGONIEN

D'un saut je rentre. Je serai le premier.

[*Il rentre chez Lepeuple*]

LE MARCHAND

Non pas ! Ce sera moi. [*Il sort aussi*]

[STROPHE]   **LE CHŒUR**

> *Ah ! qu'il est beau ton empire,*
> *Lepeuple ! tout un chacun*
> *te redoute autant qu'un roi.*
> *Mais tu donnes aisément*
> *dans les panneaux : tes délices*
> *c'est de te faire enjôler*
> *et berner : celui qui parle,*
> *il te trouve à tous les coups*
> *bouche bée. Et, dans ta tête,*
> *ta cervelle est dans la lune.*

LEPEUPLE

> *De cervelles, beaux blondins,*
> *c'est vous qui n'en avez pas,*
> *en vous figurant que moi*
> *je divague ! c'est exprès*
> *que je fais le bon benêt,*
> *car j'aime bien pour mon compte*
> *ma pitance quotidienne :*
> *Je veux pour ministre unique*
> *entretenir un filou :*
> *quand il a fait sa pelote*
> *je lève le poing, et paf !*

1. *Litt. : les rênes de la Pnyx.*

vers 1107-1130

[ANTISTROPHE]   LE CHŒUR

Ah ! sur ce pied-là, c'est parfait,
si tu règles ta conduite
par la logique frappante
que tu viens de nous décrire
dans toute son envergure ;
si dans l'enclos politique[1]
tu traites tous ces gens-là
par gavage méthodique
comme bétail à usage
solennel... et populaire,
et qu'après, quand tu n'as rien
à te mettre sous la dent,
tu abattes le plus gras
pour en faire ton dîner !

LEPEUPLE

Voyez ça, si je m'entends
à intercepter leurs voies !
ils croient être bien malins
et m'emberlificoter
mais je les guette et j'observe
à tout coup, mine de rien,
leurs filouteries, et puis
je les force à dégorger
tout ce qu'ils m'ont filouté :
moi je vote, et eux ils rotent[2] !

[*Le Paphlagonien sort de chez Lepeuple, avec une corbeille et un siège. Rentre au même instant le Marchand, lui aussi avec tout un attirail. Cette rentrée, comme leur sortie, est réglée comme figure de ballet. Ils se heurtent*]

LE PAPHLAGONIEN

Oust ! déguerpis ! va-t'en... aux anges !

1. *Litt. : sur la Pnyx, cf. v. 42 n.*
2. *Litt. : je les fais vomir en leur enfonçant dans la gorge le cornet de l'urne électorale.*

vers 1131-1151

LE MARCHAND

Vas-y toi-même, eh! pourriture!

LE PAPHLAGONIEN

Lepeuple, moi, tu vois, je suis prêt : voilà trois heures que je suis là posté, décidé à te faire plaisir.

LE MARCHAND

Et moi, voilà dix heures et douze heures et mille et une heures et encore des heures et des heures et des heures!

LEPEUPLE

Et moi, ça fait cent mille heures que je vous attends et que vous me dégoûtez, et encore des heures et des heures et des heures!

LE MARCHAND

Eh bien, fais... sais-tu quoi?

LEPEUPLE

Je le saurai si tu l'expliques.

LE MARCHAND

Mets-nous en ligne, lui et moi, et donne le départ, que nous soyons à égalité pour te bien traiter.

LEPEUPLE

C'est ça, c'est ce qu'il nous faut. Reculez-vous.

LE PAPHLAGONIEN ET LE MARCHAND [*placés côte à côte sur le seuil de la maison*]

On y est.

LEPEUPLE

Partez!

[*Les deux servants se précipitent. Une manœuvre déloyale du Paphlagonien lui donne l'avantage*]

vers 1151-1161

LE MARCHAND [*indigné*]

Défense de couper ma ligne !

LEPEUPLE

Vive Dieu ! Pour le coup je vais avoir du bon temps
aujourd'hui grâce à mes amoureux, ou c'est moi qui serai
difficile !

LE PAPHLAGONIEN

Tu vois ? C'est moi le premier qui t'apporte un siège.

[*Il dispose un pliant*]

LE MARCHAND

Mais pas une table ! C'est moi l'avant-premier !

[*Il dresse son étal en guise de table*]

[*Suit un jeu de scène où les deux hommes vont et
viennent à toute vitesse en apportant divers plats*]

LE PAPHLAGONIEN

Tiens, je te porte cette petite galette, pétrie avec de l'orge
récoltée à Pylos.

LE MARCHAND

Et moi des croustades qu'a creusées la Déesse, de sa main
d'ivoire[1].

LEPEUPLE

Ah ! ta dextre est donc si ample, ô Souveraine Dame ?

LE PAPHLAGONIEN

Et moi une purée de pois, de belle mine, jolie — c'est Pallas
en personne, la Reine des Combats, qui l'a pylée.

LE MARCHAND

La Déesse te couvre de son évidente sollicitude, Lepeuple.
Voici maintenant qu'elle étend sur toi une marmite pleine de
bouillon.

1. Cf. v. 1090 n.

vers 1161-1174

[Il lui place la marmite derrière la tête comme une auréole, avant de la lui servir]

LEPEUPLE

Crois-tu que notre ville ne serait pas déjà un désert, si elle n'étendait pas sur nous, de façon si visible, sa m...armite[1] ?

LE PAPHLAGONIEN

Voilà des pruneaux, présent de celle qui est la Terreur des Armées.

LE MARCHAND

Et la fille du Tout-Puissant t'offre un rôti à la casserole, et une portion de tripes et de pieds et paquets[2].

LEPEUPLE

A la bonne heure : elle est reconnaissante de mon Voile brodé[3].

LE PAPHLAGONIEN

La déesse au Panache de foudre t'invite à manger de ces ramequins, pour mieux tirer la rame sur notre flotte.

LE MARCHAND

Prends donc encore ça.

LEPEUPLE

Et qu'est-ce que je vais faire de ce gras-double ?

LE MARCHAND

Elle sait ce qu'elle fait en te l'envoyant, la toute-divine : c'est pour gradouber les galères. Éclatante est la sollicitude qu'elle a pour notre flotte.

---

1. On attendait : sa main. Dans les deux langues les deux mots ont la même première lettre.
2. *Litt. : une rouelle de poisson.* Mais le grec τέμαχος évoque l'idée d'un combat (μάχη).
3. Cf. v. 566 n.

vers 1175-1186

[*Lui offrant à boire*]

Tiens encore, bois-moi ça : c'est du trois pour deux[1].

LEPEUPLE

Dieu ! qu'il est bon ! Il porte rudement le coupage !

LE MARCHAND

Bien sûr ! C'est Celle-dont-tous-les-coups-portent qui a dosé ce coup-là.

LE PAPHLAGONIEN

Prends-donc cette portion de brioche : c'est moi qui te l'offre.

LE MARCHAND

Et moi cette brioche-ci tout entière.

LE PAPHLAGONIEN [*apportant un civet ; il voit que son rival a épuisé toutes ses ressources*]

Mais tu n'auras pas de lièvre à lui servir ! Moi j'en ai.

LE MARCHAND [*à part*]

Malédiction ! du lièvre ! d'où m'en tombera-t-il ?

O mon cher cœur, invente un boniment, sur l'heure !

LE PAPHLAGONIEN [*avec une commisération goguenarde*]

Tu vois ça, malheureux ?

LE MARCHAND [*il a trouvé*]

Je m'en moque bien : je vois là-bas des gens qui viennent me trouver ; des ambassadeurs ; ils ont des sacoches pleines d'argent.

LE PAPHLAGONIEN

Où ? où ? [*Il se précipite*]

---

1. Trois parties d'eau pour deux de vin, dosage habituel pour les vins de qualité. La suite comporte un calembour agencé tout autrement en grec, avec pour sens littéral : *c'est Tritogénie* (un des noms d'Athéna) *qui l'a « détriplé ».*

vers 1187-1198

Théâtre complet. Tome 1. 7.

LE MARCHAND

Est-ce que ça te regarde ? Laisse-les donc, ces étrangers.
[*Offrant le civet*] Mon petit Popoulot, tu vois ce civet que je
t'apporte ?

LE PAPHLAGONIEN [*revenant*]

Misère de moi ! C'est indigne ! Tu m'as fauché ce qui
m'appartenait !

LE MARCHAND

Ah ben, mer, alors ! et toi donc, pour les gens de Pylos ?

LEPEUPLE

Dis-moi, de grâce, d'où t'est venue l'idée de le détrousser ?

LE MARCHAND [*noble*]

L'idée venait d'En-Haut, mais le vol est de moi.
[*Vulgaire*] C'est moi qui ai risqué le coup.

LE PAPHLAGONIEN

Mais c'est moi qui l'avais cuit !

LEPEUPLE [*au Paphlagonien*]

Tant pis ! Décampe ! C'est à celui qui me l'a servi que j'en
sais gré.

LE PAPHLAGONIEN

Oh ! là là ! misère de moi ! Il m'aura donc surentourloupé !

LE MARCHAND

Eh bien, que tardes-tu, Lepeuple, à trancher ? Qui de nous
deux te traite le mieux, toi et ta panse ?

LEPEUPLE

Mais sur quoi m'appuierai-je pour un verdict qui paraisse
judicieux au public ?

vers 1198-1210

LE MARCHAND

Je vais te le dire : mon couffin, va, saisis-le en douce et fouille son contenu ; et puis celui du Paphlagonien. N'aie crainte : ton verdict sera le bon.

LEPEUPLE

Eh bien voyons, qu'est-ce qu'il y a dedans ?

[*Il regarde la corbeille du Marchand*]

LE MARCHAND

Tu ne vois pas qu'il est vide, pépé ? C'est que je te servais tout.

LEPEUPLE

Voilà un couffin tout à fait bien pensant envers Lepeuple !

LE MARCHAND

En route maintenant ; viens-t'en voir celui du Paphlagonien. Tu vois ça ?

LEPEUPLE

Miséricorde ! Que de bonnes choses ! Il en est plein ! De la brioche, quelle grosse affaire il s'en était mis de côté ! A moi il m'en a donné une tranche pas plus grosse que ça !

LE MARCHAND

C'est comme ça qu'il faisait avec toi jusqu'ici. Il te donnait un petit rabiot sur ce qu'il prenait, et le gros morceau, il se le servait à lui-même.

LEPEUPLE [*au Paphlagonien*]

Salaud ! C'est comme ça que j'étais la dupe de tes vols !

Et moi qui t'ai comblé de dons et de couronnes [1] !

---

1. Nombre de vers de facture tragique sont parsemés dans le passage qui suit.

vers 1211-1225

LE PAPHLAGONIEN [*digne*]

Moi, si je volais, c'était dans l'intérêt de l'État !

LEPEUPLE

Ote-moi vite ta couronne que je la pose sur son front à lui.

LE MARCHAND

Ote-la vite, fripouille !

LE PAPHLAGONIEN

Non pas ! Car j'ai pour moi un oracle pythique qui désigne celui qui, seul entre tous, est appelé à me supplanter.

LE MARCHAND

Alors, c'est mon nom à moi qui est désigné, sûr et certain.

LE PAPHLAGONIEN

Eh bien je veux te mettre au pied du mur péremptoirement, pour savoir si c'est à toi que se réfèrent peu ou prou les prédictions. Et d'abord, un petit sondage : dans ton enfance, chez quel maître fréquentais-tu ?

LE MARCHAND

C'est dans les souillardes que j'ai été dressé, par des torgnioles.

LE PAPHLAGONIEN

Tu dis ? [*A part*] Je me sens percé jusques au fond du cœur par l'oracle. [*Se reprenant*] Passons. Et chez le moniteur, qu'est-ce que tu apprenais comme sport ?

LE MARCHAND

Le vol, avec faux serment soutenu sans sourciller.

LE PAPHLAGONIEN [*à part*]

... O Phébus,
Apollon Lycien, que me réserves-tu !
[*Haut*] Et quel métier faisais-tu, en prenant âge d'homme ?

vers 1226-1241

LE MARCHAND

Je vendais des boudins; et puis je me faisais embouquer aussi, par-ci par-là.

LE PAPHLAGONIEN [*à part*]

Hélas! Malheur à moi! Je suis anéanti!
Frêle reste l'espoir où se berce mon sort...

[*Haut*] Encore un seul mot; parle net: était-ce sur le marché que tu vendais tes boudins, ou aux Portes[1]?

LE MARCHAND

Aux Portes, là où on débite les salaisons.

LE PAPHLAGONIEN

Las! ils sont accomplis, les oracles célestes!
Rentre dans la coulisse, ô pauvre infortuné[2]!
O ma couronne, adieu! Pars! C'est bien à regret
que je te quitte... Et tu viendras aux mains d'un autre,
plus voleur, certes non — mais plus heureux peut-
[être[3]!...

[*Il rend sa couronne que reçoit le Marchand et sort, accablé*]

LE MARCHAND [*les yeux au ciel*]

Souverain Dieu des Grecs, je te dois ce trophée!

[*Le Premier Serviteur s'avance avec enthousiasme*]

PREMIER SERVITEUR

Éblouissant vainqueur, salut! Et n'oublie pas que si tu es devenu quelqu'un, c'est grâce à moi. Ce que je demande ne va pas loin: donne à ma blancheur d'hermine[4] une place de sous-secrétaire à la Justice, auprès de toi.

1. Emplacement d'un marché où se vendaient des denrées de piètre qualité.
2. Allusion malicieuse aux machineries tragiques: effet comique qu'Aristophane développera plusieurs fois.
3. Parodie des adieux d'Alceste dans la tragédie d'Euripide.
4. Je lis: φανός, adjectif, non Φανός, nom propre.

vers 1242-1256

LEPEUPLE

Et moi, dis-moi ton nom.

LE MARCHAND

Costaud-Deshalles. C'est que j'ai été engraissé sur le carreau, dans les bagarres[1].

LEPEUPLE

Eh bien, à Costaud-Deshalles je remets ma personne, et je lui livre le Paphlagonien ici présent.

LE MARCHAND

Et moi, Lepeuple, je te soignerai si joliment que tu reconnaîtras n'avoir jamais vu sur terre plus grand bienfaiteur pour la cité des Athénigauds !

[Tous rentrent chez Lepeuple. Le Chœur reste seul]

[STROPHE]   LE CHŒUR

Quel plus beau prélude, ou final,
que de chanter, nous les meneurs
de cavalcades effrénées —
sans vouloir cette fois vexer de nos brocards
Lysistratos, ni Thoumantis[2] :
sans feu ni lieu, ce pauvre hère,
inondant de ses pleurs ton divin sanctuaire,
Apollon bien-aimé, se pend à ton carquois
pour être délivré de sa noire misère !

Harceler les crapules, cela ne mérite point reproche : c'est un hommage rendu aux honnêtes gens, si l'on y regarde bien. Si l'individu qui va avoir à entendre une bordée de malsonnantes vérités avait personnellement quelque renom, je n'aurais pas prononcé ici le nom d'Arignotos, qui est de mes amis. Mais si ce dernier est bien connu de quiconque sait ce que

1. *Litt.* : *Agoracrite* : *c'est que j'ai été engraissé sur le marché dans les chamailles.* Jeu de mots sur les deux termes qui s'unissent dans le nom d'Agoracrite.
2. Deux pauvres hères.

vers 1257-1278

c'est que blanc et noir ou do-ré-mi-fa-sol[1], il a un frère qui
pour les mœurs ne lui est certes pas apparenté : Ariphradès,
qui est un gredin, et qui l'est délibérément. Ce n'est pas
seulement un gredin (je ne l'aurais même pas remarqué[2]) et
archigredin : il en a encore rajouté de son cru. Il met sa
langue à toutes sauces en d'abjectes délices, dans les bordels,
se pourléchant de glaires immondes, s'engluant la barbe, et
tripatouillant autour du trou — et de plus, il travaille dans le
goût de Polymnestos et a partie liée avec Oionichos[3]. Un
pareil homme, quiconque ne le tient pas en solide abomination ne sera jamais admis à trinquer avec nous autour de la
même bouteille.

[ANTISTROPHE]   LE CHŒUR

    Souventes fois au sein des nuits
    m'ont tourmenté bien des angoisses :
    Je cherchais la clé du problème
que pose Cléonyme[4] : où diantre sait-il donc
    trouver pâture à si bon compte ?
    Ne raconte-t-on pas qu'un jour,
qu'il s'emboustifaillait chez les ventres-dorés,
rien ne l'eût fait sortir de leur garde-manger ?
Eux l'imploraient en chœur : « Seigneur, à deux genoux
nous vous en supplions, retirez votre main,
et accordez miséricorde à notre table ! »

LE CORYPHÉE

On dit que les galères ont tenu salon entre elles ; l'une — la
doyenne d'âge — prit la parole : « Vous ne vous informez
donc même pas, Mesdemoiselles, de ce qui se passe en ville ?
Le bruit court que quelqu'un demande cent d'entre nous pour
aller sur Carthage — un bien triste sire de citoyen, Hyperbo-

    1. *Litt. : le mode orthien*, un des modes de la musique grecque.
Arignotos était musicien. Ariphradès, son frère, était poète.
    2. Parmi toutes les canailles qui pullulent à Athènes.
    3. Deux musiciens inconnus honnis d'Aristophane. Il ne s'agit pas
du grand Polymnestos de Colophon.
    4. Cf. v. 958 n.

vers 1279-1303

los-Picrochole[1]. » La chose leur parut violente, intolérable. Et l'une d'elles, qu'aucun homme n'avait encore montée[2], s'écria : « Dieu garde ! moi en tout cas il ne m'aura pas à sa discrétion. Je préfère, s'il le faut, pourrir sur place, vermoulue, hors d'âge ! » — « Ni moi, Clairenef, fille de Bellenef ! non, grands dieux ! aussi vrai que je suis charpentée moi aussi en sapin et autres bois ! Et si les Athéniens prennent en gré pareil projet, je suis d'avis que nous allions à toutes voiles chercher asile au temple de Thésée ou auprès des Saintes Déesses[3]. Au moins, il ne nous aura pas sous ses ordres, pour faire le zouave au nez de la cité. Qu'il mette les voiles, lui, tout seul... jusqu'au diable, s'il veut — en prenant pour vaisseaux la vaisselle de sa camelote de lampiste[4] ! »

   [*Arrive le Marchand, sortant de chez Lepeuple ; il est en vêtements d'apparat, couronne en tête ; il respire la solennité*]

LE MARCHAND

   Que l'on garde un silence révérentiel ! Lèvres closes ! Vacances aux défilés de témoins ! Clôture des tribunaux dont raffole cette cité ! et que, pour cause de félicités toutes neuves, un cantique de joie monte de l'assistance !

LE CORYPHÉE

   O bel astre levé sur Athènes la Sainte
   et sur les archipels pour notre sauvegarde,

quelle bonne nouvelle apporte ta venue, pour que l'encens ait à fumer dans les rues ?

   1. *Litt. : Hyperbolos-le-vinaigre.* Cf. *Ach.*, v. 846 n.
   2. Le poète continue à parler des trières comme s'il s'agissait de femmes. Celle-ci est encore pucelle.
   3. Le temple de Thésée et celui des Euménides étaient des lieux d'asile.
   4. *Litt. : en tirant à la mer les baquets dans lesquels il vendait ses lampes.* Jeu de mots entre σκάφη (auge) et σκάφος (navire).

vers 1304-1320

LE MARCHAND

Lepeuple, je l'ai fait bouillir : il était vilain, je vous l'ai rendu beau[1].

LE CORYPHÉE

Où est-il à présent, ô toi qui sais imaginer de si merveilleuses recettes ?

LE MARCHAND

C'est la Cité au diadème de violettes qu'il habite, l'antique Athènes.

LE CORYPHÉE

Pourrions-nous le voir ? Comment se présente-t-il ? Comment est-il devenu ?

LE MARCHAND

Comme il était jadis quand il partageait la table d'Aristide et de Miltiade. Mais vous allez le voir.

Ce bruit, c'est l'ouverture des saintes avenues[2].

Allons, que vos cris jubilants jaillissent à l'apparition de l'antique Athènes, la merveilleuse, celle que tant d'hymnes ont chantée, où demeure Lepeuple environné de gloire.

LE CORYPHÉE

Toi, sous ton diadème aux violettes, toi
que le monde enviait, toi, fleuron d'opulence,
Athènes, montre-nous celui qui de ce sol
et de toute la Grèce est le maître et seigneur !

[*Entre Lepeuple, rajeuni, épanoui, dans un riche habit de fête*]

1. Parodie de l'opération magique pratiquée par Médée sur le père de Jason.
2. *Litt. : des Propylées*, portique monumental qui introduisait à l'Acropole.

vers 1321-1330

LE MARCHAND

Le voici sous vos yeux, arborant la cigale d'or, dans tout l'éclat de son antique arroi, exhalant, non des relents de Halle-aux-Votes [1], mais des effluves d'armistice, et tout frotté de myrrhe.

LE CORYPHÉE

Salut, ô Roi des Grecs ! ta joie est aussi nôtre ! La condition où te voici est digne de la Cité, et du trophée de Marathon !

LEPEUPLE [*au Marchand*]

Hé, toi, le meilleur des amis, viens çà, Costaud-Deshalles ! Quel bienfait je te dois de m'avoir mis à bouillir !

LE MARCHAND

Moi ? Mais mon bon, tu ne sais pas comment tu étais avant, oui, toi, ni ce que tu faisais — sans quoi c'est un dieu que tu verrais en moi !

LEPEUPLE

Qu'est-ce que je faisais donc, dis-moi, comment étais-je ?

LE MARCHAND

D'abord, chaque fois qu'il y en avait un dans l'Assemblée pour dire : « Je t'ai voué mon cœur, Lepeuple ! et je t'aime ! et je suis aux petits soins pour toi ! et il n'y a que moi pour songer à ce qu'il te faut ! » — chaque fois que quelqu'un préludait de la sorte, tu faisais la roue, et tu te dressais sur tes ergots [2].

LEPEUPLE

Moi ?

LE MARCHAND

Et puis tu étais berné ; et lui, en route !

1. *Litt. : de coquillages*, cf. v. 855 n.
2. *Litt. : tu dressais tes cornes* (comme un taureau).

vers 1331-1345

LEPEUPLE

Qu'est-ce que tu dis ? C'est ça qu'ils me faisaient ? et je ne m'en rendais pas compte ?

LE MARCHAND

C'est que tes oreilles, ma foi, se déployaient en ombrelles, après quoi elles se repliaient.

LEPEUPLE

J'étais devenu tellement benêt et gâteux ?

LE MARCHAND

Et puis, ma foi, si deux orateurs parlaient, l'un de mettre en chantier des vaisseaux de guerre, l'autre de gaspiller cet argent en allocations, celui qui parlait d'allocations distançait au grand galop celui de la Marine, et en route !

[*Lepeuple se dandine d'un pied sur l'autre, tout penaud*]

Hé bien ! pourquoi la tête basse ? Tu ne peux pas tenir en place ?

LEPEUPLE

C'est que j'ai honte de mes erreurs passées !

LE MARCHAND

Mais ce n'est pas toi qui es coupable, ne te ravage pas : ce sont ceux qui te bernaient comme ça ! Et maintenant réponds : Si je ne sais quel polichinelle de porte-parole déclare : « On vous coupe les vivres, Messieurs les Jurés, si vous ne prononcez pas en cette affaire un verdict de condamnation », qu'est-ce que tu lui feras, dis, au porte-parole ?

LEPEUPLE

Je le balancerai dans les airs et je le viderai dans les oubliettes, non sans lui avoir suspendu au cou... Hyperbolos [1].

1. Cf. *Ach.*, v. 846 n. On peut inférer de ce passage qu'il était gros et lourd. De plus une étymologie malicieuse de son nom pourrait lui faire signifier : « celui qu'on jette par-dessus bord. »

vers 1345-1363

LE MARCHAND

Ah! voilà maintenant des paroles justes et raisonnables! Mais pour le reste, voyons voir : quelle sera ta politique? réponds.

LEPEUPLE

D'abord tous ceux qui rament sur les vaisseaux de guerre, dès l'accostage, toucheront de moi leur solde, intégralement.

LE MARCHAND

Voilà qui fera plaisir à bien des chers petits fessiers pelés!

LEPEUPLE

Et puis, une fois inscrit sur les contrôles de l'infanterie, personne ne pourra obtenir par entregent un changement d'affectation : on sera maintenu dans son affectation initiale.

LE MARCHAND

Bang! sur le bouclier de Cléonyme[1].

LEPEUPLE

Et personne qui n'ait barbe au menton ne flânera sur la Place.

LE MARCHAND

Et alors Clisthène, où flânera-t-il? Et Straton[2]?

LEPEUPLE

Je parle de ces godelureaux de la Galerie aux parfums, qui y font cercle pour jaser dans ce ton-ci : « Quel habile homme, ce Phéax[3]! Quelle ingéniosité! Quelle aisance de pénétration! Quel expert en concaténations, en syllogisations, en formula-

---

1. Cf. v. 958 n.
2. Cf. *Ach.*, v. 118 n.
3. Beau parleur, vivement admiré des jeunes intellectuels. Je lis, pour la fin du vers : δεξιός τε μανθάνειν.

vers 1364-1378

tions des concepts, en lucidité, en effets de choc, en captation des manifestations d'approbation[1]! »

LE MARCHAND

Mais la titillation des appas de cet expert en confabulation, c'est ton affaire ?

LEPEUPLE

Parbleu non ! Je les mettrai au pas, tous ! qu'ils aillent à la chasse, au lieu de proposer des décrets !

LE MARCHAND

Eh bien, dans ces conditions, prends un siège pliant, avec un garçon bien couillard pour te le porter : et si jamais ça te dit, plie-le lui-même et prends-le pour chèvre.

LEPEUPLE [*s'asseyant*]

Quelle bénédiction de revenir à l'ancien temps !

LE MARCHAND

Attends pour le dire que je t'aie mis dans les bras la Trêve de trente ans. [*Il appelle*] Viens ici, Trêve, dépêche !

[*Entre la Trêve, une belle jeune femme, dans toute la séduction de la femme de trente ans*]

LEPEUPLE

Oh ! dieu de dévotion ! qu'elle est belle ! Au nom du ciel, est-ce qu'on peut la trentenfiler ?... [*Se retournant vers le Marchand*] Comment as-tu mis la main dessus, vrai ?

LE MARCHAND

Le Paphlagonien... ne la tenait-il pas séquestrée pour t'empêcher de l'avoir ? Et maintenant, moi je te la mets dans les bras pour t'en aller champêtrer avec elle.

---

1. Comme θόρυϐος signifie aussi bien les tollés que les bravos (cf. dans notre langue classique le « brouhaha »), on peut comprendre aussi : « en inhibition des manifestations de désapprobation ».

vers 1378-1395

LEPEUPLE

Et le Paphlagonien, après ce qu'il a fait, dis-moi ce que tu vas lui faire subir ?

LE MARCHAND

Oh ! pas grand-chose : il fera mon métier, voilà tout. Il se tiendra aux Portes pour vendre des saucissons, tout seul, en triturant les chienneries avec les âneries ; il s'ivrognera, se prendra de bec avec les putes, et boira la relavure des bains.

LEPEUPLE

Excellente idée, voilà bien ce qu'il mérite : s'engueuler avec des putains et des garçons de bain ! Et toi, en retour, je te désigne pour être nourri aux frais de l'État et occuper le siège où se carrait ce poison-là ! Suis-moi, et prends cet habit vert pomme [1]. L'autre, videz-le d'ici, et qu'il aille tenir son métier, bien en vue des étrangers..., ses souffre-douleur d'hier !

1. Pomme de reinette... Le grec dit : *vert grenouille*. C'était une couleur pour les vêtements de fête.

vers 1395-1408

Les Nuées

INTRODUCTION

La polémique politique est à peu près absente des *Nuées*, mais si Aristophane change de terrain — provisoirement car il y reviendra de plus belle avec *Les Guêpes* et *La Paix* —, il n'abandonne rien de sa pugnacité, et s'en prend cette fois à ce qu'on pourrait appeler, en parodiant Péguy, le « parti intellectuel moderne ». Oui, c'est bien avec la même verve brûlante, la même sainte et injuste rage qui animait Péguy contre les « sociologues », contre Lavisse, Lanson, Langlois et leurs pâles disciples Rudler et autres, qu'Aristophane s'en prend à Socrate, à Chéréphon, et pêle-mêle aux sophistes, aux rhéteurs, aux physiciens, métaphysiciens et pataphysiciens qui répandent dans la jeunesse les aberrations intellectuelles, morales et esthétiques dont ils ont fait leur pain quotidien... et leur gagne-pain.

Les attaques contre la décadence des mœurs et du goût, contre les effets pernicieux de la pédagogie « nouvelle », étaient un des lieux communs de la Comédie, et Aristophane lui-même avait joué sa partie dans ce concert, avec *Les Détaliens*, sa première pièce. C'était un filon facile, un thème assuré d'une bonne audience auprès d'une opinion commune qui n'en était pas, comme la nôtre, à se mettre à genoux devant tout ce qui porte étiquette de jeunesse ou de nouveauté, pour le meilleur et pour le pire.

Au reste, il est bien certain que cette génération a marqué une révolution dans les esprits — révolution qui mérite, à bien des égards, d'être appelée « socratique ». A la rudesse de ces hommes d'action que s'étaient montrés les Athéniens pour gagner les guerres Médiques, pour établir et exploiter leur empire, succède un goût de plus en plus décidé — et lui aussi héroïque chez les meilleurs, mais Aristophane ne pouvait pas,

ne voulait pas reconnaître cet héroïsme-là — pour l'esprit
critique, les recherches approfondies, la connaissance posi-
tive, et l'investigation méthodique de toutes les ressources de
ce que le grec appelle d'un seul mot, λόγος, et qui sert à la fois
la parole, le raisonnement, et la raison. Dans ce peuple de
paysans, de marins, de commerçants et d'artisans se sont
installés, venus du dehors — comme Gorgias de Léontium,
Protagoras d'Abdère ou Prodicos de Céos —, ou sont nés,
comme Socrate, des hommes qui viennent tout « remettre en
question ». Cela est absurde aux yeux du bon sens, impie et
sacrilège aux yeux de la tradition religieuse, coupable aux
yeux de la saine morale individuelle et civique. Il est urgent
de mettre le holà à une mode funeste qui risque d'emporter
toutes les vertus et idées d'hier. « Elles étaient bonnes pour
nos ancêtres ! » gouaillent les novateurs ? A quoi Aristophane
réplique : « Certes, elles étaient *bonnes*, et n'ont pas cessé de
l'être, et ne doivent pas cesser de l'être pour nous. »

Une mode ? Certes, il y avait de cela parmi les auditoires
qui prenaient les sophistes pour maîtres, et parfois pour
idoles. Mais il y avait plus grave, et il semble que cela n'ait
pas échappé à la clairvoyance d'Aristophane. On sent bien un
courant de pensée « machiavélienne », une tendance à faire
du succès, de l'efficacité — par tous les moyens : habileté,
absence de scrupules, mauvaise foi —, le critère suprême
d'une intelligence ou d'une entreprise. La carrière future
d'un Alcibiade, cet homme « pourri de dons », ce disciple fer-
vent de Socrate, ne montre que trop quels pouvaient être les
périls.

Ainsi tout s'unissait pour incliner Aristophane à engager le
combat qu'il mène dans *Les Nuées* : la tradition du genre ;
l'attrait d'un sujet très actuel qui lui permettait — comme la
préciosité pour Molière — de faire plaisir au « parterre » en
ridiculisant un snobisme en vogue ; son attachement têtu aux
usages et aux valeurs du passé, même s'ils étaient sans
élégance ; enfin l'amour réel et sincère qu'il avait, ce bouffon,
pour la simplicité intellectuelle et la générosité morale. Il
flaire et dénonce, chez les « nouveaux messieurs », une sorte
d'anarchisme, qui se délecte plus ou moins ouvertement de
formules comme « Tout est permis », ou « Le vrai, c'est ce que

je prouve, le faux, ce que je réfute », ou « Le ciel est vide », ou
« Le bien, le beau, c'est ce qui m'agrée. »

Reste le scandale qui entache à jamais la mémoire d'Aristophane pour ceux qui ont trop « d'esprit de sérieux » : le fait
est que le comique confond délibérément avec les mauvais
maîtres qui faisaient de leur intelligence un usage si inquiétant, et un exemple si dangereux, celui qui n'a cessé de les
houspiller, de les attaquer, de les dénoncer, lui aussi :
Socrate. Le sage qui a tout sacrifié, jusqu'à sa vie, à l'idée
qu'il se faisait du témoignage qu'il devait rendre à la vérité, à
la justice et au divin, méritait-il le traitement odieux qui lui
est ici infligé ? Aristophane devait-il le choisir, lui, comme
chef et patron des coupeurs de cheveux en quatre, des
propagateurs de cynisme, de scepticisme, de malhonnêteté ?
Socrate ennemi déclaré de la santé de l'esprit et du corps, des
principes fondamentaux sur lesquels reposent la famille, la
patrie et la piété, quelle haineuse sottise ! quelle hérésie, qui
tourne non pas à la confusion du philosophe, mais à celle de
son déloyal agresseur !

Certes. Mais la grossièreté même de la caricature laisse, en
quelque manière, Socrate intact : il est trop clair que ce n'est
pas sérieux. Là est la vraie faute d'Aristophane, qui est aussi
son excuse : il n'a pas pris Socrate au sérieux. Il s'en est pris à
lui comme aujourd'hui un chansonnier s'en prendrait à Jean-
Paul Sartre ou à Teilhard de Chardin : si saugrenu que puisse
sembler, et que soit, ce rapprochement, on voit d'un seul coup
d'œil que ce chansonnier aurait tort à les railler, et qu'il
aurait des raisons de le faire. Ainsi Aristophane pour ce
philosophe qui faisait parler tant de lui dans les cercles de
jeunesse et dans la chronique parlée. Qui en veut vraiment à
Voltaire d'avoir appelé le bras séculier à « punir capitalement
un vil séditieux » qui était Jean-Jacques ? Au reste, quand
Socrate but la ciguë un quart de siècle après *Les Nuées*,
Aristophane n'y fut pour rien ; ceux qui le firent condamner,
pour des griefs qui certes sont bien ceux de la comédie,
étaient de ce parti populaire qu'Aristophane a toujours honni.
Il a les mains nettes de cette iniquité, en ce sens que s'il a
prétendu « tuer » Socrate, c'est par le ridicule, et tout le
monde sait que souvent les morts que fait cette arme-là ne

s'en portent pas plus mal. Socrate, dans l'*Apologie* de Platon, marque à l'égard des « bouffons » la bonhomie supérieure d'un grand esprit qui comprend qu'on ne l'ait pas compris, et qui est très au-dessus de toute aigreur contre ceux qui n'ont pas voulu le comprendre. Et sur le moment même, j'imagine que Socrate a dû rire de bon cœur devant la grotesque et infamante image que *Les Nuées*, aux Dionysies de 423, donnaient de sa personne et de ses enseignements. Il a ri : c'était sa plus légitime défense, et sa plus élégante et sa plus noble victoire ; il a ri, et c'était aussi une victoire pour Aristophane. Et quand ils se sont retrouvés, de l'autre côté du Styx, « déshabillés » l'un et l'autre, comme le *Gorgias* le dit, de leur personnage, ils ne se sont pas tourné le dos : Socrate tient son rôle dans les divertissements que monte Aristophane, et Aristophane tient le sien — comme dans *Le Banquet* — aux entretiens qu'anime Socrate. Dans notre cœur, en tout cas, qui est la vraie demeure d'outre-tombe des génies, il y a place pour tous deux — en paix.

ANALYSE

Tourneboule, Athénien d'âge mûr, est bourrelé de soucis : son fils Galopingre l'endette et le ruine pour satisfaire un goût tout à fait déraisonnable pour les chevaux : il regrette amèrement de s'être marié (v. 1-74). Une idée lui vient, qu'il communique aussitôt au jeune homme : puisqu'il est responsable de la situation, qu'il y remédie lui-même : qu'il aille apprendre chez Socrate l'art de faire triompher, par des raisonnements captieux, les mauvaises causes. Ainsi Tourneboule gagnera-t-il, contre tout droit, les procès que lui feront ses créanciers. Galopingre refuse (v. 75-125). Tourneboule décide alors de se faire instruire lui-même ; il va frapper chez Socrate, un disciple lui ouvre, qui fait le panégyrique du Maître (v. 126-183), puis lui entrouvre les splendeurs du « pensoir » socratique (v. 184-217). Voici enfin Socrate lui-même qui, du haut d'un panier suspendu en l'air où il médite ses pensées éthérées, accueille le solliciteur (v. 218-262). Il invite ses protectrices, les Nuées, à venir inspirer le néophyte (v. 262-275).

Le Chœur des Nuées s'approche en chantant, au grand effroi de Tourneboule (v. 276-313). Socrate le rassure, puis lui fait la leçon : les dieux n'existent pas, tout est gouverné au ciel par les forces purement physiques (v. 314-411). Il lui promet de faire de lui un disputeur imbattable (v. 411-477) et le fait entrer chez lui (v. 478-509).

Le Coryphée proclame la finesse et la dignité du talent d'Aristophane (v. 506-562), et entre deux couplets lyriques du Chœur, marque la bienveillance des Nuées pour les braves gens, leur aversion pour les canailles, et l'irritation que cause à la Lune la réforme qu'Athènes songe à faire du calendrier (v. 563-626).

Socrate, furieux, sort de chez lui, chassant Tourneboule qui

*s'est révélé un cancre indécrottable. Un sondage dans son savoir
en fait de métrique, puis de grammaire, a des résultats désastreux, d'autant que les idées de Socrate en ce dernier domaine
sont révolutionnaires (v. 627-692). Socrate espère qu'une méditation solitaire mûrira son disciple (v. 693-745). De fait, celui-ci
propose successivement trois procédés saugrenus et absurdes
pour se débarrasser de ses créanciers (v. 746-782). Comme
Socrate renonce à son éducation, il décide, sur le conseil des
Nuées, de revenir à sa première idée, envoyer à Socrate son fils, et
rentre le chercher (v. 783-803). Après un petit intermède du
Chœur (v. 804-813), il ramène son fils qu'il abasourdit de ses
lumières toutes neuves en théologie et en grammaire (v. 814-
866), puis le présente à Socrate. Celui-ci pour éclairer la religion
du garçon fait sortir, en personne, les deux Raisonnements, qu'il
garde chez lui, le Juste et l'Injuste (v. 867-888). Ceux-ci ont une
violente altercation (v. 889-948), suivie d'un débat en forme,
commenté par le Chœur. Le Juste célèbre les vertus de l'éducation
de jadis, à laquelle il présidait (v. 949-1023). L'Injuste lui oppose,
pour séduire le jeune homme, les charmes de l'immoralité et les
avantages de la mauvaise foi (v. 1024-1101). Le Juste abandonne
la partie, et Galopingre emboîte le pas à l'Injuste et à Socrate
(v. 1102-1114).*

*Les Nuées, dans un intermède, célèbrent leur bienfaisance, et
menacent ceux qui les offenseraient pour les punir de terribles
orages de grêle (v. 1115-1130). Revient Tourneboule, plein
d'espoir (v. 1131-1145). Socrate lui rend son fils dont il a fait un
disputeur sans égal et sans scrupule. Le père les bénit tous deux
(v. 1146-1176). Aussitôt Galopingre indique à son père un
moyen de contester impudemment sur les échéances (v. 1177-
1212). Arrive un créancier que Tourneboule, fort des astuces de
son fils, bafoue (v. 1213-1258). Un second créancier est ridicu-
lisé de même (v. 1259-1302). Et Tourneboule rentre banqueter
avec son fils, pendant que le Chœur fait craindre qu'il n'aille vers
des mécomptes (v. 1303-1320). Tourneboule ressort, indigné :
son fils vient de le rosser (v. 1321-1344). A la demande du Chœur
il raconte les faits : Galopingre n'a plus que mépris pour la
bonne musique et la bonne poésie ; il est sourd aux saines
remontrances (v. 1345-1396) ! Bien mieux, il prouve à son père
qu'il a eu raison de le battre, et nargue cyniquement le malheu-*

reux (v. 1397-1475). Cette fois Tourneboule a compris quels tristes fruits a portés l'enseignement impie de Socrate. Il ne lui reste qu'à se venger et à donner leur revanche, d'accord avec les dieux, à la justice et au bon sens, en mettant le feu à la maison de Socrate le mauvais maître (v. 1476-1510).

TOURNEBOULE (Strepsiade), vieillard athénien.
GALOPINGRE (Phidippide), son fils.
UN SERVITEUR de Tourneboule.
UN DISCIPLE de Socrate.
SOCRATE
CHŒUR DES NUÉES
LE RAISONNEMENT JUSTE.
LE RAISONNEMENT INJUSTE.
PASIAS
AMYNIAS } créanciers de Tourneboule.
FIGURANTS : Autres disciples de Socrate. Un témoin, amené par Amynias.

[*Le décor offre d'un côté la maison de Tourneboule, avec une image d'Hermès près de la porte ; de l'autre celle de Socrate.*
Tourneboule est agité, furieux ; son fils dort, couché contre le mur]

Oh ! là là ! bon dieu de sort ! ces nuits, que c'est long ! Ça n'en finit pas ! Il ne fera donc jamais jour ! Il y a pourtant bel âge que j'ai entendu le coq ! Et mes valets qui ronflent ! Ah ! dans le temps on n'aurait pas vu ça ! A bas la guerre ! pour des tas de raisons, et parce que je ne suis même pas libre de corriger mes gens ! [*Montrant son fils*] Et lui non plus, le bon et honnête jeune homme, il ne s'éveille pas ! il passe la nuit à péter, embobiné dans une demi-douzaine de couettes !... Allons, si vous permettez, ronflons, bien emmitouflé...

[*A peine couché, il reprend*]

Non ! rien à faire pour dormir ! Quelle misère ! Je suis dévoré par les dépenses, et par le râtelier, et par les dettes, à cause de ce fils que j'ai là ! Il se laisse pousser la crinière, et en selle, et roule cocher ! il ne rêve que chevaux ! Et moi, je me ronge à voir la lune aller son train vers les fins de mois [1], car les intérêts trottent !...

[*Réveillant son serviteur*]

Allume la lampe, petit ; sors mon registre, que je voie combien j'ai de créanciers, et que je calcule les intérêts. Voyons voir, qu'est-ce que je dois ? huit cent mille à Pasias [2] ? De quoi, huit cent mille à Pasias ? pourquoi cet emprunt ? Ah oui, c'est quand j'ai acheté le pur-sang [3] ! Misère ! Il aurait beaucoup mieux valu prendre un coup de sang !

1. *Litt. : les jours de vingtaine* (comme nous disons « les années vingt »).
2. *Litt. : douze mines* (et plus loin, v. 31, *trois mines*).
3. *Litt. : le cheval marqué d'un « coppa »*. On marquait les bêtes de race d'une lettre de l'ancien alphabet grec : *coppa, san,* d'où les termes κοππατίας, σαμφόρας pour les désigner.

vers 1-24

GALOPINGRE [*endormi, rêvant*]

Hé, Philon ! tu triches ! garde ta ligne !

TOURNEBOULE

Ça y est, tenez ! le voilà, le mal qui m'a perdu ! Il ne rêve que cavalerie... même en dormant !

GALOPINGRE [*idem*]

Combien de tours de course vont faire les chars de guerre ?

TOURNEBOULE

C'est moi, ton père, à qui tu fais faire des tours et des tours ! [*Rouvrant son registre*] Allons,

à quelle dette encor ai-je dû me soumettre
après ce Pasias-là ? deux cent mille, pour une plate-forme et une paire de roues, à Amynias...

GALOPINGRE [*idem*]

Étrille et panse le cheval, et ramène-le à l'écurie.

TOURNEBOULE

Mais pense un peu ! C'est moi qui suis étrillé ! tu m'as ruiné, j'ai des amendes à payer, et d'autres créanciers qui parlent de saisies, en garantie des intérêts dus.

GALOPINGRE [*s'éveillant*]

Vraiment, père, qu'est-ce que tu as à ronchonner et à tournebouler toute la nuit ?

TOURNEBOULE

Des morsures... d'huissiers [1] qui me sortent de mes couvertures !

GALOPINGRE

Allons, mon vieux, laisse-moi dormir un peu ! [*Il se recouche*]

1. On attendait : de punaises.

vers 25-38

TOURNEBOULE

Tu peux dormir, toi ! Mais les dettes, dis-toi bien que c'est sur ta tête qu'elles finiront toutes par retomber. Ah !

Que n'a-t-elle plutôt péri de male mort,

la matrone qui m'a monté la tête pour mon mariage avec ta mère ! Moi, j'étais campagnard. La bonne vie que c'était, ouatée de crasse, à l'abri des coups de balai, vautrée à la bonne franquette ! Des abeilles à foison, et des brebis, et des olives pressées ! Là-dessus j'épouse la nièce du sieur Grand-maison de Maisongrande[1], moi, campagnard, une citadine, une pimbêche, une poseuse, une mademoiselle Fleur-des-pois[2] ! Le jour de la noce, quand j'ai pris place auprès d'elle, je fleurais le vin doux, le fromage frais, les flocons de laine — l'opulence, quoi ! Elle, les parfums, les teintures[3], les baisicotages ; gaspilleuse, et goulue, d'en haut et d'en bas, et paillarde[4] ! Je ne dirai pas qu'elle boudait à la besogne, non ! mais quelle dépense ! Et moi, devant elle, je me faisais écran de ce manteau, en prétextant : « Tu épuises mes ressources, femme[5] ! »

LE SERVITEUR

L'huile ! La lampe est à sec !

TOURNEBOULE

Malheur ! Aussi pourquoi m'as-tu allumé cette soiffarde-là ? Viens ici recevoir une raclée !

LE SERVITEUR

Pourquoi une raclée ?

1. *Litt.* : *Mégaclès, fils de Mégaclès*, un grand nom de l'aristocratie, et qui contient lui-même des idées de « grandeur » et de « gloire ».
2. *Litt.* : *tout « encœsyrée »* ; cf. *Ach.*, v. 614 n.
3. *Litt.* : *le safran*, couleur des robes élégantes.
4. *Litt.* : *sentant [Aphrodite] Colias et Génétyllis*.
5. Le sens de ce passage est controversé dans le détail, mais il reproche certainement à la femme d'être dépensière, et probablement lascive.

vers 39-58

TOURNEBOULE

Parce qu'elle est trop grosse, la mèche que tu lui as fourrée dans le bec !

[*Reprenant son monologue*]

... Plus tard, quand nous est né le garçon que vous voyez, à moi et à mon exemplaire épouse, quel nom lui donner ? Occasion de bisbille. Elle voulait un nom qui eût quelque chose de cavalcadant, Grandgalop, ou Beaugalop, ou Fiergalop. Moi, j'étais pour l'appeler comme son grand-père, Dupingre. La dispute dura un bout de temps ; enfin, nous nous sommes mis d'accord pour nous rallier à Galopingre. Elle embrassait son fils, elle le dorlotait : « Quand tu seras grand, et que tu mèneras ton char vers la Citadelle, comme ton oncle Grandmaison, vêtu d'une tunique triomphale... » Moi je lui disais : « Non : quand tu ramèneras tes chèvres de la garrigue[1], comme ton père, ficelé dans une peau de bique... » Mais lui n'a rien voulu entendre de mes conseils — et de communiquer à mes biens une phtisie galopante !...

Et à présent, à force de réfléchir à longueur de nuit sur la route à prendre, j'en ai trouvé une, une seule — pas un chemin de char[2] ! — mirobolante, merveilleuse ! Si j'obtiens ça de lui, je serai sauvé. Mais que je commence par le réveiller... Quel serait le procédé le plus suave pour l'éveiller ? Lequel ? [*De son ton le plus cajoleur*] Galopingre ! Galopinpin ?

GALOPINGRE [*s'éveillant*]

Quoi, p'pa ?

TOURNEBOULE

Livre-moi ta main droite, et me donne un baiser !

GALOPINGRE

Voilà. Qu'est-ce que tu me veux ?

1. *Litt. : du Phellée*, cf. *Ach.*, v. 273 n.
2. *Litt.* : ce qu'il a trouvé, c'est *un sentier* — un chemin de *piéton*.

vers 59-82

TOURNEBOULE

Dis-moi : tu m'aimes ?

GALOPINGRE

Oui certes, par le Mors-dieu[1] !

TOURNEBOULE

Ah ! non, change de formule ! C'est cette dévotion-là qui est la cause de tous mes malheurs !... Dis, tu m'aimes ? du tréfonds de ton cœur ? pour de bon ? Alors obéis-moi !

GALOPINGRE

T'obéir ? Mais de quoi s'agit-il ?

TOURNEBOULE

Retourne ta conduite, du tout au tout, au plus tôt ! Et va recevoir les leçons que je vais te conseiller.

GALOPINGRE

Eh bien, parle ; quels sont tes ordres ?

TOURNEBOULE

Tu m'obéiras un peu ?

GALOPINGRE

J'obéirai, Vin-Dieu[2] !

TOURNEBOULE

Et bien, regarde par ici. Tu vois ce portillon, ce cabanon ?

GALOPINGRE

Je vois. Eh bien, dis-moi, père, qu'est-ce que c'est ?

TOURNEBOULE

Il y a là de doctes âmes : c'est leur pensoir. Là demeurent des hommes dont les discours prêchent que le ciel est un éteignoir qui nous recouvre là tout autour, et nous, on est les braises. Ces gens-là, si tu leur donnes de l'argent, ils t'apprennent à avoir le dessus quand tu parles, que ça soit juste ou injuste.

1. *Litt. : par Posidon que voici*, dieu hippique.
2. *Litt. : par Dionysos*, cf. *Ach.*, v. 189 n.

vers 82-99

GALOPINGRE

Qui est-ce, ces gars-là ?

TOURNEBOULE

Je ne sais pas exactement leur nom... des cogitopenseurs,
sans peur et sans reproche !

GALOPINGRE

Brr ! Je vois ça, oui, des minables ! tu veux dire ces
bonimenteurs, ces chichefaces, ces va-nu-pieds, la confrérie
de ce maudit Socrate et de Chéréphon[1].

TOURNEBOULE

Hé là ! doucement ! ne dis pas d'enfantillages ! Si tu as
quelque sollicitude pour le garde-manger paternel, mets-toi
de ces gens-là, fais ça pour moi, et laisse choir ta cavalerie !

GALOPINGRE

Ah ! ça non, Vin-dieu ! même si tu me donnais les bessa-
rabes[2] de l'écurie de Léogoras !

TOURNEBOULE

Allons, je t'en supplie, mon trésor adoré ! Va te faire
instruire !

GALOPINGRE

Et j'apprendrai quoi ?

TOURNEBOULE

Ils tiennent chez eux, à ce qui paraît, les deux raisonnements ; le droit[3] qui... zut, qu'il soit ce qu'il veut !...et le

1. Disciple de Socrate, qu'Aristophane ne cesse de railler pour son
teint blême et sa complexion maladive. C'est lui qui, ayant demandé à
l'oracle de Delphes s'il y avait un homme plus sage que Socrate,
s'entendit répondre que non.
2. *Litt. : les [animaux] du Phase que nourrit Léogoras.* La région du
Phase est celle de la Crimée actuelle ; les oiseaux du Phase, ce sont les
faisans. Mais il est plus logique de penser que le jeune homme « qui ne
rêve que chevaux » songe à l'*écurie* d'un riche propriétaire qu'il envie.
3. *Litt. : le fort... le faible.*

vers 100-113

tordu. Le second de ces raisonnements, le tordu, à ce qui paraît, il plaide ce qui n'est pas juste, et il gagne ! Celui-là, le raisonnement injuste, si tu te le fais enseigner, eh bien, les dettes que j'ai à cause de toi, tout ce que je dois, je n'en rembourserai pas un sou à personne !

GALOPINGRE

Pas de danger que j'accepte ! Je n'oserais pas regarder nos cavaliers avec une mine de crevard !

TOURNEBOULE

Alors, Dame ! tu ne mangeras plus à mon râtelier, je te jure, ni toi, ni ton cheval de trait, ni ton pur-sang[1] ! Je t'expédierai au diable, hors de chez moi !

GALOPINGRE

Mon oncle Grandmaison ne me laissera pas mettre à pied. Je rentre. Parle toujours, je m'en moque !

[*Il rentre dans la maison*]

TOURNEBOULE

Et moi de même ! Ah ! mais ! Il m'a fait bouler, mais je ne resterai pas par terre ! Je vais me recommander aux dieux, et puis m'envoyer moi-même à l'école. De ce pas, je me rends au pensoir... [*Se ravisant*] Ouais ! vieux comme je suis, avec ma pauvre mémoire et ma comprenotte lente, comment pourrai-je m'assimiler de subtiles frisettes de raisonnements coupés en quatre ? [*Se décidant*] Il faut y aller. Qu'est-ce que j'ai là à lanterner, au lieu de frapper à cette porte ? [*Il frappe à la porte de Socrate*] Petit ! hé, petiot !

UN DISCIPLE DE SOCRATE

Au diable ! Qui est-ce qui frappe à la porte ?

TOURNEBOULE

Tourneboule, fils de Dupingre ; je suis du canton de Cicynna.

1. *Litt. : ton « samphoras »*, cf. v. 23 n.

vers 114-134

LE DISCIPLE

Sacrebleu! Quel malappris! en voilà des façons de ruer dans la porte, in-con-si-dé-ré-ment! Tu as fait avorter une cogitation qui était toute mûre!

TOURNEBOULE

Pardonne-moi : j'habite au fin fond de la campagne... Mais dis-moi cette affaire qui a avorté?

LE DISCIPLE

Ce serait sacrilège! Seuls les disciples[1] peuvent l'ouïr.

TOURNEBOULE

Alors, à moi, tu peux parler sans crainte : tel que tu me vois, je suis ici pour entrer au pensoir comme disciple.

LE DISCIPLE

Soit, je parlerai. Mais rappelle-toi bien que ce sont des mystères! Socrate demandait à l'instant à Chéréphon combien de fois une puce sautait la longueur de ses pattes. C'est qu'il y en avait une qui, après avoir mordu le sourcil de Chéréphon, avait bondi sur le crâne de Socrate.

TOURNEBOULE

Et comment a-t-il mesuré?

LE DISCIPLE

Fort ingénieusement. Il a fait fondre de la cire, puis saisissant la puce, il lui a trempé dedans les deux pattes sauteuses : après refroidissement, l'insecte était gainé de bottines; il l'a déchaussé : il avait son étalon pour mesurer la distance.

TOURNEBOULE

Ah! grand dieu du ciel! quelle subtilité d'esprit!

---

1. Le mot : μαθηταῖσιν, disciples, fait jeu de mots avec μυηθεῖσιν, initiés, adeptes : parodie des formules qui excluaient les profanes de toute information sur les mystères d'Éleusis. Nombre de détails, par la suite, sont évocations burlesques des rites d'initiation (cf. v. 254-262, 497).

vers 135-153

LE DISCIPLE

Que dirais-tu si tu savais un autre trait de sagacité — de Socrate, cette fois !

TOURNEBOULE

Lequel ? Dis-le-moi, je t'en supplie.

LE DISCIPLE

Le cousin Chéréphon[1] l'interrogeait sur les moustiques. Quelle était son idée : est-ce de la trompe ou du derrière qu'ils bourdonnent ?

TOURNEBOULE

Et qu'a dit le grand homme sur les moustiques ?

LE DISCIPLE

Son arrêt fut que l'intestin du moustique étant étroit, ce resserrement fait que l'air est poussé en conduite forcée jusqu'au derrière ; et qu'alors, faisant suite à ce mince chenal, le postère se met à vrombir sous la violence du vent.

TOURNEBOULE

C'est une trompette, alors, le postère des moustiques ? Ah ! quel enfant chéri du Ciel, celui qui sonde de si clystérieux recès ! On aurait beau jeu, au tribunal, pour se dépêtrer d'une accusation, en étant si calé sur l'intestin du moustique !

LE DISCIPLE

Et l'autre jour ! Il a été volé d'une idée grandiose — par un lézard !

TOURNEBOULE

Comment ça ? Raconte-moi.

LE DISCIPLE

Il scrutait les cheminements et révolutions de la lune ; nez en l'air, bouche ouverte : sur lui, du haut du toit, du fond de la nuit, un gecko a chié.

1. *Litt. : Chéréphon de Sphettos :* ce mot évoque la guêpe, le frelon.

vers 154-173.

TOURNEBOULE

Elle est bien bonne ! Socrate conchié par un gecko !

LE DISCIPLE

Et hier ! Nous n'avions rien pour le repas du soir...

TOURNEBOULE

Eh bien ? Quelle manigance a-t-il trouvée pour remplir vos assiettes ?

LE DISCIPLE

Il saupoudra la table d'une nappe de fine cendre, prit une brochette, la tordit, en fit une sorte de compas... et passez muscade : plus de ventres affamés, nous étions tout oreilles[1].

TOURNEBOULE

Ah là là ! Et c'est maître Renard[2] que nous prenons pour parangon d'astuce ! Ouvre ! dépêche ! ouvre-moi le pensoir ! montre-moi Socrate, vite ! j'ai l'écolite ! ouvre donc la porte !

[*La porte s'ouvre. On voit se répandre, hagards, à quatre pattes, quelques individus hirsutes et dépenaillés*]

Hé là ! Bonté divine ! d'où est-ce qu'ils sortent, ces animaux-là ?

LE DISCIPLE

Pourquoi cet ébahissement ? De quoi est-ce qu'ils ont l'air à ton avis ?

TOURNEBOULE

On dirait les Spartiates, tu sais, les prisonniers de Pylos[3]. Mais qu'est-ce qu'ils ont donc à regarder par terre comme ça ?

---

1. *Litt.* : *et il déroba le manteau à la palestre.* L'expression était certainement proverbiale, pour dire : détourner astucieusement l'attention de quelqu'un.
2. *Litt.* : *le fameux Thalès.*
3. Cf. *Cav.*, v. 55 n., 392 n. Pris en août 425, les captifs spartiates ne furent libérés qu'en 423, après avoir été tenus à un régime très sévère.

vers 174-187

LE DISCIPLE

Ils sont en quête de ce qui se cache sous terre.

TOURNEBOULE

En quête d'oignons, probable ? Ne vous fatiguez pas comme ça les méninges : moi je sais où il y en a des gros et des jolis !... Mais ceux-ci, qu'est-ce qu'ils font, tout pliés en deux ?

LE DISCIPLE

Eux ? Ils mènent de ténébrotérébrantes fouilles subtartarines.

TOURNEBOULE

Et pourquoi est-ce que leur cul regarde le ciel ?

LE DISCIPLE

Il prend de son côté une leçon particulière d'astronomie. [*Aux disciples*] Allons, rentrez, vous autres, que le Maître ne vous trouve pas ici !

TOURNEBOULE

Ah ! non, non ! pas encore ! qu'ils restent pour que je les mette au courant d'une petite affaire à moi.

LE DISCIPLE

Impossible : ils ne supportent pas le grand air à trop forte dose.

[*Les disciples rentrent. Tourneboule avise divers accessoires*]

TOURNEBOULE

Pour l'amour des dieux, qu'est-ce que c'est que ça, dis ?

LE DISCIPLE

Ça ? Astronomie.

TOURNEBOULE

Et ça ?

vers 188-201

LE DISCIPLE

Géométrie.

TOURNEBOULE

Ah ! Et à quoi ça sert ?

LE DISCIPLE

A prendre mesure de la terre.

TOURNEBOULE

Celle qu'on répartit par lopins ?

LE DISCIPLE

Non : toute la terre.

TOURNEBOULE

Brave idée ! cette invention, ce sera profit pour tout le brave peuple [1] !

LE DISCIPLE

Ça, c'est la terre entière, tout en rond, tu vois ? Ici, Athènes.

TOURNEBOULE

Qu'est-ce que tu dis ? Pas de danger que je te croie : je ne vois pas de juges tenir séance [2].

LE DISCIPLE

C'est pourtant vrai, je t'assure. C'est le terroir d'Athènes.

TOURNEBOULE

Et où sont ceux de Cicynna, les gars de chez moi ?

LE DISCIPLE

Là, tiens, dans ce coin-là. Et voici l'Eubée, comme tu vois, tout en longueur, étirée, elle s'en va, elle s'en va !

1. Tourneboule ne conçoit pas qu'on puisse mesurer la terre, si ce n'est pour la répartir entre des colons ; il pense donc que les petites gens d'Athènes se verront partager la terre entière.
2. Qui dit Athènes dit tribunaux en séance.

vers 202-212

TOURNEBOULE

Je sais : nous lui avons assez tiré dessus, nous et Périclès[1] !
Et Sparte, où est-elle ?

LE DISCIPLE

Où elle est ? La voilà.

TOURNEBOULE

Brr ! ce qu'elle est près de nous ! Il faudrait l'éloigner de
nous, pensez-y pour de bon : qu'elle s'en aille, qu'elle s'en
aille !

LE DISCIPLE

Ça, impossible !

TOURNEBOULE

Alors, il vous en cuira, parbleu !

[*Avisant Socrate, qui est suspendu en l'air dans un
grand panier*]

Mais dis donc, qui est-ce, là-haut, dans le couffin, le type
qui est suspendu ?

LE DISCIPLE

C'est Lui.

TOURNEBOULE

Qui, lui ?

LE DISCIPLE

Socrate.

TOURNEBOULE

Hé, Socrate ! [*Au disciple*] Vas-y, toi, hèle-le-moi un bon
coup !

LE DISCIPLE

Hèle-le toi-même, moi je n'ai pas le temps. [*Il s'en va*]

1. Périclès avait durement puni une révolte de Chalcis, ville principale de l'Eubée, une vingtaine d'années auparavant.

vers 213-221

TOURNEBOULE

Hé ! Socrate ! Hé ! Socratinet !

SOCRATE

Pourquoi me hèles-tu, créature d'un jour ?

TOURNEBOULE

Mais d'abord, qu'est-ce que tu fais ? Je t'en supplie, explique-moi.

SOCRATE

J'arpente les airs, et, en esprit, j'enveloppe le soleil...

TOURNEBOULE

Alors tu montes sur un caillebotis pour traiter les dieux du haut de ton esprit ? et tu n'as pas les pieds sur terre, en tout cas.

SOCRATE

Non, car jamais je n'eusse découvert en toute justesse le secret des célestes réalités, si je n'avais mis mon intellect en suspension, et amalgamé la subtilité de ma méditation à l'air qui lui est consubstantiel. Si j'étais resté au sol pour scruter d'en bas les choses d'en haut, jamais je n'eusse rien découvert. Certes non, car la terre draine irrésistiblement à elle la sève de la méditation. C'est tout juste ce qui se passe pour le cresson.

TOURNEBOULE

Quoi ? la méditation draine la sève dans le cresson ? Mais voyons, Socratinet, descends de ces hauteurs jusqu'à moi, pour me donner les leçons que je suis venu chercher.

SOCRATE

Et tu es venu pourquoi ?

TOURNEBOULE

Je veux apprendre à parler. C'est que j'ai des intérêts à payer, des créanciers mauvais coucheurs qui me pillent, qui me saignent ; mes biens sont saisis.

vers 222-241

SOCRATE

Et d'où vient que tu te sois endetté comme ça ? Où avais-tu la tête ?

TOURNEBOULE

C'est une fièvre de cheval, dévorante, qui m'a mis sur les boulets. Allons, enseigne-moi l'un de tes deux raisonnements, celui qui obtient de ne rien rembourser. Fixe à ton gré tes honoraires : sous la foi du serment, je te les verserai, par les dieux !

SOCRATE

Les dieux ? quelle idée ? en voilà un serment ! D'abord les dieux, chez nous, ça n'a pas cours.

TOURNEBOULE

Alors, en quelle monnaie les faites-vous, vos serments ? En fer-blanc[1], comme chez les sauvages ?

SOCRATE [*dédaignant la question*]

Tu veux savoir, bien au clair, les choses divines ? ce qu'elles sont, bien au juste ?

TOURNEBOULE

Oui, grand dieu, s'il y a moyen.

SOCRATE

Et prendre langue avec les Nuées — nos divinités à nous ?

TOURNEBOULE

Parfaitement.

SOCRATE

Eh bien, assieds-toi sur le grabat sacré.

TOURNEBOULE

Voilà : je suis assis.

1. *Litt. : en fer, comme à Byzance ?*

vers 242-255

SOCRATE

Maintenant, reçois cette couronne.

TOURNEBOULE

Pourquoi une couronne ? Hou là là, Socrate, vous n'allez pas m'immoler, comme Athamas[1] ?

SOCRATE

Non. Tout ça, ce sont les rites que nous pratiquons pour nos néophytes.

TOURNEBOULE

Et alors, qu'est-ce que j'y gagnerai ?

SOCRATE

Tu deviendras un moulin à paroles, le phénix, la fine fleur de l'éloquence.

[*Il le saupoudre et le frotte de farine*]

TOURNEBOULE

Bon dieu ! comme tu y vas ! ce n'est pas de la frime ! A force d'être enfariné, j'aurai bon bec !

SOCRATE

Recueille-toi, vieillard, sois tout oreilles à la prière que je vais dire. [*Très solennel*] O souverain Seigneur, Air qui tiens dans ton infinitude la terre en suspens, et toi, Éther radieux, et vous vénérables déesses, Nuées fulmitonnantes, montez, patronnes du penseur, surgissez pour le nimber de votre suspens !

TOURNEBOULE
[*se cachant la tête sous un pan de son manteau*]

Minute ! Minute ! Pas avant que je me sois emmitouflé avec

1. Héros d'une tragédie de Sophocle — mari de Néphélé dont le nom signifie Nuée.

vers 255-266

ça pour ne pas être trempé ! Dire que j'ai quitté la maison
sans même prendre un capuchon, pauvre de moi !

> SOCRATE [*se tournant successivement
> vers les quatre points cardinaux*]

Venez, trésors de nos âmes, Nuées, manifestez-vous à cet
homme. Trônez-vous sur l'Olympe aux cimes fouettées de
neige ? Déployez-vous, dans les jardins d'Océan votre père, les
rites de votre danse devant les Hespérides ? Puisez-vous, aux
aiguades du Nil, les eaux du fleuve dans les aiguières d'or ?
Séjournez-vous dans les paludes de Crimée ou sur la falaise
enneigée du Mimas [1] ? Exaucez-moi, accueillez mon offrande,
agréez nos rites pieux !

> [*Un silence. On entend, dans un lent crescendo, un
> chant choral, ponctué de grondements de tonnerre*]

[STROPHE]   LE CŒUR

> *Nous, dont rien ne peut tarir*
> *les ruisselantes fontaines,*
> *montons, surgissons, Nuées !*
> *Notre humeur est vagabonde...*
> *Quittant le grondement sourd*
> *de l'Océan notre père,*
> *élevons-nous à l'assaut*
> *des cimes que les forêts*
> *couronnent de leur crinière,*
> *pour dominer du regard*
> *l'horizon lointain : hauts lieux,*
> *saintes moissons du terroir,*
> *fleuves divins qui le baignent*
> *au bruissement de leurs eaux,*
> *mer bruyante au sourd fracas !*
> *Sus ! la céleste Prunelle [2],*
> *indomptable, resplendit*

1. Cette solennelle et poétique invocation appelle les Nuées de tous
les horizons : Nord, Ouest, Sud, Est.
2. Le soleil.

vers 267-285

de ses rayons fulgurants !
Évaporons, secouons
de nos formes immortelles
le brouillard qui les embue,
pour que notre coup d'œil puisse
planer au loin sur la terre !

SOCRATE

O toutes-vénérables, ô Nuées, nous le voyons, vous avez exaucé notre appel. [*A Tourneboule*] Tu as entendu leur voix, mêlée au mugissement du Tonnerre sacro-saint ?

TOURNEBOULE

Oui, et je me prosterne, ô très adorables, et je veux... déclencher ma pétarade en écho à vos tonnerres : ils me font tellement guegrelotter de teterreur... Avec l'aveu du Ciel, je vais, tout à l'instant,... et même sans son aveu,... tout lâcher !

SOCRATE [*sévère*]

Pas de blagues, hein ? Ne fais pas comme ces fichus guignols du répertoire ! Silence et recueillement : un puissant essaim de déesses fait approcher ses accents !

[ANTISTROPHE] LE CHŒUR [*toujours invisible*]

Chastes porteuses d'averses,
entrons au sol plantureux
de Pallas ! Venons revoir
ce fief ancestral[1] des braves,
ce foyer de tant d'amour
où se déroulent les rites
des liturgies ineffables ;
où des solennités saintes
ouvrent aux initiés
leur sanctuaire ; où des temples
haussent leur faîte sublime

1. *Litt.* : *cette terre de Cécrops*, héros légendaire d'Athènes.

vers 286-304

en hommage aux dieux du ciel
qui y trouvent leurs images ;
où, pieuses entre toutes,
se font les processions ;
où les majestés divines
voient se tresser les couronnes
des festins et sacrifices
au fil de toutes saisons :
lorsque le printemps revient,
le festival de Bacchus[1],
aux doux accents de ses chœurs,
met en branle la musique
vibrante et grave des flûtes[2] !

TOURNEBOULE

Pour l'amour de Zeus, je t'en supplie, Socrate, qui sont-elles, qui font retentir ce cantique solennel ? Serait-ce des revenantes de l'autre monde ?

SOCRATE

Pas du tout. Ce sont les célestes Nuées, suprêmes divinités pour fainéants. A leur libéralité nous devons jugement, dialectique, discernement, mirobolance, verbosité, puissance de choc et d'envoûtement.

TOURNEBOULE

C'est donc ça que, sitôt entendu leur voix, mon âme a pris son essor, et vise déjà à finasser, à matagraboliser sur du vent, à aiguiser contre une maxime quelque minimaxime, à contrargumenter du tac au tac ? Ah ! ça me donne un désir de les voir enfin face à face, s'il y a moyen !

1. *Litt. : la grâce de Bromios*, c'est-à-dire la grande fête de Bacchus, les Grandes Dionysies.
2. Il est singulier que les Nuées, patronnes de Socrate le mécréant, chantent ce cantique à la piété d'Athènes envers les dieux. Mais Aristophane ne s'embarrasse pas de contradictions de ce genre ; cf. v. 1460-1461.

vers 305-322

SOCRATE

Eh bien, regarde par ici, vers le Parnès [1]. Je les vois déjà qui descendent tout doucement... les voici.

TOURNEBOULE

Mais où donc ? Montre-moi ?

SOCRATE

Là ! elles s'approchent, en troupe serrée ; elles prennent en écharpe les combes et les maquis, là, par côté !

TOURNEBOULE

[*regardant dans la bonne direction, mais en l'air*]

En voilà une histoire ! je ne les aperçois pas !

SOCRATE

Vers l'entrée.

TOURNEBOULE [*abaissant son regard, avec des contorsions*]

Ah ! maintenant, comme ça, oui, j'entrevois...

[*Le Chœur des Nuées, habillées de voiles vaporeux, entre en scène*]

SOCRATE

Pour le coup, cette fois, tu les vois ? Ou bien c'est que tu as des orgelets gros comme des courges !

TOURNEBOULE

Bonté divine ! oui, je les vois ! O tout-adorables ! Elles tiennent tout l'espace à présent.

SOCRATE

Ce sont bien des déesses, hein ? Et tu ne le savais pas, tu ne l'admettais pas ?

TOURNEBOULE

Ma foi non ! Je croyais que c'était brouillard, crachin, vapeurs.

1. Montagne de l'Attique.

vers 323-330

SOCRATE

C'est que tu ne sais pas qu'elles nourrissent un tas d'élucu-bristes, des devins scalabreux, des guérisseurs-miracles, des bagueminaudeurs ondulés, ongulés, des tournicoteurs de ritournelles chantées, des gens qui en plein vent vous vendent du vent : des bons à rien dont elles nourrissent la fainéantise, parce que leur inspiration poétique les prend pour thème.

TOURNEBOULE

Ah ! c'est donc ça qu'ils chantent
le farouche galop des humides Nuées
décochant les éclairs !
et Typhon, avec
les cheveux tournoyants qu'agitent ses cent têtes !
et
les ouragans soufflant en incendie !
et les nuages
baignés d'air, ivres d'eau,
vastes oiseaux de proie qui nagent dans les airs !
et les Nuées,
répandant leur rosée et versant leurs averses !
Et là-dessus, en récompense, ils sifflent
de surmulets exquis des darnes copieuses,
et
comme plat de volaille ils ont salmis de grives[1].

SOCRATE

Oui, c'est la grâce qu'Elles leur font. N'est-ce pas juste ?

TOURNEBOULE

Mais, dis-moi, qu'est-ce qui leur prend de ressembler à de simples mortelles, si c'est vraiment pour de bon des nuées ? Celles de là-haut ne sont pas comme ça.

1. Naturellement les deux derniers vers sont des forgeries burles-ques d'Aristophane. Ceux qui précèdent semblent authentiques, glanés çà et là.

vers 331-342

SOCRATE

Voyons, comment sont-elles ?

TOURNEBOULE

Je ne saurais dire au juste. En tout cas on dirait plutôt des toisons mises à l'étendage, mais pas des femmes, morbleu, pas le moindrement ! [*Montrant les Nuées enveloppées de gaze, dont on ne voit que le nez*] Et celles-ci, elles ont un museau !

SOCRATE

Hm ! réponds à mes questions.

TOURNEBOULE

Tu n'as qu'à dire : à ta disposition.

SOCRATE

Est-ce qu'il ne t'est pas arrivé déjà, en regardant en l'air, de voir une nuée en forme de centaure, de léopard, de loup, de bœuf ?

TOURNEBOULE

Ma foi, oui. Et alors ? où veux-tu en venir ?

SOCRATE

C'est qu'elles se transforment à volonté. Alors, si elles voient un de ces types à forte tignasse, un homme des bois velu comme le fils de Xénophante[1], elles se modèlent en centaure, pour se payer sa tête de tout-fou.

TOURNEBOULE

Et si elles avisent un croqueur de fonds publics, dis, un Simon[2] ? qu'est-ce qu'elles font ?

SOCRATE

Elles nous éclairent son naturel en se changeant aussitôt en loups.

1. Hiéronyme, cf. *Ach.*, v. 388 n.
2. Inconnu.

vers 342-352

TOURNEBOULE

C'est donc ça, c'est pour ça qu'en apercevant hier Cléonyme[1], qui s'est allégé de son bouclier pour mieux courir,
rien qu'à voir ce roi des poltrons, ça les a fait se changer en
lièvres[2] !

SOCRATE

Et aujourd'hui, comme elles ont vu Clisthène[3], tu vois, ça
les a fait se changer en femmes.

TOURNEBOULE

Salut donc à vous, mes Dames ! Et maintenant, si jamais
vous l'avez fait pour un autre mortel, faites éclater pour moi
cette voix qui remplit la voûte du ciel, ô souveraines
Majestés !

LE CORYPHÉE

Salut à toi, vieillard d'antique souche, toi qui veux prendre
en tes filets les secrets de la haute culture ! [*A Socrate*] Et toi,
pontifie de balivernes subtilissimes, expose-nous tes désirs,
nul plus que toi ne saurait avoir notre oreille aujourd'hui
parmi les virtuoses en bulles de savon — sauf Prodicos[4] : lui,
pour l'ingéniosité de son jugement, et toi, pour la façon dont
tu te pavanes dans les rues, tes coups d'œil en biais, tes pieds
nus, qui t'en font voir de si dures, et le front austère dont tu
nous fais hommage.

TOURNEBOULE

Ah ! sainte Terre ! cette voix qu'elles ont : sacrée, auguste,
prodigieuse !

SOCRATE

C'est qu'elles sont déesses — elles seules. Tout le reste est
sornettes.

1. Cf. *Cav.*, v. 958 n.
2. *Litt. : en biches.*
3. Cf. *Ach.*, v. 118 n. *Thesm.*, v. 571 et suiv.
4. Célèbre sophiste, infatué de ses lumières, et bien connu par les
dialogues de Platon.

vers 353-365

TOURNEBOULE [*éberlué*]

Mais Zeus, à votre compte, dis, au nom... de la Terre, l'Olympien, il n'est pas dieu?

SOCRATE

Qui ça, Zeus? Trêve de balivernes! Il n'existe même pas, Zeus.

TOURNEBOULE

Qu'est-ce que tu dis? Alors, qui c'est qui pleut? [*D'un ton assuré, car il croit tenir un argument décisif*] Explique-moi un peu ça pour commencer!

SOCRATE

Elles, bien sûr! Et moi, je vais t'en donner une preuve magistrale. Voyons, où l'as-tu déjà vu pleuvoir, Lui, sans nuées? c'est pourtant ce qu'il devrait faire: pleuvoir par ciel bleu, quand elles sont en vacances.

TOURNEBOULE

Jour de dieu! Pour cette question-ci, tu m'as rivé mon clou! Moi qui jusqu'ici croyais pour de bon que c'était Zeus qui pissait dans une passoire! Mais qui c'est qui tonne, dis-moi, que ça me fait frémifrissonner?

SOCRATE

Elles, par leur roulis: c'est ça le tonnerre.

TOURNEBOULE

Comment ça, dis, toi que rien n'intimide?

SOCRATE

Quand, gorgées d'eau, elles sont forcées de se mouvoir, la masse qui les imbibe les fait brimbaler, nécessairement: alors elles se cognent lourdement les unes aux autres, et elles éclatent à grand fracas.

TOURNEBOULE

Mais celui qui les force à se mouvoir, n'est-ce pas Zeus?

vers 366-379

SOCRATE

Pas du tout : c'est un tourbillon de l'éther.

TOURNEBOULE

Tourbillon ? Je n'avais pas la moindre idée de ça : alors
Zeus, y en a pas ? Et à sa place, c'est Tourbillon qui règne à
cette heure !... Mais sur le vacarme du tonnerre, tu ne m'as
rien appris encore !

SOCRATE

Tu n'as pas entendu ce que je t'ai dit ? Je te répète que ce
sont les nuées, pleines d'eau, qui en se cognant les unes aux
autres, font ce vacarme, par effet de compression.

TOURNEBOULE

Dis donc, tu veux me faire croire ça ?

SOCRATE

C'est sur ta propre personne que je vais fonder ma démons-
tration. Il t'est bien arrivé, après avoir fait ton plein de
brouet, au moment des Fêtes [1], d'avoir le bedon en tohu-bohu,
traversé tout à coup d'un tintamarre borborythmique ?

TOURNEBOULE

Jour de Dieu ! Pour ça oui ! Ça ne tarde pas : il m'en fait de
belles, c'est un tohu-bohu, ça tonitrue, ça brouette là-dedans,
un vacarme, un beau hourvari ! *Piano*, pour commencer :
pappax... pappax... Et puis *accelerando*... parapappax... Et
quand je chie, c'est un vrai tonnerre... paraparappax... exactement comme Elles !

SOCRATE

Eh bien juge un peu : une telle pétarade sortant d'un petit
bedondinet pas plus gros que ça ! Alors l'immensité des Airs,
là partout, c'est naturel qu'elle fasse un énorme tonnerre, pas
vrai ?

1. *Litt. : aux Panathénées.*

vers 380-393

TOURNEBOULE

Et voilà pourquoi on se sert du même mot : dans les deux cas c'est une affaire de vents[1] ! Mais la foudre, qui est-ce qui la déclenche, instruis-moi ? Elle brille, elle flamboie, elle nous tombe dessus, carbonise ceux-ci et laisse ceux-là gaillards, à peine roussis sur les bords ? Celle-là, ça ne fait pas de doute : c'est bien Zeus qui la décoche sur les parjures.

SOCRATE

Allons donc, en voilà une bourde aux relents antédiluviens[2] ! Tu tombes de la lune ! S'il frappe les parjures, alors, Simon, pourquoi ne l'a-t-il pas grillé ? et Cléonyme, et Théoros[3] ? Ils sont un peu là comme parjures ! Non, c'est son propre temple qu'il frappe, le cap Sounion, « promontoire d'Athènes », et les chênes altiers. Quelle idée ? Un chêne ne se parjure pas !

TOURNEBOULE

Je ne sais pas... Mais toi, je vois que tu parles bien ! Et la foudre, dans tout ça, qu'est-ce que c'est ?

SOCRATE

Lorsqu'un vent sec monte vers les Nuées et se calfeutre en leur sein, il les gonfle du dedans comme une vessie ; et alors, nécessairement, il les fait éclater, explose avec violence sous l'effet de la compression, et, par la seule ruée de sa rude rafale, il s'enflamme spontanément.

TOURNEBOULE

Tout juste, auguste ! C'est ça qui m'est arrivé un jour aux Fêtes de printemps[4] : je faisais cuire une panse de bœuf pour

---

1. *Litt. : C'est pour cela que les deux mots, tonnerre et pet, se ressemblent* (βροντή et πορδή font assonance en grec).
2. *Litt. : aux relents de Cronos.* Cronos père de Zeus, ou Japet le titan, sont évoqués proverbialement pour railler tout ce qui est d'un autre âge, vieilli, démodé, ou porte trace de gâtisme.
3. Cf. v. 351 n. ; *Cav.,* v. 958 n ; *Ach.,* v. 134 n.
4. *Litt. : aux Diasies,* fêtes de Zeus, au début de mars.

ma famille, et toc ! j'avais oublié de l'inciser : elle gonfle, et tout à coup, elle m'a éclaté en plein dans les yeux, m'embrenant de sa giclée et me brûlant la figure !

LE CORYPHÉE

O mortel qui as conçu le désir d'obtenir de nous les secrets de la haute Sagesse, quelle félicité sera la tienne entre les Athéniens, entre tous les Grecs, si tu es un homme de mémoire et de méditation, si ton âme est dure au mal, si tu ne te décourages ni de rester debout ni de marcher, si tu supportes le froid sans en être accablé, si tu ne penses pas trop à ton déjeuner, si tu t'abstiens de vin, de sport, et autres insanités, et si tu admets pour bien suprême, comme il sied à un habile homme, de l'emporter dans les actions, dans les conseils, et en guerroyant à la pointe de la langue !

TOURNEBOULE

Eh bien, s'il s'agit d'une âme cuirassée, de nuits blanches vouées à de noirs soucis, d'un estomac frugal qui sait se serrer la ceinture et dîner d'un pissenlit, n'aie pas peur ! s'il s'agit de ça je m'offre hardiment, je suis de pied ferme, comme une enclume !

SOCRATE

Ainsi tu ne reconnaîtras plus aucune divinité sauf la trinité que nous admettons, le Vide que voici, et les Nuées, et la Langue ?

TOURNEBOULE

Je ne leur adresserai même pas la parole, c'est bien simple, aux autres dieux, même si je les croise dans la rue. Ils n'auront de moi ni sacrifices, ni libations, ni un grain d'encens.

LE CORYPHÉE

Bon. Alors dis-nous hardiment ce que tu attends de nous : tu seras exaucé si tu nous rends honneur, si tu n'as d'yeux que

vers 409-427

pour nous dans ta quête pour devenir habile homme.

TOURNEBOULE

O saintes Dames! je ne demande qu'une grâce, une toute petite! La voici : d'être le meilleur parleur de la Grèce, à cent coudées au-dessus des autres!

LE CORYPHÉE

Soit, c'est la grâce que tu recevras de nous : à l'avenir et dorénavant, dans les débats devant le peuple, nul ne fera triompher ses idées plus souvent que toi!

TOURNEBOULE

Oh! il ne s'agit pas de grandes idées! je n'en souhaite pas tant : juste de quoi entortiller les juges à mon profit et esquiver mes créanciers.

LE CORYPHÉE

Eh bien, tes désirs seront comblés, car ton souhait est modeste. Allons : abandonne-toi sans crainte aux soins de nos servants.

TOURNEBOULE

Oui, je le ferai : je m'en remets à vous. Nécessité fait loi : c'est la faute de ces chevaux [1] qui me mettent en capilotade, et de ce mariage qui m'a écrabouillé. Au point où me voilà, que tes hommes fassent de moi ce qu'ils veulent : je leur livre ma personne : je veux bien me faire rosser, avoir le ventre creux, le gosier sec, me faire racornir, congeler, écorcher et tanner, pourvu que j'échappe à mes créanciers, et que je m'impose aux gens à force de culot, comme une grande gueule, un chenapan, un forban, un dégoûtant, un arracheur de dents, un robinet à ergotages, un routier de procédure, un gibier de greffe, un vieux renard, un faufilard, crécelle, ficelle, limace, flambard, patibulard, salopard, roublard, casse-pieds, lèche-

---

1. *Litt. : ces chevaux au « coppa », cf. v. 23 n.*

vers 428-450

plats[1]! Si on doit me saluer de ces noms-là en me croisant, c'est bien simple : que tes gens m'accommodent à leur guise, et s'ils veulent, qu'ils me réduisent en chair à saucisse, ma foi, pour me servir à leur menu philosophal !

LE CORYPHÉE

Il a du cran, notre homme !
    Rien ne l'arrête,
    son âme est prête !

[*A Tourneboule*]

Je te le dis : quand tu sauras
ces secrets que nous t'apprendrons,
ta gloire parmi les mortels
ira jusqu'au septième ciel !

TOURNEBOULE

Que m'arrivera-t-il ?

LE CORYPHÉE

Tout au long du temps, avec nous
    tu couleras les jours
les plus enviables qui soient !

TOURNEBOULE

Vrai ? un tel horizon
me sera-t-il jamais ouvert ?

LE CORYPHÉE

A telle enseigne que les gens
sans cesse, en foule, assiégeront ta porte,
voulant s'ouvrir à toi, s'aboucher avec toi,
    et se consulter avec toi
    sur des procès et des dossiers
    qui permettront à ton astuce
    d'empocher force millions !

---

1. Cette « kyrielle » est serrée d'aussi près que possible sur le grec. Mais les nécessités du rythme et des sons n'ont pas permis de faire correspondre *rigoureusement* terme à terme.

vers 451-475

[*A Socrate*]

Allons, entreprends ce vieillard, initie-le à ce que tu comptes lui enseigner, dérouille son esprit et sonde son jugement.

SOCRATE

Eh bien, déballe-moi ta personnalité, condition requise pour que je dresse, à ton endroit, en connaissance de cause, des batteries toutes neuves.

TOURNEBOULE

Hé là ? Tu comptes donner l'assaut à mes murs [1] ? au nom du ciel !...

SOCRATE

Point. Mais je veux quelques petits renseignements. Tu as de la mémoire ?

TOURNEBOULE

Oui et non, ma foi ! Si on me doit de l'argent, j'ai de la mémoire. Mais si c'est moi qui en dois, oh là là ! il n'y a pas plus oublieux !

SOCRATE

Et voyons, tu as des dons naturels pour enfiler les mots ?

TOURNEBOULE

Pour enfiler les mots, non pas du tout : mais pour filouter les gens, oui bien !

SOCRATE

Comment alors pourras-tu t'instruire ?

TOURNEBOULE

T'en fais pas, ça ira bien.

1. Tourneboule prend au propre les expressions figurées.

vers 476-488

SOCRATE

Tâche au moins, quand je te proposerai quelque savante idée sur les choses célestes, de la happer au vol !

TOURNEBOULE

Hein ? comme un chien ? C'est comme ça que je vais me nourrir de science ?

SOCRATE [*à part*]

Quel butor ! quel paysan du Danube [1] ! [*A Tourneboule*] Mon bonhomme, tout vieux que tu es, tu as besoin de recevoir les verges, j'en ai peur ! Voyons, dis un peu : qu'est-ce que tu fais quand on te donne des coups ?

TOURNEBOULE

Je les reçois. Et puis j'attends un peu, et je prends des témoins ; et puis, un rien de temps d'intervalle, et je porte plainte.

SOCRATE

Allons, dépose ton manteau [2].

TOURNEBOULE

J'ai répondu de travers ?

SOCRATE

Non, mais c'est la règle : il faut être dévêtu pour entrer.

TOURNEBOULE

Mais ce n'est pas pour faire une perquisition [3] que j'entre !

SOCRATE

Dépose. Trêve de sornettes.

1. *Litt. : quel barbare !*
2. Rite symbolique requis pour l'initiation aux mystères.
3. On faisait déshabiller ceux qui procédaient à une perquisition pour être sûr qu'ils n'introduisaient pas subrepticement tel objet qu'ils feindraient ensuite de découvrir.

vers 489-500

TOURNEBOULE [*enlevant son manteau et ses souliers*]

Bon. Mais réponds-moi, dis : si je m'applique bien, si j'étudie de tout mon cœur, auquel de tes disciples est-ce que je ressemblerai ?

SOCRATE

A Chéréphon [1] ; tu seras tout à fait sur le même pied que lui.

TOURNEBOULE

Pauvre de moi ! Je vais devenir moribond !

SOCRATE

Assez de balivernes ! entre plutôt par ici avec moi ; allons pressons, plus vite que ça !

TOURNEBOULE

Donne-moi d'abord un talisman [2] à serrer dans ma main. J'ai peur comme si je descendais dans la caverne au Loup-garou !

SOCRATE

Marche ! pourquoi lanterner comme ça autour de la porte ?

[*Ils entrent tous deux dans la maison de Socrate*]

LE CORYPHÉE [*pendant qu'ils s'en vont*]

Eh bien, va ! et que la chance
récompense ta vaillance !

[*Le Chœur reste seul*]

Qu'un heureux succès couronne
cet homme, qui, parvenu
au dernier penchant de l'âge,

1. Cf. v. 104 n.
2. *Litt. : un gâteau de miel... comme si je descendais chez Trophonios.* L'antre de Trophonios était le lieu d'un oracle vénérable et redouté, en Béotie. Le gâteau était une offrande propitiatoire.

vers 500-514

veut que son esprit se baigne
au bain des façons modernes,
et qui fait l'apprentissage
de la philosophie !

[S'avançant vers le public]

Messieurs les spectateurs, je vais vous déballer tout franc
les choses comme elles sont, j'en atteste ce Vin-dieu dont je
suis le nourrisson !

Mon vœu, c'est d'emporter le prix, c'est d'être tenu pour un
habile homme, aussi vrai que vous êtes, j'en suis persuadé, un
public de connaisseurs, et que cette pièce-ci est la plus
habilement troussée de mes comédies. Voilà pourquoi c'est à
vous que j'ai cru devoir faire goûter en prémices cette reprise
d'une pièce qui m'a donné bien de la peine. Oui, j'avais quitté
le terrain, vaincu par des faquins : je ne méritais pas ça[1] ! Et
c'est ce que je vous reproche à vous, les gens avisés, pour qui
je me donnais tant de mal. Mais ça ne fait rien : jamais je ne
prendrai l'initiative de trahir les connaisseurs qui sont parmi
vous. Car, depuis le jour où ici même le public — c'était déjà
une joie d'avoir un tel auditoire — fit un si beau succès à mon
Bon Jeune Homme et à mon Ruffian[2] (ma Muse étant encore
fille, ne pouvait pas accoucher d'un fruit légitime : je ne le
déclarai donc pas, c'est une camarade qui le prit à son compte
et le reconnut, et généreusement, vous l'avez nourri, élevé),
oui, depuis ce jour-là je tiens de vous un gage assuré de votre
jugement. Aujourd'hui donc, telle la fameuse Électre, la
comédie que voici vient à vous, pour voir si d'aventure elle
rencontrera un public aussi avisé. Au premier coup d'œil, elle
saura reconnaître la boucle de cheveux fraternelle[3] !

Et voyez comme elle est de bonne tenue : elle ne s'est pas

---

1. Ce début de la parabase a été inséré lors de reprise de la pièce, et
fait allusion à l'échec qu'elle avait subi en 423.
2. Il s'agit de la pièce de début d'Aristophane, *Les Détaliens*,
présentée sous le nom de Philonide ou de Callistrate.
3. Allusion à la scène célèbre des *Choéphores* où Électre devine le
retour de son frère Oreste.

cousu, pour venir, une pendouille de cuir, vermillonnée du
bout, bien dodue, pour faire rire les galopins[1] ; elle ne blague
pas les chauves, elle ne danse pas la paillarde[2] ; pas de vieux
bonhomme qui, tout en débitant son rôle, rosse son partenaire à coups de bâton pour faire passer de minables
gaudrioles. Elle ne se rue pas sur la scène en brandissant des
torches ! Elle ne crie pas : Aïe, aïe, aïe ! C'est en elle-même, et
dans ses vers, qu'elle a mis sa confiance pour se présenter à
vous. Et moi, étant le poète que je suis, je ne me pavane pas, je
n'essaie pas de vous piper en représentant deux ou trois fois
les mêmes choses. Je mets en scène des sujets neufs, soigneu-
sement élaborés, différents les uns des autres, et toujours
ingénieux ; moi qui, au temps où Cléon était au pinacle, lui ai
mis un direct à l'estomac. Mais j'ai eu la pudeur de ne pas le
piétiner une fois abattu ! Les autres, depuis qu'un jour
Hyperbolos[3] leur a donné prise, ne cessent de le prendre pour
tête de Turc, le pauvre bougre, et sa mère avec lui. Eupolis[4] a
commencé par fagoter son *Maricas* : une ratatouille de mes
Cavaliers qu'il a salopés, le salaud, en y fourrant une vieille
saoularde pour lui faire danser la paillarde : un personnage
forgé il y a bel âge par Phrynicos[5], qui le faisait dévorer par le
serpent de mer. Après quoi, Hermippos s'en est encore pris à
Hyperbolos, et tous les autres, depuis, foncent sur Hyperbolos, en plagiant ma comparaison des pêcheurs d'anguilles[6].
Celui qui rit à ces procédés-là, qu'il fasse grise mine à ce que
je vous offre ! Mais si vous prenez plaisir à mes trouvailles,
alors dans les âges futurs on dira de vous : ils étaient dans le
vrai !

---

1. Cet accessoire obscène des acteurs comiques, Aristophane quoi
qu'il en dise, en a largement usé, ainsi que des autres procédés dont il
dénonce ici la vulgarité.
2. Litt. : la cordax, danse échevelée et obscène.
3. Cf. *Ach.*, v. 846 n.
4. Poète comique rival d'Aristophane, qui avait attaqué Hyperbolos
sous le sobriquet barbare de Maricas.
5. Autre poète comique.
6. Cf. *Cav.*, v. 864 et suiv.

[STROPHE]   LE CHŒUR

    O Toi dont la grandeur
dresse au-dessus des dieux son sceptre souverain,
c'est toi qu'avant tout autre invoque notre chœur,
    Zeus ! viens à nous ! — Et Toi[1] *aussi*
qui brandis le trident, grandiose puissance
    qui mets les espaces salés
    et le sol en chaos sauvage !
Et toi, auguste Essence au renom grandiose,
    nourricière universelle,
    Éther, dont nous sommes les filles !
Et Toi, divin seigneur[2]*, ô maître d'attelage*
    dont les rayons éblouissants
viennent baigner la face de la terre,
si grand parmi les dieux et parmi les mortels !

LE CORYPHÉE

Holà ! public éminemment sagace ! Ouvrez bien les oreilles : on nous fait tort, et nous ne prenons pas de gants pour vous le reprocher. Nous qui sommes, aux cieux, les plus grandes bienfaitrices de votre cité, à nous seules d'entre les puissances célestes vous n'offrez sacrifices ni libations, nous qui vous protégeons ! À peine amorcez-vous un raid qui est un défi au bon sens, nous envoyons tonnerre ou crachin[3]. Et puis, quand c'est le damné corroyeur paphlagonien[4] que vous alliez désigner pour le commandement, nous, de froncer les sourcils, de faire un malheur...

    Environné d'éclairs, le tonnerre rugit, la lune s'éclipsa dans son cours, le soleil mit dare-dare son lumignon sous le boisseau, déclarant qu'il ne brillerait plus sur vous, si Cléon obtenait le commandement. Vous l'avez désigné quand même : il paraît que le lot de notre cité c'est d'être malavisée — mais que pourtant les dieux, à chaque

1. Posidon.
2. Le soleil.
3. Présages funestes qui devraient faire abandonner ces projets.
4. Cléon.

vers 563-587

faute que vous commettez, la tournent à votre avantage... Le
moyen que même celle-ci vous soit profitable, c'est bien
simple, nous allons vous l'apprendre : Cléon le cormoran [1],
empoignez-le, comme vendu et comme voleur, et puis coin-
cez-lui le col dans le carcan. Alors, une fois de plus, en
application de votre antique privilège, et, malgré votre faute,
l'affaire profitera fort avantageusement à la cité.

[ANTISTROPHE]   LE CHŒUR

> *Viens aussi près de nous*
> *Majesté de Phébus, suzerain de Délos*
> *et de sa cime au front altier ! Et Toi, déesse [2]*
> *dont la béatitude siège*
> *au sanctuaire d'or que tu as en Éphèse*
> *et où les filles de Lydie*
> *t'honorent magnifiquement !*
> — *Toi, divine Athéna, ô reine tutélaire*
> *qui protèges de ton égide*
> *notre terroir et notre ville !*
> — *Toi enfin, sur ton fief rocailleux du Parnasse,*
> *danseur-étoile au feu des torches,*
> *chef de ballet des Ménades delphiques,*
> *meneur de l'hilarant cortège, ô Dionysos !*

LE CORYPHÉE

Comme nous étions prêtes à partir pour venir ici, la Lune
nous est tombée dessus et nous a chargées d'abord de dire
bien le bonjour aux Athéniens et à leurs alliés. Et puis elle
nous a dit son mécontentement : vous lui en faites voir de
dures, alors que — et ce n'est pas du boniment, c'est clair
comme le jour — elle est aux petits soins pour vous tous !
D'abord chaque mois, pour l'éclairage, elle vous économise
bien plus d'un écu, puisque vous dites tous en sortant le soir :
« Pas besoin d'acheter de chandelle, petit, il fait un beau clair
de lune ! » Et bien d'autres services, à ce qu'elle dit. Mais
vous, vous déroulez vos jours tout de travers, sens dessus

1. Cf. *Cav.*, v. 956.
2. Artémis.

dessous ; un vrai salmigondis[1]. Si bien qu'elle se fait agonir par les dieux, c'est elle qui vous le dit, chaque fois qu'on leur escamote un dîner et qu'ils rentrent chez eux sans avoir trouvé leur fête au rendez-vous du calendrier. Eh oui ! quand ce serait le moment de faire des sacrifices, vous faites des interrogatoires et des procès ; et souvent c'est aux jours où nous faisons jeûne, nous les dieux, en signe de deuil pour Memnon ou Sarpédon[2], que vous vous livrez à des libations rigolardes. Et voilà comment Hyperbolos, à qui était échu cette année le rôle de vous représenter aux assises fédérales[3], s'est vu, par nous les dieux, enlever sa couronne : ça lui apprendra un peu que c'est sur la lune qu'il faut aligner l'emploi du temps journalier !

[Rentre Socrate]

SOCRATE

Saint Respir ! ô vaste Vide ! Cieux des airs[4] ! jamais je n'ai vu un rustaud, un abruti, un balourd pareil ! il oublie tout. Les moindres finfignolures qu'on lui apprend, il les oublie avant de les avoir apprises ! Tout de même, je vais le faire venir ici dehors au grand jour. Hé ! Tourneboule ? où es-tu ? Prends ta paillasse et viens !

TOURNEBOULE *[apparaissant]*

Mais les punaises refusent mordicus de me la laisser emporter !

SOCRATE

Pas d'histoires ! Pose-la ici ; et écoute-moi bien.

1. Allusion à la réforme du calendrier proposée par Méton pour accorder le déroulement des mois lunaires et celui de l'année solaire.
2. Fils l'un du Matin, l'autre de Zeus, tués à Troie par Achille et Patrocle.
3. *Litt. : la fonction d'hiéromnémon*, délégué au conseil amphictyonique. L'Amphictyonie de Delphes n'impliquait d'ailleurs pas à proprement parler une fédération, ni même une confédération de cités, mais un lien « moral », mi-racial, mi-religieux.
4. *Litt. : air !* L'équivoque avec « Cieux déserts » n'est pas dans le texte.

vers 616-635

TOURNEBOULE

Voilà.

SOCRATE

Voyons, par quelle leçon veux-tu commencer, parmi tout ce
qu'on t'a laissé ignorer jusqu'ici ? Réponds : sur les mesures ?
sur les rythmes ? sur le vocabulaire ?

TOURNEBOULE

Va pour les mesures, oui : l'autre jour, un marchand de
farine m'a ratiboisé un quart de setier[1].

SOCRATE

Ce n'est pas ce que je te demande. Laquelle préfères-tu, la
mesure à six ou la mesure à huit ?

TOURNEBOULE

Pour moi, la reine des mesures, c'est le demi-setier.

SOCRATE

Zéro pour la question, mon bonhomme !

TOURNEBOULE

Hein ? Tu veux qu'on parie, si quatre mesures ça ne fait pas
un demi-setier ?

SOCRATE

Au diable ! Tu n'es qu'un rustre et une tête de bois ! Mais tu
seras peut-être[2] un peu moins bouché pour les rythmes.

TOURNEBOULE

A quoi ça servira pour garnir mon assiette, les rythmes ?

SOCRATE

D'abord, ça te permettra de briller en société, si tu t'y
entends à distinguer le martial, et tout le reste, sur le bout du
doigt[3].

1. Socrate parle musique et poésie, Tourneboule mesures de capacité.
2. Je lis : τάχα, non ταχύ.
3. *Litt. : à distinguer entre les rythmes quel est l'énoplien, le dactylique.*
Tourneboule confond « dactyle » et « doigt » — c'est le même mot en
grec. D'où un quiproquo, qu'une légère transposition sauvegarde à peu
près.

vers 636-651

TOURNEBOULE

Le bout du doigt ? Ça, je connais !

SOCRATE

Eh bien je t'écoute.

[*Tourneboule pointe triomphalement l'index*]

Il ne suffit pas de lever le doigt !

TOURNEBOULE [*indigné de la stupidité de son maître,
lui « fait la figue » en dressant le médius*]

Dans le temps, quand j'étais gosse, c'était celui-là que je
manœuvrais !

SOCRATE

Tu n'es qu'un malotru et un lourdaud !

TOURNEBOULE

Mais aussi, espèce de minable, ce n'est pas ça que j'ai envie
d'apprendre ! pas le moins du monde !

SOCRATE

Alors quoi ?

TOURNEBOULE

Ce fameux truc, tu sais, le raisonnement champion qui
fausse tout !

SOCRATE

Il faut que tu apprennes d'autres choses avant ça : la
correction des termes. Par exemple, chez les quadrupèdes,
quels sont les mâles ?

TOURNEBOULE

Les mâles ? je les connais bien !... faudrait que je sois
maboul ! bélier, bouc, taureau, chien, merle[1]...

1. *Litt. : coq*. Mais ce mot, ἀλεκτρυών, vaut pour les deux sexes.
Socrate fabriquera sur la même racine deux autres termes, l'un pour le
mâle seul, l'autre pour la femelle seule. Il a fallu transposer franchement cet effet burlesque.

vers 652-661

SOCRATE

Tu vois ? tu dérailles ! Merle, tu le dis aussi bien pour la femelle que pour le mâle.

TOURNEBOULE

Comment ça, dis ?

SOCRATE

Comment ? papa merle et maman merle.

TOURNEBOULE

Cré nom, c'est vrai ! Et qu'est-ce qu'il faut que je dise à présent ?

SOCRATE

Pour elle, merluche, et pour lui, merlan.

TOURNEBOULE

Merluche ? Cieux des airs ! Rien que pour te payer cette leçon-là, je remplirai ton pétrin de farine, ras bord : une cargaison[1] !

SOCRATE

Tu récidives ? Et de deux ! tu dis : une cargaison au féminin, alors que c'est au masculin.

TOURNEBOULE

Comment ça ? Quand je dis : une cargaison, c'est masculin ?

SOCRATE

Évidemment ! comme quand tu dis : Grosgiton[2].

1. *Litt. : je remplirai de farine tout le rond de ton pétrin.* Le mot χάρδοπος est féminin en grec, malgré une désinence couramment masculine. J'ai cherché un équivalent autour du mot « cargaison ». Avec ce pétrin, d'ailleurs, nous pataugeons dans les équivoques de la plus épaisse obscénité.
2. *Litt. : Cléonymos*, donné ici pour inverti, qui devrait s'appeler plutôt « Cléonymé » — désinence féminine. Dans tout ce passage, il a fallu transposer tant bien que mal (Simone au lieu de *Sostraté* ; prénoms bien féminins et masculins au lieu de *Lysilla, Philinna*, etc., et de *Philoxénos, Mélésias*, etc.).

vers 662-673

TOURNEBOULE

Comment ça ? explique-toi !

SOCRATE

Tu vois bien : cargaison et Grosgiton, c'est pareil, ça va ensemble.

TOURNEBOULE

Grosgiton, une cargaison dans sa huche ? il y a maldonne mon vieux ! Pour sa boulange, il lui suffisait d'un godet élastique [1] ! Bon, passons. Et dorénavant comment est-ce que je dois dire ?

SOCRATE

Comment ? La cargaisonne, comme tu dis : la Simone.

TOURNEBOULE

La cargaisonne, au féminin ?

SOCRATE

Oui, c'est la forme correcte.

TOURNEBOULE

C'est donc ça ? compris ! cargaisonne, Grosgitonne !

SOCRATE

Dis donc, tu as encore à apprendre sur le chapitre des noms propres : lesquels sont masculins, lesquels féminins ?

TOURNEBOULE

Mais je sais très bien lesquels sont féminins !

SOCRATE

Dis-en voir !

TOURNEBOULE

Colette, Lisette, Paulette, Juliette...

SOCRATE

Et des masculins ?

1. Allusion aux mœurs infâmes prêtés à Cléonyme.

vers 673-685

TOURNEBOULE

Des foules : Simon, Pamphile, Pancrace...

SOCRATE

Halte-là, malheureux ! ce ne sont pas des masculins ces deux-là.

TOURNEBOULE

Comment, c'est pas des masculins chez vous ?

SOCRATE

Pas du tout. Tiens, si ça se trouvait que tu aies à les appeler, comment ferais-tu ?

TOURNEBOULE

Eh bien je dirais comme ça : Pan ! Pan ! z'y êtes [1] ?

SOCRATE

Tu vois ? Ça fait féminin : Ziette !

TOURNEBOULE

Hé alors ? j'ai-t-y pas raison, puisque c'est des hommelettes et des embusqués [2] ! Tout le monde sait ça, je n'ai pas besoin de l'apprendre.

SOCRATE [*montrant la paillasse*]

Ma foi non. Allons, couche-toi là-dessus.

TOURNEBOULE

Et puis ?

SOCRATE

Cogite ferme pour résoudre tes problèmes.

---

1. En grec le vocatif — ici employé — des noms en -ας est en -α, ce qui est une désinence de nominatif féminin. Donc en appelant Amynias, on le transforme en femme. Tout essai pour sauvegarder en français cet effet ne peut être que tiré par les cheveux.
2. *Litt. : puisqu'« elle » [Amynias] ne fait pas de service militaire.*

vers 685-695

TOURNEBOULE

Non, non, je t'en conjure, pas là-dessus! S'il faut absolument, laisse-moi me coucher par terre pour cogiter sur tout
ça!

SOCRATE

Impossible de procéder autrement.

TOURNEBOULE

Pauvre de moi! Ce que les punaises m'auront fait payer
aujourd'hui!

[STROPHE]   LE CHŒUR

Cogite donc, scrute et ressasse,
tourne et retourne ton cerveau
        concentre-toi!
Si tu rencontres une impasse,
rebondis, en un vif sursaut,
vers une autre solution!
écarte, écarte de ton œil
l'aile suave du sommeil!

[*Socrate s'écarte, et reste debout, perdu dans ses*
pensées]

TOURNEBOULE

Hou là là! hou là là là là!

LE CORYPHÉE

Qu'est-ce qui t'arrive? Tu es malade?

TOURNEBOULE

J'en crève! Misère de moi! Ce pucier, c'est un nid à
punaises! Ça sort, ça mord, les salopardes[1]! Elles me dépè-
cent la caisse, et elles me siphonnent le sang, et elles me
sifflent le souffle[2], et elles me scalpent les couilles, et elles me
fouillent le cul, et j'en crèverai!

---

1. *Litt. : De ce grabat sortent et me dévorent les Cor...inthiens.* Le mot
est substitué, par coq-à-l'âne, à celui de punaises (Κορίνθιοι/κόρεις).
Les Corinthiens sont pour les Athéniens des ennemis acharnés qui les
harcèlent.
2. *Litt. : elles me sucent le souffle vital,* en une seule expression.

vers 696-715

LE CORYPHÉE

Tu prends ça trop au tragique : du calme !

TOURNEBOULE

Du calme, au point où j'en suis ? Adieu ma fortune, adieu ma couenne, adieu mon souffle, adieu mes grolles ! Et le bouquet de ces disgrâces, c'est qu'à force de chanter pouilles à longueur de veille [1], d'ici à me dire adieu à moi-même, il n'y a pas loin !

SOCRATE [*de loin*]

Eh bien ? je t'y prends ! tu ne cogites pas !

TOURNEBOULE

Moi ? ah ben, Mer alors ! Mais si !

SOCRATE

Et quelles ont été tes cogitations ?

TOURNEBOULE

Savoir si les punaises laisseront quelque chose de moi !

SOCRATE

Tu es à mettre en charpie !

TOURNEBOULE

Mais, mon bon, c'est chose faite depuis un quart d'heure !

[*Socrate retourne à sa méditation*]

LE CORYPHÉE

Il ne s'agit pas de faire le douillet. Empelotonne-toi bien : il faut imaginer un truc escamotatoire, une entourloupette.

---

1. *Litt. : de chanter en montant la garde*, expression proverbiale pour l'insomnie.

vers 716-730

TOURNEBOULE

Ah ! là là ! Qui donc pourrait m'affubler d'une idée escamo-
tatrice, dé...pouilleuse et déplum...ardeuse[1] !

SOCRATE [*revenant près de Tourneboule*]

Voyons, que j'aie d'abord l'œil à ce qu'il fait, celui-là. Dis
donc ? tu dors ?

TOURNEBOULE

Jour de dieu ! pas de danger !

SOCRATE

Ça mord[2] ?

TOURNEBOULE

C'est selon !

SOCRATE

Tu ne tiens pas la queue d'une idée ?

TOURNEBOULE

Non : rien que la mienne à moi, là dans ma main.

SOCRATE

Rentre vite sous tes voiles, et tâche de cogiter.

TOURNEBOULE

Sur quoi ? C'est à toi de m'expliquer ça, Socrate !

SOCRATE

Commence par prendre bien conscience de ce que tu veux,
et dis-le-moi.

1. *Litt.* : *jeter sur moi une pensée frustratoire pour me tirer des
couvertures.* La phrase est un pataquès : Tourneboule est affolé par les
punaises. Le mot *frustratoire* vise les créanciers ; celui de *couverture* fait
calembour avec celui de dénégation (ἐξ ἀρνακίδων — ἐξαρνεῖσθαι).
2. *Litt.* : *Tu tiens quelque chose ?* [C'est ce qu'on demande à un
chasseur ou à un pêcheur] — *Non, ma foi, rien ! — Rien du tout ? — Non,
rien que...*

vers 730-737

TOURNEBOULE

Je te l'ai déjà dit mille fois, ce que je veux. Les intérêts de mes dettes, comment faire pour ne pas les payer, à personne ?

SOCRATE

Eh bien, rencogne-toi, travaille ta pensée au scalpel, en fines lamelles, scrute les choses par le menu, avec disjonctions et investigations correctes.

TOURNEBOULE [*se recouchant*]

Oh là là ! quel malheur !

SOCRATE

Tiens-toi dans la paix ! Et si quelque concept te met en défaut, laisse-le aller, fais diversion ; et puis débusque de nouveau ton idée, et pèse-la bien [1].

TOURNEBOULE [*se relevant brusquement*]

Socratinet, mon trésor chéri !

SOCRATE

Qu'est-ce qu'il y a, mon vieux ?

TOURNEBOULE

Ça y est : j'ai une idée escamotatoire pour mes échéances.

SOCRATE

Expose-la.

TOURNEBOULE

Voyons, dis-moi un peu..

SOCRATE

Quoi donc ?

TOURNEBOULE

Si j'appointais une sorcière thessalienne [2] ? je harponnerais la lune, une belle nuit ; et puis je la serrerais dans un écrin rond, comme un miroir ; et puis je la garderais sous clef.

1. Ou peut-être : *mets-la sous le verrou.*
2. Allusion au culte lunaire d'Hécate, lié à des pratiques magiques de captation.

vers 738-752

SOCRATE

A quoi bon ? Qu'est-ce que tu y gagnerais ?

TOURNEBOULE

A quoi bon ? Si la lune ne se levait plus jamais, je ne paierais plus mes intérêts.

SOCRATE

Parce que ?

TOURNEBOULE

Parce que l'argent se prête au mois.

SOCRATE [*ironique*]

Bravo ! Mais passons à autre chose ; je vais te soumettre un problème délicat : si tu étais l'objet d'une plainte pour une affaire de cinq millions, comment ferais-tu pour la réduire à néant ?

TOURNEBOULE

Comment je ferais ? Comment diable ? Je n'en sais rien ; il faut chercher.

[*Il se rencogne sous les couvertures*]

SOCRATE

N'entortille pas toujours ta pensée sur toi-même ! Laisse ta méditation prendre un essor aérien, comme un hanneton qui a un fil à la patte.

TOURNEBOULE [*se redressant*]

Ça y est ! j'ai trouvé comment anéantir la plainte ! une si fine astuce que toi-même tu seras de mon avis !

SOCRATE

Laquelle ?

TOURNEBOULE

Tu as déjà vu, chez les droguistes, cette pierre, tu sais ?... la belle, la transparente... on allume le feu avec... ?

vers 753-768

SOCRATE

Le cristal, tu veux dire ?

TOURNEBOULE

C'est ça. Eh bien j'en prendrais une, et pendant que le
greffier enregistrerait, je me tiendrais comme ça, à bonne
distance, au soleil, et je ferais fondre le texte de son assignation [1]. Qu'en penses-tu ?

SOCRATE [*ironique*]

... Fine astuce, certes ! Les Grâces te bénissent !

TOURNEBOULE

Tra la la ! Je suis bien content ! Une plainte de cinq
millions, la voilà radiée, à mon profit !

SOCRATE

Et maintenant, attaque-toi vite à autre chose.

TOURNEBOULE

Quoi donc ?

SOCRATE

Un truc pour te tirer d'affaire dans un débat judiciaire, si tu
risques d'être condamné faute de témoins en ta faveur.

TOURNEBOULE

Ça ? c'est la moindre des choses ! archifacile !

SOCRATE

Eh bien, dis voir ?

TOURNEBOULE

Eh bien voilà : quand il n'y aurait plus qu'une seule affaire
au rôle avant qu'on appelle la mienne, j'irais me pendre, au
galop !

SOCRATE

Zéro pour la question.

1. On écrivait au stylet sur des tablettes enduites de cire.

vers 768-781

TOURNEBOULE

Morbleu ! Ça vaut dix ! Personne ne me traînera en justice quand je serai mort !

SOCRATE

Tu radotes. Va-t'en au diable ! Je renonce à continuer ton éducation.

TOURNEBOULE

Et pourquoi ? Au nom des dieux, Socrate !

SOCRATE

Tu oublies à l'instant tout ce que tu as appris ! Par exemple, qu'est-ce que je t'ai enseigné tout à l'heure en premier ?

TOURNEBOULE

En premier ? Voyons, c'était quoi ?... Pourtant... Qu'est-ce que c'était bien ?... C'était quoi, ce mot à propos de farine et de pétrin [1] ?... C'est terrible, quand même... C'était quoi ?...

SOCRATE

Va-t'en crever au diable ! Tu n'as pas deux sous de mémoire, vieille tête de mule !

TOURNEBOULE

Aïe aïe aïe ! qu'est-ce que je vais devenir ! Pauvre de moi ! Je suis fichu si je n'apprends pas à faire des moulinets de langue ! A vous, Nuées ! donnez-moi un bon conseil !

LE CORYPHÉE

Notre conseil, bonhomme, le voici : as-tu un fils d'âge bien formé ? Envoie-le apprendre à ta place.

TOURNEBOULE

Mais oui, j'ai un fils, un garçon tout ce qu'il y a de bien. Seulement voilà : il ne veut rien apprendre ! que devenir ?

1. *Litt. : cet objet où nous pétrissons la farine.* Cf. v. 670-680.

vers 781-798.

LE CORYPHÉE

Et tu abdiques devant lui ?

TOURNEBOULE

C'est que c'est un costaud, et plein de sève ! Du côté des
femmes, sa lignée est de haute volée : c'est celle des Pimbêche [1]... Mais je vais le chercher. S'il refuse, pas d'histoire : je
le chasse de la maison ! [*A Socrate*] Attends-moi chez toi une
minute. [*Il rentre chez lui*]

[ANTISTROPHE]   LE CHŒUR [*à Socrate*]

> *Vois-tu l'aubaine incalculable*
> *que tu vas recueillir sur l'heure*
> > *par notre grâce*
> *à nous seules d'entre les dieux ?*
> *Il est prêt, le bonhomme, à faire*
> *tout ce que tu pourras lui dire.*
> *Tu l'as envoûté : le sujet,*
> *visiblement, n'a plus sa tête !*
> *Profites-en, n'en fais qu'une bouchée*
> *autant que tu peux ; et fais vite :*
> *ces occasions-là, vois-tu,*
> > *trébuchent volontiers !*

[*Entrent Tourneboule et Galopingre*]

TOURNEBOULE [*furieux*]

Ah ! brouillard de brouillasse ! Tu ne moisiras plus ici ! Va-
t'en bouffer la colonnade de Grandmaison !

GALOPINGRE

Mais voyons, mon bon... Qu'est-ce qui te prend, père ? Tu es
hors de ton bon sens, aussi vrai que Zeus est au ciel !

TOURNEBOULE

Voyez-le ! voyez-le ! Zeus qui est au ciel ? Quelle ineptie de
croire à Zeus, à ton âge !

1. *Litt. : de Cœsyra*, cf. v. 48 et *Ach.*, v. 614 n.

vers 799-819

GALOPINGRE

Qu'est-ce que tu as à t'esclaffer comme ça, dis?

TOURNEBOULE

C'est que je me rends compte que tu n'es qu'un morveux, la tête farcie de vieilles histoires. Allons, il faut tout de même que j'éclaire ta lanterne. Viens ici, que je t'explique quelque chose : quand tu sauras ça, tu seras un homme. Mais attention! ne le dis à personne!

GALOPINGRE

Eh bien, qu'est-ce que c'est?

TOURNEBOULE

Tu viens d'invoquer Zeus?

GALOPINGRE

Oui.

TOURNEBOULE

Eh bien, vois la belle chose que c'est de s'instruire! [*Baissant la voix*] Galopingre! Zeus, y en a plus! c'est un nommé Tourbillon qui règne [1] : il a mis Zeus à la porte.

GALOPINGRE

Cornegidouille! Tu débloques!

TOURNEBOULE [*solennel*]

C'est ainsi, sache-le.

GALOPINGRE

Qui dit ça?

TOURNEBOULE

Socrate, né natif de Mécréanville [2], et Chéréphon qui connaît l'enjambée des puces.

---

1. Nous lisons le texte autrement que van Daele : ... Ζεύς, ἀλλά τις/ Δῖνος... sans interruption.
2. *Litt. : Socrate le Mélien.* Socrate était d'Athènes, bien sûr. Lui donner Mélos pour patrie, c'est insinuer qu'il est un impie, comme Diagoras de Mélos, athée notoire.

vers 820-831

GALOPINGRE

Voilà où tu en es ? Tu dérailles à ce point ? Tu fais confiance à ces détraqués !

TOURNEBOULE

Ne blasphème pas ! Garde-toi du moindre mot qui dénigre ces hommes aussi astucieux que judicieux. Quel esprit d'économie est le leur ! Oncques n'en a-t-on vu un seul se faire couper les cheveux, ni frictionner le corps, ni aller aux bains pour se laver. Tandis que toi, comme si j'étais déjà mort, tu lessives mes moyens de vivre ! Allons en vitesse, va-t'en apprendre chez eux, fais ça pour moi !

GALOPINGRE

Et qu'est-ce qu'on peut apprendre de bon de ces gens-là ?

TOURNEBOULE

Vraiment ? Eh bien, tout ce qu'il y a de sagesse par le monde ! Va, et tu comprendras quel ignorant, quel lourdaud tu es ! Mais non, attends-moi ici un instant.

[*Il rentre chez lui*]

GALOPINGRE

Misère ! que faire ? Mon père qui déménage ! Faut-il que je le fasse interdire pour aberration mentale, ou que j'aille expliquer son cas aux pompes funèbres ?

TOURNEBOULE [*rentrant avec une cage dans chaque main*]

Voyons : cet oiseau-là, tu l'appelles comment ? dis voir !

GALOPINGRE

Un merle.

TOURNEBOULE

Bon. Et celle-là ?

GALOPINGRE

Un merle.

vers 832-849

TOURNEBOULE

Tous les deux pareil ? Tu me fais rire ! Pas de ça ! à l'avenir tu appelleras celle-ci une merluche, et celui-là un merlan.

GALOPINGRE

Une merluche ? C'est ça les belles astuces que tu as apprises dans ta visite chez les Génies terreux[1] ?

TOURNEBOULE

Ça, et bien d'autres. Mais ce que j'apprenais, à chaque coup je l'oubliais tout de suite. C'est la faute des ans !

GALOPINGRE

C'est aussi leur faute si tu as perdu ton manteau ?

TOURNEBOULE

Il n'est pas perdu : il est subtil... isé !

GALOPINGRE

Et tes souliers, où les as-tu envoyés bouler, vieux fou ?

TOURNEBOULE

Tel Périclès, je m'en suis dessaisi... pour nécessités supérieures[2] ! Allons, va, en route, marchons ! Sois docile au désir de ton père, après tu pourras faire les quatre cents coups... Ah ! moi aussi, dans le temps, je me rappelle, quand tu avais six ans, j'étais docile à ton petit baragouin... Avec ma première paie de juré au tribunal, je t'ai acheté un chariot pour les étrennes !

GALOPINGRE

Soit. Mais un jour viendra où tu te repentiras de tout ça.

---

1. *Litt. : chez les fils de la Terre*. Allusion double : les disciples de Socrate s'étiolent loin du grand air et du soleil ; d'autre part des « fils de la terre », les Géants, avaient été les grands ennemis des dieux de l'Olympe.
2. Allusion à une réponse de Périclès, comme on lui demandait des comptes ; il avait employé une forte somme en « fonds secrets » pour acheter la retraite d'un chef spartiate, en 446 av. J.-C.

vers 849-865

TOURNEBOULE

A la bonne heure ! tu t'es laissé persuader ! [*Appelant*]
Arrive, Socrate, arrive ! Viens dehors ! Je t'amène mon fils, tu
vois ! Je l'ai persuadé : il ne voulait pas !

SOCRATE [*bienveillant*]

C'est que ce n'est encore qu'un enfantelet : il est interloqué
par nos exercices de balançoire !

GALOPINGRE [*à mi-voix, hargneux*]

C'est toi qui ferais une belle loque, si tu te balançais au bout
d'une corde !

TOURNEBOULE

La peste t'étouffe ! Tu cries haro sur le maître ?

SOCRATE

Écoutez-le : « Si tu te balançais... » ! Comme il a dit ça
niaisement, les babines flasques ! Comment ce garçon pourra-
t-il jamais apprendre à esquiver un jugement, à porter une
plainte, à avoir le creux adéquat pour capter les convictions ?
Ça n'a pourtant coûté qu'un million à Hyperbolos [1] d'apprendre ça !

TOURNEBOULE

Ça ne fait rien, prends-le pour élève ! Il a un fonds naturel
d'ingéniosité : tout mioche, pas plus haut que ça, il modelait
déjà des maisonnettes dans un coin de la salle, il taillait des
bateaux, il fabriquait des petits chariots bardés de cuir ; et
avec les écorces de grenades, il faisait des grenouilles, fallait
voir ça !

Tâche qu'il apprenne ces deux fameux Raisonnements : le
Droit — bon, n'en parlons pas — et puis le Tordu, celui qui, en
plaidant l'injuste, met par terre le Droit. Ou bien, sinon les
deux, au moins le second, l'Injuste, par tous les moyens !

1. Cf. *Ach.*, v. 846 n.

vers 866-885

SOCRATE

Il s'en instruira en personne, de leur bouche à tous deux en personne. Moi, je me retire.

TOURNEBOULE [*le poursuivant*]

Rappelle-toi bien ! Il faut qu'il puisse contrebattre n'importe quelle position juste !

[*Socrate rentre dans sa maison, d'où sortent aussitôt les deux Raisonnements*]

LE RAISONNEMENT JUSTE

Avance ici ! aurais-tu honte
de te faire voir au public ?
pourtant, tu ne rougis de rien !

LE RAISONNEMENT INJUSTE

Marche ! où tu veux ! Devant la foule
je serai bien plus à mon aise
pour t'écraser de mes paroles !

LE JUSTE

M'écraser, toi ? qui donc es-tu ?

L'INJUSTE

Raisonnement.

LE JUSTE

Oui, le Tordu !

L'INJUSTE

Ouais ! c'est pourtant moi qui t'enfonce,
toi qui te dis plus fort que moi !

LE JUSTE

Par quelle astuce ?

L'INJUSTE

Par les maximes
inédites que je déniche !

vers 886-896

LE JUSTE

Ces succès-là, si tu t'en drapes

[*Montrant le public*]

c'est par la faute de ces sots !

L'INJUSTE

Non ! de ces sages !

LE JUSTE

Je t'écraserai comme un pou !

L'INJUSTE

Par quel procédé, je te prie ?

LE JUSTE

En plaidant pour ce qui est juste.

L'INJUSTE

Et moi je te culbuterai
en plaidant la contrepartie.
Car la Justice, je l'affirme,
ça n'a pas ombre d'existence !

LE JUSTE

Elle n'existe pas, dis-tu ?

L'INJUSTE

Eh bien, voyons ? où donc est-elle ?

LE JUSTE

Auprès des dieux !

L'INJUSTE

Mais Zeus, alors
dis, s'il y a une Justice,
que ne l'a-t-elle fait périr,
pour avoir jeté dans les fers
son propre père [1] ?

---

1. Allusion à l'avènement de Zeus, détrônant son père Cronos.

vers 897-906

LE JUSTE

Ah ! pouah ! ça monte !
quel haut-le-cœur !... Une cuvette !

L'INJUSTE

Vieux jeton radoteur ! quel gaga ! bon à rien !

LE JUSTE

Vil giton racoleur ! quel coco ! prêt à tout !

L'INJUSTE [*se rengorgeant sous ces injures*]

O pétales de roses !

LE JUSTE

Polichinelle !

L'INJUSTE

O couronne de lys !

LE JUSTE

Et parricide !

L'INJUSTE

Paillettes d'or dont tu m'arroses
sans t'en douter !

LE JUSTE

D'or ? première nouvelle ! oui, j'aurais cru des plombs !

L'INJUSTE

Mais non, réellement, ce m'est une auréole !

LE JUSTE

O monstre d'impudence !

L'INJUSTE

Objet d'antiquité !

LE JUSTE

A cause de toi, pas un garçon ne consent à venir à mon
école ! les Athéniens se rendront compte, un jour, de ce que tu
enseignes aux écervelés !

vers 906-919

L'INJUSTE

Tu végètes honteusement !

LE JUSTE

Toi, tu te portes à merveille... Pourtant naguère on te voyait mendier : « Ayez pitié d'un pauvre Télèphe [1] ! » et tu tirais de ta besace, pour les ronger, des sentences sophistiquées [2].

L'INJUSTE

Ah ! quelle sagesse...

LE JUSTE

Ah ! quelle folie...

L'INJUSTE

...tu viens d'évoquer !

LE JUSTE

...que la tienne, et celle
de la cité qui te nourrit pour gangrener ses adolescents !

L'INJUSTE [*s'approchant de Galopingre*]

Tu n'auras pas celui-là pour disciple, vieux déchet [3] que tu es !

LE JUSTE [*s'approchant à son tour*]

Si !... ou bien veut-on qu'il se perde, ne s'exerçant qu'à jacasser ?

L'INJUSTE [*à Galopingre*]

Viens près de moi : laisse-le délirer !

LE JUSTE

Il t'en cuira, si tu mets le grappin...

1. Cf. *Ach.*, v. 326 n.
2. *Litt.* : *dignes de Pandélétos*, qui semble avoir été un individu d'une mauvaise foi proverbiale.
3. *Litt.* : *Cronos que tu es.* Cf. v. 398 n.

vers 920-933

LE CORYPHÉE [*s'interposant*]

Trêve à la dispute et aux invectives ! Présentez-nous plutôt, [*Au Juste*] toi l'enseignement que tu donnais aux gens d'autre-fois, [*A l'Injuste*] et toi, l'éducation moderne, afin que, vous ayant entendus contradictoirement, il puisse décider de l'école qu'il suivra.

LE JUSTE

Pour moi, j'y consens.

L'INJUSTE

J'y consens aussi.

LE CORYPHÉE

Voyons, à qui donner la parole en premier ?

L'INJUSTE

Je la lui laisse. Et après, à l'issue de sa harangue, je le criblerai à mort de mes fléchettes verbales inédites et de mes traits. Et pour finir, s'il souffle mot, je lui darderai, dans toute la figure et dans les deux yeux, mes sentences comme frelons — et il en crèvera !

[STROPHE]   LE CHŒUR

L'heure est venue : ils vont nous permettre de voir
*   — se confiant tous deux*
aux virtuosités de leurs raisonnements,
*   de leurs fortes pensées,*
de leur art éprouvé de frapper les formules —
lequel parle le mieux ! C'est l'heure du va-tout :
la joute est engagée pour le prix de sagesse.
*   L'enjeu de ce duel*
pour ceux que nous aimons est d'importance extrême !

[*Au Raisonnement juste*]

Allons, toi qui as couronné le front de nos anciens de tant de hautes vertus, donne essor aux paroles qui te tiennent au cœur, et dis-nous ce qu'il en est de toi !

LE JUSTE

Eh bien, je dirai ce qu'il en était de l'ancienne éducation, quand c'était moi, avec les justes maximes que je soutiens, qui étais à l'honneur et que la bonne conduite régnait.

vers 934-962

D'abord, il n'était pas question qu'on entendît un enfant souffler mot ; et puis il fallait voir dans les rues, les jeunes gens marcher en bon ordre pour se rendre à l'école de musique, groupés par quartiers, en tenue légère, neigeât-il comme plâtre ! Et on les formait à savoir chanter un hymne sans se ratatiner sur leur séant ; par exemple :

« Redoutable Pallas, qui abats les remparts !... »
ou bien
« Une clameur au loin répercutée... »

en faisant vibrer les robustes accents de la tradition ancestrale ; et si l'un d'eux faisait le pitre, ou roulait une roulade à la mode du jour[1], une de ces ariettes qui déraillent à chaque tournant, il lui en cuisait : il était amplement rossé, comme assassin des Muses. Et chez le maître de gymnastique, quand ils étaient assis au repos, les enfants devaient allonger la jambe en avant pour ne rien montrer de choquant aux étrangers ; et, en se relevant, prendre soin, en aplanissant le sable, de ne pas laisser à leurs soupirants l'empreinte de leurs charmes. Jamais un garçon, en ce temps-là, ne se serait frotté d'huile plus bas que le nombril : aussi quel frais duvet sur leurs organes — un velours, une buée, comme sur les pêches ! On ne les voyait pas prendre une voix onctueuse et roucoulante pour venir s'offrir à un soupirant en l'aguichant d'œillades raccrocheuses. A table, pas question de s'adjuger le bon morceau — même d'un raifort ! — de chiper aux gens d'âge anis ou persil, de faire la fine bouche, ni de ricaner en gloussant, ni de croiser les jambes !

L'INJUSTE

Vieilles rengaines, tout ça ! c'est tout plein rococo ! Ça remonte aux Croisades, aux perruques, au Bœuf gras[2] !

1. *Litt. : à la manière de Phrynis :* musicien honni d'Aristophane.
2. *Litt. : digne des Dipolies, pleines de cigales, de Cédidès et de Bouphonies.* Dipolies et Bouphonies étaient des fêtes religieuses tombées en désuétude ; Cédidès un ancien poète, auquel Cratinos aussi a fait allusion ; les aristocrates athéniens au début du siècle retenaient leurs cheveux par des broches en forme de cigales. Cf. *Cav.*, v. 1331.

vers 962-985

LE JUSTE

C'est pourtant ces préceptes-là qui m'ont permis d'éduquer et de former les combattants de Marathon. Tandis que toi, tu apprends aux gamins d'aujourd'hui à vivre dès l'enfance emmitouflés dans des paletots! Et je m'étrangle en les voyant, quand ils doivent danser pour la Fête nationale[1], se coller leur bouclier sur le bas ventre : quel affront au divin cérémonial[2]!

Ainsi donc, jeune homme, montre-toi vaillant, choisis-moi, choisis le raisonnement droit. Grâce à moi, tu sauras t'abstenir avec dégoût de traîner sur le pavé et dans les maisons de bains, tu sauras rougir de tout ce qui est honteux ; et si l'on te raille, prendre feu ; et te lever de ton siège en l'honneur des gens d'âge quand ils approchent ; et ne pas traiter tes parents par-dessous la jambe ; et éviter toute autre conduite honteuse qui souillerait la pudeur qui est l'éclat de ton charme ; et ne pas te ruer dans quelque boîte à danseuse, de peur que profitant de ce que tu seras bouche bée là-devant, une petite catin ne te mette le grappin dessus[3] — et voilà ta réputation en miettes ! — et ne pas répliquer à ton père, ni le traiter de vieux fossile[4] en lui rappelant hargneusement l'âge qu'il a pris depuis le temps que tu as reçu la becquée !

L'INJUSTE

Vin-dieu! Si tu te laisses mener sur ces chemins-là, jeune homme, tu auras tout de la race des Niquedouilles[5], on t'appellera Dadais-jus-de-navet !

LE JUSTE

Mais non! resplendissant, épanoui, tu passeras ton temps dans les gymnases, au lieu de traîner sur la place à jacasser

1. *Litt. : aux Panathénées.*
2. *Litt. : à Tritogénie*, un des noms d'Athéna.
3. *Litt. : ne te jette une pomme :* forme traditionnelle d'invite amoureuse.
4. *Litt. : vieux Japet*, cf. v. 398 n.
5. *Litt. : Tu ressembleras aux fils d'Hippocrate et on t'appellera mangeur de blettes.* Les fils d'Hippocrate, neveux de Périclès, étaient tenus pour des idiots.

vers 985-1003

des alambiquages barbelés, comme on fait à présent, et de te
laminer la cervelle pour une chinoiserie ergotemberlifico-
tante ! Tu descendras au Parc des Loisirs [1], où sous les oliviers
sacrés, tu t'exerceras à la course, le front ceint d'une souple
couronne de jonc, avec un camarade aussi vertueux que toi —
fleurant le chèvrefeuille, la libre paix du cœur, le peuplier et
ses jonchées de feuillage argenté ; et le printemps te versera
son allégresse, lorsque le platane et l'ormeau se chuchotent
leurs secrets. Si tu fais ce que je te dis, en t'appliquant à mes
leçons, tu auras toujours : le teint, bien vermeil ; les épaules,
larges ; le torse, musclé ; la fesse, dodue ; la verge, menue ; la
langue, succincte. Mais si tu adoptes les façons d'à présent,
d'abord tu auras : le teint, tout blafard ; les épaules, maigres ;
le torse, fluet ; la fesse, chétive ; la verge, pesante ; la langue,
pendante [2] ; et la harangue, à n'en plus finir ! Et puis [*Montrant son adversaire*] il te fera tenir pour vil tout ce qui est
beau, pour beau tout ce qui est vil. Et par-dessus le marché, il
fera de toi le plus immonde des ruffians [3].

[ANTISTROPHE]   LE CHŒUR

  Sagesse au front sublime, illustre et magnifique !...

                      [*Se tournant vers le Juste*]

      O toi qui la pratiques,
quelle fleur de vertus embaume tes paroles !
      Ah ! qu'ils étaient heureux,
ceux qui vivaient jadis, au temps de nos aïeux !

                    [*Se tournant vers l'Injuste*]

  Et là-dessus, à toi, dont l'inspiration
sait si bien se parer de subtiles finesses !
      Trouve de l'inédit,
car il a su se faire applaudir, ton rival !

1. *Litt.* : *à l'Académie*, célèbre jardin, lieu d'ébats et de rencontres.
2. L'ordre des termes a été légèrement modifié, pour des raisons de
cadence comique.
3. *Litt.* : *il te souillera de la bougrerie d'Antimachos.* Est-ce le même
que celui qui est visé dans les *Ach.*, v. 1150-1172 ?

vers 1003-1033

LE CORYPHÉE

Il va falloir, je crois, que tu opposes à cet homme-là de terribles arguments, si tu veux le terrasser, et ne pas faire rire de toi !

L'INJUSTE

Ah ! là là ! depuis le temps, je suffoquais jusqu'au fond des entrailles, dans mon désir de culbuter tout ça en raisonnant à contre-pied ! Car moi, le Tordu, si j'ai reçu ce nom-là chez les penseurs, c'est que c'est moi, d'abord et le premier, qui ai eu l'idée de discourir contre droit et justice ; et ce secret-là, ça vaut des mille et des millions [1] : prendre en main les causes qui clochent et, là-dessus, rester maître du terrain !

[*A Galopingre*]

Cette éducation dont il se targue, regarde bien comme je vais la réfuter. Primo : il déclare qu'il t'interdira les bains chauds. [*Au Juste*] Voyons, en vertu de quel principe réprouves-tu les bains chauds ?

LE JUSTE

Parce que c'est une chose très néfaste, et qui rend l'homme veule.

L'INJUSTE

Halte là ! D'entrée, te voilà ceinturé, je te tiens, et sans esquive ! Réponds : entre tous les enfants de Zeus, quel est à ton avis le héros qui a le cœur le plus vaillant, dis-moi, et qui a assumé le plus de rudes travaux ?

LE JUSTE

Héraclès ; nul ne le dépasse, à mon sens.

L'INJUSTE

Est-ce que les thermes d'Héraclès [2] sont des sources froides ? As-tu jamais vu cela ? Et pourtant qui a jamais été plus viril que lui ?

---

1. *Litt. : plus de dix mille statères* (unité monétaire perse).
2. On appelait « bains d'Héraclès » toutes les sources chaudes, à commencer par celle des Thermopyles.

vers 1034-1051

LE JUSTE

Les voilà, les voilà bien, les belles raisons qui font que, avec nos godelureaux qui jacassent à longueur de journées, les maisons de bains sont bondées, et les gymnases déserts !

L'INJUSTE

Secundo : tu leur fais un grief de passer leur temps à battre le pavé ; pour moi, c'est un éloge. Car s'il y avait là un vice, Homère n'aurait jamais dit de Nestor, non plus que de tous ses autres sages, qu'il « tenait le haut du pavé[1] » dans les débats. J'en arrive aux exercices de la langue, dont les jeunes gens doivent s'abstenir, à ce qu'il dit (moi, je dis qu'ils doivent s'y adonner). Et en revanche, il leur impose la continence. Double erreur, des plus néfastes ! Car enfin, as-tu jamais vu la continence profiter à qui que ce soit ? Réponds, parle, réfute-moi !

LE JUSTE

A bien des gens. En tout cas, c'est à elle que Pélée[2] dut de recevoir son poignard.

L'INJUSTE

Un poignard ? Coquet bénéfice pour le pauvre type ! Hyperbolos[3], le lampiste, c'est des tas et des tapées de millions que lui a valus sa canaillerie — mais un poignard, morbleu, non, pas encore !

LE JUSTE

La main de Thétis, autre faveur que Pélée dut à sa continence.

1. Jeu de mots sur ἀγοραῖος, qui flâne sur la place publique, et ἀγορητής, qui désigne, chez Homère, celui qui parle comme il faut dans les assemblées.
2. La légende de Pélée comporte une aventure semblable à celle de Joseph. Comme le roi qui se croyait outragé l'avait égaré exprès au cours d'une chasse, dans des montagnes sauvages, il fut sauvé de la mort, Hermès lui ayant apporté une arme magique. Il épousa ensuite la déesse Thétis, qui lui donna pour fils Achille.
3. Cf. *Ach.*, v. 846.

vers 1051-1067

L'INJUSTE

Oui !... et là-dessus, elle l'a planté là, et adieu ! Car il n'était pas fringant dans ses assauts, ce n'était pas un partenaire bien folichon sous les couvertures pour passer la nuit ! Or, une femme, ça aime qu'on la mette à feu et à sang. Et toi, tu n'es qu'un vieux canasson hors d'âge.

[*A Galopingre*]

Considère plutôt, mon petit ami, tout ce qu'implique la continence, de combien de délices tu vas être privé : jouvenceaux, femmes, jeux de table[1], bonne cuisine, beuveries, rigolades ! à quoi bon être en vie, si c'est pour être privé de tout ça ? Bon. Passons à ce qu'exigent les penchants de la nature : tu as fait une bêtise, tu es tombé amoureux, tu as cocufié quelqu'un, et là-dessus, tu es pris : te voilà perdu, puisque tu ne sais pas parler. Mais si tu fréquentes mon école, exerce tes penchants, cabriole, rigole, et ne rougis de rien. Si par hasard le cocu te surprend, voici ta réplique : « Je ne suis pas coupable » ; et là-dessus, fais rebondir le débat jusque sur Zeus : lui aussi il fléchit devant l'amour et les femmes ! Et toi, simple mortel, comment pourrais-tu donc être plus fort qu'un dieu ?

LE JUSTE

Et si on lui enfonce un raifort dans le cul pour avoir suivi tes conseils, si on le lui épile à la cendre chaude[2], aura-t-il quelque ergotage à faire valoir pour se disculper d'être un ruffian ?

L'INJUSTE

Et après ? s'il est ruffian, quel mal ça lui fera-t-il ?

LE JUSTE

Voyons ! qu'est-ce qui pourrait lui arriver de pire ?

1. *Litt. : cottabes ;* cf. *Paix*, v. 1244 n.
2. Ces étranges supplices pouvaient, nous disent certains textes, être infligés, par une sorte de talion ignoble et burlesque, à qui s'était rendu coupable d'attentats à la pudeur.

vers 1068-1086

L'INJUSTE

Voyons ! que diras-tu si je te mets en déroute là-dessus ?

LE JUSTE

Je me tairai : il faudra bien !

L'INJUSTE

Eh bien, réponds. Les conseillers juridiques, chez qui les prend-on ?

LE JUSTE

Chez les ruffians.

L'INJUSTE

D'accord. Et les poètes tragiques, chez qui ?

LE JUSTE

Chez les ruffians.

L'INJUSTE

Bonne réponse. Et les tribuns populaires, chez qui ?

LE JUSTE

Chez les ruffians.

L'INJUSTE

Alors ? Tu vois bien que tu ne dis que des niaiseries ? Et dans le public, lesquels sont la majorité ? Regarde un peu.

LE JUSTE

Je regarde.

L'INJUSTE

Et qu'est-ce que tu vois ?

LE JUSTE

Encore majorité de ruffians, ma foi ! [*Pointant le doigt çà et là vers le public*] Il y a celui-ci par exemple, que je connais bien !... et celui-là !... et encore celui-là, avec sa tignasse !

vers 1087-1101

L'INJUSTE

Alors ? conclus : je t'écoute.

LE JUSTE [*aux spectateurs*]

Je m'avoue battu, messieurs les gitons !

[*Se tournant vers la maison de Socrate*]

Au nom du Ciel, acceptez, vous autres, l'offrande de ma robe blanche [1] ! Je passe dans votre camp !

[*L'Injuste entre fièrement chez Socrate ; le Juste le suit. Socrate sort*]

SOCRATE

Eh bien, ce fils ? Qu'est-ce que tu choisis ? Tu veux le remmener, ou je lui enseigne l'art de parler ?

TOURNEBOULE

Enseigne-le ! je le livre à ta férule ! Et rappelle-toi bien : tâche de me l'affûter comme il faut, à double fil — un tranchant pour servir aux menus procès-broutilles, et l'autre, affûte-le pour les grosses affaires !

SOCRATE

N'aie crainte : tu verras quel raisonneur virtuose je te rendrai !

GALOPINGRE [*à part*]

Ou plutôt, j'en ai peur, quelle face blême de pauvre type !

LE CORYPHÉE

Eh bien, allez !

[*Socrate rentre avec son nouveau disciple ; le Coryphée suit des yeux Tourneboule qui se retire de son côté*]

... Mais toi, tu t'en mordras les doigts, je crois !

[*Au public*]

Le jury aura beau profit à accorder faveur — et justice ! — à notre troupe ! Comment cela ? Nous tenons à vous le dire.

---

1. *Litt. : recevez mon manteau ;* cf. v. 497-498.

vers 1102-1116

D'abord, lorsque vous voudrez, à la saison, travailler vos
terres à neuf, c'est vous que nous arroserons les premiers ; les
autres attendront. Et puis, nous veillerons sur vos moissons et
vos vignes, en sorte qu'elles n'aient à souffrir ni de sécheresse,
ni d'un excès de pluies. Mais si quelqu'un nous fait avanie, lui
humble mortel, à nous hautes déesses, gare ! qu'il songe aux
désastres qu'il aura à subir de notre part ! Ses champs ne lui
donneront récolte ni de vin, ni de rien. Au moment où les
oliviers feront fleurs, et la vigne, tout sera haché, tant nous
saurons lancer notre mitraille ! Et quand nous le verrons faire
des briques, nous les arroserons ! les tuiles de son toit, nos
grêlons les fracasseront de leurs billes ! Et s'il est de noce, lui-
même, ou tel de ses parents ou amis, nous arroserons, toute la
nuit durant [1]... Alors, peut-être qu'il regrettera de ne pas se
trouver sous le ciel saharien [2], plutôt que d'avoir jugé de
travers !

[*Tourneboule sort de chez lui*]

TOURNEBOULE

Jour moins quatre, moins trois, moins deux, et puis moins
un... et après, celui que je redoute le plus de tous les jours du
calendrier, qui me donne le grelot et me fait mal au ventre,
tout de suite après, c'est le jour J, celui de la fin de mois-début
de mois [3] ! Pas un de mes créanciers qui ne jure qu'il va
déposer caution [4] contre moi pour m'écraser et m'écrabouiller ! Moi, ce que je lui demande, c'est modéré, c'est honnête :
« Écoute, mon bon, coupons la poire en trois : un tiers, je ne te
le paie pas ; pour le second, donne-moi un délai, et ce qui

---

1. Ce qui éteindra les torches du cortège, présage désastreux pour le
jeune ménage.
2. *Litt. : en Égypte*, pays barbare où il ne pleut jamais.
3. *Litt. : de la vieille-et-nouvelle lune.* Telle était la désignation
traditionnelle et légale (les mois grecs étaient lunaires). Cette formule
curieuse permettra à Galopingre, « affûté » par Socrate, de développer
ses sophismes.
4. Dans les procès civils, les deux plaideurs consignaient auprès des
prytanes une somme évaluée selon l'importance du litige. Le perdant
n'était pas remboursé.

vers 1117-1138

reste, tiens-m'en quitte ! » Ils prétendent qu'à ce train-là ils ne seront jamais remboursés, ils m'insultent en me traitant de filou, ils disent qu'ils vont me poursuivre... Eh bien soit ! va pour les poursuites ! Je m'en bats l'œil, pourvu que Galopingre ait appris à manier comme il faut la parole ! Et ça, j'aurai tôt fait de le savoir. Toc toc à la porte du pensoir !

[Appelant le portier]

Petit, holà ! petit ! petit !

SOCRATE *[ouvrant]*

Tourneboule ! Salut à toi !

TOURNEBOULE

A toi de même ! Mais d'abord tiens ceci [*Il lui donne un sac de farine*]. Il faut bien honorer un peu les soins du professeur... Et mon fils, le fameux Raisonnement, est-ce qu'il l'a appris depuis que tu l'as admis en ton école tout à l'heure ?

SOCRATE

Il l'a appris.

TOURNEBOULE

Bravo ! ô sainte Entourloupette, reine de l'Univers !

SOCRATE

Si bien appris, que tu te tireras d'affaire dans tous les procès que tu voudras !

TOURNEBOULE

Même s'il y avait des témoins quand j'empruntais l'argent ?

SOCRATE

A plus forte raison ! et même s'il y en a mille !

vers 1139-1153

TOURNEBOULE

Alors je vais élancer vers le ciel
　　l'élan vibrant de mon cantique !
Pleurez, grigous du double denier trois[1] !
Pleurez, magots — non seulement vous-mêmes,
　　mais les petits de vos petits[2] !
Me voici hors de vos griffes hideuses !
　　Car c'est un tel phénix, mon fils,
　　qui fait fourbir en ces demeures
le glaive à double fil de sa langue ! C'est lui
mon rempart, le sauveur de ma maison, c'est lui
　　le fléau de nos ennemis :
Libérateur d'un père accablé de tourments !
Va, cours me l'appeler ! qu'il vienne devers moi !
O mon fils ! ô mon sang ! sors de cette maison,
　　entends ma voix ! c'est celle de ton père !

SOCRATE

Voici notre héros !

　　　　　　　[*Galopingre apparaît à la porte de Socrate*]

TOURNEBOULE

Mon bien-aimé ! Mon bien-aimé !

SOCRATE

Tu peux partir : emmène-le.

　　　　　　　　　　　　[*Il rentre chez lui*]

TOURNEBOULE

Mon enfant ! Ah joie ! Eh joie ! Oh joie !
Quel bonheur déjà de voir le teint que tu as pris ! Rien qu'à
te voir, tu as déjà acquis le don récusatorial et contesta-

1. *Litt. : qui prêtez au taux d'une obole.* Intérêt d'une obole (par jour)
pour un capital d'une mine ; cela donne un taux de 60 %. Cf. Molière,
L'Avare, « denier huit » (12 1/2 %), « denier quatre » (25 %).
2. *Litt. : le capital, et les intérêts composés.* Le mot grec τόκος, intérêt
d'une somme prêtée, a pour premier sens : progéniture. Parodie d'une
lamentation tragique : « Vous, et les enfants de vos enfants ! »

vers 1154-1172

torial! Tu respires pleinement cet air bien de chez nous[1], celui du : « Minute! tu disais que?... », cet art de se donner pour victime quand on fait un mauvais coup à sa victime — je connais ça! Le regard que tu m'offres porte l'estampille de notre cru. Allons, à présent, songe

à être mon sauveur, puisque tu fus ma perte!

GALOPINGRE

De quoi as-tu donc peur?

TOURNEBOULE

Du dernier et avant-premier du mois[2]!

GALOPINGRE

Dernier et avant-premier? Il y a un jour qui s'appelle comme ça?

TOURNEBOULE

Oui, et c'est celui où ils vont déposer caution contre moi, à ce qu'ils disent.

GALOPINGRE

Alors, autant de perdu pour les déposants. Un jour, ça n'en fait pas deux, c'est impensable.

TOURNEBOULE

Ça n'en fait pas deux?

GALOPINGRE

Comment se pourrait-il? A moins qu'une vieillarde et une femme toute neuve, ça soit la même chose!

TOURNEBOULE

Pourtant, la loi dit comme ça.

1. *Litt. : tu as sur le visage le regard attique.*
2. Cf. v. 1134 n.

vers 1173-1185

GALOPINGRE

M'est avis que tes gens ne saisissent pas correctement l'esprit de la loi.

TOURNEBOULE

L'esprit de la loi ? qu'est-ce que c'est ?

GALOPINGRE

Le vieux Solon avait le cœur d'un ami du peuple.

TOURNEBOULE

Ça n'a rien à voir avec le premier et dernier du mois !

GALOPINGRE

Hé bien, s'il a spécifié deux jours pour l'assignation, oui, le dernier, et puis le premier, c'est afin que le dépôt des cautions soit fait le premier du mois.

TOURNEBOULE

Et pourquoi est-ce qu'il a ajouté « le dernier » ?

GALOPINGRE

C'est qu'il voulait, mon bon, que les défenseurs se présentent un jour plus tôt pour s'acquitter à l'amiable. Faute de quoi, on les asticotait dès le premier au matin.

TOURNEBOULE

Et comment ça se fait que ça ne soit pas le premier du mois que les magistrats reçoivent les cautions, mais le jour d'avant ?

GALOPINGRE

C'est la même chose que les tâte-viandes officiels[1] : ils veulent ratiboiser les fonds le plus tôt possible, et c'est pour ça qu'ils palpent un jour à l'avance !

TOURNEBOULE

A la bonne heure ! [*Au public*] Ah ! pauvres gens que vous êtes, vous restez vissés comme des niais, bons pour nous

---

1. La veille des festins publics donnés pour la fête des Apaturies, des « prégustateurs » étaient chargés de vérifier la qualité des mets.

vers 1185-1201

engraisser, nous autres les sages ? Vous n'êtes que des bornes,
vous ne faites que nombre, vain troupeau moutonnier, tas de
cruches ! Aussi faut-il que pour célébrer mes mérites et ceux
de mon fils ici présent, j'entonne un chant d'action de grâces !

« Bienheureux Tourneboule,
que tu es à la coule !
tu tiens ça de naissance,
et ton fils, quel luron ! »

[*A son fils*]

Voilà ce que diront
amis et connaissances,
et les gens du quartier,
enviant ton métier
pour plaider les procès
avec un tel succès !

Mais je veux d'abord t'emmener chez nous faire bombance.

[*Ils rentrent. Arrive, flanqué d'un comparse, le créancier Pasias, un petit vieux bedonnant*]

PASIAS [*continuant*]

... Mais enfin faut-il qu'un homme laisse se volatiliser son
bien ? Jamais !... Ah ! si j'avais refusé d'emblée, sans vergogne,
ce jour-là[1] ? Ça valait mieux que de m'attirer des ennuis !
Voilà qu'à présent, pour ravoir mon argent, je te traîne avec
moi pour appuyer une plainte ; et en plus, par-dessus le
marché, je vais me faire un ennemi dans mon quartier !

Tant pis ! Jamais on ne me verra, tant que je vivrai, forfaire
à l'honneur de ma patrie[2] ! J'appelle Tourneboule...

TOURNEBOULE

Qui va là ?

1. Il regrette de n'avoir pas envoyé promener son voisin Tourneboule, quand celui-ci est venu lui demander un prêt.
2. Un véritable Athénien se doit d'être chicanier ; cf. v. 1173.

vers 1202-1221

PASIAS

... en justice, pour le dernier et premier du mois !

TOURNEBOULE [*au comparse*]

Tu es témoin : il a indiqué deux jours ! [*A Pasias*] Et pour quelle affaire ?

PASIAS

Les huit cent mille que tu as reçus pour acheter le cheval gris pommelé.

TOURNEBOULE

Le cheval ? Vous l'entendez ? Moi qui ai horreur de tout ce qui est cheval, tout le monde sait ça !

PASIAS

Corbleu ! Tu as juré sur tous les dieux que tu me les rendrais !

TOURNEBOULE

Rendre ? Non, corbleu ! C'est que Galopingre n'avait pas encore appris le raisonnement imbattable pour être mon champion.

PASIAS

Et à présent, sous ce prétexte, tu t'avises de nier ta dette ?

TOURNEBOULE

Autrement, à quoi servirait son instruction ?

PASIAS

Et ce non, tu ne reculeras pas à me le répéter sous serment au rendez-vous où je t'assignerai devant les dieux ?

TOURNEBOULE

Les dieux ? lesquels ?

PASIAS

Zeus, Hermès, et Posidon [1].

1. Les trois dieux que les lois de Dracon et de Solon désignaient pour être garants des serments.

vers 1222-1234

TOURNEBOULE

Bien sûr, par Zeus ! Et j'ajouterais bien encore cent sous de ma poche pour me payer un si beau serment !

PASIAS

Tu mériterais en plus d'être étripé pour ton impudence.

TOURNEBOULE [*montrant le ventre de Pasias*]

Tanné au sel, il rendrait service, celui-là !

PASIAS

Ah ! c'est comme ça que tu te fiches de moi !

TOURNEBOULE

Il tiendra bien quinze litres[1] !

PASIAS

Non, de par Zeus souverain, et de par tous les dieux, tu ne m'auras pas comme ça !

TOURNEBOULE

« De par les dieux ! » Ça me plaît, ça, c'est épatant ! Quant à jurer « de par Zeus », ça fait rigoler les esprits éclairés.

PASIAS

En vérité, tout ça te coûtera cher un jour ou l'autre ! Voyons, vas-tu me rendre mon argent, oui ou non ? réponds, et laisse-moi m'en aller.

TOURNEBOULE

Soit, ne bouge pas, je vais te répondre illico, clair et net.

[*Il fait mine de rentrer chez lui*]

PASIAS [*à son témoin*]

Qu'est-ce qu'il va faire, à ton avis ? Tu crois qu'il va me rembourser ?

1. *Litt. : six conges.*

vers 1235-1246

TOURNEBOULE [*campé sur le seuil de sa maison*]
> Où c'est qu'il est, lanturlurette,
> c'lui qui court après sa galette[1]?

Qu'est-ce que c'est, ça, dis?

PASIAS

Ça? une chanson.

TOURNEBOULE

C'est là que tu en es? Et tu réclames ta galette? Pas de danger que je rembourse un sou à un type qui appelle « chanson » ce qui est une « chansonne ».

PASIAS [*ahuri, mais essayant de garder sa dignité*]

Alors, tu ne rembourseras pas?

TOURNEBOULE

Non, pas que je sache. Allons, plus vite que ça, décanille de devant ma porte, et que ça saute!

PASIAS

Je me retire. Mais je vais déposer caution, tu peux en être sûr : je crèverais plutôt!

TOURNEBOULE

Ça fera autant de perdu en plus des huit cent mille. Dommage! Je ne te veux pas tant de mal que ça, moi... Mais tu es si benêt, avec ton mot « chanson »!

[*Pasias sort, entre Amynias, un jeune homme, boitant, les vêtements déchirés*]

AMYNIAS

Hélas! hélas!

TOURNEBOULE

Eh bien? qui est-ce, ce pleurard? C'est peut-être un des divins héros crabiques qui donne de la voix[2]?

---

1. Dans le texte, Tourneboule apporte un pétrin. Et le jeu de scène est autour de χάρδοπος et χαρδόπη, cf. v. 670-680.
2. *Litt. : une des divinités [du théâtre] de Carcinos.* Carcinos, dont le nom signifie « crabe », est un auteur de tragédies, qu'Aristophane ne cesse de ridiculiser ainsi que ses trois fils. Cf. *Guêpes*, v. 1501 et suiv.

AMYNIAS

Qu'y a-t-il ? Qui je suis ? Vous voulez le savoir ?
Un homme infortuné...

TOURNEBOULE

Alors va ton chemin !

AMYNIAS

Divinité cruelle ! ô destin qui me brises...
le char de mes coursiers ! Ah ! tu m'as terrassé[1] !

TOURNEBOULE

C'est le Ciel qui t'a mis par terre[2] ? drôle d'affaire !

AMYNIAS

Ce n'est pas le moment de gouailler, mon vieux ! Mon
argent, ton fils... dis-lui de me le rendre, celui qu'il a reçu !
C'est bien le moins, dans le désastre qui me frappe.

TOURNEBOULE

Voyez-moi ça ! quel argent ?

AMYNIAS

Celui qu'il m'a emprunté.

TOURNEBOULE

Ouais ! tu es frappé pour de bon, on dirait !

AMYNIAS

Je guidais mes chevaux, j'ai été jeté à bas, morbleu !

TOURNEBOULE

Tu déparles ! C'est plutôt un guide-âne qu'il te faudrait[3] !

1. *Litt. : Pallas, tu m'as perdu !*
2. *Litt. : En quoi Tlépolème a-t-il pu te faire du mal ?* Allusion à
quelque tragédie de Carcinos ou de l'un de ses fils.
3. *Litt. : comme si tu étais tombé d'un âne,* formule proverbiale pour
dire : tu radotes.

vers 1262-1273

AMYNIAS

Je déparle, parce que je veux rentrer dans mon argent ?

TOURNEBOULE

Ton cas ne laisse aucun espoir de guérison [1].

AMYNIAS

Pourquoi donc ?

TOURNEBOULE

M'est avis que tu as écopé comme qui dirait d'un bon choc
au cerveau.

AMYNIAS

Et toi, sacré bazar [2], m'est avis que tu vas écoper d'une
bonne plainte de ma part, si tu ne rembourses pas !

TOURNEBOULE

Dis-moi, à ton sens, est-ce que Zeus, quand il pleut, fait
tomber de l'eau neuve à chaque fois, ou bien si c'est toujours
la même, que le soleil a repompée de bas en haut ?

AMYNIAS

Ci ou ça, je n'en sais rien, et je m'en fiche.

TOURNEBOULE

Pas possible ? Et tu serais en droit de rentrer dans ton
argent, quand tu es si ignare ès affaires célestes ?

AMYNIAS

Si tu es gêné, rembourse-moi au moins les intérêts qui ont
couru.

TOURNEBOULE

Kekceckça, les intérêts ? Ça court ces bêtes-là [3] ?

---

1. Je lis αὖθις ὑγιανεῖς, au lieu de αὐτὸς ὑγιαίνεις.
2. *Litt. : par Hermès !* patron de tous les trafics honnêtes et malhonnêtes.
3. *Litt. : L'intérêt ? quelle bête est-ce que c'est ?* Cf. v. 1155.

vers 1274-1286

AMYNIAS

C'est l'argent, mois par mois, jour après jour, qui grossit, qui grossit, à mesure que le temps s'écoule ; ça et pas autre chose !

TOURNEBOULE

Bonne réponse. Mais voyons, la mer, à ton sens, est-ce qu'elle grossit ? est-ce qu'elle a plus d'eau aujourd'hui qu'hier ?

AMYNIAS

Non parbleu ! elle reste égale. Qu'elle grossisse ? Ça serait un scandale !

TOURNEBOULE

Et alors, misérable ? Elle ne grossit pas d'une goutte, elle, avec tous les fleuves qui s'y écoulent, et tu prétends faire grossir ton argent à toi ? Tu veux poursuivre ?... poursuis ton chemin ! Hors de chez moi !

[*A son serviteur*]

Apporte-moi la houssine !

AMYNIAS

Ça alors ! je prends des témoins !

TOURNEBOULE

Fouette cocher ! Tu renâcles ? Hue ! au trot, Alezan[1] !

[*Il le pique et le rosse*]

AMYNIAS

Voies de fait indiscutables !

TOURNEBOULE [*même jeu*]

Au galop ! A la houssine ! Je m'en vais te piquer sous le derrière, pur-sang !

[*Amynias s'enfuit*]

1. *Litt. : Samphoras*, cf. v. 23 n.

vers 1287-1300

Tu te sauves ? Ah ! je savais bien que je te ferais détaler, toi, et tes roues et ta carrosserie !

[STROPHE]   LE CHŒUR

Ainsi va la vie ! On mord à l'appât
des vilaines affaires !
Notre homme y a mordu : il veut garder pour lui
ce qu'on lui a prêté. Mais sans nul doute,
en fait d'affaire, il va
s'en attirer une aujourd'hui
qui fera, d'un seul coup, payer
au vieux finaud rançon amère
pour toutes les friponneries
qu'il a échafaudées !

[ANTISTROPHE]

Car il va, je crois, voir bientôt comblé
le vœu qu'il nourrissait
de longue et vieille date : avoir un fils habile
à soutenir les maximes contraires
à celles qui sont justes,
de façon, en toutes rencontres,
à vaincre, au prix des arguments
les plus véreux... Peut-être alors,
peut-être qu'il regrettera
qu'il ne soit pas muet !

[*Tourneboule se précipite hors de chez lui, et hors de lui, suivi de son fils*]

TOURNEBOULE

Aïe ! aïe ! aïe ! Ho, les voisins, les parents, les gens du quartier ! On me rosse ! A tout prix venez à mon secours ! Oh là là ! misère de moi ! oh la tête ! oh la mâchoire ! Canaille, tu rosses ton père !

GALOPINGRE [*tout uniment*]

Oui, mon père !

vers 1301-1325

TOURNEBOULE [*au public*]

Vous voyez : il avoue qu'il me rosse !

GALOPINGRE

Et comment donc !

TOURNEBOULE

Canaille, parricide, flibustier !

GALOPINGRE

Ah ! redis-le-moi encore ! rajoutes-en ! Sais-tu que c'est un délice pour moi, cette bordée d'insultes ?

TOURNEBOULE

Giton-tinette !

GALOPINGRE

Continue, je t'en prie ! C'est une pluie de roses !

TOURNEBOULE

Tu rosses ton père ?

GALOPINGRE

Et je prouverai, parbleu, que j'avais raison de te rosser.

TOURNEBOULE

Sale gredin ! raison de rosser ton père ? c'est indéfendable !

GALOPINGRE

Je vais le démontrer, moi, et mes arguments te mettront en déroute.

TOURNEBOULE

Moi, en déroute ? sur ce terrain ?

GALOPINGRE

Pleinement, et facilement. Je te donne le choix : lequel des deux raisonnements veux-tu prendre ?

TOURNEBOULE

Quels deux raisonnements ?

vers 1326-1337

GALOPINGRE

Le droit, ou le tordu ?

TOURNEBOULE

Eh bien, mon bonhomme, les leçons que je t'ai fait donner pour plaider contre les justes causes, tu les as fichtrement bien assimilées si tu arrives à me convaincre qu'il est juste et louable qu'un père soit rossé par son fils !

GALOPINGRE

Ma foi, je compte t'en convaincre si bien, qu'après m'avoir écouté tu n'auras rien à répondre.

TOURNEBOULE

Voyons ça ! je suis curieux d'entendre ce que tu vas me dire.

[STROPHE]   LE CHŒUR

> *A toi, vieillard, de méditer*
> *pour savoir comment l'enfoncer !*
> *Ce gaillard-là, s'il ne tablait*
> *sur je ne sais quelle botte secrète,*
> *ne serait pas si insolent !*
> *C'est qu'il doit avoir quelque atout*
> *pour te braver... car il affiche une arrogance !...*

LE CORYPHÉE

Allons, quelle a été la première origine de votre conflit ? Il faut en informer le Chœur ; mais de toute façon, tu le feras.

TOURNEBOULE

Eh bien, ce qui a été à l'origine de notre accrochage, je vais vous l'expliquer. Nous étions à festoyer, comme vous savez. Je commence par lui dire de prendre sa lyre et de chanter la chanson de Simonide[1] : « Comment Bélier fut peigné ». Lui

---

1. Poète lyrique mort depuis un demi-siècle. La chanson était sur l'athlète Crios, dont le nom veut dire « bélier ».

vers 1337-1357

aussitôt, prétend que c'est tout à fait démodé, quand on boit, de pincer les cordes et de chanter comme une ménagère qui moud son café[1].

GALOPINGRE

Et alors ? tu ne méritais pas rossée et tannée immédiates, en me demandant de chanter, comme si tu festoyais des cigales[2] ?

TOURNEBOULE

C'est bien comme ça qu'il parlait là-bas — exactement comme vous venez de l'entendre. Et quant à Simonide, il prétendait que, comme poète, c'est un tocard. Moi, à grand-peine certes, mais tout de même je me suis dominé, au début. Et je lui ai dit de prendre au moins un rameau en main[3], et de me réciter de l'Eschyle. Il me répond aussitôt : « A mon goût, Eschyle est le prince des poètes — en fait de redondance fracassante, de tohu-bohu, de tonitruance et de style tranche-montagne. » Là-dessus, vous pensez si mon cœur se cabre ! Pourtant, dévorant mon courroux : « Eh bien, dis-je, récite au moins un morceau pris chez les modernes, un de ces chefs-d'œuvre de virtuosité ! » Aussitôt, il entonne une tirade d'Euripide, comme quoi — bonté divine ! — un frère[4] besognait sa sœur, née de sa mère ! C'en est trop, j'éclate, je lui assène tout de go un tas d'injures et d'horreurs. Alors, bien entendu, de fil en aiguille un mot provoque l'autre ; alors lui me bondit dessus, il m'écrabouille, il me pilonne, il m'étrangle.

GALOPINGRE

C'était juste, non ? du moment que tu refuses hommage à Euripide, ce prince des fins poètes ?

1. *Litt. : de l'orge grillée.*
2. Les cigales chantent tout l'été, sans manger ni boire.
3. A la fin des banquets, les convives se passaient une branche de myrte de main en main, pour lancer chacun sa chanson.
4. Macarée, dans l'*Éole*, pièce perdue.

vers 1358-1378

TOURNEBOULE

Prince des fins poètes, lui ?... De quel nom te traiter ?... Mais
je vais encore me faire rosser...

GALOPINGRE

Oui, et ce serait justice, parbleu !

TOURNEBOULE

Comment, juste ? Effronté ! Moi qui ai nourri ton jeune âge,
moi qui devinais tout ce que tu voulais dire par ton petit
baragouin ? Si tu disais : « Goulou ! » compris : je te présen-
tais à boire. Si tu demandais : « Miamiam ! » je rappliquais
avec du pain. Et : « Caca ! » — tu n'avais pas plus tôt dit ça
que je te prenais, te portais dehors, et te tenais devant mes
genoux. Et toi, quand tu me serrais la gorge tout à l'heure,

> je hurlais, je braillais
> que j'avais la cagade !
> et tu n'as pas daigné
> me porter au-dehors,
> m'emporter à la porte,
> vermine que tu es !
> et moi, en suffoquant,
> j'ai fait caca sur place !

[ANTISTROPHE]   LE CHŒUR

> *J'imagine que tous les jeunes*
> *ont le cœur qui bat la chamade*
> *dans l'attente de la réplique !*
> *Si le lascar, après ce qu'il a fait,*
> *arrive, à force de salive,*
> *à s'imposer, je ne donnerai plus*
> *le moindre fifrelin [1] de la peau des barbons !*

LE CORYPHÉE

A toi qui sais remuer et mettre d'aplomb des formules
nouvelles, à toi de chercher une voie de persuasion qui
donnera un air de justesse à ton discours.

1. *Litt. : un pois chiche.*

vers 1378-1398

GALOPINGRE

Ah qu'il est doux de frayer avec d'ingénieuses nouveautés, et de pouvoir dédaigner hautement les lois établies ! Moi, par exemple, quand je n'avais que les chevaux en tête, je n'étais pas fichu d'aligner trois mots sans faire une faute. A présent que le Maître [*Il montre la maison de Socrate*] m'a guéri de tout ça, et que subtiles idées, raisonnements et creusements de tête sont de mon accointance, je saurai montrer, je pense, que la correction paternelle[1] est chose juste.

TOURNEBOULE

Fais donc du cheval, morbleu ! J'aime encore mieux casquer pour quatre canassons que me faire crosser et matraquer !

GALOPINGRE [*hautain*]

J'en reviens au point que j'abordais quand tu as fait diversion en me coupant la parole. Une question d'abord : quand j'étais petit, tu me rossais ?

TOURNEBOULE

Oui, par sollicitude : c'était ton bien que je voulais.

GALOPINGRE

Alors, dis-moi, n'est-il pas juste que moi je te rosse de même pour ton bien, puisque rosser les gens c'est leur vouloir du bien ? Pourquoi faudrait-il donc que ta peau fût à l'abri des coups, et pas la mienne ? Ne suis-je pas né libre, moi aussi ?
« Si les fils ont pleuré, pleureront bien les pères ! »
Ce n'est pas ton avis ? Mais, diras-tu, l'usage veut que ce soit le lot des enfants. Mais, te rétorquerai-je :
« Les vieux ? deux fois enfants ! »
Et il est raisonnable que les vieux aient à pleurer plus que les jeunes, dans la mesure où leurs fautes sont moins justifiables.

---

1. La correction des pères par les fils. Mais la phrase grecque est malicieusement disposée de telle sorte qu'elle pourrait signifier, sans que le jeune homme y prenne garde : la correction des fils par les pères.

vers 1399-1419

TOURNEBOULE

Mais nulle part la loi ne met en usage un tel traitement
pour les pères !

GALOPINGRE

Ce n'était qu'un homme, comme toi et moi, celui qui le
premier établit cette loi-là : il a parlé et les Anciens ont
approuvé. Alors pourquoi serais-je, moi, moins autorisé que
lui à établir pour l'avenir une loi nouvelle au profit des fils :
rosser les pères, par réciprocité ?... Quant aux coups que nous
avons reçus avant l'établissement de ladite loi, nous passons
l'éponge, et concédons l'amnistie pour ces fessées. Pourtant,
regarde les coqs et tous ces animaux-là, comme ils usent de
représailles envers leurs pères ! Or quelle différence entre eux
et nous, sauf qu'ils ne fabriquent pas des décrets ?

TOURNEBOULE

Mais alors, puisque tu prends les coqs pour modèles sur
toute la ligne, pourquoi est-ce que tu ne picores pas aussi le
fumier et ne dors pas juché sur un bout de bois ?

GALOPINGRE

C'est tout différent, mon cher. Socrate ne serait pas de ton
sentiment.

TOURNEBOULE

En tout cas, ne me rosse pas ! Autrement, tu auras un jour à
t'en prendre à toi-même.

GALOPINGRE

Comment ça ?

TOURNEBOULE

Eh bien, s'il est juste que moi je sévisse contre toi, et non
pas le contraire, ça sera pareil pour toi avec ton fils, si tu en as
un.

GALOPINGRE

Et si je n'en ai pas ? Je ne me serai pas payé de mes pleurs,
et toi tu en auras fait des gorges chaudes jusqu'à ta mort !

vers 1420-1436

TOURNEBOULE [*au public*]

Hé, les vieux, mes confrères, il me semble que c'est juste ce qu'il dit là. Oui, je suis d'avis d'accorder aux jeunes ce qui est raisonnable. C'est normal qu'il nous en cuise si notre conduite n'est pas juste.

GALOPINGRE

Considère encore une autre idée...

TOURNEBOULE

Cette fois-ci, ça va être ma mort !

GALOPINGRE

Pourtant tu ne seras peut-être pas fâché du traitement que tu as subi.

TOURNEBOULE

Comment ça ? Je voudrais bien savoir quel avantage tu m'y feras trouver.

GALOPINGRE

Eh bien, ma mère, je la rosserai tout comme toi[1] !

TOURNEBOULE

Tu dis ? Qu'est-ce que tu dis ? Voilà qui va de mal en pis !

GALOPINGRE

Et alors ? Si, brandissant le raisonnement tordu, je te mettais en déroute, en te prouvant qu'il faut rosser sa mère ?

TOURNEBOULE

Ah ! pour le coup, si tu fais ça,
tu peux aller vous faire pendre
— c'est pas moi qui t'empêcherai ! —
toi, et Socrate, et l'argument tordu !

[*Au Chœur*]

Et dire que tout ça, Nuées, c'est à vous que je le dois ! Moi qui vous avais confié tous mes intérêts !

---

1. Galopingre laisse entendre cyniquement que son père, qui file doux devant sa pimbêche d'épouse, ne serait pas fâché de la voir malmener.

vers 1437-1453

LE CORYPHÉE

Erreur ! c'est à toi-même et toi seul qu'il faut t'en prendre, pour t'être tourné vers de méchantes actions.

TOURNEBOULE

Eh ! que ne me le disiez-vous à ce moment-là, au lieu de monter la tête à un pauvre vieux barbon de paysan ?

LE CORYPHÉE

Telles sont toujours nos voies, chaque fois que nous décelons une conscience fascinée par le mal — pour que, précipité par nos soins dans le malheur, cet homme apprenne enfin, à ce prix, à redouter les dieux.

TOURNEBOULE

Ah, c'est bien méchant, dames Nuées ! mais c'est juste : je ne devais pas vouloir frustrer mes créanciers de leur argent ! [*A son fils*] Mais maintenant, mon cher, cette vermine de Chéréphon, ce Socrate, tu vas venir avec moi les estourbir : ils nous trompaient, toi et moi !

GALOPINGRE

Non certes ! Je ne saurais lever la main sur mes maîtres.

TOURNEBOULE

Mais si, mais si ! Zeus, dieu de Paternité, en appelle au culte que tu lui dois !

GALOPINGRE

Ça alors ! « Zeus, dieu de Paternité » ! Tu es d'un autre âge ! Zeus ? il existe, celui-là ?

TOURNEBOULE

Oui, il existe !

GALOPINGRE

Non, il n'existe pas ! Tu sais bien que c'est Tourbillon[1] qui règne : il a mis Zeus à la porte.

---

1. Cf. v. 381. Tourneboule joue sur deux sens du mot « δῖνος » : « tourbillon » et « vase en argile façonné au tour ». Il réplique littéralement : *Je croyais cela à cause du* δῖνος *que voilà. Pauvre de moi qui ai cru que cet objet de terre était un dieu !*

vers 1454-1471

TOURNEBOULE

Non, il ne l'a pas mis à la porte! C'est moi qui me figurais ça, parce qu'on me jouait un sale tour... Du billon! oui, j'ai cru, pauvre de moi! que Socrate parlait d'or, et c'était du billon!

GALOPINGRE

Je te quitte la place : divague pour ton compte tes rado-tages!

[Il s'en va]

TOURNEBOULE

Comment ai-je pu dérailler comme ça! J'étais fou d'envoyer promener les dieux! c'est la faute à Socrate.

[Il se tourne vers la statue d'Hermès]

Ah! cher Hermès, ne t'abandonne pas à ton courroux, ne m'écrabouille pas! Pardonne-moi ce déraillement : c'est la faute aux phraseurs. Conseille-moi : dois-je porter plainte et leur faire un procès? ou bien est-ce que...? Je ferai ce que tu me diras!

[Il approche son oreille de l'image du dieu]

Excellent avis que tu me donnes : au lieu d'intenter un procès, mettre illico le feu à la boutique des phraseurs! *[Il appelle son esclave]* Ici, Xanthias! ici! prends une échelle, amène un pic et viens dehors! C'est fait? alors escalade le pensoir, démolis la toiture, pour l'amour de ton patron, jusqu'à tant que la boutique leur croule dessus! Bon! et moi, qu'on m'apporte une torche allumée! J'en connais là-dedans, moi, que je vais faire payer, tout farauds qu'ils sont!

[Il grimpe à son tour à l'échelle, la torche à la main]

UN DISCIPLE DE SOCRATE

Holà! hé!

TOURNEBOULE

A l'ouvrage, ma torche! Crache d'immenses flammes!

SECOND DISCIPLE

Dis donc, toi, qu'est-ce que tu fais?

vers 1472-1495

TOURNEBOULE

Ce que je fais ? je vais te le dire sans ambages : j'engage
avec les portes de la maison une dialectique ardente !

TROISIÈME DISCIPLE

Oh là là ! qui est-ce qui met le feu chez nous ?

TOURNEBOULE

Celui-là même dont vous avez volé le manteau.

TROISIÈME DISCIPLE

Mais tu vas nous tuer ! tu vas nous tuer !

TOURNEBOULE

Tout juste ! c'est bien ce que je veux — si du moins mon pic
ne trahit pas ce que j'attends de ses services, ou si je ne me
casse pas le cou d'abord en tombant !

SOCRATE [*paraissant à son tour*]

Dis donc, toi, qu'est-ce que tu fais ? Oui, toi, là-haut sur le
toit ?

TOURNEBOULE

« J'arpente les airs, et, en esprit, j'enveloppe le soleil [1]. »

SOCRATE

Oh là là ! misère ! malheur ! je vais être asphyxié !

DISCIPLE

Et moi ! malédiction ! je vais être carbonisé !

TOURNEBOULE

Qu'est-ce qui vous prenait aussi, de faire subir aux dieux les
derniers outrages, et de scruter la Lune en son fondement ? [*A
l'esclave*] Vas-y ! pousse, expédie, cogne ! Tu as trente-six
raisons pour ça, tu le sais bien : mais la meilleure, c'est qu'ils
bafouaient les dieux.

LE CORYPHÉE

Guidez notre sortie : pour aujourd'hui notre Chœur a mené
son rôle à bien !

1. Cf. v. 223.

vers 1495-1510

Les Guêpes

INTRODUCTION

Les Guêpes, qui furent jouées en 422, sont un épisode de plus
— le dernier, puisque son ennemi devait être tué peu de mois
après sous les murs d'Amphipolis — de la longue lutte
d'Aristophane contre Cléon. La grande question reste bien
toujours celle de la guerre ou de la paix, mais elle est laissée
cette fois comme en arrière-plan, et ce sont les données
intérieures de la vie civique, telles que les entretient le parti
démocratique, qui sont âprement dénoncées. Satire de
mœurs ? sans doute, et c'est bien dans ce sens que Racine a
repris le thème dans *Les Plaideurs* ; mais, ce faisant, il en a
profondément modifié — et rétréci — la portée. Perrin
Dandin, et aussi Chicanneau et la comtesse de Pimbesche,
sont des « professionnels » de la manie processive. Ce qu'ils
ont d'odieux et de ridicule, c'est un trait de caractère qui leur
est propre ; malgré nombre de coups de patte décochés à
l'organisation judiciaire du temps, la comédie ne met nulle-
ment en cause les institutions mêmes de l'État — ce qui eût
été une « impertinence », que dix raisons pour une rendraient
inconcevable en 1668. Il se trouve toujours des demi-fous au
sein d'une société normale et saine : le comique les saisit, les
caricature, les monte en épingle en les isolant pour les vouer
au rire unanime des braves gens raisonnables. Mais il s'agit,
dans *Les Guêpes*, de tout autre chose : ce sont les braves gens
eux-mêmes (ou plutôt ceux qui devraient l'être...) qui sont
pris à partie en la personne de Chéricléon et de ses congénères ; ce sont tous les citoyens d'Athènes qui sont victimes
d'une idée fixe dont les ravages sont incalculables, et non pas
seulement quant à leur dignité morale personnelle et à la vie
quotidienne de leurs foyers, mais aussi quant au fonctionne-
ment de l'État tout entier. Et la faute en est aux institutions et

aux meneurs qui entretiennent systématiquement le mal
parce qu'il est à leur profit et favorise leur pernicieux pouvoir
et leurs funestes intentions.

A Athènes, tout citoyen était juge, ou pouvait l'être ; il
suffisait de ne pas être exclu de ce droit par son âge (si l'on
avait moins de trente ans) ou par une mesure pénale. Il y avait
ainsi chaque année une masse disponible de milliers
d'hommes, tirés au sort, pour siéger dans les divers tribunaux, dont le principal était celui de l'Héliée. Pour que les
petites gens, qui n'auraient pas pu ni voulu perdre leur
journée de travail pour assurer de telles fonctions, n'en
fussent pas écartées, on avait décidé par une mesure d'inspiration démocratique apparemment très saine, qu'il leur
serait versé une allocation en argent. Mais dès lors, le danger
était de faire prendre goût à cette façon commode de se faire
entretenir par l'État. Du moins était-ce le grief des adversaires de la « canaille ». Nombre de procès judiciaires étaient
en fait gouvernés par des calculs politiques : il s'agissait de se
débarrasser d'un opposant ou d'alimenter les caisses par des
confiscations. Le parti populaire avait ainsi tout intérêt à
entretenir une ample clientèle de juges décidés d'avance à
suivre l'avis des accusateurs et délateurs. C'était comme un
perpétuel échange de bons et déloyaux services, une suren-
chère dans laquelle les véritables exigences de la justice et du
bien public étaient bafouées ou du moins singulièrement
obnubilées. En 425 Cléon avait fait tripler le montant du jeton
de présence en l'élevant à trois oboles, ce qui lui avait valu, on
s'en doute, un surcroît de popularité. Et les candidats
héliastes se pressaient à l'envi, bien avant l'ouverture des
portes du tribunal, pour avoir droit à l'aubaine, et être libres
de flâner tout le reste du jour après avoir réglé de la façon la
plus expéditive le sort des accusés qu'on leur présentait. En
langage officiel, cela s'appelait châtier les ennemis du peuple
et faire rendre gorge aux nantis, aux accapareurs, aux
prévaricateurs : à quoi Aristophane réplique que le « triobole » est l'appât dégradant par lequel Cléon et sa clique
s'assurent hypocritement et même cyniquement l'enthousiaste complicité de tous à leurs desseins. *Les Guêpes* sont
donc bien une pièce *politique* si jamais il y en eut : elle cloue

au pilori l'indignité de ceux qui, mauvais bergers et troupeaux de moutons enragés, font aller la Cité comme on la voit aller.

Aristophane montre, d'emblée, à qui il en a, en donnant à son misérable héros, atteint de « judicardite » invétérée, le nom de Chéricléon (Philocléon) et à son fils qui voudrait l'en guérir celui de Vomicléon (Bdélycléon). Le vieillard, ranci dans son aveuglement et sa hargne, résiste à tous les conseils de bon sens : il est « à enfermer » et c'est en effet à quoi son fils a dû se résoudre. Mais le vieux a l'appui menaçant de ses collègues, venimeux comme lui : de vraies guêpes, qui portent par toute la ville, avec leur bourdonnante aigreur sénile, la menace d'un mortel aiguillon, qui est le stylet dont ils raient leurs tablettes de vote pour condamner leurs victimes. Le jeune homme ne se laisse pas intimider ; avec une imprudence fréquente chez les personnages raisonnables d'Aristophane, il n'hésite même pas à les prendre pour arbitres entre son père et lui. Son vigoureux discours les retourne complètement. Comme les Acharniens, ce sont au fond de braves gens, victimes d'un état déplorable des choses et des esprits. Il suffit qu'on les éclaire pour qu'ils redeviennent dignes de leurs antiques vertus. Le poète ne s'embarrassant jamais de ménager les transitions, d'éviter les contradictions ni de sauvegarder la vraisemblance psychologique, les mêmes Guêpes, et quasi dans le même moment, sont les imbéciles les plus têtus et les plus désespérants, et les nobles survivants des héros de Marathon avec toutes leurs vertus militaires et civiques... Le cas de Chéricléon est plus grave que le leur. Il veut bien renoncer à se rendre au tribunal, mais non pas à exercer la néfaste activité qui est sa fierté et sa seule raison de vivre. Il consent tout juste à la restreindre au cadre familial. Mais le procès ridicule que lui soumet son fils pour flatter sa manie est « à clé » : il s'agit en fait d'une poursuite de Cléon contre Lachès, un général du parti modéré. Avec la souveraine désinvolture qui lui est coutumière, Aristophane, quand il estime qu'il en a assez dit sur un sujet, qu'une donnée polémique ou comique est épuisée, fait un tête-à-queue : toute la fin de la pièce est comme une autre comédie, ou plutôt une suite de *sketches* burlesques. Chéricléon s'est converti à son

tour, mais beaucoup trop bien. Le voilà aussi excessif et
frénétique dans son ralliement aux « belles manières » et à la
« bonne vie » qu'il l'était dans son âcreté recuite. Il n'y a là
plus rien de sérieux ; mais cela ne veut pas dire qu'Aristophane ait bâclé cette fin sans y attacher d'importance, pour
plaire à son public et le rasséréner. Ce n'est pas un homme
aux graves pensées, qui, pour faire passer l'amère pilule de
ses leçons, les enjoliverait de drôleries, en disant avec condes-
cendance : « Ris donc ! parterre, ris donc ! » Ou plutôt — et
c'est là, comme pour Rabelais, son secret à jamais déconcer-
tant — il est cet homme à idées, le philosophe politique qui, à
travers son Athènes, nous met encore en garde contre les
formes présentes de la bassesse que développe autour de lui
l'État-cornac ou l'État-vache-à-lait. Mais il est aussi l'homme
de ce « grotesque » dont parle Baudelaire dans son essai sur
l'*Essence du rire*, de ce « comique absolu, dont la légitimation
ne peut pas être tirée du code du sens commun », qui n'a ni
« intention » ni « signification », et qui s'en passe bien, parce
qu'il est « création » et « innocence » endiablées.

ANALYSE

Il fait nuit ; deux esclaves montent une garde morose, en essayant de ne pas s'endormir, autour de la demeure d'un vieil Athénien, Chéricléon (v. 1-12). Ils échangent quelques calembredaines satiriques (v. 13-53), puis l'un d'eux, Xanthias, expose la situation. Le vieux Chéricléon est un monomaniaque : il ne pense qu'à siéger au tribunal pour condamner tout le monde (v. 54-110). Son fils Vomicléon n'ayant pu le ramener à la raison est obligé de le tenir enfermé (v. 111-135). Vomicléon, qui dormait sur le toit, appelle son monde à la rescousse : le vieux veut s'échapper par la cheminée ! On le refoule (v. 136-168). Puis il tente de sortir agrippé sous le ventre de l'âne qu'on va vendre au marché ; on le rembarre (v. 169-201). Que va-t-il encore manigancer (v. 202-229) ?

Entre le Chœur, formé de vieillards munis d'un aiguillon au derrière : ce sont les confrères de Chéricléon qui viennent le chercher pour se rendre au tribunal dès avant l'aurore. Ils pataugent dans la boue, ronchonnent, et s'inquiètent de ne pas voir leur collègue sur sa porte (v. 230-315). Il apparaît enfin à une lucarne et leur apprend qu'on l'empêche de les rejoindre (v. 316-366). Il se décide, sur leurs conseils, à ronger le filet dont on a enveloppé toute la maison, et à se laisser glisser le long d'une corde (v. 367-394). Mais l'alerte est donnée, Vomicléon le retient, à la grande fureur du Chœur (v. 395-414). Après de confuses bagarres entre les deux camps, force reste aux geôliers (v. 415-460). Vomicléon tente de parlementer (v. 461-507), puis de raisonner son père ; enfin, il prend le Chœur pour arbitre du débat (v. 508-547) et donne la parole au vieillard. Celui-ci développe longuement les motifs de satisfaction et d'orgueil qu'il trouve dans son rôle de juge : on le craint, on le cajole (v. 548-630). Le Chœur approuve hautement et prévoit que le fils ne pourra réfuter ces arguments (v. 631-649). Celui-ci prend la parole, et démontre à Chéricléon et à ses collègues qu'ils sont esclaves des démagogues qui font d'eux les instruments et les victimes de leurs exactions (v. 650-724). Le Chœur est soudain converti par ce discours, mais Chéricléon est intraitable : il veut continuer à juger (v. 725-763).

Qu'à cela ne tienne : son fils lui offre de siéger à domicile : on lui fera trancher des procès domestiques, confortablement (v. 764-798). Le vieux accepte volontiers cette ingénieuse idée, et veut la mettre aussitôt en application ; l'on apporte tout le nécessaire (v. 799-859). Avant d'ouvrir la séance on fait les prières rituelles (v. 860-890). L'accusé sera le chien Brigand, qui a volé un fromage, l'accusateur son congénère Cabot ; réquisitoire de celui-ci ; le juge fait prévoir un verdict impitoyable (v. 891-941). Brigand étant incapable de présenter sa défense, Vomicléon s'en charge (v. 942-979). Le juge semble fléchir, mais il faut le duper par un tour de passe-passe pour qu'il acquitte en croyant condamner (v. 980-992). Son fils le console en lui promettant qu'il va le faire vivre comme un coq en pâte, et le fait rentrer (v. 993-1008).

Le Coryphée, dans la parabase, chante les louanges d'Aristophane (v. 1009-1059). Il prononce, encadré entre deux fiers couplets du Chœur (v. 1060-1070 et 1091-1101) l'éloge du glorieux essaim de « Guêpes » de Marathon (v. 1071-1090), puis décrit de façon narquoise le « guêpier » des judicastres athéniens (v. 1102-1121).

Vomicléon revient en scène avec son père. Pour l'initier à la bonne et grande vie, il l'affuble de vêtements luxueux, malgré ses protestations (v. 1122-1173), puis lui donne une leçon détaillée de tenue mondaine (v. 1174-1207), occasion de coq-à-l'âne et de pataquès burlesques (v. 1208-1249). Le père et le fils partent bras dessus, bras dessous pour aller dîner en ville (v. 1250-1264). Le Chœur débite quelques brocards sans rapport avec la pièce (v. 1265-1291).

Xanthias accourt, tout essoufflé, annoncer que le vieux s'est enivré et se conduit en énergumène (v. 1292-1325). Le voici en effet, flambard et mal embouché, traînant une fille qu'il assiège de scandaleuses invites (v. 1326-1363). Il nargue son fils, qui trouve que la cure imaginée pour son père n'a que trop réussi (v. 1364-1387) : il s'est attiré une mauvaise affaire avec une marchande (v. 1388-1414) et avec un passant (v. 1415-1441) et aggrave son cas à plaisir par ses incongruités de pochard jovial. Vomicléon est obligé de le renfourner au logis (v. 1442-1449). Mais le Chœur, décidément tout rajeuni et émoustillé, félicite le père de sa métamorphose et le fils de son heureuse initiative (v. 1450-1473).

Chéricléon s'échappe encore. Il se livre à une bamboula endiablée, défiant tous danseurs qui voudraient rivaliser avec lui (v. 1474-1500). Plusieurs danseurs se présentent successivement, et la comédie s'achève dans les entrechats et galopades (v. 1501-1537).

PERSONNAGES :

XANTHIAS, } Serviteurs de Chéricléon.
SOSIE

VOMICLÉON (Bdélycléon), jeune Athénien.

CHÉRICLÉON (Philocléon), son père.

CHŒUR de vieux Athéniens déguisés en Guêpes.

UN GOSSE, fils du Coryphée.

CABOT, chien.

UN CONVIVE.

UNE MARCHANDE.

UN PLAIGNANT.

FIGURANTS ET COMPARSES : Brigand, chien; divers ustensiles de cuisine; une joueuse de flûte; Chéréphon; trois danseurs, fils de Crabinos.

[*La scène est sur une place, devant la maison de Chéricléon. Sur le toit en terrasse a été jeté un filet qui retombe jusqu'au sol. A droite et à gauche de la porte, accroupis par terre, les deux esclaves. En haut, sur le toit, on voit Vomicléon endormi*]

[Jeu de scène muet de quelques secondes. Xanthias dodeline de la tête, puis s'assoupit]

SOSIE *[lui donnant une bourrade]*

Dis donc, toi, qu'est-ce qui te prend, malheureux ? *[Lui criant aux oreilles]* Xanthias !

XANTHIAS *[réveillé en sursaut, bâillant]*

Ma garde de nuit, je m'apprends à la mettre en veilleuse !

SOSIE

Alors, ton dos a envie de se payer une bonne dégelée ? Tu sais pourtant bien quelle rosse on nous fait garder !

XANTHIAS

Je sais... quel tintouin ! J'ai envie de me mettre un peu en vacances.

[Il se rencogne]

SOSIE

C'est bon, à toi le risque ! *[Bâillant]* Ma foi, moi aussi, je sens une douce somnolence s'insinuer sous mes paupières.

[Il gesticule et se bat les cuisses pour se réveiller]

XANTHIAS

Et alors ? sans blague ! tu déménages ? tu as la danse de Saint-Guy [1] ?

SOSIE

Non ! Mais je tiens un de ces sommeils... comme une gueule de bois !

---

1. *Litt. : tu as le délire des Corybantes*, prêtres de Cybèle qui pratiquaient des rites d'hypnose et d'hystérie religieuses.

vers 1-9

XANTHIAS

Eh bien, je t'en offre autant[1]. On est du même bois tous les deux ! [*Se frottant les yeux et le front*] Oui, moi aussi je viens de subir une vague d'assaut barbaresque[2], dodelinante et dormitive — sur tout le front ! Et même je viens de faire un rêve mirobolant...

SOSIE

Et moi aussi ! Vrai, je n'en ai jamais fait un pareil ! Mais dis d'abord le tien.

XANTHIAS

Je voyais un aigle planer et s'abattre sur la Place, un gros, énorme ; dans ses serres, saisir par ses anneaux aux reflets de bronze, et enlever bien haut dans le ciel[3]... un bouclier, qui ensuite était lâché... par Cléonyme !

SOSIE

En somme, ça a tout d'une énigme — réponse : Cléonyme — à proposer aux buveurs dans une réunion :
      « Sur terr', sur mer,
      et dans les airs
      il a lâché
      son bouclier —
    et c'est toujours la même bête !
    Trouvez ma devinette ! »

---

1. *Litt. : un sommeil me tient, comme inspiré par Sabazios — Eh bien, tu entretiens le même Sabazios que moi.* De Sabazios, dieu oriental, relevaient diverses ivresses, à commencer par celle du vin.
2. *Litt. : médique.*
3. *Litt. : saisir et emporter un bouclier recouvert de bronze.* Mais le mot ἀσπίς, bouclier, signifie aussi serpent (aspic). Le thème de l'aigle emportant un serpent, qui apparaît dès l'*Iliade*, est fréquent comme fabliau ou présage dans l'Antiquité, d'où il est passé dans l'iconographie médiévale de tout l'Occident. En introduisant l'idée d'anneaux, la traduction tente de suggérer ce double sens. Pour Cléonyme, cf. *Cav.*, v. 958.

XANTHIAS

Oh! là là! Quel malheur va bien m'arriver, pour que j'aie vu en rêve une chose pareille!

SOSIE

Ne te tracasse pas! Ça ne sera rien de terrible, morbleu!

XANTHIAS

C'est pas terrible, dis, un homme qui a lâché ses armes?... Mais à ton tour : dis-moi le tien.

SOSIE

C'est une grosse affaire! Ça met en cause tout le vaisseau de l'État!

XANTHIAS

Dis vite! je veux savoir l'affaire, jusqu'à fond de cale!

SOSIE

C'était dans un premier somme. Il m'a semblé qu'il y avait, à l'Assemblée, tout un troupeau de moutons qui tenaient séance, avec bâtons et capuches. Et puis que, ces moutons, une grand-goule de cachalot les haranguait, qui avait la voix d'un sanglier fumant de rage.

XANTHIAS

Bououh! pouah!

SOSIE

Qu'est-ce que tu as?

XANTHIAS

Assez, assez! tais-toi! Il empeste le cuir pourri[1], ton rêve!

SOSIE

Et après, ce salaud de cachalot, il avait une balance, et il y mettait des morceaux de graisse de bœuf.

1. Allusion à Cléon, le marchand de cuir.

vers 24-40

XANTHIAS

Misère ! C'est notre Grèce [1] à nous qu'il veut diviser !

SOSIE

Et à côté de lui, je voyais Théoros assis par terre : il avait une petite tête de sarigue [2]. Et alors Alcibiade m'a dit, avec son défaut de langue : « Legalde ! Théolos, il a une tête de saligaud ! »

XANTHIAS

Eh bien, pour une fois, son défaut de langue l'a fait parler comme il faut !

SOSIE

C'est tout de même abracadabrant, Théoros devenu marsupiau !

XANTHIAS

Mais non, c'est excellent !

SOSIE

Comment ça ?

XANTHIAS

Comment ? C'était un homme de chez nous, et le voilà brusquement devenu marsupiau ! Le présage est limpide à interpréter : il va nous débarrasser, ce sauteur, et ficher le camp aux antipodes [3].

SOSIE

Ça alors ! Pas d'hésitation : je vais te prendre à mon service, au régime de la haute paie [4], puisque tu es si malin pour trouver la clé des songes !

1. *Litt. : notre peuple.* Calembour entre δῆμος et δημός. Cf. *Cav.*, v. 954.
2. *Litt. : une tête de corbeau.* Mais le mot κόραξ, par blésement, devient κόλαξ, pied-plat, intrigant mielleux. Alcibiade, Plutarque nous le confirme, blésait.
3. *Litt. : devenu corbeau... : il va s'en aller chez les corbeaux !* — c.-à.-d. : au diable !
4. *Litt. : à deux oboles* (par jour).

vers 40-53

XANTHIAS

Alors, à présent, que j'expose le sujet aux spectateurs — non sans leur débiter un petit avant-propos que voici. Ce qu'ils doivent attendre de nous, ce n'est pas des choses archisublimes, mais pas non plus des gaudrioles filoutées à la plus épaisse pitrerie[1]. Nous n'avons pas en magasin une paire d'esclaves, avec un panier de noix pour en mitrailler le public ; ni un grand Lustucru[2] qui voit s'envoler son dîner ; nous n'allons pas non plus bafouer une fois de plus Euripide ; quant à Cléon, il peut bien avoir pris du lustre par un coup de veine[3], nous n'allons pas le mettre, une fois de plus, en chair à saucisse. Nous avons un petit sujet bien raisonnable, pas plus malin qu'il ne faut pour vous autres, mais plus spirituel qu'une farce traînée dans le ruisseau. Nous avons un patron, [*Montrant le premier étage*] lui, là-haut, le grand qui roupille sur le toit. C'est lui qui nous a enjoint d'avoir l'œil sur son père, qu'il a bouclé dedans pour l'empêcher de sortir dehors : il est malade, son père, d'un mal abracadabrant ; pas un de vous ne pourrait l'imaginer ni le supposer, si on ne vous le disait pas. Allez, devinez ? [*Tendant le doigt vers un spectateur*] Tiens, il y a le nommé Champion[4], là, qui dit que c'est une trictrachéite ! Zéro pour la question : pardi ! c'est d'après lui-même qu'il fait son diagnostic ! Non, ce n'est pas ça. Mais il y a bien de l' « -ite » à la queue de son mal. Ah ! il y a celui-ci qui dit à son voisin[5] : « picolite biberonnante » ! Pas du tout :

---

1. *Litt. :* à *Mégare*. Les farces de Mégare étaient réputées très vulgaires. Aristophane dans ce passage vise son rival Eupolis, qui ne le ménageait pas non plus.
2. *Litt. : un Héraclès*, Cf. *Gren*, v. 107 n.
3. Allusion au succès de Sphactérie, près de Pylos, cf. *Cav.*, v. 55 n. et *passim*.
4. *Litt. : Amynias, fils de Pronapès*. Mais nous avons traduit son nom (qui signifie : « qui se défend bien ») parce qu'il peut avoir une valeur comique pour ce joueur de dés.
5. *Litt. : Sosias qui dit à Derkylos*. Il semble que le nom de Sosias soit une erreur dans le texte, puisqu'il fait confusion avec celui de l'autre esclave.

vers 54-79

ça c'est la maladie de tous les braves gens ! A qui le tour ?
Nicostrate, qui dit : « crétinite superstitieuse » ou bien « dila-
pidité hospitalière » ? Erreur, mon vieux ! Ce n'est pas ça,
nom d'un chien, rien à voir : Lhospitalier[1], c'est un ruffian.
Vous n'y êtes pas, vous ne dites que des balivernes ! Vous ne
trouverez pas !

Eh bien, maintenant si vous voulez savoir, taisez-vous ! je
vais vous la dire, la maladie du patron : c'est un cas de
judicardite comme on n'en a jamais vu. C'est ça qui le
démange : juger ! Il faut toujours qu'il siège sur le premier
banc des juges, sinon il braille ! Du sommeil ? il n'en voit pas
une miette de toute la nuit. S'il ferme les yeux seulement un
brin, son esprit s'envole quand même là-bas, à longueur de
nuit, tourner autour de l'horloge du tribunal[2]. A force de tenir
en main le caillou de vote[3], par l'effet de l'habitude il a le
pouce et les deux doigts serrés en se levant, comme quand on
offre une pincée d'encens pour étrenner le mois nouveau. Et je
vous jure, s'il voit écrit quelque part sur une porte : « Beau
Céladon, butinons notre amour[4] », il va écrire à côté :
« Scrutinons nuit et jour ! » Son coq avait beau chanter bien
avant minuit : « Il m'éveille trop tard, a-t-il dit. Les prévenus
lui ont graissé la patte exprès pour ça, à prix d'argent ! » Sitôt
soupé, il gueule pour avoir ses souliers ; et puis il s'en va là-
bas, bien avant l'aube, et pique un somme, en acompte, collé
contre le pilier comme une bernicle. Il est si hargneux qu'il
raie ses tablettes de bout en bout pour mettre le maximum à

---

1. *Litt.* : *Philoxénos*, nom propre dont le sens est : *ami des étrangers,
de l'hospitalité*, terme qui vient d'être suggéré par la maladie du vieux.
2. *Litt.* : *la clepsydre*, horloge à eau qui mesurait le temps de parole
imparti aux orateurs.
3. En guise de bulletin de vote, on distribuait aux citoyens des
« cailloux » ou des tessons en terre cuite, ou des coquillages.
4. *Litt.* : *Démos fils de Pyrilampès est beau*. Ces graffiti galants étaient
d'un usage courant. Ce Démos était reconnu pour être beau comme un
Adonis. Chéricléon écrit, lui : *« le cornet de l'urne aux votes est beau »*,
par calembour entre Δημός et κημός.

vers 79-106

tout le monde [1] ; et quand il rentre, on dirait une abeille ou un bourdon : il a plein de cire sous les ongles ! et il a tellement peur de manquer de cailloux pour voter qu'il veille sur toute une carrière de caillasse qu'il s'est constituée chez lui, à toutes fins judicatoires !

Tel est donc son délire ; et plus on l'admoneste
 plus il prétend juger...

Alors nous le surveillons. On l'a baranclé, verrouillé pour qu'il ne s'échappe pas. Car son fils est consterné par sa maladie. Au début, il le raisonnait gentiment, il tâchait de le persuader de ne pas mettre sa capuche, et de rester à la maison ; mais l'autre ne voulait rien savoir. Alors il l'a fait baigner et purger : ah ouiche ! aucun effet. Ensuite de quoi il le mène aux prêtres [2] : le vieux emportant le goupillon se rue tête baissée au Tribunal Neuf, et de se mettre à juger ! Devant l'échec de ces exorcismes, son fils l'embarque pour Égine ; après quoi, il lui fait passer de force une nuit dans le sanctuaire [3]... Dès potron-minet, coucou, le revóilà collé au guichet du tribunal !

Depuis ce jour-là, nous ne l'avons plus laissé sortir. Mais il s'esbignait par les tuyaux et les œils-de-bœuf. Alors nous, tout ce qu'il y avait d'orifices dans la maison on les a calfatés en les bourrant de chiffons. Mais lui, comme un pivert [4], il se plantait des pitons dans le mur pour y grimper, et sautait dehors ; alors nous, on a bouclé tout le logement sous un filet tendu à la ronde, et on monte la garde. Le nom du vieux,

---

1. Pour l'estimation de la peine, les juges traçaient sur la cire d'une tablette une ligne longue ou courte, selon qu'ils optaient pour la sévérité ou pour l'indulgence.

2. *Litt. : Il l'a « corybantisé ». L'autre, emportant le tambourin...* cf. v. 8 n. Ces prêtres-sorciers soumettaient les adeptes à des cérémonies d'initiation ou d'exorcisme, avec chants, et danses au tambourin.

3. *Litt. : dans le temple d'Asclépios :* forme de recours médico-religieux d'usage courant.

4. *Litt. : une corneille.*

vers 106-133

c'est Chéricléon, oui-da! foi d'animal! Et son fils que vous
voyez, c'est Vomicléon. Il a des façons plutôt rebiffarro-
gantes!

VOMICLÉON [*du haut du toit*]

Hé, Xanthias, Sosie, vous dormez?

XANTHIAS

Oh là là!

SOSIE

Quoi?

XANTHIAS

C'est Vomicléon qui se lève!

VOMICLÉON

Un mouvement tournant, vite par ici, l'un ou l'autre! Mon
père est entré dans le fournil, il fourgonne comme un rat là au
fond. [*A Sosie*] Allons, guette, qu'il ne se coule pas par l'évent
de la salle de bains! [*A Xanthias*] Et toi, arc-boute-toi contre
la porte!

XANTHIAS

Voilà, patron.

VOMICLÉON

Mille sabords[1]! Qu'est-ce que c'est que ce raffut dans la
cheminée? Hé toi, qui va là?

CHÉRICLÉON [*sortant la tête en haut de la cheminée*]

C'est moi, Lafumée, qui m'en vais.

VOMICLÉON

Lafumée? Voyons voir ça? et de quel bois?

CHÉRICLÉON

De bois de justice[2]!

1. *Litt.* : Par Posidon!
2. *Litt.* : de figuier, σύκινος, par allusion aux sycophantes, délateurs
qui étaient la plaie de la démocratie athénienne. Cf. *Cav.* v. 259 n.

vers 134-145

VOMICLÉON

Bon Dieu ! il n'y a pas de fumée plus âcre que celle-là. Vas-tu te résorber ? [*Il repousse énergiquement Chéricléon*] Où donc est le clapet ? Allez, refoule ! que je te montre de quel bois je me chauffe ! Et maintenant, cherche un autre truc !... C'est égal, il n'y a pas plus malheureux que moi sur terre ! Fils de Fumiste, qu'on va m'appeler !

XANTHIAS

Le voilà qui pousse sur la porte !

VOMICLÉON

Appuie ! Tiens ferme, comme un brave ! J'arrive à la rescousse. Aie bien l'œil sur le verrou, surveille la barre, qu'il n'aille pas faire sauter le taquet en le rongeant !

CHÉRICLÉON [*derrière la porte*]

En voilà des façons ! Oui ou non, allez-vous me laisser sortir, vile racaille, pour que j'aille juger ? Ou bien Dracontidès va en réchapper !

XANTHIAS

Ça te ferait donc tant de peine que ça ?

CHÉRICLÉON

Oui ; le divin oracle m'a révélé une fois, à Delphes, que le jour où quelqu'un se sauvera de mes griffes, ce jour-là je sécherai sur pied.

XANTHIAS

Dieu garde ! quelle prophétie !

CHÉRICLÉON

Allons, je t'en supplie, laisse-moi sortir, si tu ne veux pas que je crève !

XANTHIAS

Non, mille sabords, non, Chéricléon, jamais !

vers 146-163

CHÉRICLÉON

Eh bien, à coups de dents, je vais le ronger et le trouer, le filet !

XANTHIAS

Mais tu n'en as plus, de dents !

CHÉRICLÉON

Misère de moi ! A mort ! comment te faire ton affaire ? comment ? Çà, donnez-moi une épée, là, tout de suite — ou une boule noire[1].

VOMICLÉON [*penché au bord du toit*]

Il songe à perpétrer un grand forfait, cet homme !

CHÉRICLÉON
[*se radoucissant soudain en entendant son fils*]

Mon Dieu, non, pas du tout ! Je veux mener l'âne à la foire pour le vendre, avec ses paniers : c'est le jour[2] !

VOMICLÉON

Mais je pourrais aussi bien le vendre moi-même, non ?

CHÉRICLÉON

Pas si bien que moi !

VOMICLÉON

Beaucoup mieux, pardi !

CHÉRICLÉON [*feignant de se laisser convaincre
à contrecœur, mais en réalité tout joyeux,
car il a son plan d'évasion*]

Eh bien, emmène-le, cet âne !

XANTHIAS

Quel prétexte il t'a jeté en appât pour que tu le laisses filer ! quel sournois !

1. *Litt. : une tablette pour la fixation de la peine :* cf. v. 106 n.
2. *Litt. : c'est la nouvelle lune,* jour de grande foire mensuelle.

vers 164-175

VOMICLÉON

Mais il n'a rien pris à cet hameçon-là : j'ai deviné la combine. Allons, j'entre, et c'est moi qui prends sur moi de sortir l'âne, pour que le vieux ne puisse même pas revenir pointer le nez dehors !

[*Il disparaît du toit ; un instant après il ouvre la porte ; il est accompagné d'un âne chargé d'un bât formant un double panier très profond qui pend presque jusqu'à terre. Chéricléon s'est agrippé et blotti sous le ventre de l'animal*]

Hé bien, grison, tu n'es pas content ? C'est parce que tu vas être vendu aujourd'hui ? Hue ! avance ! dépêche-toi ! Pourquoi renâcler ? A moins que tu ne portes quelque nouvel Ulysse [1] ?

XANTHIAS

Mais oui, ventrebleu ! Il porte quelqu'un là-dessous, tu vois, là, blotti ?

VOMICLÉON

Hein, quoi ? Voyons voir... mais oui. Qu'est-ce que c'est que ça ? Hé, mon bonhomme, qui es-tu ? réponds un peu !

CHÉRICLÉON

Personne, je te jure !

VOMICLÉON

Personne ? Et d'où sors-tu ?

CHÉRICLÉON

D'Ithaque ; je suis fils de Laclé-Deschamps.

---

1. Souvenirs parodiques du chant IX de l'*Odyssée*, où Ulysse s'évade de la caverne de Polyphème en s'agrippant sous le ventre d'un bélier. Il avait pris la précaution de dire qu'il s'appelait *Personne* ; si bien que, quand les amis de Cyclope viennent à la rescousse en lui demandant : « De qui as-tu à te plaindre ? » ils s'entendent répondre : « De Personne »... et s'en retournent.

vers 175-185

VOMICLÉON

Hé bien, Personne, tu t'en mordras les doigts, morbleu ! —
comme personne ! [*A Xanthias*] Tire-le de là-dessous !

[*Xanthias extirpe le vieux par l'arrière, comme s'il
aidait une ânesse à mettre bas*]

Ma foi, il me fait tout à fait penser à un chic-ânon [1], un fils
de bourrique !

CHÉRICLÉON

Si vous ne me fichez pas la paix, je vous attaquerai !

VOMICLÉON

Tu nous attaqueras ? Et pourquoi ça ?

CHÉRICLÉON

Pour une ombre d'âne [2].

VOMICLÉON

Une mauvaise carne, voilà ce que tu es, tout simplement, et
que rien ne peut attendrir.

CHÉRICLÉON

Mauvaise carne, moi ? Morbleu ! je suis de premier choix !
Tu ne le sais pas encore, mais ça viendra peut-être un jour,
quand tu mangeras de la panse de vieux judicastre !

VOMICLÉON

Oust ! Remballe l'âne à l'écurie, et toi avec !

CHÉRICLÉON

Holà, les collègues ! Cléon ! à la rescousse !

[*Son fils le fait rentrer de force, avec l'âne*]

---

1. *Litt. : à un petit de « brayard ».* Κλητήρ, le crieur, s'emploie aussi
bien pour l'huissier de justice que pour l'âne.
2. Locution proverbiale. Cf. chez nous l'histoire du rôtisseur qui
veut faire payer la fumée de son rôt.

vers 186-197

VOMICLÉON

Hop! dedans! tu peux brailler, te voilà bouclé!

[*à Xanthias*]

Et toi, amène des pierres, un bon tas, devant la porte! Remets la barre, engage-la bien à fond; et pour caler la traverse, mets donc le gros mortier, dépêche-toi, fais-le rouler!

[*Chéricléon réapparaît sur le toit*]

XANTHIAS

Aïe aïe aïe! Pauvre de moi! D'où m'est tombé ce plâtras?

VOMICLÉON

C'est peut-être un rat qui te l'a lancé dessus?

XANTHIAS

D'où prends-tu ça? Non, morbleu, c'est notre chat fourré de gouttière qui se faufile sous les tuiles!

VOMICLÉON

Ah là là! misère de moi. Voilà notre bonhomme qui se transforme en moineau! il va s'envoler! où est le filet? Où est-il? [*Comme pour faire peur à un moineau*] Psch! psch! arrhouah! psch! Morbleu, j'aimerais mieux faire le guet face à l'ennemi [1] qu'autour d'un père comme celui-là!

XANTHIAS

Eh bien, cette fois on l'a refoulé, le vieux! Plus moyen pour lui de nous filer entre les doigts en catimini. Alors on pique un petit somme, pourquoi pas? rien qu'un petit coup?

VOMICLÉON

Mais, sacripant! dans une minute on va voir arriver ses confrères en judicature pour l'entraîner au tribunal, mon père!

1. *Litt.* : *devant Scioné*, ville que les Athéniens tenaient assiégée.

vers 198-215

XANTHIAS

Qu'est-ce que tu dis? C'est tout juste la fine pointe de l'aube!

VOMICLÉON

Alors, ma foi, c'est qu'ils ont fait la grasse matinée aujourd'hui. C'est toujours dans les minuit qu'ils font leur tournée, la lanterne au poing, en fredonnant les vieux airs dont ils font leurs phryniandises miellodiques [1] : c'est leur manière de le faire sortir.

XANTHIAS

Eh bien, s'il le faut, ça ne traînera pas : on les recevra à coups de pierres.

VOMICLÉON

Mais, sacripant, c'est une engeance, ces vieux-là... si on les met en colère, on dirait un essaim de guêpes : ils ont un aiguillon au derrière, archipointu; et que je te pique! et que je t'assaille à grand vacarme; c'est une grêle d'escarbilles!

XANTHIAS

Ne t'en fais pas : que j'aie des pierres sous la main, moi, et je saurai éparpiller tout un guêpier de juges à tous les vents!

[*Les esclaves s'installent pour dormir. Vomicléon remonte se coucher sur le toit*]

[*Entre le Chœur, composé de vieillards; ils ont un long dard qui leur sort du derrière, et s'avancent, appuyés sur des bâtons et guidés par des enfants qui portent des lanternes*]

CORYPHÉE

En avant, marche, pas relevé! Tu traînes, Comias! Sacrebleu, tu étais un autre homme dans le temps! vif comme une

---

1. Dans le mot burlesque qu'il forge, Aristophane introduit le nom de Phrynichos, poète tragique de la première moitié du Ve siècle.

vers 215-230

anguille[1] ! A présent Charinadès marche mieux que toi ! Hé !
Strymodore de Conthylé, la perle des collègues, est-ce
qu'Evergidès est dans tes parages ? Et Chabès de Phlya ?...

[*Il compte son monde*]

Présents ? nous voici,
      Seul reste qui survive, hélas ! hélas ! hélas !
      de la jeune phalange autrefois réunie
      pour monter, vous et moi, la garde sous Byzance[2] !

Et une nuit, dans une virée, on avait raflé en douce le pilon et
le mortier de la cantinière, on en a fait du petit bois, et on s'est
fait cuire des herbes sauvages...

Allons, dépêchons, les gars : c'est de Lachès[3] qu'on va
s'occuper aujourd'hui. Tout le monde dit qu'il a bien butiné,
c'est un richard. C'est pour ça que Cléon, qui est aux petits
soins pour nous, nous a mobilisés, avec consigne d'être à
l'heure, dûment munis de trois jours de hargne et de venin
contre lui[4], pour le punir de ses méfaits.

Allons, pressons, collègues, avant le lever du jour ! Et tout
en marchant, regardons bien partout, la lampe au poing, pour
ne pas trébucher sur un caillou malencontreux !

UN GOSSE

Le bourbier, papa, là, tu vois ? attention !

LE CORYPHÉE

Ramasse une brindille par terre, et mouche le lumignon !

---

   1. *Litt.* : *comme une courroie* [*en peau* ?] *de chien.*
   2. En 469, quarante-sept ans avant.
   3. Lachès, général athénien, adversaire politique de Cléon. Celui-ci,
profitant d'un échec subi par Lachès, en Sicile, l'avait accusé de
malversations. C'est cette affaire qui est transposée plus loin dans le
procès burlesque du chien poursuivi pour le vol d'un fromage en Sicile.
   4. Parodie de la formule des décrets de mobilisation : « Se présenter, muni de trois jours de vivres... »

vers 231-249

LE GOSSE [*fourrant son doigt dans l'orifice de la lampe*]

Ma foi, voilà plutôt comment je vais le moucher, le lumignon !

LE CORYPHÉE

Qu'est-ce qui te prend ? Cette idée de faire sortir la mèche avec ton doigt ! Et quand l'huile est introuvable, abruti ! Ce n'est pas toi qui te saignes quand il faut la payer au prix qu'elle est !

LE GOSSE

Ma foi, si vous continuez à nous rabrouer à coups de poing, nous, on souffle les lampes et on file à la maison tout seuls ! Et alors, dans le noir, sans éclairage, il y a des chances qu'en marchant tu barbotes dans la bouillasse comme un canard !

LE CORYPHÉE

Tu te prends pour qui ? J'en punis d'autres, et de plus gros que toi ! Bon, me voilà embourbé, ma foi ! Ce que je patauge ! Sûr et certain, d'ici quatre jours il va tomber de l'eau tant et plus, c'est réglé : voyez donc ces moisissures sur les lampes : quand ça arrive, c'est que la pluie va s'installer pour de bon. Du reste, c'est ce qu'il faut pour les fruits d'arrière-saison : de la pluie, et la brise du nord pour les faire profiter...

Mais qu'est-ce qui est arrivé à l'habitant de ce logis, notre confrère ? On ne le voit pas pointer pour se joindre à la troupe ? Pourtant jusqu'ici on n'avait pas à le remorquer : toujours le premier en route, à la tête de notre caravane, entonnant nos vieux refrains[1] ! Car il est amateur de chants, le bonhomme. Voyons, je suis d'avis de faire halte ici, les amis, et de l'appeler avec une chanson : on va bien voir si le charme de nos accents ne l'attire pas dehors !

1. *Litt. : en chantant du Phrynichos.* Cf. v. 220 n.

vers 250-272

[STROPHE I]   LE CHŒUR

> *Pourquoi diantre le vieux*
> *ne se montre-t-il pas*
> *au-devant de sa porte*
> *et ne répond-il pas ?*
> *Aurait-il par hasard*
> *égaré ses souliers ?*
> *A-t-il dans la nuit noire*
> *cogné je ne sais où*
> *son cor au pied ? ou bien*
> *est-ce un accès de goutte,*
> *le pauvre vieux ? ou bien*
> *une hernie peut-être ?*
> *De nous tous, c'était pourtant lui*
> *le plus coriace, et de loin !*
> *intraitable comme pas un*
> *pour ceux qui venaient l'implorer.*
> *Oui, le regard cloué au sol*
> *— comme ça ! — il leur répétait :*
> « *Tu auras plus tôt fait d'attendrir un caillou !* »

[ANTISTROPHE I]   LE CHŒUR

> *La cause en est peut-être*
> *l'individu d'hier,*
> *qui s'est tiré d'affaire*
> *en nous disant des blagues :*
> « *J'aime les Athéniens !*
> *C'est moi qui le premier*
> *ai dénoncé ce qui*
> *se tramait à Samos !* »
> *Ça l'aura démoli,*
> *notre homme ! un coup de fièvre*
> *l'aura cloué au lit !*
> *Ça serait bien de lui !*
> *Debout mon brave ! que ta rage*
> *ne te ronge pas de la sorte !*

vers 273-286

Un autre client nous attend,
un des traîtres de Thrace[1] : il faut
le passer à la casserole !
Songes-y bien !

                                    [*A l'un des enfants*]

Avance ! avance, mon enfant !

[STROPHE II]   LE GOSSE

Dis un peu, papa, tu veux m'écouter
si j'ai quelque chose à te demander ?

                  LE CORYPHÉE

Bien sûr, mon mignon ; quel joli cadeau
Veux-tu que je t'achète ? Allons parle ! je pense
que tu vas me répondre :
« Des osselets », sans doute, hein, mon gamin ?

                  LE GOSSE

Ma foi non, papichon : plutôt des figues sèches[2] !

                  LE CORYPHÉE

N'y compte pas, ma foi ; allez vous faire pendre !

                  LE GOSSE

Alors ne compte pas, ma foi
que je t'accompagne plus loin !

        LE CORYPHÉE [*furieux et désolé*]

Sur cette maigre paie
je dois trouver, pour trois, le pain, le bois, la viande !
Et voilà que tu me réclames,
toi, des figues !

1. Il ne s'agit plus de Lachès. Peu importe la victime, pourvu qu'elle soit riche, et qu'on puisse, avec des prétextes patriotiques, la « passer à la casserole ».
2. Cette réponse montre la gravité de la disette, les figues étant une denrée normalement très commune.

vers 287-302

[ANTISTROPHE II]   LE GOSSE

Mais voyons, papa, si le Tribunal
ne tient pas séance aujourd'hui, comment
achèterons-nous de quoi déjeuner ?
As-tu quelque espérance, ou quelque ancre à jeter
*   sur l'océan des âges[1] ?*

LE CORYPHÉE

Hélas ! misère ! hélas ! quelle misère !
Comment nous dînerons, toi et moi, je l'ignore...

LE GOSSE

« Pourquoi m'as-tu fait naître, ô mère infortunée[2] ? »

LE CORYPHÉE

Pour me donner bien du tintouin
*   à te fournir de quoi brouter !*

LE GOSSE

Hélas ! ma gibecière !
« pour son propriétaire atour bien inutile ! »

TOUS LES DEUX [*ensemble*]

Las ! notre sort, c'est de gémir
*   toi et moi !*

CHÉRICLÉON [*apparaissant à la fenêtre*]

Ah ! mes amis, je me morfonds à fond,
depuis le temps que vient à mon oreille
par l'œil-de-bœuf votre voix qui m'appelle !
Mais vous voyez bien, il m'est impossible
de lui obéir ! Hélas, comment faire ?

---

1. *Litt.* : *As-tu quelque « passage sacré d'Hellé »* ? parodie d'une formule de Pindare pour désigner l'Hellespont. Le mot πόρος, passage, détroit, signifie aussi : ressource.
2. Parodie du *Thésée* d'Euripide.

vers 303-318

Ils ont l'œil sur moi, car voilà bel âge
que je grille, amis, d'aller avec vous
   apporter l'appui de mon vote
     à quelque bon méfait !

                             [*Pathétique*]

   Zeus tout-puissant, dieu des tonnerres
fais de moi, tout soudain... un être de fumée,
    un Proxénide, ou un Eschine [1]
   dont les menteries s'entortillent
   comme les vrilles de la vigne !
  Daigne, Seigneur, me faire cette grâce !
     prends en pitié ma peine !
  Ou bien, au brasier de ta foudre...
Fais-moi griller bien vite, et puis retire-moi,
   souffle la cendre, et jette-moi
   dans la marinade bouillante !
  Ou mieux encor, fais de moi une pierre...
  à aiguiser le glaive de justice [2] !

[STROPHE]   LE CHŒUR

Mais qui te tient bouclé ? Qui verrouille ta porte ?
   Dis-le, tu peux parler :
   nous ne te voulons que du bien !

             CHÉRICLÉON

Mon propre fils ! mais chut ! pas si fort ! vous voyez,
   c'est qu'il est ici justement, en train
   de roupiller sur le devant !
   Allons, mettez une sourdine !

             LE CHŒUR

   En voilà des sornettes !
A quoi vise-t-il, quel prétexte a-t-il
   pour vouloir te traiter ainsi ?

1. Eschine, fils de Sellos, menteur et hâbleur fieffé, était surnommé Lafumée. Proxénide devait être un autre blagueur notoire.
2. *Litt. : sur laquelle on dénombre les coquillages* (c'est-à-dire les votes).

CHÉRICLÉON

Il ne veut pas me laisser rendre la justice et faire du mal aux gens. A part ça, tout disposé à me faire vivre comme coq en pâte : c'est moi qui ne veux pas !

LE CHŒUR

Il a osé, le saligaud !
L'olibrius ! C'est ça qu'il bave[1]
pour te punir de dire aux jeunes
    leurs quatre vérités !
Certes, il n'aurait jamais osé,
s'il ne trempait, le triste sire,
dans quelque complot factieux !

Mais dans tout ça, c'est le moment pour toi de chercher quelque stratagème inédit qui te permette de descendre jusqu'ici sans que l'autre s'en aperçoive.

CHÉRICLÉON

Mais lequel ? Cherchez, vous autres ! Je suis prêt à tout. Ah ! si je pouvais passer en revue les tableaux d'affichage en brandissant un bulletin de vote ! j'en suis dévoré d'envie !

LE CORYPHÉE

Voyons, il y a bien quelque part un trou quelconque, que tu pourrais élargir en brèche, et alors t'évader, déguisé en loqueteux comme l'ingénieux Ulysse ?

CHÉRICLÉON

Tout est bouché, pas un orifice par où passerait un mousti-que. Il faut que vous cherchiez autre chose. Je ne peux pas me faire camembert pour couler hors de ma boîte[2] !

---

1. *Litt. : il a osé ouvrir la bouche pour dire ça, ce Démologocléon !*
2. *Litt. : devenir fromage frais.* Mais le mot grec fait calembour avec ὀπή, fenestron, orifice.

vers 340-353

LE CORYPHÉE

Pourtant rappelle-toi le temps de nos campagnes ! Tu sais, la fois où tu avais chapardé les broches ? et de sauter à bas du mur, en vitesse — quand on a pris Naxos ?

CHÉRICLÉON

Je sais, mais ça n'a rien à voir. C'est une tout autre affaire aujourd'hui. J'étais jeune, et outre mon talent pour le chapardage, je disposais de toute ma vigueur. Et puis personne ne me gardait, je pouvais organiser ma fuite en toute tranquillité. Tandis qu'à présent il y a des gendarmes en armes, apostés à tous les passages en sentinelles. Il y en a deux devant la porte : ils me guettent comme si j'étais un chat qui a volé de la viande, — et des broches, c'est eux qui en ont.

[ANTISTROPHE]   LE CHŒUR

Eh bien, pour l'heure, il faut te débrouiller encore !
Trouve un truc, et fais vite :
car l'aurore est là, mon bijou !

CHÉRICLÉON

Alors, le mieux, pour moi, c'est de ronger la nasse !
Pardon, ô déesse, ô Fille de l'air !
Si je fais peu de cas des nasses,
c'est pour me décadenasser [1] !

LE CHŒUR

C'est ça ! tu es un homme !
Ton salut est là ! tu tiens le bon bout !
Vas-y ! travaille des mâchoires !

CHÉRICLÉON

Ça y est, c'est rongé ! pas un cri, vous autres ! Faisons bien le guet, que Vomicléon ne s'aperçoive de rien !

---

1. *Litt. : Puisse Dictynna me pardonner pour le filet !* Jeu de mots entre Δίκτυννα, un des noms d'Artémis chasseresse (la chasse au filet était fort pratiquée), et δίκτυον, filet.

vers 354-372

LE CHŒUR

N'aie pas peur, mon vieux, n'aie pas peur !
Celui-là, moi, s'il souffle mot
je lui ferai bouffer son foie
et filer grand trot, grand galop,
* s'il veut sauver sa peau !*
Il apprendra qu'il ne faut pas
fouler aux pieds la majesté
de nos sacro-saintes... sentences[1] *!*

Vas-y, accroche la corde au fenestron, noue-la-toi autour du corps, hausse-toi le cœur... et puis laisse-toi descendre, Cœur-de-lion[2] !

CHÉRICLÉON

Oui, mais s'ils s'aperçoivent de la chose, les deux autres ? S'ils se mêlent de me repêcher ici dedans en halant sur mon filin, qu'est-ce que vous ferez ? Dites un peu !

LE CORYPHÉE

A ta rescousse nous appellerons tous notre vaillance adamantine, qui les empêchera bien de te garder captif ! Voilà ce que nous ferons, nous autres !

CHÉRICLÉON

Eh bien soit, je m'en remets à vous. [*Solennel*] Voici mon testament : s'il m'arrive quelque chose, vous relèverez mon cadavre, vous le baignerez de vos pleurs et vous l'ensevelirez... sous la barre du tribunal.

LE CORYPHÉE

Tout ira bien, n'aie crainte. Vas-y, mon brave, largue-toi en bas, intrépidement, fort des prières que tu auras faites à nos divinités ancestrales.

1. On attendait : de nos sacro-saintes liturgies.
2. *Litt. : ayant rempli ton âme de... Diopithe.* Le nom de Diopithe signifie : foi en Zeus.

vers 373-388

CHÉRICLÉON

Sainte Thémis, ô ma patronne[1] !
ô toi qui comme moi te plais avec délices
aux larmes et sanglots de tous les accusés !
ô toi qui fis placer à dessein ta statue
     pour pouvoir les entendre !
qui, dans cette pensée, as voulu, toute seule
rester auprès du pauvre et lui prêter l'oreille !
O sois ma sauvegarde, en ta miséricorde,
    à moi, ton féal assistant,
et jamais je n'irai contre ta palissade
    ni pisser, ni péter !

[*Il commence à se laisser descendre. Vomicléon
s'éveille et donne l'alerte*]

VOMICLÉON [*à Xanthias*]

Hé, toi, réveille-toi !

XANTHIAS

Qu'est-ce que c'est ?

VOMICLÉON

On dirait qu'il y a une voix qui rôde par là autour. Ça ne
serait pas le vieux qui ramone encore pour sortir ?

XANTHIAS

Non, ma foi, non... [*Apercevant Chéricléon*] Mais il dégouline
au bout d'une corde !

VOMICLÉON [*du haut du toit*]

Fichu sacripant, qu'est-ce que tu fais ? Je te défends bien de
descendre ! [*A Xanthias*] Toi, monte là-haut, par l'autre côté !
et que ça saute ! fouaille-le à grands coups de ramée ! il va

---

1. *Litt. : ô Seigneur Lykos...* Lycos, héros légendaire, représenté sous
la forme d'un loup, était une des hypostases de la déesse Justice, et son
image était placée dans les tribunaux.

vers 389-398

peut-être faire marche arrière, en voyant de quel bois on le caresse !

[*Les deux esclaves se ruent dans la maison*]

CHÉRICLÉON

A l'aide ! vous tous qui comptez vous mettre cette année des procès sous la dent, Pincemaille ! Vindictard ! Grippesol ! Gagnesoupe ! c'est la minute ou jamais ! A mon secours ! avant qu'on me renfourne encore un peu plus !

[STROPHE]   LE CHŒUR

Dites, que tardons-nous à déchaîner
la rage qui nous prend quand on vient provoquer
    notre guêpier ? Oui, oui c'est l'heure !
Notre dard furibard, ce glaive justicier,
    dégainons-le, bien acéré !

[*Aux enfants*]

Holà, les mômes !
    prenez nos manteaux, en vitesse,
    et cavalez, gueulez, avertissez
Cléon de ce trafic ! Dites-lui de venir
    donner l'assaut contre un homme à abattre,
    un ennemi de l'État, qui prétend
        imposer chez nous ce mot d'ordre :
        « Ne jugez pas ! »

[*La porte s'ouvre : Chéricléon paraît, solidement tenu par Xanthias et Sosie*]

VOMICLÉON [*au Chœur*]

Laissez-moi vous expliquer le coup, braves gens, sans pousser ces braillements !

LE CORYPHÉE

Si ferons-nous, morbleu ! et jusqu'au ciel !

vers 399-416

VOMICLÉON

Tenez-vous-le pour dit : je ne le laisserai pas partir.

LE CORYPHÉE

Non mais ? C'est formidable, ça ! c'est de la tyrannie, et
flagrante.
Aux armes, citoyens !
Aux armes, Théoros, héros... abominable,
et tous les saligauds qui sont à notre tête !

XANTHIAS

Bonté divine ! C'est qu'ils ont des aiguillons avec ça ! Hé,
patron, tu ne vois pas ?

VOMICLÉON

Oui, c'est avec eux qu'ils ont, en justice, mis à mal
Philippos, le poulain de Gorgias !

LE CORYPHÉE

Et avec eux nous te larderons à mort ! Holà ! tous, front par
ici ! à la baïonnette ! foncez-lui dessus, au coude à coude,
comme à la parade, ivres de mâle rage ! qu'il voie à quel
essaim il s'en est pris — et qu'il s'en souvienne !

XANTHIAS

Pour le coup, morbleu, ça va mal tourner si on doit se
bagarrer ! Moi, rien qu'à les voir, ça me fait peur, leurs
lardoires !

LE CORYPHÉE

Allez, lâche le bonhomme ! sinon tu vas regretter de ne pas
avoir le dos blindé comme les tortues !

CHÉRICLÉON [*se débattant*]

Allez-y, compagnons du prétoire, guêpes vibrionnantes !
Tourbillonnez sur ces infâmes ! Vous, piquez-les aux fesses
furieusement ! Vous, cernez-les, et criblez-leur les yeux et les
doigts !

vers 416-432

VOMICLÉON [*appelant d'autres esclaves en renfort*]

Holà, Midas, Phryx, Masynthias, ici, à la rescousse ! Empoignez-le, et ne le laissez emmener par personne ! Sinon vous serez attachés au boulet de gros calibre, et vous dînerez de l'air du temps !

[*Se retournant vers le Chœur, avec mépris*]

Un tas de bogues qui brûle, ça pète le feu, mais c'est tout : je connais ça[1] !

LE CORYPHÉE [*à Xanthias*]

Si tu ne le lâches pas, tu vas te faire embrocher !

CHÉRICLÉON

Cécrops[2] ! notre héros ! prince de notre race,
       debout sur tes pieds de serpent —
admets-tu de me voir aux mains de ces sauvages
à qui j'ai fait verser tant de fois, rasibus,
       leur pleine ration de larmes[3] ?

LE CORYPHÉE

Ah ! qui dit : un vieillard, dit : un souffre-douleur !
Après ceci, comment nier cette évidence ?
Regardez ces deux-là infliger violence
       à leur patron des anciens jours !
porter la main sur lui, sans la moindre mémoire
       des houppelandes, des tuniques,
       des bonnets qu'il leur achetait !

---

1. *Litt. : Le bruit des feuilles de figuier qui brûlent, je connais ça !*
Formule proverbiale qui équivaut à : Beaucoup de bruit, point d'effet.
2. Cécrops, héros des origines légendaires d'Athènes. On lui attribuait une queue de serpent. La formule d'Aristophane est doublement comique, d'abord par l'idée de « pieds de serpent », ensuite par calembour avec le nom propre de Dracontidès, littéralement « fils de serpent ».
3. On s'attendait à le voir rappeler non pas ses duretés envers Xanthias et Sosias, mais ses bontés pour eux, comme le Coryphée va le faire.

vers 433-444

Il prenait, l'hiver, bien soin de leurs pieds
pour leur épargner d'avoir jamais froid !
     Mais eux, sans vergogne, ont banni
jusque de leur regard, le respect que lui doivent
     leurs ripatons des anciens jours[1] !

CHÉRICLÉON [*à Xanthias*]

Vas-tu me lâcher, et plus vite que ça, bougre d'animal ? Tu ne te rappelles pas la fois où je t'ai trouvé en train de chaparder les raisins ? Je t'ai conduit à mon poteau de justice, et on t'a vu décortiqué, de la belle façon, comme un homme[2] : on en était jaloux ! Tu n'es qu'un ingrat, je le vois bien. [*Aux deux esclaves qui le tiennent*] Lâche-moi, toi ! et toi aussi, avant que mon fils déboule ici dehors !

LE CORYPHÉE [*aux deux esclaves*]

Vous allez nous payer ça joliment cher, vous deux, et pas plus tard que tout de suite, pour vous apprendre à vous frotter à des gens qui sont chauds à la riposte, et qui ont la justice au cœur, et la moutarde au nez !

VOMICLÉON [*arrivant avec un gourdin et une torche*]

Cogne, cogne, Xanthias ! Hors de chez nous, les Guêpes !

XANTHIAS

Mais c'est ce que je fais !

VOMICLÉON

Et toi, asphyxie-les ! Et que ça fume !

SOSIE et XANTHIAS

Allez-vous détaler ? Oust ! Filez au diable ! Délogez !

---

1. *Litt. : Les égards que méritent leurs chaussures d'antan.*
2. Jeu de mots sur les deux sens de ἐκδείρω, écorcher, dont l'un est obscène.

vers 445-460

VOMICLÉON

Cogne ! Joue du bâton ! Et pour les enfumer à mort, fais
venir Eschine en renfort[1] !

[*Les Guêpes faiblissent*]

XANTHIAS

Ah ! je l'avais bien dit qu'on finirait par vous balayer une
bonne fois !

[ANTISTROPHE]   VOMICLÉON

Tu n'aurais pas, ma foi, si aisément
rompu leurs rangs si, à pleins vers[2], ils avaient bu
des strophes de Picratidès !

LE CHŒUR [*à Vomicléon*]

Ça saute de soi-même aux yeux des pauvres gens :
la Tyrannie, à notre insu,
poussait ses pions
puisque toi, gredin gredinant,
blondin crâneur, tu veux nous arracher
aux lois que notre État a mises en vigueur —
et sans farder ça du moindre prétexte,
ni fignoler d'arguments spécieux !
Tu prétends commander toi-même,
et toi tout seul !

VOMICLÉON

Y aurait-il moyen, sans bataille, sans cris suraigus, de
causer un peu, et de tomber d'accord, vous et nous ?

LE CORYPHÉE

Avec toi ? causer ? Ennemi du peuple ! Aspirant despote !
Sectateur de Brasidas[3] ! arboreur de fanfreluches, barbu
proscripteur du rasoir[4] !

1. Cf. v. 325 n.
2. *Litt. : S'ils avaient mangé des vers de Philoclès*, poète tragique ; on
disait « l'âpre Philoclès » comme on a dit « le tendre Racine ».
3. Général spartiate : c'est une accusation d' « intelligence avec
l'ennemi ».
4. La mode, dans la jeunesse dorée, était aux longs cheveux.

vers 460-476

VOMICLÉON

Sacrebleu ! Mieux vaudrait laisser tout le champ libre à
mon père que de mener jour après jour cette vie de galérien
au milieu de tant de tourmentes !

LE CORYPHÉE

Et tu n'en es pas encore aux prémices des hors-d'œuvre [1] —
pour te donner en passant cet échantillon de style relevé —, tu
verras ce que tu dégusteras quand le réquisitoire officiel
vomira sur toi le même cloaque, et que tu seras étiqueté
conspirateur !

VOMICLÉON

Saperlipopette ! est-ce que vous allez décamper de chez
moi, vous autres ? ou bien est-il écrit que je dois passer toute
la journée à me faire estourbir et à vous estourbir ?

LE CHŒUR

Jamais ! non, jamais, tant qu'il me restera un souffle de vie !
En voilà des façons de partir en guerre pour nous tyranniser !

VOMICLÉON

Vous ne voyez que ça, tyrannie et conspirations, à
n'importe quel grief qui se présente, grand ou petit. Tyrannie ! il y a un siècle que je n'avais entendu prononcer son
nom ! mais aujourd'hui, on la crie partout et pour moins cher
que les harengs saurs ! Il est dans toutes les bouches sur le
marché, ce mot-là ! Si quelqu'un veut acheter du saumon, et
refuse les sardines [2], le marchand d'à côté (qui vend des
sardines) a vite fait de dire : « Par sa façon de se ravitailler, ce
type-là a du goût pour la tyrannie. » Et si on demande : « Un
poireau par-dessus le marché, pour agrémenter mes

---

1. *Litt. : aux plants de rue et de persil*, formule proverbiale qui
viendrait du fait que c'est à l'entrée des jardins qu'on les cultivait.
2. *Litt. : acheter des « orphes » et refuser les « membrades »*. On n'est
pas très fixé sur ces deux espèces de poisson : les premiers étaient
chers, les seconds bon marché.

vers 477-496

anchois ! » la marchande de légumes vous lance, avec un œil
torve : « Ah çà ? Mettez-moi un poireau ? Dis-donc, tu es un
tyran en herbe ? ou bien si tu t'imagines qu'Athènes n'a qu'à
te fournir des agréments ? »

XANTHIAS

C'est comme moi avec la catin qui a eu ma clientèle hier
après-midi. Je lui demandais la posture « à la cavalière », elle
a piqué une colère : « C'est-il que tu veux remettre en selle la
tyrannie [1] ? ».

VOMICLÉON

C'est bien ça ! C'est le vocabulaire dont ces gens-là se
régalent les oreilles ! et à l'instant même, parce que je veux,
moi, que mon père en finisse avec ces misérables manies
trottalaurorisantes et chicanodénonciatrices, pour vivre une
digne vie, une bonne vie de Sybarite [2], on m'accuse d'être un
conspirateur et d'avoir la tyrannie en tête !

CHÉRICLÉON

Oui, morbleu, et ils ont raison. Je n'échangerais pas contre
toutes les délices de Cocagne [3] la vie dont tu prétends
aujourd'hui me priver. Mon régal à moi ce n'est pas le
saumon [4] ni les anguilles : je préférerais me mettre sous la
dent un bon petit procès mignon, cuit à l'estouffade.

VOMICLÉON

Parbleu ! c'est que tu as pris l'habitude de te délecter de ces
affaires-là. Mais si tu veux bien te taire un peu et écouter ce
que j'ai à te dire, j'espère te faire comprendre à quel point,
dans tout cela, tu te fais rouler.

1. *Litt. : rétablir la tyrannie d'Hippias.* Le nom du tyran Hippias, fils
de Pisistrate, contient le mot : cheval.
2. *Litt. : de Morychos,* cf. *Ach.,* v. 887 n.
3. *Litt. : contre du lait d'oiseau,* formule proverbiale.
4. *Litt. : les raies* qui étaient fort estimées.

vers 496-514

CHÉRICLÉON

Je me fais rouler, quand je juge ?

VOMICLÉON

Et comment ! Ils se paient ta tête, sans que tu t'en rendes
compte, les gens dont tu es tout prêt à lécher les pieds ! Tu ne
t'en doutes pas, mais tu es leur esclave.

CHÉRICLÉON

Leur esclave ! Halte-là ! Je suis leur maître à tous.

VOMICLÉON

Mais non : un valet qui se prend pour le maître, voilà ce que
tu es ! Car enfin, père, dis-nous un peu : est-ce qu'il te revient
quelque chose, à toi, de tout ce que nous ramassons en Grèce ?

CHÉRICLÉON

Et comment ! Tiens, [*Montrant le Chœur*] pour trancher ça,
je veux bien m'en remettre à eux.

VOMICLÉON

Et moi aussi. [*Aux esclaves*] Lâchez-le donc, vous tous.

CHÉRICLÉON

Et donnez-moi une épée. Si tu mets en déroute mon
plaidoyer, je me la passerai par le travers du corps.

VOMICLÉON

Mais dis-moi, et si... comment dit-on ça ?... si tu récuses leur
sentence ?

CHÉRICLÉON

Alors, je veux bien ne connaître plus jamais qu'un Palais
desséché, sans trinquer avec âme qui boive[1] !

1. *Litt. : puissé-je ne jamais boire pur mon salaire de juge, en trinquant
à la Bonne Chance !*

vers 515-525

[STROPHE]   LE CHŒUR

O toi qui portes nos couleurs,
il faut à présent que tu t'armes
d'une éloquence neuve, afin de faire voir...

VOMICLÉON

Oui, et tout ce qu'il dira, je vais le noter, tout uniment, pour mémoire. Holà, qu'on m'apporte en vitesse mon écritoire !

LE CHŒUR

... que tu es un autre orateur
*   que ce gamin !*
Tu vois, l'enjeu est d'importance :
il y va de tout, puisqu'il veut
— fasse le Ciel qu'il n'en soit rien ! —
t'imposer son triomphe !

CHÉRICLÉON [*sarcastique, à son fils*]

Mais de quelle trempe tu te révéleras, si tu dois gagner ce combat-là[1] [*Au Chœur*] Car enfin, mes amis, qu'arrivera-t-il s'il triomphe de moi ?

LE CHŒUR

C'en sera fait : plus bonne à rien,
à moins que rien, notre cohorte !
Nous, les vieillards, nous nous ferons
moquer à tous les coins de rue
et dire : « Figurants gâteux[2] !
vieux détritus de procédure ! »

LE CORYPHÉE

Allons, toi qui t'apprêtes à jouter d'éloquence au nom de la toute-royauté qui est la nôtre, fais donner hardiment toutes les ressources de ta langue, c'est le moment !

1. Le texte ἦν ταῦτα παρακελεύῃ ne donne pas de sens satisfaisant. Il *devrait* avoir, me semble-t-il, le sens que je propose.
2. *Litt.* : *thallophores.* C'étaient les vieillards qui portaient des rameaux sacrés dans la procession des Panathénées.

vers 526-547

Théâtre complet. Tome 1.   12.

CHÉRICLÉON

Eh bien, d'emblée, j'entrerai dans la lice en te prouvant que le pouvoir que nous avons ne le cède à aucune royauté. Y a-t-il plus ample, plus délicieuse béatitude que celle d'un juge, par le temps qui court ? Est-il au monde un être qui soit plus coq en pâte et plus redouté, tout vieux qu'il est ? D'abord, dès mon petit lever, on me guette aux abords du prétoire : des hauts personnages, des grosses légumes[1] ! Et puis, sitôt que je m'approche, une main blanche et fine (et qui a raflé des deniers publics) se glisse dans la mienne ; supplications, courbettes à grand renfort de lamentations : « Pitié pour moi, mon petit père, je t'en conjure — si jamais tu as ratissé toi aussi quelque chose dans les fonctions que tu as remplies, ou aux armées quand tu allais au ravitaillement pour les copains ! » Un homme qui ne saurait même pas que j'existe, sans son précédent acquittement !

VOMICLÉON

Bon : les gens sont à tes pieds. Je note pour m'en souvenir.

CHÉRICLÉON

Et puis, dûment imploré, et l'éponge passée sur ma colère, une fois entré en séance je ne fais rien de ce que j'ai promis ; j'écoute les accusés parler sur tous les tons pour se tirer d'affaire. Parbleu ! quelles cajoleries n'est-on pas appelé à entendre quand on juge ! Les uns geignent sur leur pauvreté (ils en rajoutent) ; d'autres nous racontent des anecdotes ou une petite drôlerie d'Ésope ; les autres lancent des blagues pour me faire rire et désarmer ma mauvaise humeur. Et si nous restons sourds à tout ça, le type s'empresse de traîner ses gosses à la barre, filles et garçons, en les prenant par la main. Et moi, j'écoute : eux, en chœur, de baisser la tête en bêlant. Là-dessus, le père, en leur nom, m'implore comme un dieu, tout tremblant, de ne pas le condamner pour malversation.

1. *Litt. : des hommes de quatre coudées.*

vers 548-571

« Si tu aimes qu'on t'offre de l'agneau [1], prends pitié de mon bé... bé ! Et si tu préfères une entrecuisse de poulette, cède aux gloussements de ma fillette ! » Et nous, alors, nous relâchons notre humeur d'un petit tour de vis. N'est-ce pas là être maître et seigneur ? et pouvoir faire un pied de nez à l'argent ?

VOMICLÉON

C'est ton second point, je note : pied de nez à l'argent. Continue, veux-tu ? détaille les avantages que présente la souveraineté que tu prétends exercer sur la Grèce.

CHÉRICLÉON

Eh bien, quand les adolescents passent le conseil de révision, je peux me rincer l'œil de leur nudité. Et si Œagros [2] comparaît en accusé, avant de le relaxer, nous exigeons qu'il nous récite une tirade de la *Niobé* [3], en choisissant la plus belle. Et si c'est un flûtiste qui gagne son procès, en guise de prime pour ses juges il embouche son instrument, et leur joue une retraite quand ils quittent la séance. Et si un père à l'article de la mort désigne un de ses proches pour lui laisser en mariage une fille, son unique héritière, nous envoyons paître bien loin le testament, et la capsule qui en protège dûment et religieusement les scellés, et nous donnons la fille à qui a su gagner notre suffrage par ses supplications. Et tout ça, sans avoir de compte à rendre : aucune autre fonction officielle n'est dans ce cas.

VOMICLÉON

Dans tout ce que tu as dit, c'est le seul point dont je te félicite. Mais quant aux scellés de l'héritière, tu te conduis mal avec ce décapsulage !

1. *Litt. : la voix d'un agneau, aie pitié de celle de mon enfant* (le mot ἀρνός, mouton, fait calembour avec ἄρρην, mâle). *Et si tu aimes les petites truies*, équivoque obscène, cf. *Ach.*, v. 739 n.
2. Acteur en renom.
3. Tragédie d'Eschyle, cf. *Gren.*, v. 912. Chéricléon a beau être un vieux toqué, il est de la génération où on avait le goût bon.

vers 572-591

CHÉRICLÉON

Et puis, quand le Conseil et l'Assemblée ne savent pas comment trancher une grosse affaire, les coupables sont renvoyés par voie de décret devant notre Tribunal. Et alors Euathlos, et ce grand Couardonyme[1], le lèche-cul lâcheur d'écus, déclarent : « Nous ne vous trahirons pas ! Nous mènerons le bon combat pour le Peuple ! » Et à l'Assemblée, on n'a jamais vu personne faire triompher son avis sans avoir préalablement proposé que le Tribunal ait congé pour la journée après un seul procès jugé.

Et Cléon lui-même, le braillard bravache, il n'y a que nous à qui il ne s'en prenne pas à belles dents : il nous protège, il étend sa main sur nous, il nous chasse les mouches. Toi, pour ton propre père tu n'as jamais fait quoi que ce soit de pareil. Tandis que Théoros — un monsieur, cependant, qui vaut bien un Euphémidès — la brosse en main[2], nous décrotte et nous cire les bottes. Vois donc de quelles satisfactions tu me prives en me tenant sous clé ! C'est ça ce rôle d'esclave et de valet que tu prétendais démontrer ?

VOMICLÉON

Vas-y, gargarise-toi de mots ! De toute façon il faudra bien que tu t'arrêtes un jour ! On verra bien alors que tu as le cul merdeux, à désespérer de le torcher, avec ton pouvoir mirobolant !

CHÉRICLÉON

Et le plus agréable de tout, j'avais oublié : c'est quand je rentre à la maison avec ma paie, et qu'alors à mon arrivée tout le monde me fait risette à cause de l'argent, et que pour commencer, ma fille me lave et me parfume les pieds, et

---

1. *Litt. : Colaconyme*, « Flatteuronyme » : jeu de mots sur le nom de Cléonyme, cf. *Cav.*, v. 958.
2. *Litt. : tirant son éponge de sa cuvette.* L'allusion à Euphémidès nous reste lettre close, le personnage étant inconnu.

vers 592-607

qu'elle se blottit contre moi en me baisicotant, en m'appelant papichon, et en essayant de me soutirer mes sous[1] ; et que ma petite femme m'apporte avec des cajoleries une galette soufflée ; et alors elle s'assied près de moi et elle me fait des invites : « Mange ci ! Goberge-toi de ça ! » Moi, ça me fait jubiler. Pas besoin d'avoir recours à toi ou au maître d'hôtel pour savoir quand il me servira mon dîner en sacrant et en grommelant. Et s'il ne se dépêche pas de mettre la main à la pâte[2],

> contre de tels méchefs, je suis bien cuirassé
> et sur mon bouclier s'émoussent de tels traits !

Et si tu ne me verses pas de vin à boire, j'ai amené avec moi [*Montrant un hanap à deux anses*] ce compagnon à longues oreilles[3] ; de vin, il en est plein ! je lui courbe le col, je verse et le voilà qui ouvre brayamment sa grande gueule et lance, comme un brave, une pétarade clironnante pour faire la nique à ton gobelet.

> N'est-il pas ample, mon pouvoir ?
> Ai-je à envier quelque chose
> à Zeus ? Parle-t-on pas de moi
> comme on parle de Zeus lui-même ?
> Quand la séance est orageuse,
> tous les passants s'écrient : « Seigneur !
> comme il tonne, le Tribunal ! »
> Et lorsque je lance ma foudre
> on les voit claboter du bec,
> se conchier de male frousse,
> les gros richards, les pleins de morgue !
> Et toi-même, je te fais peur,
> oui, ma foi, terriblement peur !
> Mais moi ? peur de toi ? non, à d'autres !
>   plutôt crever !

---

1. *Litt. : de pêcher avec sa langue mon triobole.* Les petites gens, n'ayant pas de poche, mettaient leur monnaie dans leur bouche.
2. Nous lisons : ἀλλ' ἤν... μάξῃ, ταδε... et non : ἄλλην... μάξῃ. Τάδε...
3. *Litt. : cet âne.* On appelait ainsi certains vases à vin.

vers 607-630

[ANTISTROPHE]   LE CHŒUR

> *Jamais encore nous n'avons*
>> *ouï personne qui parlât*
> *de façon si limpide et si judicieuse!*

CHÉRICLÉON

Que non! Mais lui, il croyait pouvoir vendanger ma vigne
sans que je la défende — car il savait bel et bien que là-dessus
je suis plus fort que tout le monde!

LE CHŒUR

> *Il a su tout développer*
>> *sans rien omettre.*
> *Son éloquence m'exaltait,*
> *et je croyais, en l'écoutant,*
> *tenir séance au Paradis,*
>> *tant je m'en délectais!*

CHÉRICLÉON

Regardez-le maintenant! ces convulsions! je l'ai fait sortir
de son assiette! Ah! je saurai bien te donner aujourd'hui un
air de chien battu!

LE CHŒUR [*à Vomicléon*]

> *Il va te falloir déployer*
> *la gamme de tous les atouts*
> *pour arriver à t'en tirer!*
> *Car ce n'est pas chose facile*
> *que d'amadouer notre humeur*
> *quand on nous prend à contre-fil!*

LE CORYPHÉE

Ainsi, c'est le moment, si tu n'as rien à dire qui vaille, de te
mettre en quête d'une bonne meule dont le mordant tout neuf
puisse broyer les... calculs de ma colère.

vers 631-649

VOMICLÉON

Ah ! ce n'est point tâche aisée, cela demande un rare génie,
bien supérieur à celui des simples farceurs, de guérir
un mal invétéré, qui s'est enraciné
aux fibres de l'État ! Pourtant, ô Notre Père
de toute antiquité[1]...

CHÉRICLÉON

Suffit ! Pas de « notre père ! ». Si tu ne me fais pas voir à
l'instant en quoi je ne suis qu'un esclave, tu n'y couperas pas :
tu seras un homme mort, dussé-je être exclu des festins
sacrés.

VOMICLÉON

Voyons, petit père, défronce un peu le sourcil, et écoute-
moi. Compte d'abord simplement sur tes doigts — pas besoin
de cailloux — à combien se montent globalement les versements que nous encaissons des cités tributaires. Et puis, en
dehors et indépendamment de ça, les impôts, toutes les taxes
à un pour cent (il y en a !), consignations, revenus des mines
d'État, droits de place aux marchés, d'accostage aux ports,
rentes fermières, confiscations. Tout ça, au total, va nous
chercher pas loin de deux milliards[2]. Défalques-en maintenant l'allocation versée chaque année aux juges ; ils sont six
mille — jamais notre pays n'en a eu davantage — ça nous fait
à peu près cent cinquante millions.

CHÉRICLÉON [*stupéfait*]

Ça ne fait même pas le dixième des revenus, alors, notre
allocation !

1. *Litt. : Notre père, fils de Cronos.* Invocation à Zeus, mais que
Chéricléon s'applique à lui, avec une irritation qu'explique le sens
courant de « vieille lune » que prend l'allusion à Cronos, cf. *Nuées*,
v. 398 n.
2. *Litt. : deux mille talents.* Dans les comptes qui suivent, les
proportions sont respectées.

vers 650-664

VOMICLÉON

Non, parbleu !

CHÉRICLÉON

Et alors où passe l'argent qui reste ?

VOMICLÉON

A ces lascars-là, les « Je-ne-trahirai-pas-les-masses ! », les
« Je-lutterai-toujours-pour-le-peuple-d'Athènes ! » — car toi,
mon père, c'est eux que tu choisis pour te gouverner : cette
phraséologie te prend à ses gluaux ! Et puis, ces gens-là, ils
pressurent nos vassaux, par cinquantaines de millions : ils les
terrorisent de chantages dans ce goût-ci : « Payer le tribut, ou
bien ma foudre réduira votre ville en cendre ! » Et toi, tu te
contentes de ronger les déchets de ta « souveraineté ». Les
alliés, se rendant bien compte que la gueusaille qui fait tout le
reste de la population farfouille dans la poubelle aux votes et
fait ses choux gras de... rien du tout, se soucient de toi comme
du jeton de Colin Tampon [1]. C'est aux autres qu'ils apportent
leurs présents, poisson salé, vin, tapis, fromage, miel, sésame,
coussins, coupes à boire, manteaux, couronnes, colliers — une
manne de prospéropulence ! Et toi, de tous ceux sur qui tu
règnes

       après tant de labeurs et sur terre et sur l'onde,

il n'y en a pas un qui te donne seulement une tête d'ail pour
mettre dans ton plat de sardines.

CHÉRICLÉON

C'est ma foi vrai : pas plus tard qu'hier j'ai envoyé chercher
trois gousses chez Eucharidès. Mais la vraie question, celle de
mon « esclavage », tu la noies, et ça m'agace.

VOMICLÉON

Comment ? Est-ce que ce n'est pas un grand esclavage,
quand on voit tous ces gens-là installés aux commandes, eux

---

1. *Litt. : du vote de Connos.* Cf. *Cav.*, v. 534.

vers 665-683

et leurs flagorneurs à gages ? Et toi, pourvu que tu touches tes quat'sous, tu n'en demandes pas plus. Ah ! tu as payé de ta personne pour les gagner, en peinant dur à ton banc de nage, et dans les combats d'infanterie, dans les opérations de siège !

Et le comble, c'est que tu marches au doigt et à l'œil — c'est ça surtout que je ne peux pas avaler ! — quand un blanc-bec, un Giton, un fils de Lajoie[1], intervient, jambes écartées, déhanchant deçà delà son corps de tantinette, pour t'enjoindre d'être là à l'heure et dès l'aurore pour juger « car tout retardataire arrivé après le signal d'ouverture se verra refuser son allocation ». Et lui, il palpe celle des avocats publics, le double de la tienne, même s'il arrive en retard. Il se débrouille pour être de mèche avec tel de ses confrères dans la fonction, et si un accusé a versé un pot-de-vin, ils arrangent son affaire à eux deux ; c'est du beau travail : comme deux scieurs de long, l'un tire, l'autre laisse filer... Mais toi, le bec grand ouvert devant le trésorier-payeur, tu ne t'aperçois pas de leur manège !

CHÉRICLÉON

C'est comme ça qu'ils me traitent ? Ah ! qu'est-ce que tu dis là ? Tu me remues jusqu'au tréfonds... Tu gagnes mon esprit de plus en plus... Tu exerces sur moi un je ne sais quoi...

VOMICLÉON

Rends-toi compte : tu pourrais être riche, toi et tout le monde, mais c'est cette kyrielle d'amis-du-peup' qui t'a embobiné je ne sais pas comment. Tu as la haute main sur une foule de cités, depuis le Pont jusqu'en Sardaigne : t'en revient-il quelque chose, sauf cette aumône de rien du tout ? Et encore, ils ne te la lâchent qu'au fur et à mesure, à petites doses, et comme au compte-gouttes, juste pour ne pas te laisser crever ! Ils veulent que tu sois pauvre, et pourquoi ? Je

---

1. *Litt. : de Chéréas.* Ce nom fait jeu de mots ; cf. *Ach.,* v. 604, à propos de Charès.

vers 683-702

vais te le dire : c'est pour que tu ne connaisses que ton
dresseur, et que, quand il fait kss, kss, en t'excitant contre l'un
ou l'autre de ses ennemis, tu leur bondisses dessus comme un
sauvage. Oui, s'ils voulaient fournir au peuple de quoi vivre
pour de bon, ça serait facile ! Des cités qui nous paient tribut
en ce moment, il y en a mille ! Si on avait seulement taxé
chacune de ce qu'il faut pour entretenir vingt hommes, quelle
vie pour vingt mille de nos concitoyens ! Ils nageraient dans
les civets de lièvre, le front fleuri de toutes les couronnes
imaginables, et dans le petit-lait et la crème : toutes les
délices auxquelles donne droit un pays tel que le nôtre, qui a
su dresser le trophée de Marathon. Mais à présent, vous êtes
comme des journaliers pour les olivades : sur les talons de
celui qui tient la paie !

CHÉRICLÉON

Holà ! qu'est-ce qui m'arrive ?

On dirait que mon bras s'engourdit peu à peu...
Las ! mon glaive m'échappe, et je me sens mollir...

VOMICLÉON

Mais quand ils ont la frousse pour eux-mêmes, ils vous font
cadeau de l'Eubée, ils vous promettent des largesses de blé,
cinquante boisseaux par tête. Seulement, ils ne vous les ont
jamais donnés ; sauf l'autre fois, cinq boisseaux ; et encore tu
ne les as touchés qu'à grand-peine (on voulait t'exclure
comme non-citoyen) et setier par setier... et en orge !

C'est pourquoi je te gardais
jour et nuit sous les verrous :
je voulais te nourrir, moi !
sans laisser ces grandes gueules
se payer ainsi la tienne !
Et à présent, c'est bien simple,
je suis prêt à te fournir
tout ce que tu peux vouloir,

vers 703-723

pourvu que tu abandonnes
les trayons fallacieux
de la vache à lait d'État [1] !

LE CORYPHÉE

Ma foi, c'était un sage, celui qui disait : « Tant que tu n'as pas entendu les deux sons de cloche, garde-toi de juger ! » [*A Vomicléon*] A présent, m'est avis que c'est toi qui gagnes, haut la main. Oui, déjà ma fureur se relâche, et je dépose les armes.

[STROPHE]   LE CHŒUR

Allons, vieux compagnon de nos festivités
et de notre bel âge, écoute, écoute-le !
Renonce à ta folie, à ton humeur butée,
    à ton cœur intraitable !
Ah ! si nous avions eu, nous, parent ou ami
pour nous tancer ainsi ! Un dieu, n'en doute pas,
    est là présent à tes côtés :
il prend en main l'affaire et ne veut que ton bien,
    c'est trop clair ! Réponds-lui : « présent ! », laisse-toi faire !

VOMICLÉON

Certes ! Et je me chargerai de son entretien, en lui fournissant tout ce qui est bon pour un vieillard : bouillie à lamper, houppelande moelleuse, peau d'agneau, fille à coucher pour lui frictionner le zob et les reins.

Mais quel silence ! Il ne dit mot... Cette attitude
n'est point pour m'agréer...

[ANTISTROPHE]   LE CHŒUR

Il a su faire amende honorable lui-même
pour sa folle conduite antérieure : il vient
d'ouvrir les yeux, il tient pour aberrations
    toutes les rebuffades

---

1. *Litt. : pourvu que tu renonces à boire du lait de trésorier-payeur.*

vers 724-746

qu'il t'a fait essuyer. Sans doute qu'à présent
il va capituler devant tes arguments
  et venir à résipiscence.
Oui, j'en suis sûr, il va changer dorénavant
sa manière de vivre et n'écouter que toi !

CHÉRICLÉON [*avec l'accent d'un désespoir éperdu*]

Ah ! mon dieu ! quel supplice !

VOMICLÉON

Hé là ! pourquoi ces cris ?

CHÉRICLÉON

Épargne-toi toutes ces promesses.
      Là-bas sont mes amours, là-bas sont tous mes
                                    [vœux,
là où le crieur proclame : « Qui n'a pas voté ? qu'il se lève ! »
Ah ! si j'étais debout près des urnes profondes,
fussé-je le dernier à déposer mon vote !
Mon âme, hâte-toi... Mais où donc est mon âme ?...
Ah ! que ne suis-je assis à l'ombre... O dieu puissant,
      plutôt renoncerais-je...
à prendre Cléon, au tribunal, la main dans le sac !

VOMICLÉON

Allons, père, au nom du ciel, laisse-toi convaincre !

CHÉRICLÉON

Convaincre de quoi ? Tout ce que tu veux — sauf une chose...

VOMICLÉON

Laquelle ? dis, que je voie ?

CHÉRICLÉON

Renoncer à juger ! ça, non !
  Le tribunal des morts me verra comparaître
      avant que j'y consente !

vers 747-763

VOMICLÉON

Eh bien, puisque décidément c'est ça qui fait tes délices, ne va plus te promener là-bas : ne bouge pas, reste ici et rends la justice à la maisonnée.

CHÉRICLÉON

Sur quelles affaires ? Trêve de balivernes !

VOMICLÉON

Quelles affaires ? Les mêmes qui se plaident là-bas ! Si la soubrette a ouvert subrepticement la porte, ton vote lui infligera une amende simple : exactement comme tu faisais là-bas tous les jours. Seulement cette fois les choses se passeront raisonnablement : s'il fait beau et tiède dès le matin, tu te mettras au soleil pour mettre les gens à l'ombre[1] ; s'il pleut, tu rentreras ; s'il neige, tu siégeras au coin du feu. Et si tu dors jusqu'à midi, il n'y aura pas de président pour te fermer au nez la porte du tribunal.

CHÉRICLÉON

Tope ! ça me va.

VOMICLÉON

Et par-dessus le marché, s'il y a un bavard qui fait traîner le procès, tu n'auras pas à rester sur place, affamé, en t'aiguisant les dents contre toi-même et contre l'accusé.

CHÉRICLÉON [*se rengorgeant dans sa dignité*]

Mais pourrai-je déployer dans les affaires autant de discernement juridique que par ci-devant, tout en mastiquant ?

VOMICLÉON

Encore bien plus ! Tu sais ce qu'on dit : les juges, quand les témoins sont menteurs, ont bien du mal à éclaircir l'affaire : il faut qu'ils la ruminent !

1. *Litt. : pour être héliaste.* Jeu de mots avec ἥλιος, soleil.

vers 764-783

CHÉRICLÉON

C'est bon, je me laisse persuader. Mais il y a une chose dont tu ne parles toujours pas : mon salaire, qui me le versera ?

VOMICLÉON

Moi.

CHÉRICLÉON

D'accord. Comme ça je serai seul à palper, sans rien partager avec personne. C'est que, l'autre jour, ce farceur de Lysistratos m'a joué un vrai tour de cochon. Il avait reçu une grosse pièce[1], à partager avec moi ; il est allé la changer à la halle au poisson ; il revient, et me colle... trois écailles de surmulet ! moi je les gobe, les prenant pour des picaillons. Et alors... pouah ! quelle infection !... je les recrache[2]. Et alors je l'attrape au collet.

VOMICLÉON

Et qu'est-ce qu'il a dit de ça ?

CHÉRICLÉON

Ce qu'il a dit ? Que j'avais un estomac d'autruche[3]. « En tout cas, tu as vite fait de digérer l'argent ! » qu'il a dit.

VOMICLÉON

Tu vois le profit que ça va te faire, ça aussi ?

CHÉRICLÉON

Oui, et dodu, ma foi ! Vas-y, fais à ton idée.

1. *Litt. : une drachme*, c'est-à-dire six oboles. Le payeur n'avait pas de monnaie et a dit aux deux hommes de s'arranger entre eux.
2. Cf. v. 609 n.
3. *Litt. : de coq.* « Tu avales des sous, et illico tu les rends " digérés " en écailles de poisson », plaisante le loustic.

vers 784-797

VOMICLÉON

Attends un peu. J'apporte tout, je serai tout de suite là.

[*Il rentre dans la maison*]

CHÉRICLÉON [*prenant le Chœur à témoin*]

Et voilà l'affaire ! C'est comme ça que les prédictions se réalisent. J'avais entendu dire qu'un beau jour les Athéniens jugeraient leurs procès à domicile, que chaque citoyen aménagerait à son usage, dans son vestibule, un tribunalicule en miniature, grand comme une niche[1], et qu'il y en aurait à toutes les portes, partout.

[*Rentre Vomicléon, porteur d'un pot de chambre, d'un brasero et d'un poêlon*]

VOMICLÉON

Voilà ! Qu'est-ce que tu en dis ? Je t'apporte tout ce que je disais, et encore beaucoup plus. Tiens, un pot de chambre, si tu veux faire pipi. On va l'accrocher à côté de toi, tout près, là, à ce clou.

CHÉRICLÉON

Judicieux ! Idée pleine de prévenance que tu as trouvée là pour ton vieux ! excellent remède contre le blocage de mon robinet !

VOMICLÉON

Et puis du feu, tu vois ; et à côté j'ai mis de la purée de lentilles ; tu pourras l'avaler en cas de besoin.

CHÉRICLÉON

Ça aussi c'est astucieux. Alors, si j'ai la fièvre, je toucherai quand même mon salaire, et, sans bouger d'ici, j'avalerai mes lentilles.

[*Un esclave apporte un coq dans une cage*]

Mais pourquoi m'apportez-vous cet oiseau-là ?

1. *Litt. : une niche d'Hécate*, petit autel domestique.

vers 798-815

VOMICLÉON

C'est pour si tu t'endors pendant une plaidoirie : il chantera au-dessus de ta tête, et ça te réveillera.

CHÉRICLÉON

Tout ça me va très bien ; mais il y a encore une chose qui me manque.

VOMICLÉON

Quoi ?

CHÉRICLÉON

Le retable de Thémis ; s'il y avait moyen de le faire venir ?

VOMICLÉON [*montrant un tableau-caricature,*
qu'il dévoile avec une piété burlesque]

Le voilà ; et voilà la Dame elle-même, en personne[1].

CHÉRICLÉON

Hé là ! ma Reine et ma Patronne, quelle mine ! Je n'ose soutenir ta vue !

SOSIAS

On dirait tout à fait Cléonyme ! Elle aussi, ma foi, cette héroïque figure, elle est sans armes[2] !

VOMICLÉON [*à son père*]

Si tu prenais séance tout de suite, tout de suite j'appellerais une affaire.

CHÉRICLÉON [*s'asseyant*]

Appelle. Il y a bel âge que je siège.

VOMICLÉON [*à part*]

Voyons, quelle affaire est-ce que je vais lui soumettre pour commencer ? Qui a fait quoi dans la maison en fait de fredaines ? [*A son père*] Avant-hier, la cuisinière a laissé brûler la marmite.

1. *Litt. : l'image sainte de Lykos.* Cf. v. 389 n.
2. Cf. v. 18 n., et *Cav.*, v. 958.

vers 816-828

CHÉRICLÉON [*bondissant*]

Holà! Arrête!

Quel coup tu m'as porté! Y pourrai-je survivre?

Et la barre? Tu prétends appeler une affaire en l'absence de l'objet sacro-saint qui s'imposait en première place à nos yeux?

VOMICLÉON

Bon sang! Je l'ai oubliée!

CHÉRICLÉON

Eh bien, je bondis en personne m'en chercher une à l'intérieur. Je reviens à l'instant.

[*Il rentre*]

VOMICLÉON [*au Chœur*]

Voyez-vous ça! Terrible! Ce que c'est que d'être attaché à un décor!

XANTHIAS [*sortant de la maison, à la cantonade*]

Fiche-moi le camp! C't'idée d'entretenir un chien pareil!

VOMICLÉON

Qu'est-ce que c'est?

XANTHIAS [*tout essoufflé*]

Là, Brigand[1], à l'instant, le chien... Voilà-t-il pas qu'il a bondi en douce dans la cuisine, happé une tomme de fromage de Sicile — et hop! dévorée!

VOMICLÉON

Eh bien, voilà le premier délit que je déférerai devant mon père. Toi, présente-toi comme accusateur.

XANTHIAS

Non, parbleu! pas moi! C'est l'autre chien qui prétend soutenir l'accusation, s'il y a procès.

1. *Litt. : Labès.* C'est le nom de Lachès, transformé par rattachement à la racine λαϐ-, saisir, prendre.

vers 829-842

VOMICLÉON

C'est bon : introduis-les tous les deux...

XANTHIAS

Ça s'impose.

[*Il rentre*]

VOMICLÉON [*à Chéricléon qui revient
avec un petit poteau de signalisation
comme on en voit aux carrefours*]

Kekcekça ?

CHÉRICLÉON

Une chicane [1] !

VOMICLÉON

Mais c'est tabou ! Tu as raflé ça pour l'apporter ici ?

CHÉRICLÉON

Oui. C'est pour manœuvrer dans les règles tout en écrabouillant l'individu. Allons, fais comparaître et dépêche-toi. Mon verdict est prêt. Ce qui m'intéresse, c'est la fixation de la peine.

VOMICLÉON

Voyons, que j'apporte les registres et les dossiers.

CHÉRICLÉON [*de plus en plus impatient*]

Misère ! Tu me feras mourir à tergiverser, à lambiner comme ça ! Le champ de la procédure, je n'avais qu'un coup d'ongle à y donner, et il était labouré [2] !

VOMICLÉON [*rentrant avec des paperasses*]

Tiens !

---

1. *Litt.* : *Un enclos à pourceaux pour* [*les sacrifices à*] *Hestia*. Et plus loin : *C'est pour commencer par Hestia* (tour proverbial : ne pas mettre la charrue devant les bœufs) *en écrabouillant l'accusé*. Nous avons franchement transposé l'idée pour tenter de lui garder un peu de saveur comique.
2. Il s'agit de la ligne de condamnation à tracer dans la cire. Cf. v. 106 n.

vers 843-851

CHÉRICLÉON

Introduis, à présent !

VOMICLÉON

On y va. Quel est le nom qui figure là en tête du rôle ?

CHÉRICLÉON [*bondissant*]

Au diable ! Catastrophe ! J'ai oublié d'apporter les urnes !

VOMICLÉON

Hé toi ! Où cours-tu ?

CHÉRICLÉON

Où cours-je ? Après des urnes !

VOMICLÉON

Pas la peine. J'ai là ces deux gamelles, tu vois ?

CHÉRICLÉON

Parfait : nous avons tout ce qu'il faut... Il manque tout de même l'horloge à pissette[1] !

VOMICLÉON [*montrant le pot de chambre*]

Et ça alors, qu'est-ce que c'est ? Ce n'est pas un réservoir à pissette ?

CHÉRICLÉON

Bravo : tu sais pourvoir à tout, et avec des moyens bien de chez nous !

VOMICLÉON

Allons, qu'on apporte au plus vite ici dehors du feu, du myrte et de l'encens, pour que nous commencions par adresser aux dieux nos prières !

1. *Litt.* : *la clepsydre*, cf. v. 93.

vers 851-862

LE CORYPHÉE

Nous, tandis que vous procédez
aux libations et prières,
nous vous adresserons nos vœux d'heureux succès,
puisque, d'un généreux élan,
après vos conflits et vos noises
vous voici réconciliés !

[STROPHE] LE CHŒUR

Tenons nos âmes à présent
dans un pieux recueillement !
O Phébus Apollon, permets,
dieu du sanctuaire delphique,
que la chose qui se combine
ici, devant cette maison,
se développe avec bonheur
pour nous tous, et marque la fin
de nos erreurs ! Ainsi soit-il !

VOMICLÉON

Maître, ô Seigneur, ô Toi qui veilles
sur le seuil de mon vestibule[1],
daigne agréer ce nouveau rite
que nous inaugurons, Seigneur,
pour mon père ! Délivre-le
de son humeur trop âpre et dure comme un chêne !
Oui, traite son cœur rétréci
comme un vin cuit[2] qu'on adoucit
en y versant un peu de miel !
qu'il soit dorénavant affable pour les autres,
et qu'il soit moins impitoyable
à ceux que l'on poursuit qu'à leurs accusateurs !
que son œil ne reste plus sec
devant les supplications !
et que, délivré de sa hargne,
il déracine enfin les orties de son âme !

---

1. *Litt. : Maître, Seigneur Aguieus, mon voisin.* Aguieus, « protecteur des rues », est un des vocables d'Apollon.
2. Nous lisons ἀντὶ σιραίου, et non Ἀντικυραίου.

vers 863-884

[ANTISTROPHE]   LE CHŒUR

Nous nous joignons à sa prière,
et nous accordons nos accents
à ceux de ce réformateur,
tels qu'il vient de les faire entendre !

[Se tournant vers Vomicléon]

Car nous te sommes tout acquis,
depuis que nous avons compris
que tu sais aimer notre peuple
mieux que personne ne le fait
parmi les jeunes d'aujourd'hui !

VOMICLÉON

Si un membre du tribunal est encore dehors, qu'il entre en
séance : une fois les débats ouverts, nous ne laisserons plus
pénétrer personne.

CHÉRICLÉON

Qui est l'accusé ?

VOMICLÉON [montrant le chien Brigand]

Lui.

CHÉRICLÉON [ricanant]

Ce qu'on va le saler !

VOMICLÉON

Écoutez l'acte d'accusation : « Assignation déposée par le
citoyen Cabot [1] à l'encontre du sieur Brigand. Crime commis :
avoir à lui tout seul dévoré le fromage de Sicile. Peine
requise : la mise aux fers, sur base fausse... pardon, en basse-
fosse [2] !

CHÉRICLÉON

Non ! la mort ! comme un chien, pour peu qu'il échappe à
l'acquittement !

1. *Litt. : par Lechien, du dème de Cydathénée.* Il s'agit de Cléon qui
était en effet de ce dème.
2. *Litt. : un carcan en bois de figuier.* Cf. v. 145 n.

vers 885-898

VOMICLÉON

Ici présent, et en sa personne, l'accusé Brigand !

CHÉRICLÉON

Ah le salaud ! Quelle gueule de voleur ! Il espère me donner
le change en serrant les dents comme ça ! Mais où est le
requérant, le citoyen Cabot ?

LE CHIEN CABOT

Ouah ! ouah !

VOMICLÉON

Le voici.

CHÉRICLÉON [*se levant à demi*]

Ah ah ! un autre Brigand, celui-là !

VOMICLÉON

En tout cas, il s'y entend à aboyer.

CHÉRICLÉON

Et à nettoyer les marmites !

VOMICLÉON [*à son père*]

Tout beau ! assis ! [*A Cabot*] Et toi, monte là-dessus [*Il lui
désigne un tabouret*] et soutiens ton accusation.

CHÉRICLÉON

Bon, pendant ce temps-là, je me sers et je dis deux mots à
mes lentilles.

CABOT

La plainte que j'ai déposée, Messieurs les juges, contre cet
individu, vous en avez reçu lecture. C'est indigne, le forfait
qu'il a perpétré contre moi et contre la corporation des
Souquedurs [1]. Il s'est défilé dans son coin, après avoir sicula-
risé un gros fromage, et il s'en est gavé dans les ténèbres.

1. *Litt. : les « Ruppapaï »* : c'est le cri dont les rameurs cadençaient
leur effort. Il s'agit des matelots des trières de guerre athéniennes.

vers 899-911

CHÉRICLÉON

Parbleu ! ça saute au nez : il vient de me roter à la figure un atroce relent de fromage, le dégoûtant !

CABOT

Et il m'a refusé la part que je réclamais. Or, je vous le demande, est-il concevable qu'on vous veuille du bien, si l'on ne m'allonge pas à moi aussi quelque chose, moi, Cabot ?

CHÉRICLÉON [*tout en mangeant sa purée*]

Avec moi non plus, qui incarne la communauté, il n'a pas partagé ! C'est qu'il est coriace, le lascar ! [*Mimique*] Qui s'y frotte s'y brûle — comme à mes lentilles !

VOMICLÉON

Pour l'amour du Ciel, ne le condamne pas d'avance, mon père : attends d'avoir écouté les deux sons de cloche !

CHÉRICLÉON

Mais l'affaire est limpide, mon bon. Elle jappe d'elle-même !

CABOT

Alors, pas d'acquittement ! de tous les chiens qu'il y a sur la terre, vouah...yez, c'est l'homme le plus bouffetoutouseul qu'on ait jamais vu. Il a louvoyé autour du garde-manger, et tout ce qui s'est révélé bonne pâte, il en a fait sa croûte [1].

CHÉRICLÉON

Et moi, pendant ce temps-là on me traite pire qu'un vieux croûton !

1. *Litt.* : *il a dévoré la croûte des cités*. Et Chéricléon réplique : *Et moi je n'ai même pas de quoi enduire ma jarre* (d'une croûte de mortier pour colmater les fêlures).

vers 912-926

CABOT

A ses causes, et attendu qu'un seul coin de bois ne saurait
nourrir deux voleurs, condamnez cet individu ! Faites que je
n'aie pas aboyé pour rien dans le vide ! Sinon, à l'avenir, plus
jamais je n'aboierai !

CHÉRICLÉON

Oh là là ! que d'abominations il vient de dénoncer ! Cet
homme n'est que rapine ! C'est bien ton avis, hein, coq ? Ma
parole ! il cligne de l'œil, il est d'accord ! [*A son fils*] Président !... (où est-il celui-là ?)... Qu'on me passe le pot de
chambre !

VOMICLÉON

Décroche-le toi-même : j'appelle les témoins. Les témoins à
décharge pour Brigand, présentez-vous ! [*Il lit sur sa liste*]
Lécuelle ! Lepilon ! Larâpe ! Legril ! Lechaudron, et tous
autres ustensiles qui ont reçu citation !

[*Les témoins entrent à la queue leu leu portant chacun
l'attribut de son identité. Vomicléon se retourne vers son
père*]

Et alors, toi ? tu pisses toujours ? il te faut du temps pour te
rasseoir !

CHÉRICLÉON [*montrant l'accusé*]

Mais celui-là, il va en chier aujourd'hui, tu peux me croire !

VOMICLÉON

Tu recommences ? quitte donc cette humeur dure et har-
gneuse, surtout envers les accusés !... Pourquoi les prends-tu à
la gorge comme ça, à pleins crocs ? [*A Brigand, en le faisant
monter sur le tabouret*] Monte, toi, et présente ta défense. Eh
bien ? gueule cousue ? Parle !

CHÉRICLÉON

Il appert qu'il ne sait pas quoi dire, celui-là !

vers 927-945

VOMICLÉON

Mais non. A mon avis c'est le trac : c'est arrivé une fois à Thucydide qui était accusé : attaque de paralysie maxillaire. [*A Brigand*] Ote-toi de là, veux-tu ? C'est moi qui prendrai ta défense.

Rôle difficile, Messieurs, que d'avoir à répondre à une diffamation... cynique, quand c'est un chien qu'il faut défendre. Je parlerai pourtant : car il s'agit d'un bon serviteur, qui chasse bien les loups !

CHÉRICLÉON

Lui ? Mais c'est un voleur et un conspirateur !

VOMICLÉON

Que non ! C'est le meilleur de tous les chiens de ce temps ; il est capable de prendre en charge des foules de moutons.

CHÉRICLÉON

A quoi est-il bon, puisqu'il dévore le fromage ?

VOMICLÉON

A quoi ? Il bataille pour te défendre, il garde ta porte, etc. Il n'y a pas de meilleur que lui. S'il a fait un larcin, pardonne-lui : c'est qu'il ne connaît pas la musique...

CHÉRICLÉON

Moi, j'aurais préféré qu'il ne connaisse pas seulement ses lettres : il ne nous aurait pas friponné en rédigeant son rapport !

VOMICLÉON

Eh bien, mon bon, écoute mes témoins ! Larâpe, monte à la barre, et parle bien fort. C'est toi qui avais la haute main sur les subsistances ; réponds à haute et intelligible voix : Ce que tu avais reçu pour les soldats, est-ce qu'il l'a rapiné [1] ? [*Larâpe fait signe que non*]

Il a dit qu'il n'a pas rapiné.

---

1. *Litt. : est-ce que tu l'as distribué en menus copeaux aux soldats ?* Donc, les soldes ont été payées correctement, et Lachès ne s'est pas approprié l'argent.

vers 946-966

CHÉRICLÉON

C'est un faux témoin.

VOMICLÉON

Allons, mon bon, pitié pour l'infortune ! Le pauvre Brigand, vois, il n'a que des têtes de poissons à manger, et les arêtes ! et toujours il est sur la brèche ! [*Montrant Cabot*] L'autre, tel que vous le voyez, il reste à la niche, un point c'est tout. Il ne bouge pas d'ici, et tout ce qui entre dans la maison il en réclame sa part ; ou sinon, il mord !

CHÉRICLÉON

Diable, diable ! Qu'est-ce qui m'arrive ? Je me sens mollir ! Je suis malade ! Une faiblesse rôde en tapinois pour brouiller ma conviction.

VOMICLÉON [*redoublant d'insistance*]

Allons, je t'en supplie, père ! prenez pitié de lui ! qu'il échappe à sa perte ! Où est sa petite famille ?

> [*Entrent deux ou trois petits chiens, en jappant et gémissant*]

Montez ici pauvres infortunés, et jappez et geignez, et priez et pleurez !

CHÉRICLÉON [*pleurant avec eux*]

Assez, assez plaidé, assez !

VOMICLÉON

J'obtempère, bien que ces mots-là aient réservé à bien des gens d'amères déceptions. J'obtempérerai néanmoins.

CHÉRICLÉON [*à part*]

Maudite purée ! J'ai eu tort de me l'envoyer ! Voilà que j'ai fondu en larmes, ma parole ! Et uniquement parce que je me suis empiffré de ces lentilles !

vers 966-984

VOMICLÉON

Alors ? Il s'en tire, n'est-ce pas ?

CHÉRICLÉON

Qui te l'a dit ? Tu n'en sais rien.

VOMICLÉON

Allons, papichon, un bon mouvement ! Tiens, prends ce bulletin, ferme les yeux, va d'un seul élan à la seconde urne, et acquitte-le, père !

CHÉRICLÉON

Que non ! c'est un air dont je ne connais pas la musique !

VOMICLÉON [*l'entraînant avec des pirouettes
pour lui brouiller le coup d'œil*]

Eh bien je te conduis par le plus court ; par ici, sens giratoire !

[*Il le place devant l'urne d'acquittement*]

CHÉRICLÉON

C'est celle-ci la première ?

VOMICLÉON

Oui, c'est ça.

CHÉRICLÉON [*déposant son bulletin*]

Ça y est. C'est dans le sac.

VOMICLÉON [*à part*]

Le voilà dindonné ! il a acquitté sans le vouloir !

[*Haut*]

Voyons, procédons au dépouillement.

CHÉRICLÉON

Eh bien ? Quelle est l'issue de notre débat ?

vers 985-993

VOMICLÉON

Nous allons voir. Tu es acquitté, Brigand ! [*Chéricléon
s'évanouit*] Père, père ! qu'est-ce qui t'arrive ! Oh ! là là ! de
l'eau ! où en trouver ? remets-toi !

CHÉRICLÉON

Dis-moi... réponds... pour de bon ? il est acquitté ?

VOMICLÉON

Ma foi, oui !

CHÉRICLÉON [*tragique*]

Ah ! c'en est fait de moi !

VOMICLÉON

Ne te ravage donc pas comme ça, mon vieux, allons,
redresse-toi !

CHÉRICLÉON [*se jetant à genoux et frappant sa poitrine*]

Comment pourrai-je garder ce poids sur la conscience ? Un
homme était poursuivi, et je l'ai relaxé ! Quel châtiment me
guette ! O dieux que je vénère, daignez me pardonner ! ce que
j'ai fait là, je ne l'ai pas voulu, tout mon caractère s'y oppose !

VOMICLÉON [*conciliant*]

Mais oui, père ! Et cesse donc de t'échauffer les sangs ! La
belle vie que je vais faire moi, moi : je t'emmènerai partout
avec moi aux dîners, aux bombances, aux festivals ! tu te la
couleras douce, à partir d'aujourd'hui ! Il ne se paiera plus ta
tête, il ne te bernera plus, Hyperbolos [1] ! Viens, rentrons.

CHÉRICLÉON

Eh bien, soit, puisqu'on le veut !

[*Ils rentrent dans la maison suivis de tous les figurants*]

1. Cf. *Ach.*, v. 846 n.

vers 994-1008

LE CORYPHÉE

Adieu, filez en joie où bon vous semble !

[*Au public*]

A présent, prenez garde,
« multitudes sans nombre » !
On va vous débiter
quelques bonnes leçons :
Tâchez bien de ne pas
les laisser s'égarer
par terre — pour les chiens !
On pourrait craindre ça
d'un public d'imbéciles —
mais non pas de vous autres !

Oui certes, à présent, oyez peuples ! et faites attention, si vous aimez un langage franc et net. Ce sont des reproches qu'il tient à adresser aux spectateurs, notre poète ! Il déclare qu'ils lui ont fait du tort, après tant de bons offices qu'il avait pris l'initiative de leur rendre : oui, d'abord, en restant à couvert, prêtant secrètement son concours à des confrères, imitant les sortilèges d'un ingénieux ventriloque[1], en se glissant dans le corps d'un autre pour déverser un flot de drôleries ; ensuite, à visage découvert, agissant désormais à ses propres risques, il a fait trotter ses propres muses, et non plus celles des autres. Élevé au pinacle, oui, comblé d'honneurs sans précédents parmi vous, il ne se laisse pas pour autant monter ni enfler la tête : il ne faisait pas la tournée des gymnases pour y lever des gamins ; et si un amant, ayant pris en grippe tels de ses greluchons, venait le presser de les attaquer dans une comédie, jamais, non jamais il ne s'y est prêté[2]. Il a le sentiment des convenances, et n'entend pas que son commerce avec les muses tourne au maquerellage. Et lorsqu'il aborda sa carrière au théâtre, ce n'est pas à des

---

1. *Litt. : d'Euryclès*, qui était ventriloque. Allusion aux premières comédies, données sous un nom d'emprunt.
2. Ces attaques visent Eupolis, rival d'Aristophane.

vers 1009-1029

fantoches qu'il s'en est pris : animé d'un élan de sainte
croisade[1], il donna l'assaut aux plus puissants, et hardiment,
d'emblée, engagea le duel contre le Croquetoutcru[2] lui-
même, avec ses prunelles qui si effroyablement étincelaient
d'œillades putassières[3]. Autour de sa tête faisaient cercle cent
têtes lécheuses de satanés flagorneurs ; il avait la voix d'un
torrent qui n'a jamais répandu que la mort, la puanteur d'un
phoque, les couillons crasseux d'un loup-garou[4], et le cul d'un
chameau. Ce monstre, il en soutint la vue, oui, sans peur et
sans reproche, en toute int... égrité[5]. Et à présent encore il
bataille pour vous. Oui, après celui-là, il s'est attaqué l'an
dernier aux Esprits de cauchemar[6] et de fièvres qui, serrant à
la gorge les pères de famille, étranglant les grands-pères,
entraient sous les couvertures des plus paisibles et inoffensifs
d'entre vous, agglutinant sur eux serments judiciaires, assi-
gnations et témoignages : si bien que nombre de ces braves
gens, pris de panique, sautaient du lit pour aller trouver le
Prévôt[7]...

Eh bien, cet exterminateur que vous aviez trouvé pour vos
fléaux, ce purificateur de notre sol, l'an dernier vous l'avez
trahi : il avait semé à poignées les idées les plus neuves, et
vous, faute de les avoir nettement comprises, vous les avez
empêchées de lever.

Il atteste pourtant, et proteste, en multipliant serments et
offrandes à Celui qui règne sur cette enceinte[8], que jamais
personne n'a entendu de vers comiques meilleurs que ceux-là.

---

1. *Litt.* : *ayant les dispositions d'âme d'un Héraclès*, qui purgea la
Grèce de tant de fléaux.
2. *Litt.* : *[le monstre] aux dents aiguës*. Il s'agit de Cléon. Cette
description, parodiée de celle de Typhée par Hésiode, du démagogue
sera reprise dans *La Paix*, v. 754-759.
3. *Litt.* : *œillade de Cynna*, cf. *Cav.*, v. 765 n.
4. *Litt.* : *d'une lamie*, monstre à arrière-train d'âne.
5. Comique de surprise : on attend intrépidité.
6. Il s'agit des délateurs et des sophistes.
7. *Litt.* : *le polémarque*, qui avait à connaître des affaires concernant
les étrangers.
8. *Litt.* : *à Dionysos*.

vers 1030-1047

Ah ! c'est à vous de rougir de ne pas l'avoir compris sur le moment. Mais lui, notre poète, il n'en est pas estimé moins haut par les connaisseurs, pour s'être vu, au moment même où il distançait ses concurrents, jeté à bas ce qu'il escomptait.

Eh bien donc, bonnes gens, les poètes qui essaient de trouver à vous dire quelque chose d'inédit, aimez-les un peu mieux ! choyez-les et mettez leurs idées en coffrets comme on fait des sachets de lavande [1] ! De la sorte vos habits garderont tout au long de l'année un parfum... d'habile homme !

[STROPHE]   LE CHŒUR

> *Ah ! nous étions autrefois*
> *aussi vaillants dans les danses*
> *que vaillants dans les combats,*

> [*Montrant leur dard*]

> *rien que par cette arme-ci —*
> *oui, des hommes, et quels hommes !*
> *Jadis, certe, au temps jadis,*
> *ainsi fut... Mais à présent*
> *tout cela s'est envolé,*
> *et nos tempes se fleurissent*
> *de cheveux plus blancs que neige...*
> *Mais il faut que sous ces cendres*
> *se retrouve l'étincelle*
> *d'une vigueur juvénile :*
> *car ma vieillesse, après tout,*
> *se tient un peu mieux, je pense,*
> *que tant de nos jouvenceaux,*
> *de nos ruffians à frisettes !*

LE CORYPHÉE

Spectateurs ! Si tel de vous s'étonne de voir comme nous voilà faits, corsetés, taille de guêpes, s'il se demande à quoi rime ce dard que nous avons, j'aurai tôt fait de l'instruire, si

1. *Litt. : des coings.* On mettait des fruits dans les coffres à linge pour les parfumer.

vers 1047-1073

rustaud qu'il puisse être. Nous, avec cet appendice postéro-
caudal, c'est nous, oui nous seuls, les Attiques de pure et
authentique lignée, vrais fils du terroir — des hommes, et de
quelle trempe ! C'est notre race qui a si bien servi la patrie
dans les batailles, quand les Barbares sont venus vomir sur
toute la ville la fumée et l'incendie, rêvant de violer et
d'anéantir nos nids[1]. Aussitôt, nous nous sommes rués
dehors, avec pique et cuirasse, pour les combattre : ivres
d'une âcre fureur, nous nous sommes dressés homme contre
homme, grinçant rageusement des mandibules.

> Le Ciel était voilé sous un rideau de traits ;
> pourtant, au soir tombant, nous les avons chassés

(les dieux étaient avec nous, car une chouette avant la bataille
avait tracé son vol au-dessus de nos troupes). Alors, nous leur
avons donné la chasse, les harponnant aux grègues[2], comme
des thons ; et dans leur débandade, zon sur les joues, zon sur
les sourcils : ça piquait ! Tant et si bien qu'aujourd'hui
encore, partout chez les Barbares, il n'y a qu'une voix, les
guêpes de l'Attique, c'est des hommes, et de quelle trempe !

[ANTISTROPHE]   LE CHŒUR

> *C'est que j'étais redoutable*
> *en ce temps-là ! Rien au monde*
> *ne pouvait me faire peur :*
> *lançant bien loin mes escadres,*
> *j'ai culbuté l'ennemi.*
> *C'est qu'alors notre souci*
> *n'était point quelque tirade*
> *à débiter comme il faut,*
> *ni quelque délation :*
> *c'était à qui tirerait*
> *le plus bravement la rame !*

1. Évocation de la victoire de Marathon.
2. *Litt.* : *aux sacs* : ainsi les Grecs appelaient-ils les pantalons
bouffants des Orientaux.

vers 1074-1097

Voilà comme, en enlevant
aux Perses maintes cités,
nous avons, mieux que personne,
l'honneur d'être à l'origine
des tributs que l'on vous verse
et que ratissent les jeunes !

LE CORYPHÉE

Regardez-nous bien, et vous trouverez que, pour le caractère et le comportement nous sommes à tous égards exactement comme les guêpes. D'abord il n'y a pas d'animal plus irascible que nous quand on l'agace, ni plus vindicatif. Et pour le reste, c'est pareil : toutes nos manigances sont celles des guêpes : nous nous agglomérons par essaims dans les espèces de guêpiers, les uns autour de l'Archonte, d'autres auprès des Onze, d'autres à l'Odéon[1], pour instrumenter : tassés, agglomérés contre les murailles, tête basse et dodelinante, sans presque pouvoir remuer, comme les larves dans leurs alvéoles. Au demeurant, très à notre affaire pour subvenir à nos besoins : piquer tout le monde, c'est notre moyen pour vivre à notre aise. Mais le fait est qu'il y a des frelons installés parmi nous ; ils n'ont pas de dard, eux, et sans avoir à bouger, tout ce que nous avons butiné à grand-peine, ils le happent allégrement. Mais ce qui nous est le plus amer, c'est quand un embusqué vient se goberger de notre paie, sans avoir jamais pris dans les mains, au service de la patrie, ni rame, ni lance — ni ampoule ! Aussi pour l'avenir, voici mon avis sans phrases : tout citoyen qui ne porte pas le dard doit être exclu de la paie.

[Vomicléon et Chéricléon sortent de chez eux en se querellant. Un esclave suit, porteur d'une lourde pelisse à manches et d'une paire de fines et luxueuses chaussures]

1. Ce sont divers tribunaux d'Athènes.

vers 1098-1121

CHÉRICLÉON [*serrant bien fort son manteau grossier
que son fils veut lui enlever*]

Non ! jamais de ma vie je ne le quitterai ! C'est lui, lui seul
qui m'a sauvé, quand j'étais dans les lignes, de l'offensive du
grand Vent[1] des steppes !

VOMICLÉON

On dirait que tu n'as pas envie qu'on te traite gentiment !

CHÉRICLÉON [*faisant mine de vomir de rage et de dégoût*]

Non, sacrebleu, pas comme ça ! Ça ne me va pas du tout !...
L'autre jour déjà, je m'étais bourré de friture, j'ai eu besoin
des services du nettoyeur : ci : une journée de paie[2] !

VOMICLÉON

Essaie du moins, puisque tu t'en es remis à moi une bonne
fois du soin de ton bien-être !

CHÉRICLÉON

Eh bien ? qu'est-ce que tu veux que je fasse ?

VOMICLÉON

Ote ce paletot, et endosse cette pelisse, qu'on ne te prenne
plus pour un paltoquet !

CHÉRICLÉON

Ce qu'il faut voir ! Faites des enfants, élevez-les — et voilà
celui-ci qui veut m'asphyxier !

VOMICLÉON

Tiens, prends, et enfile-la, au lieu de dire des bêtises !

[*L'esclave présente la pelisse*]

1. On attend : du grand Roi (de Perse). Vent, par assonance avec
Khan, voudrait garder trace de cet effet.
2. *Litt. : je lui ai payé trois oboles.*

vers 1122-1135

CHÉRICLÉON

Qu'est-ce que c'est que cette abomination, bons dieux de bons dieux ?

VOMICLÉON

Les uns appellent ça un caftan, les autres une touloupe.

CHÉRICLÉON

Ah ? je croyais que c'était un sac de couchage[1] !

VOMICLÉON

Pas étonnant : tu n'es jamais allé à Sardes ! Sans ça tu aurais été au fait. Tu y es, à présent, au fait ?

CHÉRICLÉON

Moi ? ah non, sacrebleu ! Même à présent ! Je trouve que ça ressemble tout à fait à une enveloppe de Sybarite[2].

VOMICLÉON

Mais non ! C'est à Ecbatane qu'on fabrique ces vêtements-là.

CHÉRICLÉON

Ah ? c'est ça qui se fait à Ecbatane, des saucissons en laine[3] ?

VOMICLÉON

Qu'est-ce que tu vas chercher, mon bon ? je te dis qu'on fabrique ça dans les Orients, à grands frais... Cette pelure, elle a dû manger un demi-quintal de laine, facilement !

CHÉRICLÉON

Alors, on devrait l'appeler gouffralaine, pour parler juste, plutôt que touloupe !

1. *Litt. : une couverture fabriquée dans le quartier de Thymétides.*
2. *Litt. : de Morychos*, cf. *Ach.*, v. 887 n.
3. Il veut parler des manches : les vêtements grecs n'en avaient pas.

vers 1136-1149

VOMICLÉON

Tiens, mon vieux, et reste tranquille pendant qu'on te l'enfile.

[*L'esclave essaie d'habiller le vieux qui se débat*]

CHÉRICLÉON

Oh! là là, misère! La salope! c'est une bouche de chaleur! ces bouffées qu'elle m'envoie!

VOMICLÉON

Vas-tu l'endosser, oui ou non?

CHÉRICLÉON

Non, sacrebleu!

VOMICLÉON

Mais, mon bon...

CHÉRICLÉON

Si je ne peux pas y échapper, enfilez-moi plutôt dans un four!

VOMICLÉON [*de plus en plus impatienté*]

Allons, c'est moi qui te la mettrai. [*A l'esclave*] Toi, tu peux filer.

CHÉRICLÉON [*résigné, lamentable*]

Pose au moins un croc à viande près de moi.

VOMICLÉON

Pourquoi ça?

CHÉRICLÉON

Pour me retirer de la cocotte avant que je sois tombé en charpie!

VOMICLÉON

Allons, maintenant, défais tes maudits souliers et dépêche-toi de chausser ces spartiates [1].

---

1. *Litt.*: *chaussures laconiennes*: souliers soignés, beaucoup plus « chaussants » que nos spartiates; mais les jeux de mots qui suivent exigeaient cette traduction.

vers 1149-1158

CHÉRICLÉON

Moi ? que j'accepte jamais de mettre à mes pieds
de nos grands ennemis les hostiles semelles ?

VOMICLÉON

Entre là-dedans, mon bon, et foule intrépidement le sol des
Spartiates !

CHÉRICLÉON

C'est mal de ta part d'exiler mes pieds sur la sole ennemie !

VOMICLÉON

Allez ! l'autre aussi !

CHÉRICLÉON

Non, non, pas celui-ci ! un de ses orteils est l'ennemi
héréditaire des Spartiates !

VOMICLÉON

Tu n'as pas le choix.

CHÉRICLÉON

Malheureux que je suis ! sur mes vieux ans je ne pourrai
même pas prendre à mon aise un cor au pied [1] !

VOMICLÉON

Finissons-en une bonne fois ! Chausse-toi. Et puis avance-
toi, en te prélassant comme un nabab, et en chatouloupant
des hanches !

CHÉRICLÉON

Voilà. Regarde mon allure, et cherche auquel de nos
richards je ressemble le plus pour la démarche.

VOMICLÉON

Auquel ? à un anthrax sous un cataplasme !

1. *Litt. : une engelure.*

vers 1159-1172

CHÉRICLÉON

Ma foi, ça me démange de tortiller des fesses.

VOMICLÉON

Voyons maintenant. Serais-tu capable de tenir de solennels discours devant des hommes cultivés, des gens habiles ?

CHÉRICLÉON

Oui-da !

VOMICLÉON

Qu'est-ce que tu dirais ?

CHÉRICLÉON

Des tas de choses. D'abord, comme l'Ogresse [1] vous pète au nez quand on l'attrape. Et puis comment Farfadet, à sa mère...

VOMICLÉON

Non, pas de fables ! Des choses d'hommes, comme nous disons couramment, des propos domestiques...

CHÉRICLÉON

Bon. J'en connais une fameuse, tout ce qu'il y a de plus domestique : « Il était une fois un chat et une souris... »

VOMICLÉON

Butor ! ignare ! comme disait un jour Malotru [2] en engueulant le vidangeur... Tu comptes parler chat et souris devant des Messieurs ?

CHÉRICLÉON

Et comment faut-il que ça soit, ce que je dirai ?

1. *Litt. : la Lamie* (cf. v. 1035 n.)... *Cardopion.*
2. *Litt. : Théogénès*, cf. *Paix*, v. 928 n.

vers 1173-1186

VOMICLÉON

Plein de magnificence. Par exemple la haute mission que tu as remplie à l'étranger, conjointement avec Androclès et Clisthène.

CHÉRICLÉON

Moi ? jamais ! En fait de mission à l'étranger, je suis tout juste allé à Paros, et avec solde de matelot.

VOMICLÉON

Il faut au moins relater par exemple le brillant assaut de boxe qu'Ephoudion sut livrer contre Ascondas, alors qu'il était déjà vieux et grisonnant. Mais c'est qu'il avait une vaste carrure, et une musculature des bras et des flancs... un beau blindage [1] !

CHÉRICLÉON

Tais-toi, tais-toi, ce que tu dis ne tient pas debout. Il était blindé pour boxer ? A-t-on jamais vu ça ?

VOMICLÉON

C'est ce que racontent les beaux esprits. Mais autre chose : dis-moi, dans une partie de boire, chez des étrangers quel exploit personnel crois-tu que tu relaterais ? le plus vaillant fait d'armes de ta jeunesse ?

CHÉRICLÉON

Ah ! je sais, je sais ! le plus beau de mes faits d'armes, c'est quand j'ai fauché les échalas de la vigne à Tâcheron [2].

VOMICLÉON

Tu me feras mourir ! des échalas ! quelle idée ! Raconte plutôt comment tu menas une chasse au sanglier, ou au

1. Double jeu de mots sur θώραξ, qui signifie *poitrine, cuirasse*, et en langue vulgaire, *cuite*.
2. *Litt. : à Ergasion.* Nom de paysan, qui signifie : l'homme de peine.

vers 1186-1201

lièvre, ou bien ta participation à un relais aux flambeaux ! trouve quelque chose qui ait toute la fougue juvénile possible !

CHÉRICLÉON

Ah ! je sais ce que j'ai fait de mieux pour la fougue juvénile : j'étais encore gamin, à la queue des vaches, et j'ai été gagnant contre le coureur Phaÿllos [1] après une belle poursuite... pour mots malsonnants — et de deux voix !

VOMICLÉON

Suffit ! Étends-toi là, et commence par apprendre à bien te tenir à table dans le monde [2].

CHÉRICLÉON

Eh bien ? comment m'étendre ? Explique, dépêche-toi !

VOMICLÉON

Élégamment.

CHÉRICLÉON [*se couchant par terre en chien de fusil*]

Comme ça ?

VOMICLÉON

Pas du tout.

CHÉRICLÉON

Alors, comment ?

VOMICLÉON

Allonge les genoux, avec l'aisance d'un sportif, et répands-toi en souplesse sur les couvertures. Et puis, fais des compliments sur quelque bronze du dressoir, lorgne le plafond, admire les tapisseries de la salle.

[*Il mime à toute vitesse le déroulement d'un festin*]

De l'eau pour les mains ! Les tables ! Servez-vous ! On mange ! On a passé les rince-doigts ! C'est le moment des libations...

---

1. Cf. *Ach.*, v. 215.
2. Pour manger et boire, autrement que « sur le pouce », on se couchait sur des lits de table.

vers 1202-1217

CHÉRICLÉON

Bonté divine ! c'est en rêve qu'on nous le donne, ce festin ?

VOMICLÉON

La flûtiste a préludé. Les convives sont [*Il désigne les places imaginaires*] : Théoros, Eschine, Phanos, Cléon, Acestor[1] avec un autre étranger près de sa tête. Telle est la compagnie : comment prendras-tu ton tour de chant ?

CHÉRICLÉON

Le mieux du monde.

VOMICLÉON

Vraiment ?

CHÉRICLÉON

Pas un montagnard[2] ne s'y entend mieux que moi.

VOMICLÉON

C'est ce que je vais voir. Eh bien, je suis Cléon, j'attaque l'air d'Harmodios[3]. C'est toi qui prendras la suite.

« Athènes en aucun temps
n'a vu naître un héros...

CHÉRICLÉON

... qui fût un tel escroc,
un pareil chenapan ! »

VOMICLÉON

C'est ça que tu vas chanter ! Tu vas te faire écrabouiller sous ses braillements ! « Je t'écraserai, je t'écharperai ! je te chasserai de ce pays ! » voilà ce qu'il dira !

1. Ils sont tous de la clique de Cléon.
2. *Litt.* : *un Diacrien*, habitant du secteur montagneux de l'Attique.
3. Cf. *Ach.*, v. 980 n. Les couplets proposés par Vomicléon ensuite sont d'autres chansons de table célèbres.

vers 1218-1230

CHÉRICLÉON

Eh bien, s'il me menace, j'ai un autre couplet : Toi, mon
bonhomme, lui dirais-je,
           « dans ton impatience
           de la toute-puissance
           tu vas perdre l'État :
           il chancelle déjà ! »

VOMICLÉON

Et puis, quand Théoros[1], couché aux pieds de Cléon,
chantera en lui prenant la main :
           « Instruit par la leçon d'Admète,
           fais bon accueil aux gens honnêtes[2] ! »
par quel air lui répondras-tu ?

CHÉRICLÉON

Moi ? en bel canto :
           « Il ne faut pas vouloir
           faire le fin renard
           pour se faire bien voir
           de l'une et l'autre part ! »

VOMICLÉON

Après lui, ce sera le tour d'Eschine, le fils d'Artaban[3] — un
cerveau distingué, un bel esprit ! il chantera :
           « Vive l'argent, vive la vie
           que nous fîmes en Thessalie,
                 toi[4] et moi ! »

CHÉRICLÉON [*enchaînant*]

           « Ah ! le gros tas de hâbleries
           dont nous vous avons étourdis,
                 toi et moi ! »

1. Cf. *Ach.*, v. 134 n.
2. Admète, veuf d'Alceste, fût récompensé de son hospitalité par
Héraclès qui lui ramena des Enfers son épouse.
3. *Litt. : de Sellos*. Ce nom était lié à l'idée de vantardise, cf. v. 325 n.
4. *Litt. : Clitagoras* (ou : *Clitagora*) *et moi*.

vers 1230-1247

VOMICLÉON

Ça va comme il faut. Tu sauras tenir ta partie. Pensons à aller souper chez Philoctémon. [*Appelant un esclave*] Petit, petit, prépare les provisions pour le souper ! On va se taper une bonne soûlerie, depuis le temps !

CHÉRICLÉON

Non, non ! Boire, déboires ! Le vin, à quoi ça mène ? à démolir les portes, à se bagarrer à coups de poing, à coups de pierres ! et après, quand la gueule de bois est passée, il faut payer !

VOMICLÉON

Mais non ! pas si tu es en belle et honnête compagnie : les convives intercèdent auprès de la victime ; ou bien toi-même tu fais le facétieux, tu débites une petite drôlerie d'Ésope, une bonne histoire[1] que tu as apprise à table. Alors, tu tournes l'affaire à la blague, et l'autre te tient quitte et s'en va.

CHÉRICLÉON

Alors, il faut que j'en apprenne beaucoup, des histoires, s'il s'agit de ne pas payer les malheurs que je pourrai faire !

VOMICLÉON

Allons, en route. Ne nous laissons pas mettre en retard !

[*Ils sortent comme pour aller souper en ville*]

[STROPHE]   LE CHŒUR

> *Je m'étais souvent dit*
> *que j'étais bien adroit*
> *et jamais malagauche...*
> *Eh bien, Amynias[2],*

---

1. *Litt. : un conte de Sybaris.*
2. *Litt. : fils de Sellos, issu de Crobylos.* Amynias n'est pas fils de Sellos, c'est par moquerie qu'Aristophane le dit (cf. v. 1259). Quant au crobylos, c'est un artifice de coiffure des élégants au temps des guerres Médiques.

vers 1248-1266

digne fils d'Artaban,
petit-fils de Gandin
est beaucoup plus malin !
Je l'ai vu dans le temps
dîner chez Balthasar [1],
au lieu d'être réduit
à ronger les pépins
et à crever la faim
comme un vrai Claquedent.
Eh bien, notre coquin,
étant ambassadeur [2],
s'en est tiré là-bas
en fréquentant, tout seul,
le seul parti des Gueux !
gueux lui-même il était :
il a tenu son rang
de façon triomphale

Heureux Automénès, quel bonheur est le tien !
nous te félicitons des fils que tu fis naître !
dans leurs spécialités, ce sont des virtuoses :
L'un [3] est chéri de tous, le joueur de cithare ;
son talent : sans rival ! sa faveur : sans éclipse !
Le second, c'est l'acteur, dont le talent dépasse
tout ce qu'on pourrait dire. Et le troisième, c'est
Ariphradès, de loin le mieux doué des trois :
son père, un jour, jurait qu'il avait su apprendre,
de génie, et tout seul, sans leçon de personne
le jeu de langue qu'il prodigue
toutes les fois qu'il rend visite...
aux ribaudes !

---

1. *Litt. : chez Léogoras*, cf. *Nuées*, v. 109 ; plus loin : *comme Antiphon*.
2. *Litt. : en ambassade à Pharsale.*
3. Arignotos. Cf. *Cav.*, v. 1278. Sur Ariphradès voir les vers qui suivent dans les *Cav.*

vers 1267-1283

LE CORYPHÉE [*parlant au nom du poète*]

Il y en a qui m'ont traité de capitulard quand Cléon voulait m'intimider par ses attaques ; il m'a travaillé le cuir de la pire façon ; il m'écorchait, et ceux qui étaient hors du coup, ils riaient, en bons badauds, de m'entendre pousser les hauts cris : mon sort leur était bien égal, il s'agissait seulement pour eux de savoir si je cracherais une petite rosserie pendant qu'il m'étranglait. Ce que voyant, je lui ai un peu fait risette : monnaie de singe ! Et voilà comment l'échalas fait la nique à la vigne !

[*Xanthias arrive tout essoufflé en gesticulant*]

XANTHIAS

Ah ! dames tortues, quelle bénédiction pour vous que votre carapace ! La riche idée que vous avez eue, et bourrée d'astuce jusqu'à la gueule, d'endosser une toiture protectrice pour vous abriter les côtes !... Moi je suis mort, tout cautérisé de coups de bâton.

LE CORYPHÉE

Qu'est-ce qu'il y a, mon lardon ?... Lardon, c'est le mot juste pour quelqu'un — même s'il a pris de l'âge —, qui se fait larder !

XANTHIAS

C'est le vieux... Voilà-t-il pas qu'il fait des ravages abominables ! De toute leur réunion, c'est lui qui a, et de loin, le vin le plus méchant ! Pourtant il y avait là Hippyllos, Antiphon, Lycon, Lysistratos, Théophrastos, la bande à Phrynichos[1]. A peine a-t-il eu fait son plein de bonne chère, le voilà comme bourricot qui vient de se goberger de son picotin : il caracole, il cabriole, il pétarade, il rigolarde, — et de me rosser, le gaillard, en criant : « Lardon ! lardon ! » A le voir, Lysistratos fit cette comparaison : « Tu ressembles à un rastaquou-

---

1. Acteur et danseur, non pas le poète, contemporain des guerres Médiques, dont il est souvent question.

vers 1284-1308

ère[1] nouveau riche, ou à un baudet qui s'est échappé pour se
rouler dans la paille ! » Lui de crier à tue-tête, en le compa-
rant à son tour à une sauterelle qui aurait perdu les basques
de son paletot, et à Fortiche[2] ratiboisé de tous ses oripeaux.
Les autres applaudissent, sauf Théoros qui était le seul à faire
la moue — c'est un délicat celui-là, oui-da ! Le vieux s'en
prend à lui : « Dis-moi, qu'il lui demande, qu'est-ce que tu as,
avec tes grands airs, à faire le rengorgé, toi, bouffonlécheur
infatigable de n'importe quel homme à succès ? » C'est
comme ça qu'il les bafouait chacun à son tour : des railleries
de rustre ! et par-dessus le marché il débitait des histoires
stupides qui venaient comme des cheveux sur la soupe. Et
puis, une fois plein soûl, il rentre à la maison, en cognant sur
tous ceux qu'il rencontre... Tiens, le voilà justement qui arrive
en titubant... Pour moi, je débarrasse le chemin sans attendre
de me faire rosser !

> [*Il rentre dans la maison. Chéricléon, ivre, s'avance
> suivi d'un groupe de gens éméchés et furieux. Il tient
> d'une main une torche, et de l'autre bras une fille*]

CHÉRICLÉON [*brandissant sa torche*]

A bras tendu ! le poing haut !

[*se retournant vers les autres*]

Hé, là-bas derrière
il vous en cuira
de me faire escorte !
Détalez, marauds,
ou c'est moi qui vais
avec cette torche
vous accommoder
en grillade !

1. *Litt.* : *à un Phrygien.*
2. *Litt.* : *à Sthénélos*, auteur ou acteur tragique.

vers 1309-1330

UN CONVIVE

Toi, tu peux être sûr que tu nous paieras ça, dès demain, à nous tous, tout gaillard que tu es. Nous serons là, comme un seul homme, pour te traîner devant le tribunal !

CHÉRICLÉON

Ah ! là là ! moi, au tribunal ?
Vous donnez dans les vieilleries !
Je ne tolère même plus
d'entendre seulement ce mot :
de procès — vous ne savez pas ?
   Foin ! pouah ! fi ! pouah !

[Montrant la fille]

Ce qui me biche à moi, c'est ça !
   A bas les urnes !
Décampe ! qu'avons-nous besoin
d'un judicastre ici ? Déblaie !

[Les autres s'éloignent]

[A la fille]

   Viens donc, avance ici, mon petit scarabée tout en or ! Attrape-moi par là, tu vois ? serre bien les doigts... doucement tout de même : il est délabré, le raban ! *[En confidence]* Mais n'empêche que ça ne lui déplaît pas quand on l'astique. Tu vois comme je t'ai doucement soustraite au moment où les convives allaient mettre ta langue à contribution ? Alors, pour me remercier, sois gentille pour mon petit bonhomme ! Mais tu ne vas pas être gentille, tu ne t'y lanceras pas : tu vas tromper son attente, et lui éclater de rire au museau ! Tu l'as déjà fait à bien d'autres ! Pourtant, si maintenant tu ne fais pas la méchante, moi, quand mon fils mourra, je t'affranchirai, on se mettra en ménage, mon petit conichon. Pour l'instant, je

vers 1331-1353

n'ai pas encore la disposition de mes biens, je suis trop jeune.
On me tient en lisière ; oui, mon fiston me surveille, il n'est
pas commode ! et ladre avec ça, grigouradinlésinarpagonis-
sime ! C'est ce qui l'inquiète : il a peur que je tourne mal : je
suis son père unique, tu comprends ? Aïe ! le voilà tout juste !
On dirait qu'il nous court dessus, à toi et à moi ! En vitesse,
campe-toi, et brandis ce brandon, que je le nargue à la
gaillarde ! Il m'en faisait bien autant avant ma conversion [1] !

[*La fille se tient droite comme une statue, tenant la
torche. Entre Vomicléon, qui se précipite vers le couple*]

VOMICLÉON

Hé là ! hé là ! vieux fumiste ! qu'est-ce que tu tripotes, sacré
ramoneur [2] ? Te voilà tout feu tout flamme, on dirait ! Une
jeunesse pour meubler tes draps ? Tu ferais mieux de penser à
ton linceul ! Ça ne se passera pas comme ça, jour de dieu !
quelle conduite !

CHÉRICLÉON

Toi, tu te régalerais bien d'un procès à la sauce piquante !

VOMICLÉON

C'est un peu fort ! Tu soulèves la flûtiste à tes compagnons
de table, et tu nargues les gens ?

CHÉRICLÉON

Quoi ? quelle flûtiste ? Tu radotes ! tu t'es fêlé en tombant
du corbillard ?

VOMICLÉON

Sacrebleu, elle est bien là avec toi, la mousmé !

---

1. *Litt. : avant les mystères*, c.-à-d. avant d'avoir été initié à une vie
nouvelle.
2. Le mot χοιρόθλιψ (cf. *Ach.*, v. 740 n.) est traduit ainsi par recours
à une autre image. (Cf. *Paix*, v. 440 n. et 891 n.)

vers 1354-1371

CHÉRICLÉON

Non : c'est une torchère dont la flamme sainte brûle sur la Place[1].

VOMICLÉON

Ça ? une torche ?

CHÉRICLÉON

Oui, une torche : tu ne vois pas qu'elle est refendue ?

VOMICLÉON [*inspectant par-devant, puis par-derrière, l'anatomie de la fille*]

Et ce noir qu'elle a là au milieu ?

CHÉRICLÉON

Probable que c'est le noir de fumée qui se dégage quand elle brûle.

VOMICLÉON

Et là, de l'autre côté, c'est pas un fessier, ça ?

CHÉRICLÉON

Mais non : c'est une loupe du bois qui fait saillie sur la tige de la torche.

VOMICLÉON

Tu dis ? comment, une loupe ? [*Empoignant la fille*] Viens ici, toi !

CHÉRICLÉON [*indigné*]

Ah ! que prétends-tu faire ?

VOMICLÉON

La saisir et l'emmener, moi. Je te l'enlève parce que, délabré comme tu es, tu n'es plus bon à rien. [*Il fait entrer la fille dans la maison*]

CHÉRICLÉON

Écoute un peu : aux jeux olympiques, quand j'étais en mission, Ephoudion, étant d'âge mûr déjà, a livré contre

---

1. *Litt. : qui brûle sur la Place en l'honneur des dieux.*

vers 1372-1383

Ascondas un brillant assaut de boxe. Et alors, d'un coup de poing, c'est le vieux qui a descendu le jeune. Moralité : prends garde de te faire pocher l'œil !

VOMICLÉON

Ma foi, tu es incollable sur les performances olympiques !

[*Arrive une marchande de pains, secouant son éventaire vide. Elle est accompagnée de Chéréphon* [1] *qu'elle a recruté comme témoin*]

LA MARCHANDE [*à Chéréphon*]

Oui, viens m'appuyer, je t'en supplie, au nom du ciel ! [*Montrant Chéricléon*] C'est lui, l'individu qui m'a estourbie à coups de torche, et flanqué en l'air mon étal de boulangère... Il y en avait pour des écus !... et pour des sous par-dessus le marché !

VOMICLÉON [*à son père*]

Tu vois ton bel ouvrage ? Encore des affaires et des procès qui nous tombent dessus à cause de toi, ivrogne !

CHÉRICLÉON

Pas du tout ! Ça va se rabibocher avec des histoires astucieusement débitées. Oui, je suis sûr que je vais me rabibocher avec elle.

LA MARCHANDE

Ah ! Bonne Mère ! tu y laisseras des plumes ! Me faire ça à moi, la Nine [2], moi la fille de mon père et l'enfant de ma mère ! Tu m'as bousillé toute ma marchandise !

CHÉRICLÉON

Écoute, ma jolie. Je vais te raconter une histoire ravissante.

LA MARCHANDE

Non, mon vieux, avec moi, fichtre, ça ne prend pas !

1. Cf. *Nuées*, v. 104 n.
2. *Litt. : à Myrtia, fille d'Ancylion et de Sostraté.*

vers 1384-1400

CHÉRICLÉON

Ésope un soir, après soupé,
  faisait un petit tour.
Une chienne arrive, effrontée
(c'était une soûlarde), et lui aboie autour.
Lors, il lui fit cette harangue :
« Sacrée mâtine !
Tu ferais sagement, pardine !
de vendre ta vilaine langue
pour acheter de la farine ! »

LA MARCHANDE

Tu te fiches de moi, en plus ? Je ne te connais pas, mais ça ne m'empêchera pas de te citer devant le prud'homme pour dégâts causés à ma marchandise ! Comme témoin, j'ai Chéréphon, ici présent !

CHÉRICLÉON

Mais non, voyons ! Écoute plutôt une bonne parole : tu apprécieras.

Un beau jour, Simonide était en concurrence
  avec le poète Lasos.
    Que fit Lasos ?
Il répondit : « Je m'en balance ! »

LA MARCHANDE [*blême de rage*]

Vraiment, mon bonhomme ?

CHÉRICLÉON

Quant à toi, Chéréphon, à mon sens tu es l'homme qu'il faut pour témoigner en faveur d'une femme à mine d'endive, comme Ino quand elle s'agrippe aux genoux d'un Furipidibard [1] !

[*La marchande et Chéréphon se retirent. Deux hommes s'avancent*]

1. *Litt.* : *d'Euripide.* Mais Jean Taillardat (*Les Images d'Aristophane*, p. 213) suggère pour ce passage très controversé des idées dont j'ai essayé de tenir compte.

vers 1401-1414

VOMICLÉON

En voilà un autre, on dirait, qui vient pour porter plainte :
il a son témoin.

LE PLAIGNANT

Ah ! malheur ! je porterai plainte contre toi, barbon, pour
sévices !

VOMICLÉON

Pour sévices ? Non, ne fais pas ça, au nom du ciel ! Je t'offre
dédommagement, moi : fixe toi-même le montant. Et en plus,
je t'en saurai gré.

CHÉRICLÉON

Mais non ! c'est moi qui vais m'arranger avec lui, spontanément. Je reconnais que je t'ai malmené à coups de poing et de
pierres. Viens çà, et choisis : t'en remets-tu à moi de l'indemnité que j'aurai à te verser pour ma conduite — et après ça, on
restera bons amis — ; ou bien si c'est toi qui la préciseras ?

LE PLAIGNANT

A toi de dire. Je ne cherche pas les procès ni les noises.

CHÉRICLÉON

Un Sybarite, d'aventure,
          fut jeté bas d'une voiture
et fort cruellement s'amocha la figure.
C'est qu'il était novice à conduire attelage !
Un sien ami survint, qui lui dit sans ambages :
« Nul ne devrait sortir, que diable !
          du métier dont il est capable ! »
Toi aussi, fais-en profit. Et trotte à l'hôpital !

VOMICLÉON

Une de plus ! Tu n'en fais jamais d'autres !

LE PLAIGNANT [*à son témoin, en faisant mine de partir*]
Toi en tout cas, rappelle-toi bien sa réponse !

vers 1415-1434

CHÉRICLÉON

Ne te sauve pas, écoute !

Advint un jour, à Sybaris,
qu'une femme cassa le ventre d'un cruchon [1]...

LE PLAIGNANT

Je requiers témoin !

CHÉRICLÉON

Maître cruchon s'en fut quérir témoin.
« Ma foi, lui dit alors la femme,
tu te serais montré, oui dame !
beaucoup mieux inspiré,
si, au lieu d'un témoin,
tu t'étais dépêché d'aller te procurer
l'agrafe dont tu as besoin ! »

LE PLAIGNANT

Outrage-moi bien : tout ça finira devant le magistrat quand
il appellera l'affaire !

[*Il s'en va*]

VOMICLÉON [*bondissant sur son père
et le prenant à bras-le-corps*]

Non et non, nom de nom, tu ne vas plus moisir ici. Je
t'empoigne, je te rentre...

CHÉRICLÉON

Qu'est-ce que tu fais ?

VOMICLÉON

Ce que je fais ? Je t'emporte d'ici et je te rentre. Sans quoi il
n'y aura plus assez de témoins pour tous les plaignants !

1. *Litt. : un hérisson.* Ainsi appelait-on certains récipients de
ménage.

vers 1435-1445

CHÉRICLÉON

Contre Ésope, un beau jour, les gens de Delphes lancent...

VOMICLÉON

Je m'en balance !

CHÉRICLÉON

... l'accusation de s'être emparé
d'un vase sacré.
« Hé ! leur répondit-il, un beau jour l'escarbot... »

VOMICLÉON

Ah ! je t'écrabouillerai, avec tes escarbots !

[Il l'emporte dans la maison]

[STROPHE]   LE CHŒUR

Il a bien de la chance, et je l'envie,
ce vieillard qui a su changer de vie !
Il était si hargneux en ses façons !
mais il suit à présent d'autres leçons.
Quel tournant il va prendre, en adoptant
les aises où il veut se prélasser !...
Mais après tout qui sait s'il s'y pliera ?
On a bien de la peine à le chasser,
le naturel que l'on a de tout temps !
Pourtant, on en a vu plus d'un le faire :
    les idées d'autrui
    les ayant instruits,
  ils ont bien changé leurs manières !

[ANTISTROPHE]

Mais celui qui mérite, à mon avis
(et tous les gens sensés m'approuveront),
que notre adieu célèbre, et hautement,
son amour filial et sa sagesse,
c'est l'excellent garçon qu'il a pour fils.
Jamais je n'ai trouvé sur mon chemin
quelqu'un d'aussi charmant dans ses manières :
j'ai eu le coup de foudre, et j'en raffole.

vers 1446-1469

Vit-on jamais personne argumenter
plus vigoureusement, lorsqu'il voulait
que l'auteur de ses jours se ralliât,
  grâce à ses invites
  à une conduite
qui fût un peu plus respectable ?

[*Xanthias ressort, plus affolé que jamais*]

XANTHIAS

Vin-dieu ! on n'en sortira pas de ces tintouins qu'un mauvais génie a fait déferler sur cette maison ! Le vieux a bu à longueur de temps en écoutant des airs de flûte. Ça l'a mis en train, il est perdu d'allégresse et passe la nuit à danser sans arrêt les vieilles danses de jadis que Thespis avait mises en honneur. Il prétend prouver que les modernes, sur le plateau, ne sont que des ramollis, et leur a lancé un défi, comme danseur. Vous allez le voir à l'instant.

[*Chéricléon apparaît, se livrant à des contorsions chorégraphiques frénétiques, tout en mimant le style tragique*]

CHÉRICLÉON

Qui donc se tient assis aux portes du manoir ?

XANTHIAS

Ça y est : le voilà qui se déchaîne !

CHÉRICLÉON

Çà ! qu'on ouvre tout grands les vantaux ! car voici commencer les ébats...

XANTHIAS

C'est plutôt les folies qui commencent, on dirait.

vers 1470-1486

CHÉRICLÉON

... qui me creusent les flancs. Oui, leurs voltes me
[fouettent,
font hennir mes naseaux et vrombir mes vertèbres...

XANTHIAS

Bois de l'ellébore !

CHÉRICLÉON

Tel un coq de combat, Phrynichos [1] se ramasse...

XANTHIAS

Moi, je ramasse des cailloux.

CHÉRICLÉON

et décoche bien haut la jambe — jusqu'au ciel !

XANTHIAS

Ton cul ! il bâille !

CHÉRICLÉON

Occupe-toi de tes affaires !
Je fais virevolter mes membres dans le jeu
de leurs charnières bien huilées !
Hein ! c'est beau ?

XANTHIAS

Non, ma foi ! C'est des façons de maboul.

CHÉRICLÉON

A présent, que je lance et claironne un défi à mes
rivaux ! Si quelqu'un se prétend bon danseur de tragédie,
qu'il entre, et vienne ici m'opposer ses talents !
Est-il ici quelqu'un pour relever le gant ?
Personne ?

1. Cf. v. 1302 n.

vers 1487-1500

XANTHIAS

Y en a un, regarde : tout seul !

> [*Entre un danseur de très petite taille*]

CHÉRICLÉON

L'infortuné, qui est-ce ?

XANTHIAS

C'est un fils à Crabinos [1], le second.

CHÉRICLÉON

Je n'en ferai qu'une bouchée. Je l'écrabouillerai : la belle danse qui va lui grêler dessus ! En rythmique, il est nul !

> [*Un second danseur se présente*]

XANTHIAS

Mon pauvre vieux, voilà un autre Crabillon de tragédie qui s'amène : c'est son frère.

CHÉRICLÉON

Tudieu ! mon déjeuner est prêt !

XANTHIAS

Tu n'auras que des crabes à manger ! En voilà encore un qui s'amène, d'enfant de crabe !

> [*Entre un troisième danseur, encore plus nabot*]

CHÉRICLÉON

Ça qui rampe ? qu'est-ce que c'est ? Salicoque ou cloporte ?

XANTHIAS

C'est le bernard-l'ermite, le benjamin de la famille, celui qui fait le tragique !

1. *Litt.* : *Carcinos* (dont le nom veut dire : crabe), cf. *Nuées*, v. 1261 n.

vers 1500-1511

CHÉRICLÉON

Heureux es-tu, ô noble Crabinos
    dans ta postérité !
Quelle flopée de... roitelets [1]
    s'est abattue ici !

Mais il faut que j'entre en lice contre eux.

[*A Xanthias*]

Toi, brasse une bonne marinade pour les accommoder
après ma victoire.

LE CORYPHÉE

Allons, reculons un peu, nous tous, pour qu'ils puissent tout
à leur aise tourner comme des totons devant nous !

    Hop ! enfants illustres
    du Maître des flots,
    gambadez le long
    des grèves de sable
    qui forment l'ourlet
    des plaines salées
    que nul n'ensemence !
    A vous le *bouquet*,
    c'est dans la famille [2] !

    Et que virevalsent
    vos vives détentes !
    Çà, que l'on décoche
    phrynétiquement
    de belles ruades,
    afin qu'en voyant
    vos talons si haut
    l'assistance pousse
    des ah ! et des oh !

---

  1. Jeu de mots, ὀρχίλος, « roitelet », faisant penser à ὀρχεῖσθαι,
« danser ».
  2. Le texte dit seulement litt. : *frères des écrevisses*. Mais il y a une
assonance narquoise entre καρίδων, écrevisses, et Χαρίτων, Grâces.

vers 1512-1527

Tortille-toi, trotte en rond !
tape-toi sur le bedon !
darde en plein ciel ton talon !
transformez-vous en totons !

   [*Un dernier danseur vient se joindre à ces ébats
grotesques. C'est Crabinos lui-même*]

Voici Sa Majesté le roi des Océans
qui rampe devers nous ! c'est lui, c'est votre père :
il met en ses trois fils toute sa complaisance —
   ce triolet de roitelets !
Allons, soyez gentils, et faites-nous cortège
en dansant prestement, tous, pour notre sortie !
   Nul n'a fait ça jusqu'à présent :
      donner son congé
      à un chœur de farce
      en dansant lui-même !

   [*Le Chœur se retire lentement, tandis que Chéricléon et
les danseurs se dirigent vers la sortie en continuant leurs
cabrioles*]

vers 1528-1537

La Paix

INTRODUCTION

La Paix fut représentée en l'année 421, peu de jours avant la signature de la paix de Nicias, qui stipulait cessation des hostilités pendant cinquante ans entre Athènes et Sparte (et leurs coalitions), mais qui ne fut jamais vraiment respectée : ce ne fut qu'un faible entracte dans le déroulement de cette guerre épuisante et inexpiable.

L'heure était favorable, beaucoup plus qu'au moment des *Cavaliers*, pour faire accepter l'idée de la paix. Athènes vient de subir un gros échec à Amphipolis. Par miracle, les deux chefs, le vainqueur, le Spartiate Brasidas, le vaincu, l'Athénien Cléon, sont morts à la suite de cette bataille. Des négociations d'armistice s'ouvrent, et c'est pendant qu'elles se mènent qu'Aristophane écrit sa comédie. Les protagonistes de la lutte sont las. A Athènes, où les paysans de l'Attique sont entassés depuis dix ans, exilés de leurs terres par l'invasion, il y a disette. Le temps de la paix — celui de l'abondance et de la douceur de vivre — recule dans un passé prestigieux, qui s'auréole d'une nostalgie de plus en plus puissante : « jadis... au bon vieux temps... avant-guerre... » La politique et les forces d'Athènes sont durement éprouvées par les échecs de Délion et d'Amphipolis ; celles de Sparte par le désastre de Sphactérie qui a laissé aux mains ennemies de précieux otages ; la révolte des Hilotes couve, Argos guette... Les alliés seuls — Thèbes, Argos, Corinthe et Mégare — ont intérêt à la poursuite d'un duel qui use les deux champions.

Or Aristophane est un pacifiste. Il l'a été même aux heures — trois ou quatre ans avant — où il y avait quelque péril et quelque mérite à essayer d'endiguer le courant de chauvinisme démagogique que déchaînait Cléon et dont il profitait.

Ainsi *La Paix* est-elle à la fois une pièce de doctrine et une

pièce de circonstance. Aristophane n'est pas un défaitiste, il
est dur pour les lâches et les traîtres — pas aussi dur
cependant que contre les intraitables va-t-en guerre. Homme
de lucidité, il est opposé à tout parti pris aventurier qui ne
saurait avoir en définitive d'autre résultat que de ruiner
Athènes en la saignant corps et biens.

Mais son réalisme n'est pas sans idéal : il songe à l'union
des Grecs, à la réconciliation pour la félicité et la sauvegarde
de tous, hors de l'engrenage infernal, hors de cette guerre
qui broie dans son mortier, d'année en année, le meilleur
de la Grèce. Et comme il a le sens de l'actualité, il profite
d'un moment favorable pour aider les forces de paix qui
se cherchent, pour essayer de donner le coup d'épaule
d'une massive adhésion populaire aux efforts d'entente que
les chefs, Nicias et Plistoanax, déploient autour du tapis
vert.

Pièce de propagande donc, où il utilise tout ce qu'il sait
devoir frapper les esprits. L'argumentation est fort terre à
terre, et le plaidoyer ne se pique pas de noblesse. Aristophane
se refuse le beau rôle qui consisterait à convier son peuple au
suicide, ou même au sacrifice : thème grandiose d'éloquence,
qui n'est pas absent, après tout, de chez Démosthène au siècle
suivant. Non : aux yeux d'un « mystique » inflexible, Aristophane est mesquin, vulgaire, il fait appel à la tripe, reine
servile de nos pensées : au besoin de repos, de bonne vie et de
bonne chère, de sécurité.

Il y a plus, cependant : l'idée d'une vocation de bonheur
agricole, d'un retour à la terre, qui a sa beauté, et qui n'est pas
du tout un thème à effets oratoires ou à attendrissement
verbal, ni un simple appel aux joies de la panse. C'est
l'évocation d'un équilibre, d'une santé, non seulement de vie
matérielle, mais de cœur et d'âme. D'où se dégage, en fin de
compte, une authentique « mystique » de la paix : ni nua-
geuse, ni tonitruante, ni bêlante (malgré l'agneau) — solidement fondée sur l'égoïsme, mais noblement appuyée aussi sur
la pensée du bonheur des humbles, des petites gens, des
pauvres bougres, contre la perfidie cupide et inique des Gros
— politiciens et marchands de canons — qui dans les deux
camps sont seuls à profiter de la guerre. Solidarité des

travailleurs du bois et de la terre contre les batteurs de fer et les trafiquants de grands mots.

C'est précisément cet aspect qui permet à Aristophane de rester poète, alors même qu'il fait une pièce de propagande : l'idée *poétique* et l'idée *politique* ne font qu'une, dans *La Paix* : c'est la joie de vivre paysanne aux jours heureux. Et au fur et à mesure que, dans le cours de tel mouvement de la pièce, l'idée se précise et s'épanouit comme poétique, elle s'efface comme polémique. Elle n'est plus une idée, elle est un *thème*, ce qui est la définition même du lyrisme. Et du même coup, elle s'affine. A mesure que s'installe le *tempo* lyrique, on voit disparaître les coq-à-l'âne et les effets burlesques. Et c'est un vrai charme qui rayonne de certains couplets : charme sans majuscule, certes, mais de bonne sève, où chante, si l'on ose dire, la poésie du prosaïque.

Plus la force poétique était vive, plus elle pouvait servir l'idée politique... Hélas ! il a pu suffire un jour d'un drame pour faire éclater une révolution, mais on n'a jamais vu un couplet lyrique faire éclater la paix.

C'est peut-être sur cette impression dernière de demi-amertume, de demi-impuissance que l'on reste, non pas en finissant de lire *La Paix*, mais en méditant une fois rentré en soi-même, une fois éteints les derniers lampions et les derniers hourras des noces de Lavendange : la Guerre ne fut pas vraiment vaincue en 421. Les Athéniens écoutaient mal leur poète. Ils l'applaudissaient et le couronnaient, mais ils déchiraient les armistices. Impuissance des exigences les plus évidentes de la santé politique ; impuissances des plus délicieuses magies du vers. Aristophane, serviteur acharné de la justesse d'esprit en même temps que des intérêts les plus palpables, les réconcilie avec la joie de vivre — pour une heure. Et la paix reste encore à déterrer, du fond de sa caverne, par les hommes de bonne volonté.

ANALYSE

*Le décor représente d'un côté la maison de Lavendange,
vigneron athénien, de l'autre celle de Zeus, sur l'Olympe. La pièce
se passe tantôt devant l'une, tantôt devant l'autre. Au centre est
figurée l'entrée d'une caverne, encombrée d'un amas de grosses
pierres qui la bouche.*

*Deux esclaves s'affairent à préparer la pâtée d'un bousier géant
que leur maître héberge depuis la veille dans l'étable (v. 1-49).
Après cette « entrée » saugrenue et très enlevée, faite pour piquer
la curiosité, le second serviteur explique que son patron, Lavendange, semble décidé à tout pour obtenir des dieux le retour de la
Paix, et veut aller les trouver à domicile, sur l'Olympe (v. 50-81).
Et voici apparaître Lavendange lui-même, à califourchon sur
l'énorme insecte. La machinerie l'arrête entre ciel et terre, et il
expose à son serviteur ses intentions héroïques et inflexibles : il
part pour l'Olympe, et ni les objurgations du domestique (v. 82-
113) ni les supplications et objections de sa petite fille (v. 114-
149) que celui-ci a appelée, ne gagnent rien sur lui. Il s'envole
donc et arrive devant la maison de Zeus (v. 150-179).*

*Il n'y trouve qu'Hermès. Les dieux, dégoûtés de la folie des
hommes, ont émigré hors de portée de leurs criailleries. L'Olympe
n'est plus occupé — à part Hermès — que par la Guerre (v. 180-
235). Hermès s'éclipse en l'entendant venir. Lavendange n'a que
le temps de se cacher dans un coin. La Guerre aidée de sa
servante Bagarre s'apprête à broyer dans un immense mortier
toutes les cités grecques. Heureusement, elle manque d'un pilon :
ses deux instruments favoris, Cléon et Brasidas, l'un d'Athènes,
l'autre de Sparte, lui échappent : ils viennent de mourir. Elle
rentre pour se fabriquer un nouvel outil (v. 236-288).*

*C'est un répit, et plus qu'un répit : une occasion inespérée de
ramener la Paix sur terre. Il suffit de la déterrer au plus vite : la*

Guerre la tient enfermée dans la caverne. Lavendange appelle à la rescousse « toutes les nations ». Aussitôt entre, plein de jovial enthousiasme, le Chœur, composé de Spartiates, de Béotiens, d'Argiens, de Mégariens, et surtout de paysans de l'Attique. Lavendange a grand-peine à modérer la jubilation brouillonne et imprudente qui les transporte à la pensée que la Paix est proche (v. 289-360). Au travail ! Mais survient Hermès qui prétend empêcher, d'ordre supérieur, la délivrance de la Paix. Il se laisse enfin fléchir (v. 361-430) et passe du côté des hommes, se fait le héraut de leurs prières, et avec Lavendange, le guide de leurs efforts. Cependant on n'avance à rien. Il y a des saboteurs et des indolents (v. 431-507). On les écarte ; les paysans de l'Attique, qui eux vraiment veulent la Paix de tout leur cœur, ont vite fait de la tirer hors de son trou (v. 508-519).

Elle apparaît, jeune et belle. A sa droite et à sa gauche deux jeunes femmes presque aussi belles qu'elle, Festivité et Trésor-d'Été. Toutes trois sont saluées d'une vénération enthousiaste, avec couplets de bienvenue et d'action de grâces (v. 520-600). Hermès explique aux Athéniens pourquoi, par leur criminelle sottise, ils ont été privés si longtemps de Celle qui ne demandait qu'à rester parmi eux et à leur prodiguer ses faveurs (v. 601-656). Parlant au nom de la déesse il leur transmet les griefs de celle-ci. Lavendange s'engage solennellement, pour tous ses concitoyens, à l'honorer désormais comme il se doit et à ne plus jamais la chasser (v. 657-692). En foi de quoi Hermès lui confie la Paix, ainsi que Festivité qu'il le charge de rendre au Conseil d'Athènes, et Trésor-d'Été qu'il lui octroie à lui-même pour épouse. Lavendange part avec elles trois pour redescendre sur terre (v. 693-728).

Le Chœur reste seul en scène pour l'intermède (parabase). Nous ne sommes ni sur l'Olympe, ni chez Lavendange, mais bien sur la scène du théâtre, et par la bouche du Coryphée Aristophane fait son propre éloge, énumérant ses mérites poétiques et civiques (v. 729-773) et ridiculisant quelques ennemis personnels (v. 774-818). Nous voici de nouveau chez Lavendange. Celui-ci arrive, très fatigué de son voyage, et est accueilli par son serviteur qui lui demande quelques nouvelles des cieux. Lavendange lui confie Trésor-d'Été pour lui faire la toilette nuptiale (v. 819-855).

Tout est à la joie. Le Chœur congratule Lavendange, le

serviteur, revenant, est sensible aux charmes de Festivité. Laven-
dange, fidèle à sa promesse, remet celle-ci entre les mains des
membres du Conseil (qui sont assis au premier rang de l'assis-
tance). Le Chœur chante les louanges du vigneron sauveur, qui
s'y associe sans fausse modestie (v. 856-922).

Il s'agit maintenant de préparer un sacrifice à la Paix ; on
choisit un agneau, et les rites se déroulent, accomplis par
Lavendange et son serviteur, avec prière à la fois solennelle et
burlesque, et commentaires du Chœur (v. 923-1042).

La pièce n'est plus désormais qu'une enfilade de saynètes
marquant les sentiments des uns et des autres devant le retour de
la Paix. C'est d'abord un devin, Sacripan, dont la guerre rendait
l'industrie particulièrement prospère. Il objecte une série d'ora-
cles macaroniques, que Lavendange traite par le mépris, l'ironie
et la parodie. Il est chassé sans même avoir obtenu un morceau
de l'agneau qu'on est en train de faire rôtir (v. 1043-1126).
Nouvel intermède où le Chœur chante les joies simples de la paix
pour les campagnards (v. 1127-1170) et crache sa haine et son
mépris pour les officiers bellicistes : des lâches et des intrigants
qui bafouent l'humble paysan (v. 1171-1190).

Entre un fabricant de faux qui remercie Lavendange d'avoir
rendu la prospérité à son industrie moribonde (v. 1191-1206). Au
contraire, un armurier vient se plaindre amèrement, accom-
pagné d'un fabricant de casques et d'un tourneur de lances.
Lavendange se moque d'eux et de leur marchandise devenue à
jamais inutile (v. 1207-1264). Survient un petit garçon, auquel
Lavendange veut faire chanter des couplets de circonstance.
Mais c'est le fils de Vatenguerre, un général athénien qui ne
songe qu'à se battre. L'enfant ne sait que des refrains martiaux,
et Lavendange, furieux, le renvoie (v. 1265-1294). Il est un peu
consolé par ce que vient lui chanter un autre enfant, fils de
Cléonyme. Mais Lavendange n'est pas tendre pour Cléonyme, qui
a détalé en pleine bataille : il aime la paix, mais non pas les
lâches (v. 1295-1304).

La pièce s'achève sur un chant de liesse et un joyeux défilé : on
emmène en triomphe Lavendange jusqu'au seuil de la demeure
nuptiale (v. 1305-1359).

PERSONNAGES :

PREMIER SERVITEUR ⎱ de Lavendange.
SECOND SERVITEUR ⎰
LAVENDANGE (Trygée), vigneron d'Attique.
Les deux PETITES FILLES de Lavendange (la cadette, personnage muet).
HERMÈS.
LA GUERRE.
BAGARRE, servante de La Guerre.
CHŒUR, principalement formé de paysans de l'Attique.
LA PAIX, TRÉSOR-D'ÉTÉ et FESTIVITÉ, trois personnages féminins muets.
SACRIPAN (Hiéroclès), diseur d'oracles.
UN FABRICANT DE FAUX, avec deux comparses muets.
UN ARMURIER, avec divers comparses muets, fabricants de panaches, de casques, de cuirasses, de trompettes, de lances.
UN PETIT GARÇON, fils de Vatenguerre.
UN AUTRE PETIT GARÇON, fils de Cléonyme.

[*La scène représente le devant de la ferme de Lavendange. Une porte donne sur sa demeure, une autre sur l'étable. Elles sont toutes deux fermées. Deux serviteurs s'affairent frénétiquement, l'un à brasser dans un baquet une immonde pâtée, l'autre à la porter au fur et à mesure dans l'étable*]

PREMIER SERVITEUR

Amène, amène une boulette en vitesse pour le bousier !

SECOND SERVITEUR

Boum ! voilà, sers-la-lui, à ce gibier de malheur ! Et qu'il y trouve son plus fin régal, dans cette boulette-là !

PREMIER SERVITEUR

Passe une autre boulette, en crottin d'âne, bien conglutinée !

SECOND SERVITEUR

Boum ! et voilà qui fait deux ! Ousqu'elle est celle que tu lui servais à la minute ? Il n'a pas voulu la finir ?

PREMIER SERVITEUR

Ah ! ouiche !... Il me l'a arrachée, et il l'a gobée tout entière après l'avoir roulée entre ses pattes ! Allons dépêche-toi vite d'en malaxer d'autres, beaucoup — et bien tassées !

SECOND SERVITEUR [*à la cantonade,*
ne sachant à quel saint se vouer]

Oh ! Messieurs de la Vidange, un coup de main, au nom du Ciel, si vous ne voulez pas me laisser asphyxier !

PREMIER SERVITEUR

Une autre, passe-m'en vite une autre ! d'un jouvenceau fraîchement besogné ! Car il les aime bien triturées, à ce qu'il dit !

SECOND SERVITEUR

Boum ! voilà ! [*Aux spectateurs*] En tout cas, Messieurs, il y a une chose dont je suis à l'abri, j'imagine : nul ne saurait m'accuser de manger ma pâtisserie !

vers 1-14

PREMIER SERVITEUR

Brr ! Amènes-en une autre ! et encore ! et encore ! et pétris-
en encore d'autres !

SECOND SERVITEUR

Ah ! jour de dieu ! pour le coup, non ! Je n'en peux plus ! je
perds pied dans cette merdoyance.

PREMIER SERVITEUR

Alors, je vais la prendre et l'emporter, la merdoyance !

[*Il va pour saisir le baquet*]

SECOND SERVITEUR

Oui, morbleu ! qu'elle aille au diable, et toi avec ! [*Aux
spectateurs*] Dites, vous autres, est-ce qu'il y en a un qui sache
où je pourrais acheter un nez sans trous ? Qu'il me le dise !
C'est qu'il n'y a pas plus fichu métier que de pétrir de quoi
donner pitance à un bousier : un cochon, un chien, ça s'appuie
les choses tout de go, comme on les chie ; mais lui, il ne se
mouche pas du pied, il fait le renchéri, et ne daigne pas
manger si je ne lui présente pas les plats malaxés à longueur
de journée, comme une tourte pétrie par quelque blanche
main... Allons, est-ce qu'il a fini sa boustifaille ? Je vais
regarder par ici, en entrebâillant la porte, qu'il ne me voie
pas !

[*Il jette un coup d'œil dans l'étable. Mimique très vive*]

Mets-y-en ! bouffe sans trêve ni répit jusqu'à ce que tu en
crèves sans savoir comment !... Ce qu'il se ramasse, la maudite bête, pour manger ! On dirait un lutteur, avec ses pinces
qu'il agite à droite et à gauche... Et avec ça il dodeline de la
tête et des pattes, comme ça, tenez... comme ceux qui tressent
les cordages, les gros, pour les vaisseaux de charge. Saloperie
de bête ! et puante, et vorace ! A quelle divinité pouvons-nous
bien devoir cette catastrophe ? Je n'en sais rien. En tout cas,
ce n'est pas à Vénus, évidemment, ni aux Grâces, non !

vers 15-40

PREMIER SERVITEUR

Alors, à qui ?

SECOND SERVITEUR

Pas l'ombre d'un doute : ce monstre-là, c'est Jupin qui l'a lâché, du haut de son trône... percé [1].

PREMIER SERVITEUR

Mais dans tout ça, il risque de se trouver quelqu'un dans l'assistance — un godelureau qui se croit malin — pour déclarer : « Qu'est-ce que c'est que cette histoire ? Ce bousier, à quoi ça rime ? » Et alors son voisin, un Ionien [2], de dire : « A mon sens c'est à Cléon qu'on veut nous faire penser, avec la façon éhontée dont cet animal se nourrit d'ordure. »

[*Saisi d'un besoin pressant*]

Mais je rentre : je vais donner à boire au bousier !

[*Il sort*]

SECOND SERVITEUR [*venant au-devant de la scène ;
il mime avec la main les différentes tailles de son public,
à mesure qu'il les énumère*]

Et moi, je vais expliquer l'histoire aux petits enfants, et aux petits messieurs, et aux messieurs et aux très grands messieurs, et puis encore [*Montrant les magistrats aux premiers rangs*] à ces messieurs qui font les supérieurs, oui-da ! Mon patron est atteint d'un genre de folie inouï — pas le même que vous : non, un autre : absolument inouï. Du matin au soir, les yeux au ciel, avec une bouche grande comme ça, il prend Zeus à partie en disant : « Zeus, quels sont donc tes desseins ? Pose ton balai ! Ne débalaie pas toute la Grèce ! »... Oh ! oh ! taisez-vous ! j'entends une voix, je crois.

1. *Litt. : Ce monstre vient de Zeus Scataïbatès ;* mot scatologique forgé par Aristophane, en parodie de χαταιβάτης, « qui lance la foudre ».
2. De fait, ses paroles sont rapportées en dialecte ionien.

vers 40-61

VOIX DE LAVENDANGE

O Zeus, que veux-tu donc faire de notre peuple ? Tu ne te rends pas compte que tu vas avoir épépiné[1] nos cités ?

SECOND SERVITEUR

Ça y est : le voilà, le voilà tout juste, le mal que je disais ! C'est l'échantillon de ses folies, ce que vous entendez. Mais ce qu'il disait d'abord, quand il a commencé à s'échauffer la rate, vous allez le savoir. Il se parlait à lui-même, il disait comme ça : « Comment diantre pourrais-je arriver raide comme balle chez Zeus ? » Et là-dessus, de se fabriquer des petites échelles volantes, et le voilà qui grimpait vers le ciel, jusqu'au jour où il s'est cassé la gueule en dégringolant.

Mais hier, en rentrant d'une maudite virée je ne sais où, il a ramené un énorme percheron de bousier[2] ; il m'a collé de force palefrenier de cet animal, et lui, il le caresse comme un poulain.

O race de Pégase ! (qu'il dit) ô noble volatile[3],
songe à prendre ton vol, droit vers Zeus, avec moi !
[*Il va regarder dans l'étable*] Mais je vais me pencher pour regarder par cette fente ce qu'il fait. [*Se redressant, éperdu*] Oh là là ! misère, par ici, par ici les voisins ! Voilà le patron qui décolle ! Il s'enlève dans les airs à califourchon sur son bousier !

[*Apparaît Lavendange à cheval sur un engin de machinerie burlesque, figurant un colossal insecte, et qui, à grand renfort de poulies, le tient suspendu*]

LAVENDANGE [*à la fois jovial, bourru et inquiet*]

Hé ! tout doux, tout doux ! calme-toi, bourrin !
Ne démarre pas trop raide, dis-moi,
d'emblée, au départ, ivre de tes forces !

---

1. Les images de Lavendange, tout au long de la pièce, sont celles d'un vigneron.
2. *Litt. : un bousier de l'Etna.* La Sicile était renommée pour ses élevages de chevaux.
3. Parodie d'Euripide.

Attends que se dérouille et que se lubrifie
ton appareil moteur, dans l'essor de tes ailes !

[*Le bousier répond par une pétarade fétide*]

Épargne-moi, je t'en conjure,
La puanteur de ton échappement !
Si c'est pour te conduire ainsi,
reste plutôt chez nous, sans en bouger !

SECOND SERVITEUR

Révérend Seigneur, ce que tu dérailles !

LAVENDANGE

Silence ! Silence !

SECOND SERVITEUR

Où veux-tu donc que ça te mène,
de moudre du vent comme ça ?

LAVENDANGE [*épique*]

C'est pour l'amour de tous les Grecs que je m'envole !
J'ai mis au point un coup hardi, sans précédent.

SECOND SERVITEUR

Pourquoi t'envoles-tu ? Pourquoi ce vain délire ?

LAVENDANGE

Il convient de se recueillir,
de bannir tout babil mesquin,
et d'entonner des litanies.
Dis aux gens qu'ils gardent silence,
qu'ils bâtissent en tuiles neuves
de quoi intercepter l'effluve
des venelles et des fumiers,
et qu'ils verrouillent bien leurs culs[1] !

---

1. Parce que tout arôme fécal risquerait d'attirer le bousier qui
redescendrait sur terre pour y retrouver son régal favori.

vers 85-101

SECOND SERVITEUR

Que je me taise ? rien à faire tant que tu ne m'auras pas
expliqué où tu comptes t'envoler.

LAVENDANGE

Où ça ? Mais chez Zeus, bien sûr, au ciel !

SECOND SERVITEUR

Et quelle est ton idée ?

LAVENDANGE

De lui demander les intentions qu'il a sur les Grecs, tous
tant qu'ils sont.

SECOND SERVITEUR

Et s'il refuse de te les déballer ?

LAVENDANGE

Je lui ferai procès : menées anti-grecques, cinquième
colonne[1].

SECOND SERVITEUR

Vin-dieu ! Jamais, moi vivant...

LAVENDANGE

Rien d'autre à tenter en dehors de ça.

SECOND SERVITEUR [*se retournant à grands cris
vers la maison*]

Ohé ! Ohé ! les petites, votre père vous laisse toutes seules, il
s'en va au ciel en catimini ! Allez,
                    suppliez votre père, ô pauvres malheureuses !

LA PETITE FILLE DE LAVENDANGE [*sortant en courant,
affolée, accompagnée d'une sœur plus jeune encore*]

                    Père, mon père, est-elle véridique,
                    la rumeur parvenue au fond de nos demeures[2] ?

---

1. *Litt. : Je l'accuserai de trahir la Grèce au profit des Mèdes.* Les
dénonciateurs abusaient de ce grief patriotique traditionnel.
2. Nouvelle parodie d'Euripide, ainsi que dans toute la suite de la
scène.

vers 102-115

Tu t'en vas avec les oiseaux, tu m'abandonnes ? Tu vas te
faire... l'en l'air[1], au gré des vents ! Est-ce vrai, pour de bon ?
Réponds, père, si tu m'aimes un peu !

LAVENDANGE

La place, mes enfants, est libre aux hypothèses !

Mais la vérité, c'est que j'en ai gros sur le cœur avec vous
quand vous quémandez du pain en m'appelant papa, et que
de l'argent, il n'y en a pas l'ombre d'une trace à la maison,
rien ! Si je réussis, à mon retour vous aurez à poing nommé
une grosse tourte... et une frottée pour que ça vous fasse une
tartine[2].

LA PETITE FILLE

Mais quels voies et moyens auras-tu pour t'y rendre ?

Ce n'est pas un bateau qui t'emmènera pour cette traversée-
là !

LAVENDANGE

Sur l'aile d'un coursier je ferai le voyage :
je n'irai point par mer...

LA PETITE FILLE

Quel dessein nourris-tu,
de harnacher un bousier, pour aller chez les dieux, papichon ?

LAVENDANGE

Dans les fables d'Ésope[3] j'en ai eu la révélation : de tous les
volatiles, c'est le seul qui soit parvenu chez les dieux.

LA PETITE FILLE

C'est un conte incroyable, ô mon père, mon père !

qu'il soit monté chez les dieux — un être si puant ?

---

1. *Litt. : tu t'en vas aux corbeaux*. Cette locution, qui correspond à
notre « aller au diable », prend ici une justesse drolatique.
2. *Litt. : et un coup de poing dessus comme assaisonnement.*
Κόνδυλος, « poing », fait calembour avec κάνδυλος, « friandise ».
3. Fable de *L'Aigle et l'Escarbot*, reprise par La Fontaine.

vers 116-132

LAVENDANGE

Il y est monté aux temps jadis, par haine de l'aigle : il lui a culbuté ses œufs par représailles.

LA PETITE FILLE

Tant qu'à faire, c'est à l'aile de Pégase que tu aurais dû passer la bride, pour te donner devant les dieux plus d'apparat tragique !

LAVENDANGE

Mais ma mignonne, il m'aurait fallu doubler les rations ! Tandis que comme ça, les vivres que j'aurai avalés moi-même, c'est les mêmes que je lui donnerai comme picotin.

LA PETITE FILLE

Et s'il vient à tomber au sein des flots amers ?
Comment pourra-t-il s'en dépêtrer, avec ses ailes ?

LAVENDANGE [*avec un geste obscène*]

Pour y parer, j'ai là une godille à manœuvrer. Et j'aurai un navire d'élyt... re, un *escar-boat*[1] !

LA PETITE FILLE

Mais
　　　　quel port t'accueillera dans un tel équipage ?

LAVENDANGE

Au Pirée, voyons, il y a le bassin du Bousier[2] !

LA PETITE FILLE

Tâche au moins d'avoir l'œil à ne pas faire un faux pas et dégringoler : ça te rendrait boiteux, et tu fournirais un sujet à Euripide pour te faire passer en tragédie[3] !

---

1. *Litt. : un escarbot comme on en construit à Naxos.* Les chantiers navals de Naxos lançaient des navires de transport de formes trapues, qu'on appelait des « escarbots ».
2. C'était le nom d'un des trois bassins du port du Pirée.
3. Aristophane raille fréquemment Euripide d'avoir pris des boiteux pour héros de ses pièces, en particulier Télèphe.

vers 133-148

LAVENDANGE

C'est mon affaire, j'y veillerai.

[*Aux spectateurs*]

Et vous,
   vous pour l'amour de qui j'assume ces épreuves, ne
lâchez de trois jours ni pet ni crotte ! car s'il renifle quelque
chose, lui, pendant qu'il sera dans les airs, il me fera un tête-à-
cul, et me jettera bas pour aller chercher provende.

[*Les enfants se retirent. La machine se met en marche ;
Lavendange est suspendu entre ciel et terre, non sans
oscillations et grincements*]

LAVENDANGE [*allègre*]

Allons, mon Pégase, en route !
caracole allégrement,
fais cliqueter les gourmettes
de ton caparaçon d'or,
en frétillant des oreilles...

[*Inquiet*]

Hé ! que fais-tu ? que fais-tu ?
où vas-tu piquer du nez
en pointant vers les fumiers ?

[*Encourageant et lyrique*]

Enlève-toi hardiment,
quitte terre ! Et maintenant,
que ton aile déployée
t'emporte au vent de sa course
droit jusqu'à la cour de Zeus !

[*Austère*]

Détourne-toi du fumet
des ordures d'ici-bas,
des nourritures terrestres...

[*Angoissé et volubile, avec de grands gestes vers le sol*]

vers 149-163

Hé, mon bonhomme, en voilà des façons !
Oui, toi là-bas, qui lâches ta chiée
dans le quartier des bordels, au Pirée !
C'est donc ma mort, c'est ma mort que tu veux !
Dis, oui ou non, vas-tu m'enfouir ça,
verser dessus un bon gros tas de terre,
le couronner d'un plant de serpolet,
et l'arroser avec des aromates ?

> [*Ironique*]

S'il m'arrive quelque chose
en tombant de mon perchoir,
ce sera cinq millions
que la cité des Chiotes [1],
pour indemniser ma mort,
sera tenue de verser
par la faute de ton cul !

> [*Angoissé*]

Oh ! là là ! j'ai peur ; je le dis, ce n'est plus de la blague. Hé !
machiniste, prends garde ! Voilà que je sens une espèce de
ballonnement en spirale autour du nombril. Si tu ne fais pas
attention, je vais servir une ration au bousier ! Mais, tiens ? les
dieux ne sont pas loin, on dirait ?... Oui, voilà : j'aperçois le
logis de Zeus.

> [*La machine s'arrête et le dépose devant la porte de
> l'Olympe. Il y frappe avec décision*]

Qui est-ce qui est concierge chez Zeus ? Allons, ouvrez !

HERMÈS [*derrière la porte*]

Ça sent le mortel... D'où vient ?...

> [*Il ouvre et aperçoit Lavendange et sa monture*]

Seigneur ! Dieu puissant ! qu'est-ce que c'est que cette
horreur ?

1. Allusion aux tributs dont Athènes écrasait ses alliés, parmi
lesquels Chios est choisie ici pour le calembour.

vers 164-180

LAVENDANGE

Une bouse-chevaux[1].

HERMÈS

Salaud ! impudent sans vergogne que tu es, salaud, salaud fini, archisalaud, comment es-tu monté ici, dis, archisalaud des salauds ? Ton nom ? Vas-tu le dire, oui ou non ?

LAVENDANGE

Archisalaud.

HERMÈS

Et d'où es-tu originaire ? Explique-toi.

LAVENDANGE

D'Archisalaud.

HERMÈS

Et ton père, qui est-ce ?

LAVENDANGE

Mon père ? Archisalaud.

HERMÈS

Terre et Ciel !

C'est la mort qui t'attend, et sans échappatoire,
si tu ne me dégoises pas ton nom !

LAVENDANGE

Lavendange, d'Athmonée[2], un vigneron qui s'y connaît.
Rien du mouchard, ni du tracassier : ce n'est pas mon genre.

HERMÈS

Et tu es ici pourquoi ?

1. *Litt. : un cheval-bousier.* Aristophane forge un mot qui fait calembour avec « hippocentaure ».
2. Bourg à deux lieues d'Athènes, au nord.

vers 180-192

LAVENDANGE

Pour t'apporter de bons morceaux : tiens.

HERMÈS [*tout amadoué*]

Hé, mon pauvre gros, comment es-tu venu ?

LAVENDANGE

Tiens, tiens ? mon gros goulu, vois-tu ça ? Je ne suis plus un Archisalaud à tes yeux ? Allons, va, fais-moi venir Zeus.

HERMÈS

Ah ! là là ! C'est que tu n'es pas en passe d'approcher les dieux ! Plus personne : ils sont déménagés d'hier.

LAVENDANGE

En quel coin de la terre ?

HERMÈS

Oh là là ! de la terre !

LAVENDANGE

Enfin, où ?

HERMÈS

Loin, très loin... C'est bien simple : juste au fin fond de la calotte du ciel.

LAVENDANGE

Mais alors d'où vient qu'on t'ait laissé tout seul ici, toi ?

HERMÈS

Je monte la garde sur ce qui reste de leurs petites affaires : poêlons, rayons d'étagères, cruchons.

LAVENDANGE

Et ils ont déménagé pourquoi, les dieux ?

vers 192-203

HERMÈS

Les Grecs leur ont donné sur les nerfs ; alors ici, à leur place à eux, ils ont installé la Guerre, en vous abandonnant à elle, pour qu'elle vous traite... c'est bien simple : à sa discrétion. Et eux, ils ont déménagé aussi haut qu'ils ont pu, pour ne plus vous voir batailler, et être hors de portée de vos jérémiades.

LAVENDANGE

Et pourquoi est-ce qu'ils nous ont fait ce coup-là, dis-moi ?

HERMÈS

Parce que vous avez préféré la guerre, en tant d'occasions où ils essayaient de vous réconcilier. Quand ceux de Laconie avaient un petit avantage, ils disaient comme ça : « Ah Spartebleu[1] ! vous allez payer, sales Atticots ! » Et vous autres Athéniens, si après un succès de vos partisans sur les Spartisants[2], ceux-ci venaient avec des offres de paix, vous disiez tout de suite de votre côté : « C'est un piège, sainte Mère d'Athènes ! — Certes, grand dieu ! il ne faut rien écouter : ils repasseront, pourvu qu'on ne lâche pas Pylos[3]. »

LAVENDANGE

Il faut avouer que ce style-là est marqué au coin de chez nous.

HERMÈS

Voilà pourquoi je ne sais pas si vous reverrez jamais la Paix.

1. *Litt. : par les Gémeaux !* Castor et Pollux étaient les héros protecteurs de Sparte.
2. *Litt. : vous les Atticoniens, après un succès, si les Laconiens venaient...* En forgeant pour ses concitoyens un nom qui rime avec celui de leurs ennemis, Aristophane laisse entendre qu'on peut les renvoyer dos à dos — où plutôt les faire, enfin, fraterniser.
3. Pylos, occupée par les Athéniens, avait été très menacée avant l'éclatant succès qu'y remporta Cléon en 425.

vers 204-222

LAVENDANGE

Mais où est-elle donc partie ?

HERMÈS

La Guerre l'a précipitée dans une caverne profonde.

LAVENDANGE

Laquelle ?

HERMÈS

Celle-ci, là, en contrebas. Après quoi, tu vois ce qu'elle a amoncelé de pierres par-dessus, pour vous empêcher de la récupérer jamais !

LAVENDANGE

Dis-moi... et nous, à présent, comment est-ce qu'elle compte nous accommoder ?

HERMÈS

Je ne sais qu'une chose : hier soir, elle s'est fait livrer un mortier d'une taille... ça dépasse tout !

LAVENDANGE

Eh bien, qu'est-ce qu'elle va en faire, de ce mortier ?

HERMÈS

Y mettre vos cités en bouillie : voilà son idée. Mais je m'en vais ; elle ne va pas tarder à sortir, je crois. En tout cas, elle fait du raffut là-dedans !

[*On entend de terribles éclats de voix. Hermès s'esquive*]

LAVENDANGE [*épouvanté*]

Oh ! là là ! misère ! Holà ! Comment lui échapper ? Moi aussi j'ai entendu comme un fracas de mortier de guerre !...

[*Il va se terrer dans un coin. Entre la Guerre* [1], *roulant un énorme mortier*]

---

1. En grec, c'est un homme Πόλεμος, le mot étant masculin. Il a un valet, Κυδοιμός (« Tumulte »), et non pas une servante.

vers 222-235

LA GUERRE [*sardonique*]

Ha! ha! Humains, pauvres humains, humains souffre-douleur, qu'est-ce que vous allez prendre, à l'instant même, à travers les mâchoires!

LAVENDANGE [*à part*]

Seigneur! Jour de dieu! ce mortier... quelle envergure! Et la Guerre! ce sourcil qu'elle a! La voilà donc! C'est elle, Celle que nous fuyons, la Terrible, la Cuirassée, Celle qui dans nos grègues...

[*Il se blottit encore davantage, et pour cause*]

LA GUERRE [*jetant des poireaux dans son mortier*]

Ah! Pauvre Prasies[1], trente et cinquante et moultante fois malheureuse! Quelle capilotade on va faire aujourd'hui de toi!

LAVENDANGE [*au public*]

Ça, Messieurs, ce n'est pas encore notre affaire: cette disgrâce regarde la Laconie.

LA GUERRE [*jetant de l'ail[2] dans son mortier*]

Aïe! Mégare! Aïe! Mégare! comme tu vas être pilonnée à l'instant, et totalement trituraïolisée.

LAVENDANGE [*à part*]

Bigre de bougre! Que voilà largement de quoi piquer les yeux et tirer des pleurs aux gens de Mégare!

LA GUERRE [*jetant du fromage*]

Sicile[3], toi aussi, la belle fondue que tu vas faire!

LAVENDANGE [*à part*]

Malheureux peuple! il va être râpé à mort!

1. Le nom de la ville de Prasies en Laconie fait calembour en grec avec le mot poireau.
2. Mégare était renommée pour ses aulx. Cf. *Ach.*, v. 761, 813.
3. Le fromage était une spécialité gastronomique de la Sicile.

vers 236-251

LA GUERRE

Et maintenant, ce qu'il faut que j'y mette,... c'est ce miel de l'Attique !

LAVENDANGE [*à part*]

Hé ! dis donc, je te conseille plutôt d'en utiliser un autre... Celui-là est trop cher [1]. N'aie pas la main trop lourde pour ce qui est de l'Attique !...

LA GUERRE [*se tournant vers la maison*]

Hé ! pst ! petite ! Bagarre !

BAGARRE [*se présentant*]

Qu'est-ce qu'il y a ? Tu m'appelles ?

LA GUERRE

Ça va barder dur pour ton matricule ! Les bras croisés, feignante ? Tiens pour toi : une beigne !

[*Elle lui donne un soufflet*]

LAVENDANGE [*à part*]

Bang ! Elle est poivrée !

BAGARRE [*pleurnichant*]

Oh ! là là ! ce qu'il faut subir, patronne !

LAVENDANGE [*à part*]

On dirait qu'elle l'a salé, son beignet !

LA GUERRE

Apporte-moi un pilon, au galop !

BAGARRE

Mais, bobonne, nous n'en avons pas ! On n'est installées que d'hier.

1. *Litt. : quatre oboles* [*le cotyle*].

vers 252-260

LA GUERRE

Cours en emprunter un aux Athéniens, et plus vite que ça !

BAGARRE

Oui, j'y vais, pour sûr. [*A part*] Sans ça, ça va barder !

[*Elle s'en va*]

LAVENDANGE [*à part*]

Eh bien, vrai ! qu'est-ce qu'on va faire, nous autres pauvres marionnettes ? Vous voyez si on risque gros ! Pour peu que celle-là revienne avec son pilon, l'autre aura de quoi se mettre nos cités en marmelade tout à loisir ! Ah ! Vin-dieu ! si elle pouvait claquer, au lieu de revenir avec !

LA GUERRE [*apercevant Bagarre qui revient penaude*]

Et alors, toi ?

BAGARRE

Plaît-il ?

LA GUERRE

Tu ne l'apportes pas ?

BAGARRE [*bafouillant de peur*]

C'est que la... enfin... le... il est claqué le pilon des Athéniens [1], le marchand de cuirs qui mettait la Grèce en bouillie.

LAVENDANGE [*à part*]

Bon ça ! ô notre Dame d'Athènes, notre patronne ! Il a bien fait de claquer celui-là, à point nommé, juste avant d'avoir servi à ses concitoyens sa capilotade.

LA GUERRE

Alors va-t'en m'en chercher un autre, à Sparte, et que ça saute !

1. Cléon, tué au siège d'Amphipolis peu de mois auparavant.

vers 261-275

BAGARRE

Oui, c'est ça, patronne.

LA GUERRE

Et sois vite de retour, hein ?

LAVENDANGE [*à part*]

Messieurs, qu'est-ce qui va nous tomber dessus ! C'est maintenant la grosse partie. Allons, si par hasard il y en a un parmi vous qui ait barre sur le secret des dieux[1], c'est le cas de dire une prière, pour qu'ils détournent bien loin... son voyage de retour !

BAGARRE [*revenant éplorée*]

Hélas ! quel malheur ! misère de misère ! Oh là là !

LA GUERRE

Qu'est-ce que c'est ? Tu n'es pas de nouveau bredouille ?

BAGARRE

C'est qu'il est claqué aussi, le pilon des Spartiates[2].

LA GUERRE

Comment, carogne ?

BAGARRE

Ils l'avaient expédié dans le Nord[3] : on le leur avait emprunté — et alors on le leur a perdu.

LAVENDANGE [*à part*]

Bien fait, bien fait, spartebleu ! Ça va peut-être bien tourner...

[*Faisant mine de se pencher vers les profondeurs*]

Courage, mortels !

1. *Litt. : qui ait été initié à Samothrace.* Il s'agit du culte mystérieux des Cabires, qui protégeaient des périls de mer.
2. Brasidas, tué lui aussi à Amphipolis.
3. *Litt. : vers les territoires de Thrace.*

vers 275-286

LA GUERRE

Prends tout ce fourbi, et remporte-le. Moi je rentre : je vais me fabriquer un autre pilon.

[*Elles sortent toutes les deux*]

LAVENDANGE [*sortant de sa cachette*]

Ma foi, c'est bien le moment d'entonner le fameux refrain que chantait Datis un jour, en s'astiquant en plein midi :

« Ah ! quels instants heureux,
délectueux[1], joyeux ! »

A présent, messieurs les Grecs : nous l'avons belle, pour en finir avec tracas et combats, et tirer dehors la Paix, que nous chérissons tous, avant qu'un nouveau pilon vienne se mettre en travers ! Allons, les travailleurs de la terre et du négoce, des chantiers et des ateliers, les implantés, les gens du dehors et d'outre-mer, venez ici, toutes les nations, dare-dare, avec des pioches, des leviers et des câbles ! C'est le moment pour nous d'emporter le morceau — occasion providentielle !

[*Entre le chœur, dans un mouvement très vif avec bousculade*]

LE CORYPHÉE [*d'une voix de stentor*]

Par ici, tout le monde, en route et de bon cœur, tout droit sur la voie du salut ! Tous les Grecs, comme un seul homme, à la rescousse, c'est le cas ou jamais ! lâchons les fronts de bataille et les galonnards de malheur ! Voici levé le jour de honnir Vatenguerre[2] !

[*A Lavendange*]

Bon. Là-dessus, explique-nous la manœuvre : tu seras notre chef de chantier. Il n'y a pas à tortiller : je me promets bien de ne pas quitter la partie aujourd'hui, avant d'avoir ramené à la

1. Le barbarisme est du chanteur (Datis est un nom asiatique). L'allusion est obscure.
2. Cf. *Ach.*, v. 566 n.

vers 287-306

lumière, à force de leviers et d'engins, la plus grande de toutes les déesses, et la plus douce patronne de nos vignes.

LAVENDANGE

Voulez-vous bien vous taire ? Gare ! Si l'affaire vous met trop en joie, vous allez de nouveau faire cracher le feu à l'autre, par là-dedans, à la Guerre, avec vos braillements !

LE CORYPHÉE

Entendu : un avis comme celui-là, ça fait plaisir. C'est autre chose que : « Avis d'avoir à se présenter, muni de trois jours de vivres[1] ! »

LAVENDANGE

Et méfiez-vous de l'autre, le triple chien qui est aux enfers[2] : qu'il ne fasse pas la soupe au lait et l'aboyeur comme quand il était de ce monde, pour venir dans nos jambes pour nous empêcher de tirer du trou la déesse !

LE CORYPHÉE

Pas de danger, ce coup-ci, qu'il y ait quelqu'un pour me l'arracher, Elle, une fois que je l'aurai dans mes bras, larira !

LAVENDANGE

C'est ma mort que vous signez, mes amis, si vous ne mettez pas une sourdine à vos cris !

[*Montrant la porte par où est rentrée la Guerre*]

Elle va se ruer dehors et flanquer tout en l'air à coups de pied !

LE CORYPHÉE

Tant pis ! qu'elle brouille et qu'elle piétine et qu'elle flanque tout en l'air : notre jubilation, aujourd'hui, rien ne saurait l'arrêter !

1. Cf. *Ach.*, v. 197 n.
2. *Litt. : Le Cerbère*. Il s'agit de Cléon.

vers 307-321

[Le Chœur se lance dans une série d'entrechats endiablés]

LAVENDANGE

Qu'est-ce qui vous prend, les gars ? Vous êtes malades ? Au nom du ciel, n'allez pas gâter une si belle affaire avec vos gigues !

LE CORYPHÉE

Pas ma faute si je gigote ! je n'y peux rien ! c'est la joie : ce n'est pas moi qui bouge mes jambes : elles dansent toutes seules.

LAVENDANGE

Allons, suffit maintenant ! Assez d'entrechats, assez !

LE CORYPHÉE

Bon, voilà ; ça y est, c'est fini.

LAVENDANGE

Que tu dis !... Mais tu continues !

LE CORYPHÉE

Mais non ! laisse-moi encore décocher celui-ci, et puis c'est tout.

LAVENDANGE

Va pour celui-ci ; mais ensuite, plus d'entrechats, plus rien !

LE CORYPHÉE

Nos entrechats, on les arrêterait bien, si ça peut te faire plaisir.

LAVENDANGE

Oui, mais vous voyez, vous n'avez pas encore fini !

LE CORYPHÉE

Encore celui-là, bonté divine ! un jeté de la jambe droite, et repos !

vers 322-332

LAVENDANGE

Bon, je vous le passe encore — mais ne m'embêtez plus.

LE CORYPHÉE

Mais il y a encore la gauche qui veut sa part, c'est plus fort que moi ! O liesse et délices, pétarade et rigolade ! Échapper au bouclier, c'est mieux que d'être délesté de la vieillesse !

LAVENDANGE

La joie, non, pas pour l'instant : vous n'avez pas encore le dernier mot. Mais quand on tiendra la Paix, alors à vous la joie,

en braillant : Tradéridéra !

et les cris et les rires ! Oui :
à ce moment-là vous pourrez
prendre la mer, rester chez vous
faire l'amour, faire la sieste,
vous rendre aux fêtes fédérales,
tenir banquets et jeux de table [1]
et vous la couler douce
en braillant : Tradéridéra !

[STROPHE]   LE CHŒUR

Puissé-je voir enfin se lever ce jour-là !
J'en ai tant subi des tracas,
vois-tu ! J'en ai tant partagé
des nuits sur la dure, avec Phormion [2] !
Tu ne trouveras plus en moi un judicastre
acerbe, ni râleur...

LAVENDANGE

Ni cassant non plus, comme avant,
dans tes façons ? c'est entendu ?

1. *Litt. : jouer au cottabe.* Cf. v. 1244 n.
2. Cf. *Cav.*, v. 562 n.

vers 333-349

LE CHŒUR

Je serai gentil tout plein,
tu verras ! tout rajeuni
rien que d'avoir échappé
aux tracas qui me harcèlent !
Ça fait bien assez longtemps
qu'on se tue et qu'on s'éreinte
à se rendre au Polygone,
et rentrer du Polygone
avec lance et bouclier [1] *!*
Mais voyons, que ferons-nous
pour complaire à tes désirs
le mieux possible ? Allons, parle :
c'est toi que la Providence
nous a choisi pour seigneur et pour maître.

LAVENDANGE

Allons, que je voie un peu d'en haut comment nous allons déblayer ces pierres.

HERMÈS [*revenant furieux*]

Salopard, impudent, qu'est-ce que tu comptes faire ?

LAVENDANGE

Rien de coupable ; et c'est d'un cœur léger, comme dit l'autre [2].

HERMÈS

Ton compte est bon, misérable !

LAVENDANGE

Ouais ! si je tire perdant !... Car en honnête dieu du Hasard [3], je pense bien que tu vas jouer la chose aux dés !

1. *Litt. : au Lycée*, qui servait de champ d'entraînement et de manœuvres.
2. *Litt. : Rien de coupable, juste comme Cillicon.* Ce personnage avait vendu sa patrie sans remords, et son nom était passé en proverbe.
3. *Litt. : toi qui es Hermès.*

vers 350-365

HERMÈS

Ton compte est bon, ton compte est réglé !

LAVENDANGE

Pour quel jour ?

HERMÈS

A l'instant, tout net.

LAVENDANGE

Mais je n'ai fait encore aucune emplette, ni farine ni fromage, pour aller me faire régler mon compte[1] !

HERMÈS

N'empêche, tu es raide[2].

LAVENDANGE

Pas possible ? Je me serais élevé à cet heureux état sans m'en rendre compte ?

HERMÈS

Sais-tu bien que Zeus a proclamé la peine de mort pour qui serait pris à la déterrer, Elle ?

LAVENDANGE

Il n'y a pas à en sortir, je vois : c'est la mort qui m'attend ?

HERMÈS

Tiens-le-toi pour dit !

LAVENDANGE

Alors, prête-moi de quoi acheter une indulgence[3] : il me la faut avant d'être mort !

---

1. Nouvelle allusion aux provisions que devaient apporter les citoyens mobilisés : ils devaient se munir de *vivres* pour se faire *tuer*. Cf. *Ach.*, v. 197 n.
2. L'équivoque obscène est différente en grec, et passe encore moins bien en français.
3. *Litt. : prête-moi trois drachmes pour un cochon de lait : il faut que je me fasse initier avant de mourir.* Les initiés d'Éleusis avaient de gros avantages dans l'autre monde. Il fallait, entre autres obligations, offrir un cochon de lait pour être admis à l'initiation.

vers 366-375

HERMÈS [*d'une voix forte, tourné vers le ciel*]
A moi, dieu tout-puissant aux foudroyants tonnerres !

LAVENDANGE
Au nom de la divine Providence, Seigneur, je t'en supplie, ne nous cafarde pas !

HERMÈS [*intraitable, statue du Devoir*]
Je ne saurais me taire.

LAVENDANGE
Mais si !... au nom de la divine provende que je t'ai apportée de si bon cœur en arrivant !

HERMÈS [*un peu radouci*]
Mais, mon vieux, Zeus va me volatiliser si je ne braille pas la chose à cor et à cris !

LAVENDANGE
Ne braille pas, je t'en conjure, Hermès, mon minet !... [*Se retournant vers le Chœur*] Eh bien, qu'est-ce qui vous arrive, vous autres ? Vous voilà plantés tout ahuris ? Ne vous taisez pas, malheureux ! sinon il va brailler !

[ANTISTROPHE]   LE CHŒUR
Garde-t'en bien, Seigneur Hermès, garde-t'en bien !
Si tu te souviens du plaisir
que tu as pris à te repaître
d'un cochon de lait offert par mes soins,
en fais pas bon marché, à l'heure où nous voici,
de ce présent passé !

LAVENDANGE
Entends-tu les câlineries
qu'ils te font, dis, Seigneur et Maître ?

LE CHŒUR
Ne nous poursuis point, de grâce,
d'une rancune recuite,
laisse-nous La recouvrer,

vers 376-391

Théâtre complet. Tome 1.   15.

Elle ! allons, fais-nous plaisir,
toi dont l'humaine tendresse
et l'éclatante largesse
n'ont pas d'égales au Ciel !
Ne vomis-tu pas Pisandre[1],
ses sourcils et ses panaches ?
Tandis que nous, ô Seigneur,
sacrifices solennels,
et grands cortèges, voilà
de quel hommage à jamais
nous t'auréolerons, nous, éternellement !

LAVENDANGE [*pathétique*]

Pitié, je t'en supplie ! Va, exauce leurs voix ! Rends-toi compte : ils te rendent plus d'honneurs que jadis, puisqu'ils sont aujourd'hui plus voleurs que jadis[2]. Et je vais te révéler une grave, une terrible affaire qui est en train de se mijoter contre les dieux.

HERMÈS

Soit, déballe : je ne serai peut-être pas irréductible.

LAVENDANGE

La Lune, et ce coquin de Soleil, ils complotent contre vous (et ça remonte loin) ; ils trahissent les Grecs en faveur des Barbares.

HERMÈS

Et pourquoi font-ils ça ?

LAVENDANGE

Parce que c'est à vous autres que nous faisons des offrandes, pardi, tandis que les Barbares, c'est à eux qu'ils en font. Voilà pourquoi ils voudraient nous voir tous anéantis, comme de juste, pour être les seuls à recevoir les dévotions.

1. Un des bellicistes d'Athènes.
2. Cf. *Cav.*, v. 297 n.

vers 392-413

HERMÈS

C'est donc ça qu'ils nous escroquaient depuis quelque temps sur le calendrier, et qu'ils rognaient sur le tour de piste de leur carrosse, les rosses[1] !

LAVENDANGE

Oui, parbleu ! Là-dessus, très cher Hermès, prête-nous la main de bon cœur, aide-nous à La tirer dehors. Et c'est à toi que nous consacrerons le grand cortège du Quatorze-Juillet, et toutes les autres solennités religieuses. A Hermès les Rogations, la fête de l'Être Suprême et le Carnaval[2] ! Et bien d'autres peuples, quand ils verront finies leurs misères, offriront partout des sacrifices à Hermès, le divin sauveur[3]. Et puis tu encaisseras encore des masses d'autres profits. Pour commencer [*Il lui tend une coupe d'or*] voici le cadeau que je t'offre pour que tu puisses te livrer à des libations.

HERMÈS [*patelin*]

Hélas ! j'ai toujours eu le cœur si tendre pour l'orfèvrerie !

[*Au Chœur*]

Eh bien, désormais, c'est votre affaire, Messieurs les hommes ! Allons, venez çà avec vos pioches, et déblayez les pierres en vitesse.

LE CORYPHÉE

Entendu. [*A Hermès*] C'est à toi maintenant, avec ta suprême ingéniosité divine, de prendre la direction ; explique la manœuvre en bon contremaître. Nous autres, sous tes ordres, tu vas voir comme on sait travailler.

---

1. Allusion à une réforme du calendrier à Athènes.
2. *Litt. : les grandes Panathénées* (grande fête nationale en l'honneur d'Athènes), *les mystères* (consacrés à Déméter), *les Dipolies* (à Zeus), *les Adonies* (à Aphrodite). Toutes les fêtes seront désormais des fêtes d'Hermès.
3. Après l'annexion par Hermès des fêtes, voici celle des titres. Celui-ci (*litt. : qui préserve du mal*) est réservé à Apollon.

vers 414-430

LAVENDANGE [*à Hermès*]

Allons, toi, présente la patène, que nous disions nos patenô-
tres avant de nous mettre à l'ouvrage.

[*Le Chœur commence à déblayer*]

HERMÈS [*très solennel, la coupe cn main*]

Sainte, sainte offrande! Recueillez-vous! recueillez-vous!
En procédant à cette offrande, nous supplions que la présente
journée ouvre pour tous les Grecs une ère de bonheurs sans
nombre, et que quiconque aura mis tout son cœur à saisir les
câbles, que celui-là ne saisisse plus jamais de bouclier...

HERMÈS

Non, grand dieu! Mais qu'il passe toute sa vie dans la paix,
auprès de sa blonde, à tisonner son petit fourneau[1].

HERMÈS

Et celui qui préfère qu'il y ait la guerre, qu'il soit voué sans
repos, ni cesse, ô dieu d'ivresse...

LAVENDANGE

... à s'arracher des pointes de flèches dans le coude.

HERMÈS

Et si quelqu'un, parce qu'il guigne le tableau d'avance-
ment, t'envie, ô souveraine Dame, le retour à la lumière,
puisse-t-il, dans la mêlée...

LAVENDANGE

... lui advenir la même mésaventure qu'à Cléonyme[2].

HERMÈS

Et si je ne sais quel polisseur de bois de lances, ou
marchand de boucliers, pour faire de meilleures affaires,
désire des batailles...

1. Équivoque obscène.
2. *Cav.*, v. 958 n.

vers 431-448

LAVENDANGE

... qu'il soit raflé par une razzia, et mis au pain et à l'eau[1].

HERMÈS

Et si quelqu'un, parce qu'il veut commander en chef, s'abstenait de s'y mettre avec nous — ou encore parce qu'il a pris ses mesures pour quelque servile désertion...

LAVENDANGE

... qu'il soit mis sur la roue, et déchiré à coups de fouet.

HERMÈS

Et pour nous, du bonheur ! Ainsi soit-il ! Hourra, Seigneur, hourra !

LAVENDANGE

Ah ! ne parle plus de saignées[2] ! Dis : hourra ! pas plus.

HERMÈS

Bon, bon ! Hourra ! Je dis : Hourra pas plus.

LAVENDANGE

Pour Hermès, et les Grâces, et les Heures, et la Reine des Amours et du Désir !

HERMÈS

Mais pour le dieu des Batailles, non !

LAVENDANGE

Non !

HERMÈS

Et des Carnages, non plus !

LAVENDANGE

Non.

---

1. *Litt. : qu'il ne mange que de l'orge*, nourriture grossière donnée aux prisonniers.
2. Lavendange est hanté par les horreurs de la guerre : il entend : *Saigneur.*

vers 449-457

HERMÈS

Attelez-vous tous, et du nerf ! halez sur les cordes !

[*Le Chœur commence à tirer sur les câbles*]

LE CHŒUR

Oh ! hisse !

HERMÈS

Hisse donc !

LE CHŒUR

Oh ! hisse !

HERMÈS

Encore ! hisse donc !

LE CHŒUR

Oh ! hisse ! oh ! hisse !

LAVENDANGE

Mais ils ne tirent pas tous du même cœur, les bonshommes !
Oui ou non, allez-vous vous y mettre avec ensemble ? Ah !
vous faites les petits malins, messieurs de Béotie ! il vous en
cuira !

HERMÈS

Allons, hisse !

LAVENDANGE

Hisse ! ho !

LE CORYPHÉE [*à Hermès et Lavendange*]

Eh bien, allons, vous deux, tirez aussi avec nous !

LAVENDANGE

Mais je tire, vois-tu, et je m'accroche, et je m'esquinte, et je
m'évertue !

LE CORYPHÉE

Alors, comment ça se fait que l'ouvrage n'avance pas ?

vers 458-472

LAVENDANGE [*bousculant un tire-au-flanc*]

Espèce de Vatenguerre[1] ! tu triches ! tu t'assieds dans les jambes des gens. On n'a rien à faire de toi, mon bonhomme, avec ta gueule à faire peur ! Et ceux-là non plus, les Argiens, ils n'en donnaient pas une secousse ! Voilà bel âge qu'ils ne font que se payer la tête de ceux qui triment, et avec ça ils touchent aux deux guichets et mangent aux deux râteliers[2] !

HERMÈS

Mais les Laconiens, mon bon, ils tirent bravement.

LAVENDANGE

Eux ? Ceux qui sont dans le bois[3], sais-tu bien ? ils y vont de bon cœur — mais rien qu'eux ; il y a ce batteur de fer qui fait de l'obstruction.

HERMÈS

Les Mégariens non plus ne font rien de bon. Et pourtant ils tirent, ils en bavent, en retroussant les babines comme des petits chiens.

LAVENDANGE

Bien sûr, parbleu : ils sont morts de faim.

HERMÈS

On n'arrive à rien, les gars ! Allons, d'un seul élan, tous il faut nous y mettre et nous agripper. Oh ! hisse !

LE CHŒUR

Hisse donc !

1. Cf. *Ach.*, v. 566 n.
2. Les Argiens monnayaient des deux côtés leur non-belligérance, et avaient tout intérêt à voir la guerre s'éterniser.
3. Il s'agit des prisonniers de Sphactérie, dans leur carcan de bois. Mais en même temps Aristophane songe à tous les artisans pacifiques : charpentiers, menuisiers, par opposition aux travailleurs du fer, qui forgent des armes, et que la guerre enrichit.

vers 473-486

HERMÈS

Oh ! hisse !

LE CHŒUR

Hisse morbleu !

HERMÈS

Ça ne bouge guère !

LAVENDANGE

C'est trop fort tout de même ! Les uns s'arc-boutent, et les autres tirent dans l'autre sens ! Vous allez recevoir une volée, les Argiens !

HERMÈS

Hisse donc !

LAVENDANGE

Hisse ho !

LE CORYPHÉE

Il y a des saboteurs dans l'équipe.

LAVENDANGE [*aux paysans athéniens*]

Eh bien, vous du moins qui avez une fringale de paix, halez bravement !

LE CORYPHÉE

Mais il y en a qui gênent !

HERMÈS

Vous, les gens de Mégare, allez-vous-en au diable ! Elle a une dent contre vous, la déesse : elle a bonne mémoire. C'est vous les premiers qui lui avez administré une frottée de votre ail[1]. Et vous, les Athéniens, cessez de vous accrocher du côté d'où vous tirez à présent : vous n'arriverez à rien, qu'à des chamailleries. Non, si vous désirez vraiment la tirer dehors, infléchissez un peu en direction de la mer[2].

1. Cf. *Ach.*, v. 525-539 et la n.
2. Il faut probablement comprendre : Cédez sur vos ambitions continentales, et limitez-vous à votre empire maritime. A ce prix-là la paix sera possible.

vers 487-507

LE CORYPHÉE

Allons, les gars, prenons-nous-y tout seuls, nous autres les paysans !

[*Seuls restent pour tirer les paysans de l'Attique*]

HERMÈS

Ah ! ça marche beaucoup mieux avec vous, les gars !

LE CORYPHÉE

Il dit que ça marche ! Allons, tout le monde, et de bon cœur !

LAVENDANGE

Ma foi, c'est les paysans qui enlèvent le morceau, et personne autre !

LE CHŒUR

Allez donc ! Allez tous !

HERMÈS

Ah ! on y est presque maintenant !

LE CORYPHÉE

Ne flanchons pas ! Arc-boutons-nous encore, bravement, et de plus belle !

HERMÈS

Maintenant ça y est !

LE CHŒUR

Oh ! hisse donc ! Oh ! hisse tous ! Oh ! hisse, hisse, hisse donc ! Oh ! hisse, hisse, hisse tous !

[*Apparaît la statue de la Paix, radieuse. A droite et à gauche, ses deux compagnes, Festivité et Trésor-d'Été*]

LAVENDANGE

O Toute-Souveraine ! ô dispensatrice des grappes ! de quel titre te saluer ? Où prendrais-je un mot assez ample ? C'est un

vers 508-520

foudre[1] qu'il faudrait pour te saluer — et je n'ai pas ça dans
ma cave ! Ah ! bienvenue à toi, Trésor-d'Été ! à toi aussi
Festivité ! Quel minois est le tien, déesse bien-aimée[2] ! Quelle
haleine, oh ! si douce, et qui coule dans le cœur, toute suave !
c'est comme un parfum de démobilisation et d'aromates.

HERMÈS

Ça ne ressemble pas à l'odeur de paquetage du soldat !

LAVENDANGE

Pouah ! d'un être honni cet attribut honni[3] !

Il a une odeur de scrongnoignon[4] ; mais elle, c'est parfum
de trésors d'été, de bel-accueil, de festivals[5], de flûtiaux, de
récitants tragiques, de strophes de Sophocle, de grives, de
petits vers d'Euripide...

HERMÈS

Ah ! gare à toi si tu la calomnies ! Un fabricant de petites
picoteries poétiques n'a point sa faveur !...

LAVENDANGE

... de lierre, de moût de raisin, de brebillettes bêlantes, de
seins de femmes quand elles s'égaillent en courses champêtres, de servante éméchée, de litron culbuté, et tant d'autres
bonnes choses !

HERMÈS

Tiens, regarde maintenant comme elles se répondent, les
cités réconciliées, en babillages et en sourires dans l'allégresse !

1. Un titre assez grand pour *contenir* l'adoration débordante du
vigneron, qui prend son image dans les choses de son métier.
2. Je lis pour la fin du vers : ὦ φίλη θεός. L'hommage de Lavendange
ne convient en effet qu'à la Paix.
3. Parodie d'un vers du *Télèphe* d'Euripide.
4. *Litt.* : *de rot d'un mangeur d'oignons*. L'oignon et le fromage
étaient la principale nourriture du soldat.
5. *Litt.* : *de Dionysies*.

LAVENDANGE

Oui — et, avec les yeux furieusement pochés, toutes tant qu'elles sont, et des bleus appliqués sur tout le corps !

HERMÈS

Et ceux-là donc, les spectateurs, observe la mine qu'ils font : tu pourras deviner leurs métiers.

LAVENDANGE [*effaré devant l'immense hémicycle*]

Oh là là ! pauvre de moi !

HERMÈS

Tu ne vois pas au moins ce fabricant de panaches là-bas qui s'arrache les crins ?

LAVENDANGE

Mais celui-là qui forge les pioches, il a pété victoire tout juste au nez de l'armurier là-bas.

HERMÈS

Et celui qui fait des lames de faux, tu ne vois pas comme il est content ?

LAVENDANGE

Et quel pied de nez il fait à l'autre qui tourne des bois de lance !

HERMÈS

Allons maintenant, fais signification aux paysans d'avoir à partir.

LAVENDANGE

Silence au communiqué ! Pour les cultivateurs, départ, munis de leurs outils de culture, vers leurs champs, immédiatement et sans délai... ni lance, ni épée, ni javelot. Tout ici est déjà saturé d'un arôme de paix suavement macérée. Allons, que chacun s'en aille au travail des champs, après un cantique solennel !

vers 541-555

LE CORYPHÉE

Aurore à laquelle ont tant aspiré
tous les braves gens et les paysans,
j'ai tant d'allégresse à te voir levée !
Je veux à présent saluer mes vignes !
Et mes chers figuiers, comme j'ai envie
— eux que je plantais en mes jeunes ans —
de les embrasser, après si longtemps !

LAVENDANGE

Mais d'abord, les gars, il faut rendre grâces
à notre déesse : elle a balayé
de devant nos yeux plumets, écussons[1] !
Après quoi, voyons à filer aux champs,
non sans acheter bonnes charcutailles
à porter chez nous, chacun dans sa ferme !

HERMÈS

Bon dieu ! c'est beau à voir ce bloc qu'ils font, compact
comme une galette, émoustillé comme une bombance !

LAVENDANGE

Morbleu, comme ça reluisait donc, une pioche bien asti-
quée ! Et les hoyaux qui brillent de toutes leurs dents sous le
soleil ! Une raie de vigne peut avoir beau visage en sortant de
recevoir leurs soins ! Ah ! moi aussi maintenant je grille de
m'en aller aux champs retourner mon lopin à grands coups de
houe — depuis le temps !

Oui ! souvenez-vous, les gars,
la belle vie qu'on menait
grâce à Elle, dans le temps !
vous savez, les pains de fruits,
les figues fraîches, les myrtes,
le jus sucré de nos treilles,
et le coin des violettes,
près du puits, et les olives !

---

1. *Litt. :* gorgones, comme celle du bouclier de Vatenguerre dans *Les
Acharniens*.

vers 556-578

O nostalgie !... Aujourd'hui
que ces joies nous sont rendues,
acclamez notre déesse !

LE CHŒUR

Te voici venue ! O joie ! Ah, salut,
salut, Bien-Aimée ! Ah ! j'étais hanté
du désir de toi : retourner aux champs,
je souhaitais ça furieusement...
car c'était bien toi notre grand trésor,
ô tant désirée !
nous avions en toi notre seul appui :
tu nous prodiguais, dans le temps jadis,
tant de faveurs si exquises,
si bénies, si gracieuses !
Pour nous autres, laboureurs,
le pur froment, c'était toi !
c'était toi, le bon secours !
O le rire jubilant
qui va courir les vignes,
les figuiers adolescents,
partout où monte la sève —
pour te faire bel accueil !

LE CORYPHÉE [*à Hermès*]

Mais où pouvait-elle bien être, Elle, loin de nous, pendant
tout ce temps-là ? Apprends-le-nous, dieu entre tous plein de
sollicitude !

HERMÈS

Paysans ! que votre haute sagesse se pénètre bien de mes
paroles, si vous voulez entendre comment on l'a perdue !
D'abord, ce qui déclencha le désastre, ce sont les déboires
subis par Phidias[1], et puis la crainte qu'éprouva Périclès de

---

1. Phidias, ami et protégé de Périclès, fut accusé de malversations à
propos de sa fameuse statue d'Athéna. Le fondement historique de
cette version des origines de la guerre est nul. Cf. *Ach.*, v. 525 et suiv.

vers 579-606

partager le même sort : vous avez du caractère, et la dent dure, c'est ce qui lui fit peur. Prenant les devants sur les sanctions qui le menaçaient lui-même, il mit le feu à la ville, en y jetant une petite étincelle : le décret sur Mégare ; et de souffler la guerre à pleins poumons, si bien que la fumée fit pleurer tous les yeux grecs de ce bord-ci et de l'autre. Et dès qu'une fois un sarment [1], à son corps défendant, se fut mis à crépiter, et une jarre qu'on avait bousculée à prendre la mouche et à regimber contre la voisine, plus personne pour mettre le holà. Et Elle, de s'éclipser.

LAVENDANGE

Jour de dieu ! Voilà des choses dont personne ne m'avait informé ! Je ne savais pas que Phidias eût quelque chose à voir avec Elle.

LE CORYPHÉE

Moi non plus, avant ce jour. C'est donc ça qu'elle a si joli minois, puisqu'elle a des attaches avec un si grand artiste ! Ah ! il y a bien des choses que nous ignorons !

HERMÈS

Et là-dessus, quand vos cités vassales vous virent ensauvagés les uns contre les autres, les crocs en bataille, tous les trucs étaient bons pour elles contre vous, dans leur terreur des tributs à payer ; et elles se conciliaient les gros personnages en Laconie, à prix d'argent. Eux, dans leur ignoble cupidité et leur hypocrisie envers les étrangers, jetèrent la Paix dehors ignoblement, pour enfourcher la guerre. Et alors, ce qui était profit pour ces gens-là, ce fut désastre pour leurs paysans. Car de notre côté, les galères s'en allaient par représailles, chez des gens qui n'en pouvaient mais, et grugeaient leurs figues.

---

1. Hermès lui-même emploie des images de vigneron ; elles sont rendues amusantes par les sentiments prêtés aux objets.

vers 606-627

LAVENDANGE

Ah! non, minute! C'était justice, puisqu'ils m'avaient coupé à ras du sol mon figuier noir, que j'avais planté; et je me l'étais si bien soigné!

LE CORYPHÉE

Pardieu ouf, mon vieux, c'était justice, pour sûr, puisqu'à moi aussi ils m'ont démoli d'un coup de pierre une jarre à blé qui tenait vingt boisseaux!

HERMÈS

Là-dessus, quand le peuple des travailleurs des champs se fut entassé dans les villes, il ne s'est pas rendu compte qu'il restait victime du même trafic : privé même de raisin sec, lui l'amateur de figues[1], il n'avait jamais d'yeux que pour les parleurs. Et eux, qui se rendaient pourtant compte que les pauvres gens n'en pouvaient plus et manquaient de pain, à coups de fourche ils chassaient la Déesse avec leurs braillements (et pourtant, elle s'est souvent montrée, spontanément, par fidèle amour pour notre pays!). Et puis chez nos alliés, ils secouaient les riches, les bien dodus, avec, à la clé, des accusations pour sympathies envers les ennemis[2]. Et vous de déchiqueter le type, comme des roquets. Car la cité efflanquée, aplatie de terreur, dévorait avec délices tout ce que lui jetait la calomnie. Alors les vassaux étrangers, en voyant quels coups pleuvaient sur eux, bourraient d'or la gueule de ceux qui usaient de ces procédés; si bien qu'ils les enrichissaient, eux, et que la Grèce par contre se vidait de sa substance, et vous ne le saviez pas. Et l'auteur de tout ça, c'était un marchand de cuirs...

---

1. *Litt. : privé de marc de raisin, lui qui aime les figues sèches.* Celles-ci étaient une gourmandise plus appréciée que celui-là.
2. *Litt. : avec Brasidas.* Mazon observe que cela correspond exactement aux « suppôts de Pitt et de Cobourg » sous notre Révolution.

vers 628-648

LAVENDANGE

Chut ! chut, Hermès, mon maître ! Ne dis pas son nom !
Laisse cet individu croupir où il est. Il n'est plus à nous, ce
type-là, il est à toi [1]. Ainsi, tout ce que tu diras sur son compte

    quel chenapan il fut de son vivant,
    quel délateur et quelle grande gueule,
    quelle baratte à brasser la pagaille
    et tout et tout — ces invectives-là
    c'est l'un des tiens, à présent, qu'elles visent !

                  [Se tournant vers la Paix]

Mais pourquoi ce silence, ô souveraine ? dis-le-moi.

HERMÈS

Pas de danger qu'elle parle aux spectateurs ! Elle leur garde
trop de rancune de ce qu'ils lui ont fait subir !

LAVENDANGE

Au moins qu'elle parle tout bas, à toi tout seul.

HERMÈS *[s'approchant de la Paix]*

Dis-moi, à moi, quels sentiments tu nourris à leur égard,
bien-aimée ! Va, toi qui entre toutes les femmes es la moins
portée à faire casquer les hommes [2] !

    [Il met l'oreille contre la bouche de la Paix et fait mine
    d'écouter]

Ah ! bon, entendu. C'est ça que tu leur reproches ? Je
comprends. *[Au public]* Écoutez, vous autres, pourquoi elle
vous garde grief. Elle dit qu'elle est venue de son propre
mouvement, après l'affaire de Pylos [3], apporter à Athènes un
plein panier d'armistices ; et que vous l'avez chassée, à mains
levées, par trois fois, de l'Assemblée.

---

1. Hermès, entre autres fonctions, conduisait les morts aux Enfers.
Ainsi Cléon lui appartient désormais.
2. *Litt. : celle qui déteste le plus la courroie du bouclier.* Aristophane
forge un adjectif narquois pour rendre cette idée.
3. Cf. *Cav.*, v. 55 n. et *passim.*

vers 648-667

LAVENDANGE

En cela nous avons eu tort ; mais pardonne : à ce moment-là on nous tenait le nez dans les cuirs[1].

HERMÈS [*même jeu*]

Tiens, écoute ce qu'elle vient de me demander : qui est-ce qui, parmi vous, lui voulait le plus de mal — et qui l'aimait, et s'ingéniait à écarter les combats ?

LAVENDANGE

Le mieux disposé pour elle, et de loin, c'était Cléonyme[2].

HERMÈS

Quel genre de type ? de quoi a-t-il l'air quand il s'agit de combat ?

LAVENDANGE

Un brave des braves — sauf qu'il ne devait vraiment pas être né du père qu'il se donne. Car à peine soldat, à la première sortie il bât... zardait ses armes pour se sauver plus vite.

HERMÈS [*même jeu*]

Écoute ce qu'elle vient encore de me demander : qui est-ce qui règne à présent sur la tribune de l'Assemblée[3] ?

LAVENDANGE [*gêné*]

A présent ? c'est Hyperbolos qui tient ce coin-là. [*A la Paix*] Eh ! que fais-tu ? Tu dérobes la tête ?

HERMÈS [*même jeu*]

Elle tourne le dos à ce peuple : elle est furieuse qu'il ait pris un tel scélérat pour patron.

---

1. Nouvelle allusion à Cléon.
2. Cf. v. 446 et *Cav.*, v. 958 n.
3. *Litt. : sur le rocher de la Pnyx.* Pour Hyperbolos, cf. *Ach.*, v. 846, et *Cav.*, v. 1304-1315.

vers 668-684

LAVENDANGE

Oh ! nous ne continuerons pas à en faire usage, non. Mais pour le moment le peuple était tout nu, à court de répondant : il a pris cet homme-là en attendant pour s'en faire un pagne.

HERMÈS [*même jeu*]

Et alors, qu'est-ce que la cité y gagnera ? Elle vous le demande ?

LAVENDANGE

Nous deviendrons des esprits mieux avisés.

HERMÈS

Par quelle recette ?

LAVENDANGE

Parce qu'il se trouve que c'est un lampiste. Avant ça, on manipulait les affaires à tâtons. Maintenant nous aviserons sur toutes choses à la lumière de la lampe.

HERMÈS [*même jeu*]

Oh ! oh ! en voilà des questions dont elle me charge pour toi !

LAVENDANGE

Lesquelles ?

HERMÈS

Des tas ! en particulier sur le vieux temps, ce qu'elle avait laissé derrière elle... D'abord elle me demande où en est Sophocle.

LAVENDANGE

Il prospère. Mais ce qui lui arrive... c'est pas ordinaire.

HERMÈS

Quoi donc ?

LAVENDANGE

De Sophocle qu'il était, il tourne au Simonide[1] !

1. La cupidité du poète Simonide était restée légendaire.

vers 685-697

HERMÈS

Simonide ? comment ?

LAVENDANGE

C'est que vieux comme il est, et vermoulu, pour de l'argent il naviguerait sur un crible !

HERMÈS

Et puis encore ? L'ingénieux Cratinos, il vit encore[1] ?

LAVENDANGE

Il est mort, au moment de l'invasion des Laconiens.

HERMÈS

Qu'est-ce qu'il a eu ?

LAVENDANGE

Ce qu'il a eu ? Un coup de sang. Il n'a pas pu supporter de voir fracasser une jarre pleine de vin... Ah ! on en a bien vu d'autres, va ! Si tu savais ce qui s'est passé dans la ville ! Aussi, jamais plus nous ne te laisserons partir, ô souveraine !

HERMÈS

Eh bien, sur ce pied-là, reçois pour épouse, à titre personnel, Trésor-d'Été ici présente. Prends-la chez toi à la campagne, et faites souche de beaux... cépages !

LAVENDANGE [*émoustillé*]

O ma bien-aimée ! Viens ici et laisse-moi t'embrasser. [*A Hermès, avec déférence*] Y aurait-il selon toi, Seigneur Hermès, quelque inconvénient pour moi à m'enfoncer, après si longtemps, au sein de ces Trésors-d'Été ?

---

1. Cf. *Ach.*, v. 848 n. ; *Cav.*, v. 400 n. Il n'est pas sûr que Cratinos fût réellement mort. Aristophane voudrait alors faire entendre méchamment qu'il se survit à lui-même.

vers 698-711

HERMÈS

Non, si tu bois par là-dessus une tisane de pouliot[1]. Mais dépêche-toi vite d'emmener celle-là, oui, Festivité ; et de la conduire au Conseil : c'est lui qui en disposait jadis.

LAVENDANGE

Sacré veinard de Conseil, avec ta Festivité ! Tu vas en laper du bouillon gras pendant trois jours, tu vas en dévorer des fricots de tripes et du pot-au-feu[2] ! Allons, mon cher Hermès, bien le bonsoir.

HERMÈS

Et toi de même, bonhomme, bonne chance et bonne route ! Et ne m'oublie pas !

LAVENDANGE

Bousier ! A l'écurie, à l'écurie ! on décolle.

HERMÈS

Il n'est pas là, mon vieux.

LAVENDANGE

Où donc est-il parti ?

HERMÈS

Zeus l'a mis sous son joug pour charrier ses foudres.

LAVENDANGE

Et où trouvera-t-il pâture, là-haut, la pauvre bête ?

1. Les Trésors de l'été, ce sont les fruits frais, et les conséquences d'un abus, après longue abstinence, pourraient être fâcheuses : le pouliot a des propriétés digestives et astringentes.
2. Il y avait, lors des festivités civiques, des distributions de plats cuisinés ; ces triduums de tripes prélevées sur les bêtes de sacrifice étaient fort appréciés, par contraste avec les « trois jours de vivres »... à la mode des camps.

vers 712-723

HERMÈS

Ganymède lui fournira son ambroisie[1] pour s'en repaître.

LAVENDANGE

Et moi alors, comment je vais descendre ?

HERMÈS

N'aie pas peur, ça ira tout seul. Par ici, passe devant la déesse.

LAVENDANGE

Venez, petites. Suivez-moi, un peu vite ! Il y a une foule de gens qui vous attendent et vous convoitent, tout... raidis au port d'arme !

[*Il disparaît avec ses compagnes, guidé par Hermès*]

LE CORYPHÉE

Bonne chance et bonne route ! Et nous, pendant ce temps, passons l'attirail aux accessoiristes, qu'ils le mettent à l'abri : les scènes, il n'y a pas d'endroits qui soient plus familiers à un tas de voleurs pour y exercer leurs talents et faire leurs mauvais coups. Allons, montez la garde, bravement !

[*Ils passent aux valets du théâtre pelles, cordes, etc.*
Le Coryphée s'avance face au public]

Et nous autres, exposons au public.

le sens de nos discours, le fond de nos pensées.

Il mériterait bien que les gens du service d'ordre lui donnent sur les doigts, le poète comique qui viendrait prononcer son propre panégyrique au bord de la scène, face au public, dans l'intermède[2]. Mais enfin, s'il y a lieu de rendre hommage, vertudieu ! à celui qui s'est révélé le meilleur des

---

1. Sur la nature de cette ambroisie, cf. v. 11.
2. *Litt. : les anapestes.* La parabase est toujours en vers anapestiques.

vers 724-736

meneurs de jeu comique, et le plus illustre, il en est un qui prétend mériter qu'on ne lui marchande pas l'éloge, et c'est celui dont nous jouons la pièce !

D'abord c'est lui, et lui seul, qui a fait renoncer ses rivaux à exercer toujours leur verve sur les guenilles, et à batailler contre les poux. Ces Héraclès brouilleurs d'omelettes[1] et criant famine, vous savez ? c'est lui qui le premier les a vidés comme des malpropres ; et qui a donné congé aux esclaves qu'on tirait de leur trou, pleurnichant à tout propos, et ça à seule fin de les faire blaguer par un copain pour avoir été rossés, en lui faisant demander : « Mon pauvre bougre, qu'est-ce qui t'est arrivé à l'épiderme ? Serait-ce le chat à neuf queues qui a déclenché une offensive en force sur tes flancs, et t'a fait voler des copeaux de l'échine[2] ? »

En supprimant ces misères, ces balourdises, ces bouffonneries sordides, il nous a bâti un art vraiment fort, il l'a élevé pierre à pierre, et crénelé de fortes paroles et de fortes idées, de blagues qui ne traînent pas au coin des rues. Il ne mettait pas en scène d'obscurs polichinelles, ni des femmes, mais, comme un Héraclès vengeur[3], il s'en prenait aux plus puissants, fonçant à travers d'effroyables puanteurs de cuir et de comminatoires effluves de cloaque.

Et avant tout, je m'attaque[4] au Croquetoutcru lui-même, avec ses crocs acérés, avec ses prunelles qui si effroyablement étincelaient d'œillades putassières ; autour de sa tête faisaient cercle cent têtes lécheuses de satanés flagorneurs ; il avait la voix d'un torrent qui n'a jamais répandu que la mort ;

---

1. *Litt. : pétrisseurs de pain.* On observe qu'Aristophane a largement pratiqué les recettes comiques auxquelles il se montre si fier, en ce passage, d'avoir renoncé.
2. *Litt. : a fait de ton dos place nette,* comme dans une coupe en forêt.
3. Ce passage, qui vise Cléon, est repris textuellement des *Guêpes*, v. 1030-1035, où l'on se reportera pour les notes.
4. A partir d'ici Aristophane, passant à la première personne, se substitue à son porte-parole.

vers 736-757

la puanteur d'un phoque, les couillons crasseux d'un loup-
garou et le cul d'un chameau. Tel était le monstre. Sans pâlir
à sa vue, j'entrai en lice, pour vous et pour ceux d'outre-mer,
et je faisais front en toute occasion. C'est ce dont il est juste à
présent que vous me rendiez grâce et me gardiez le souvenir.

Et puis, n'est-ce pas, les fois précédentes, quand j'avais
réussi à mon gré, on ne me voyait pas rôdailler autour des
terrains de sport pour y racoler les gamins : je pliais mon
bagage, et je me retirais tout de suite, après avoir fait enrager
un brin et rigoler des masses : bref rempli tous mes devoirs.

> C'est pourquoi je dois avoir
> de mon côté les adultes
> aussi bien que les enfants ;
> et les chauves eux aussi
> sont invités à se faire
> mes zélés propagandistes,
> pour me donner la victoire.
> Car, si je suis le vainqueur,
> on entendra chacun dire
> aux repas et beuveries :
> « Pour le Chauve [1] ! A sa santé !
> au Chauve, des croquignolles !
> n'allez pas faire jeûner
> un homme qui a le front
> du plus noble des poètes ! »

[STROPHE]   LE CHŒUR

> *« Et toi, ô ma Muse,*
> *balayant les guerres*
> *entre dans ma danse*
> *ô ma belle amour !*
> *Viens y célébrer*
> *les noces des dieux,*

---

1. Aristophane était chauve.

vers 757-776

les festins des hommes,
les réjouissances
qu'ont les Bienheureux[1] *! »*
Car ce sont les thèmes
qui depuis toujours
sont chers à ton cœur...
Mais si le Crabe[2] *vient t'implorer de danser*
avec ses Crabillons, fais-lui la sourde oreille,
Tous ces gens-là, vois-tu, ce sont
canards gavés[3]*, danseurs nabots*
sans plus de cou qu'un havresac,
raclures de crottes de bique,
truqueurs vicieux ! Et leur père,
un jour que, contre tout espoir,
un de ses drames fut joué,
[ces rats l'ont si mal défendu
qu'] il[4] *prétendait le lendemain :*
« c'est le chat qui me l'a mangé ! »

[ANTISTROPHE]

« Tels sont les refrains,
et les cantilènes
que doit entonner
un docte poète,
en l'honneur des Grâces
aux cheveux dorés,
lorsque l'hirondelle
— babil printanier —
se pose et gazouille... »

1. Tout ce début de strophe, ainsi que celui de l'antistrophe correspondante, est emprunté, selon le Scholiaste, à un chant de Stésichore. Dans les deux cas Aristophane passe sans crier gare du lyrisme gracieux du vieux poète au sarcasme virulent et grossier contre ses propres têtes de Turc.
2. Cf. *Nuées*, v. 1261 n.
3. *Litt.* : *cailles de basse-cour.*
4. Les mots entre crochets sont ajoutés au texte pour le rendre plus clair. L'excuse que donne Carcinos est une formule proverbiale, *litt.* : « *la belette l'a étranglé hier soir.* » Cf. v. 1151 n.

vers 777-801

> lorsque Morsimos
> et Melanthios
> se voient refuser
le droit de concourir [1]. Le second m'a donné
un bel échantillon de sa voix de fausset,
> lorsqu'on les vit, son frère et lui,
> concourir pour la tragédie :
> quels épouvantails tous les deux !
> Des ogres, des mange-tout-cru,
> à l'affût de la marée fraîche [2],
> des boucs pestilentiels, d'ignobles
> culbuteurs de vieilles mégères,
> écumeurs de halle au poisson !
> Écrase-les, divine Muse,
> d'un puissant et vaste crachat !
> c'est avec moi qu'il faut venir
> folâtrer en ce jour de fête !

[*Entre Lavendange, flanqué de ses deux jeunes conquêtes*]

LAVENDANGE

Non, vrai, ça n'était pas facile de monter tout droit chez les dieux ! Moi, ça m'a complètement démoli les jambes ! [*Aux spectateurs*] Ce que vous étiez petits, à voir d'en haut ! à vol d'oiseau, vous aviez déjà tout l'air de parfaites canailles ; mais d'ici, encore bien plus canailles !

LE SERVITEUR [*sortant de la maison*]

Ah ! patron, te voilà de retour ?

LAVENDANGE

Je me le suis laissé dire.

---

1. Sur Morsimos, cf. *Cav.*, v. 401 n. Aristophane veut nous faire croire que son frère Mélanthios et lui se voient, à chaque printemps, refuser la tragédie qu'ils présentent au concours : c'est aussi régulier que le retour des hirondelles... En fait, Morsimos avait fait jouer une *Médée* (cf. v. 1012).
2. *Litt. : de raies*, cf. *Guêpes*, v. 510.

vers 802-824

LE SERVITEUR

Qu'est-ce qui t'est arrivé ?

LAVENDANGE

Des douleurs dans les jambes : c'est que j'ai fait un bout de route !

LE SERVITEUR

Eh bien, raconte-moi.

LAVENDANGE

Qu'est-ce que tu veux savoir ?

LE SERVITEUR

As-tu vu un autre homme se promener dans les airs, à part toi ?

LAVENDANGE

Non, sauf peut-être deux ou trois âmes de poètes-lauréats [1].

LE SERVITEUR

Qu'est-ce qu'elles faisaient ?

LAVENDANGE

Elles voltigeaient en attrapant des préludes, tu sais, ceux qui fluctupapillondoient dans les courants de l'air.

LE SERVITEUR

Alors, ce n'est pas vrai non plus, ce qu'on dit, que nous devenons des étoiles dans les airs, quand on est mort ?

LAVENDANGE

Mais si, parfaitement.

LE SERVITEUR

Alors, à présent, quelle étoile est-ce qu'il est, Ion de Chios ?

1. *Litt. : poètes de dithyrambes*, pièces officielles en l'honneur des dieux et héros.

vers 825-835

LAVENDANGE

Celle qu'un jour il a chantée ici-bas :

« Étoile du matin, messagère lointaine...[1] »

Sitôt arrivé, tout le monde l'appelait Étoile-du-matin.

LE SERVITEUR

Et qu'est-ce que c'est que les étoiles filantes, qui courent tout enflammées ?

LAVENDANGE

Des étoiles riches qui reviennent de souper : elles ont leurs phares de route[2] tous feux allumés. [*Montrant Trésor-d'Été*] Allons, fais-moi entrer bien vite cette fille, je te la confie. Remplis la baignoire, fais chauffer l'eau, et dresse le lit de noces pour elle et pour moi. Quand ce sera fait, reviens ici de nouveau. [*Montrant Festivité*] Moi, pendant ce temps, je vais remettre celle-là entre les mains du Conseil.

LE SERVITEUR

Et où les as-tu prises ces deux-là ?

LAVENDANGE

Où ? au ciel.

LE SERVITEUR

Ben alors ! les dieux, je n'en donnerais plus un clou, s'ils font les maquereaux comme nous autres mortels !

LAVENDANGE

Ne crois pas ça... Pourtant, là-haut aussi il y en a qui vivent de ça.

---

1. Les deux derniers mots sont ajoutés au texte. Le début du cantique d'Ion — poète lyrique et tragique qui venait de mourir —, *Étoile du matin*, était dans toutes les mémoires. J'ai voulu garder quelque chose de cet effet.
2. *Litt. : des lanternes*, que les riches faisaient porter devant eux par des esclaves pour les éclairer la nuit dans les rues.

vers 835-850

LE SERVITEUR [*à Trésor-d'Été*]

Allons, en route.

[*Se retournant vers son maître*]

Dis-moi, est-ce qu'il faut que je lui donne quelque chose à manger ?

LAVENDANGE

Rien : elle ne voudra manger ni pain ni brioche. Elle a toujours été habituée chez les dieux à sucer de l'ambroisie.

LE SERVITEUR [*d'un ton plein de sous-entendu*]

Bon. Eh bien ici aussi faut voir à lui fournir un morceau à sucer.

[*Il rentre avec Trésor-d'Été*]

[STROPHE]   LE CHŒUR

A vue de nez, on dirait bien
qu'à présent tout lui réussit
dans ce qu'il entreprend, le vieux !

LAVENDANGE

Et quand vous me verrez
en jeune marié, brillant de tous mes feux !

LE CHŒUR

On t'enviera, l'ancien, quand frotté, pommadé,
tu seras de nouveau jeune homme !

LAVENDANGE

Je l'entends bien ainsi ! Et dans l'intimité
quand je lui tiendrai les tétons ?

LE CHŒUR

Tu seras plus heureux que ne sont Crabillons[1]
dans les orbes de leurs spirales !

1. Cf. v. 781 et *Nuées*, v. 1261 n.

vers 851-864

LAVENDANGE

C'est justice, pas vrai ? Moi qui, véhiculé
à dos de bousier, suis allé
sauver les Grecs, si bien qu'en leurs maisons des champs
ils puissent tous rester recoquillés, tranquilles,
à baiser et à roupiller !

[*Rentre le Serviteur*]

LE SERVITEUR

La petite a pris son bain. Côté fesses, on est paré. La tarte est cuite, on est en train de pétrir la galette [1] ; et tout et tout : il ne manque que le nœud.

LAVENDANGE

Allons, remettons Festivité entre les mains du Conseil, sans plus tarder.

LE SERVITEUR

Qui est celle-là ? Qu'est-ce que tu dis ?

LAVENDANGE

Tu ne la reconnais pas ? c'est Festivité [*Il la montre*] que nous tambourinions jadis sur le chemin de Brauron [2], — non sans avoir un peu bu. C'est bien elle, tu sais, même qu'on a eu du mal à la récupérer.

LE SERVITEUR

Oh ! patron, ce fessier qu'elle a ! Y a d'la joie ! un vrai jubilé [3] !

LAVENDANGE [*sérieux*]

C'est bon. [*Aux spectateurs*] Qui est honnête là-dedans ? qui diable ? A qui vais-je la donner, qui la tienne en sa sainte garde pour le Conseil ?

1. Ce sont les gâteaux de noces rituels.
2. Bourg de l'Attique où se rendait tous les quatre ans une joyeuse procession (θεωρία).
3. *Litt. :* [*une croupe qui promet*] *une fête comme on n'en a que tous les quatre ans.*

vers 865-878

[*Se retournant, il voit le Serviteur qui se livre à des gestes équivoques autour des appas de la jeune femme*]

Hé ! toi, qu'est-ce que tu dessines ?

LE SERVITEUR

Eh bien... heu... c'est pour le défilé[1] : je retiens un emplacement pour y planter mon mât.

LAVENDANGE [*au public*]

Dans tout ça, vous ne me dites pas qui la gardera. [*A Festivité*] Viens ici, toi. Je vais moi-même te mener parmi eux, et te confier à la communauté.

LE SERVITEUR

Y en a un là-bas qui fait signe.

LAVENDANGE

Qui ?

LE SERVITEUR

Qui ? Ariphradès : il supplie qu'on la lui amène.

LAVENDANGE

Malheureux ! Il va se précipiter sur elle et laper tout son jus[2] ! [*A Festivité*] Allons, toi, commence par enlever tes nippes : mets-les par terre.

[*Festivité fait tomber ses vêtements. Quand elle est nue, Lavendange la prend par la main, pour la mener vers les premiers rangs du public, réservés aux membres du Conseil*]

Messieurs les Conseillers et Commissaires, je vous présente Festivité. Considérez quels trésors je vous apporte en vous la

---

1. *Litt. : pour les jeux Isthmiques.* Pour ces fêtes qui attiraient beaucoup de monde de toute la Grèce, il était prudent de retenir un emplacement pour y camper (un peu comme au Derby d'Epsom). Mais le mot isthme, en grec, permet un sous-entendu obscène : il faut entendre aussi un certain « défilé » que le serviteur voudrait bien forcer.

2. Cf. *Cav.*, v. 1281 et suiv.

vers 879-888

remettant : oui, vous pouvez tout de go la culbuter les jambes en l'air, et manœuvrer l'aspersoir... Voyez-moi cet âtre[1] !

LE SERVITEUR

Malheur ! ce qu'il est beau ! C'est donc ça qu'il est tout noir de fumée ! C'est là que le Conseil faisait sa petite cuisine avant la guerre !

LAVENDANGE

Et après, vous aurez aussitôt licence — maintenant que vous la tenez — d'organiser demain une joute de toute beauté : assaut au tapis, à quatre pattes ; renversement latéral, redressement à genoux, dos plié ; lutte libre aussi ; vous huiler un peu la peau, et puis gaillardement cogner et labourer, à la fois du poing et de la trique. Après ça, le troisième jour, vous vous lancerez sur la piste de course ; où l'on vous verra cascader et cavalcader cavalièrement flanc à flanc ; et les attelages chavirés pêle-mêle, haletants et souf-flants, s'enchevêtrer ; et d'autres rester sur l'arène, décapotés, pour avoir capoté dans les virages !... Allons, messieurs les Commissaires, faites accueil à Festivité. [*Au public*] Voyez ça, comme il a été empressé à l'accueillir, le Commissaire ! [*Se retournant vers celui-ci*] Ah ! ce n'est pas comme si tu avais dû introduire gratis une affaire : je t'aurais vu alléguer la suspension !

[ANTISTROPHE]   LE CHŒUR

> *Ah ! par ma foi, c'est un trésor,*
> *oui, pour tous tes concitoyens,*
> *un type comme te voilà !*

LAVENDANGE

> *Quand vous vendangerez,*
> *vous comprendrez encor bien mieux ce que je vaux.*

1. On devine ce qu'il désigne sur la personne de Festivité. Cf. v. 440 n.

vers 889-912

LE CHŒUR

C'est clair, dès à présent : oui, tu t'es révélé
comme un sauveur pour tous les hommes...

LAVENDANGE

Tu pourras dire ça, quand tu auras vidé
un plein hanap de vin nouveau !

LE CHŒUR

... et, les dieux mis à part, tu resteras pour nous
toujours au premier rang.

LAVENDANGE

Mais c'est que je vous ai rendu un fier service,
Moi, Lavendange d'Athmonée !
la paysannerie, et tout le menu peuple,
je les ai délivrés de tourments effroyables,
et j'ai bouclé Hyperbolos [1] !

LE SERVITEUR

Et à présent, qu'est-ce qu'on va faire, nous deux ?

LAVENDANGE

Ça va de soi : restaurer la déesse, à la fumée des Marmites [2].

LE SERVITEUR

Des marmites ? Tout juste comme pour un vilain petit
santon de quat'sous [3] ?

LAVENDANGE

Mais alors, quelle est votre idée ? Voulez-vous un taureau
gras ?

---

1. Cf. *Ach.*, v. 846.
2. Toute inauguration de statue divine s'accompagnait d'une
offrande de plats cuisinés.
3. *Litt. : un méprisable petit Hermès*, comme on en dressait à tous les
coins de rues.

vers 913-925

LE SERVITEUR

Un taureau? Jamais de la vie! pour qu'on ait encore à partir en corrida[1]!

LAVENDANGE

Alors une grosse truie bien en chair?

LE SERVITEUR

Non, non!

LAVENDANGE

Pourquoi ça?

LE SERVITEUR

Pour que Théogénès nous inflige ses truismes[2]!

LAVENDANGE

Alors, qu'est-ce que tu as en tête, bon sang? qu'est-ce qui te reste?

LE SERVITEUR

Une ouaille!

LAVENDANGE

Une ouaille?

LE SERVITEUR

Oui, parbleu!

LAVENDANGE

Mais c'est un mot bien tiré par les cheveux[3]!

LE SERVITEUR

C'est exprès : comme ça, à l'Assemblée, quand quelqu'un parlera de faire la guerre, les cheveux se dresseront sur la tête aux assistants et il crieront : « Hou! aïe! »

1. Litt. : *un bœuf, pour qu'on ait à partir à la rescousse!* (calembour entre βοῦς et βοηθεῖν).
2. Ami de Cléon, qu'Aristophane représente comme un lourdaud.
3. Litt. : *un mot [de dialecte] ionien.* Et plus bas : *épouvantés, les assistants crieront en ionien...*

vers 926-933

LAVENDANGE

Tu as raison, ma foi.

LE SERVITEUR

Et puis, d'une façon générale, ça les adoucira : nous serons d'une humeur d'agneau les uns pour les autres, et, avec nos alliés, beaucoup plus accommodants.

LAVENDANGE

Bon, va. Procure-toi le mouton et amène-le dare-dare. Moi, je fournirai un autel sur lequel procéder au sacrifice.

[*Ils quittent tous les deux la scène*]

[STROPHE]   LE CHŒUR

Comme tout réussit lorsque la Providence
        et le Ciel sont de la partie !
Les choses marchent droit au gré de nos désirs
        et s'ajustent à point nommé.

LAVENDANGE [*revenant*]

Bien sûr, c'est évident. Voyez
l'autel, précisément, je le trouve à ma porte !

[*Il repart*]

LE CHŒUR

Allons, dépêchez-vous, profitez du moment
        où un souffle émané du Ciel,
        balayant les miasmes de guerre,
règne ! car aujourd'hui une grâce éclatante
nous ouvre les chemins de la félicité !

LAVENDANGE [*revenant*]

Voici l'orge dans la corbeille,
la guirlande, le coutelas,
        et puis du feu, tenez !
        on n'attend que l'agneau.

vers 934-949

Activez donc ! Si Chaeris [1] vous avise,
   il viendra sans être invité,
   jouer ici de son pipeau ;
et vous, je suis bien sûr, ma foi, qu'en le voyant
souffler à grand ahan, vous lui ferez l'aumône !

[*Le Serviteur revient avec un mouton blanc et un vase d'eau*]

LAVENDANGE [*au Serviteur*]

Allons, prends la corbeille et l'eau lustrale, et fais le tour de
l'autel, vite, par la droite.

LE SERVITEUR

Voilà. Et puis quoi d'autre ? parle : le tour est fait.

LAVENDANGE

Eh bien, à moi le tison, que je le trempe dans l'eau [2].

[*Au mouton dont il vient d'asperger les oreilles*]

Toi, ébroue-toi, vite. [*Au Serviteur*] Et toi, présente-moi des
grains d'orge. Fais toi-même ablution après m'avoir passé
l'eau ; et donne des cierges [3] aux spectateurs.

LE SERVITEUR

Voilà.

LAVENDANGE

Déjà distribués ?

LE SERVITEUR

Oui, bon dieu de sort ! tous tant qu'ils sont, les spectateurs,
il n'y en a pas un qui n'ait son cierge.

LAVENDANGE

Voire, mais les femmes n'en sont pas munies !

1. Cf. *Ach.*, v. 16 et 866.
2. Rite de purification de l'eau.
3. *Litt. : lance des grains d'orge.* Amorce d'un jeu de mots, un peu
plus bas, avec le sens obscène de κριθή. Il a fallu transposer.

vers 950-965

LE SERVITEUR

Bah ! ce soir leurs hommes leur en donneront !

LAVENDANGE

Eh bien, faisons la prière. [*Aux spectateurs*] Allons, vous y êtes, vous tous ? Haut les cœurs, braves gens !

LE SERVITEUR [*lançant de l'eau vers un coin du public*]

Allons, que j'en donne à ceux-là. C'est vrai : ils ont le cœur brave !

LAVENDANGE

Le cœur brave, eux, tu crois ?

LE SERVITEUR

Dame ! puisque assemblés ici, ils n'ont pas bougé sous la copieuse averse que nous répandons !

LAVENDANGE

Allons, vivement, faisons la prière.

LE SERVITEUR

C'est ça, faisons la prière.

LAVENDANGE [*très solennel, se tournant vers la Paix*]

Déesse adorable !
sainte majesté !
souveraine Paix !
princesse des danses,
princesse des noces,
reçois notre offrande !

LE SERVITEUR

Oui, Tout-adorée, pour l'amour du Ciel
reçois-là ! Ne fais pas comme ces aguicheuses
qui entrebâillent leur porte
et pointent le nez ; et puis,
dès qu'on leur marque intérêt,
repli stratégique ! mais

vers 965-983

si l'on passe son chemin,
elles repointent le nez !
Toi, ne nous joue plus des tours de ce genre !

LAVENDANGE

Non, grand dieu ! mais dévoile-toi,
comme il sied à femme au grand cœur,
tout entière, à tes soupirants,
nous qui depuis treize ans déjà
nous consumons d'amour pour toi !
Disperse loin de notre ciel
la guerre et ses rauques tumultes,
pour mériter que l'on te nomme
Briseguerre ! Et puis mets un terme
à ces soupçons alambiqués
qui nous font jaser sur le compte
les uns des autres. De nous tous,
nous, les Grecs, refais une pâte
intimement liée par un ferment d'amour ;
infuse en nos esprits, pour en ôter le fiel,
       quatre grains d'indulgence ;
fais que notre marché croule de bonnes choses :
       de Mégare, des têtes d'ail,
des concombres primeurs, des coings et des grenades,
       des blousons courts pour nos esclaves[1] ;
que nous voyions venir les gens de Béotie,
portant oies et canards, palombes et pluviers ;
       et que les anguilles du Lac[2]
rappliquent à pleines corbeilles :
que nous autres, faisant cohue
autour d'elles pour nos emplettes,
soyons en pleine bousculade
avec Morychos[3], Téléas,
Glaucétès, et cent autres goinfres !

1. Cf. *Ach.*, v. 519 et suiv.
2. *Litt. : de Copaïs*, cf. *Ach.*, v. 880 n. et suiv.
3. Cf. *Ach.*, v. 887 n.

vers 984-1009

Alors Mélanthios[1] viendra
sur le marché, mais c'est trop tard : toutes vendues !
    alors, il brame, et il entonne
    la complainte de sa *Médée* :
« Je suis perdu ! je suis perdu ! on me l'a prise,
celle qui m'attendait... » sur un lit d'herbes vertes !
Et tout le monde de rigoler !

Voilà, ô Tout-adorable, ce que nous te supplions de nous
accorder.

[*Au Serviteur*] Prends le couteau, et mets-toi en devoir
d'égorger l'agneau, selon toutes règles de l'art culinaire.

LE SERVITEUR

Ce ne serait pas canonique.

LAVENDANGE

Et pourquoi donc ?

LE SERVITEUR

La Paix n'aime pas qu'on égorge, voyons ! et son autel ne
veut pas de sang.

LAVENDANGE

Eh bien, rentre-le pour le sacrifier ; détache les gigots et
apporte-les ici. Comme ça c'est autant de sauvé pour le
commanditaire[2] : le mouton lui reste.

[*L'esclave rentre dans la maison avec le mouton*]

[ANTISTROPHE]   LE CHŒUR

Quant à toi, maintenant, il faut rester ici,
    dehors, pour disposer sur place,
bien vite, les copeaux, et tous les accessoires
    que requiert la cérémonie.

LAVENDANGE

N'ai-je pas les talents d'un devin breveté
    pour installer le menu bois ?

1. Cf. v. 802 n.
2. *Litt. : le chorège*, qui assurait les dépenses de la mise en scène.

vers 1009-1026

LE CHŒUR

Ça va de soi : de tous les dons qui font un sage,
en est-il un seul qui te manque ?
Est-il rien que tu ne possèdes,
entre tous les secrets par où se recommande
un esprit de ressource, entreprenant et sage ?

[*Lavendange, qui est entré chez lui pendant ce couplet,*
ressort portant une table]

LAVENDANGE

En tout cas, les copeaux sont pris :
Stilbidès[1] va en étouffer !
   La table aussi j'apporte :
   Pas besoin d'un garçon !

LE CHŒUR

Qui donc pourrait refuser sa louange
   à un homme comme lui, qui,
   non sans affronter mille épreuves,
sauva la Cité sainte ! Aussi sans fin ni trêve
resteras-tu l'objet de toutes nos ferveurs !

LE SERVITEUR [*revenant avec les quartiers de mouton*]

Voilà qui est fait. Prends les gigots et fais-les rôtir. Moi je
vais quérir les tripes et les gâteaux sacrés.

LAVENDANGE

Oui, c'est moi qui m'en occuperai. [*Il place la viande sur le*
feu. Se retournant] Mais toi, tu devrais déjà être de retour.

[*Pendant que Lavendange s'active à sa grillade, le*
Serviteur bondit à la maison et revient avec plats et
gâteaux]

LE SERVITEUR

Tiens, me voilà. Est-ce que j'ai traîné, dis ?

1. Un prêtre et devin.

vers 1027-1042

LAVENDANGE [*lui passant les fonctions de rôtisseur*]

Fais rôtir ça comme il faut : voilà un type qui s'approche avec une couronne de laurier sur la tête.

LE SERVITEUR

Qui ça peut-il bien être ?

LAVENDANGE

Quelle mine de charlatan ! Ça doit être un devin !

LE SERVITEUR

Lui ? ma foi, c'est Sacripan [1], on dirait, le débitant d'oracles qui nous est venu d'Oréos.

LAVENDANGE

Qu'est-ce qu'il va bien dire ?

LE SERVITEUR

Sûr et certain qu'il va se mettre en travers de la réconciliation, celui-là.

LAVENDANGE

Mais non : c'est le fumet qui l'a attiré ici.

LE SERVITEUR

Eh bien, faisons semblant de ne pas le voir.

LAVENDANGE

Tu as raison.

[*Entre Sacripan*]

SACRIPAN

Qu'est-ce que c'est bien que ce sacrifice-là ? et pour quel dieu ?

LAVENDANGE [*au Serviteur*]

Toi, chut ! surveille le rôti ; évite bien le rognon.

1. *Litt. : Hiéroclès*. Il est originaire de l'Eubée. Ce belliqueux n'est même pas Athénien de souche.

vers 1043-1053

SACRIPAN

A qui faites-vous ce sacrifice ? allez-vous le dire ?

LE SERVITEUR

La queue, ça va bien.

LAVENDANGE

Fort bien, ô Paix souveraine et bien-aimée !

SACRIPAN

Soit, fais les prélèvements rituels, et puis donne-moi les prémices.

LAVENDANGE

Vaut mieux commencer par rôtir.

SACRIPAN

Mais ce côté-là est déjà bien rôti !

LAVENDANGE

De quoi je me mêle, monsieur Je-ne-sais-qui ! [*Au Serviteur*] Découpe.

SACRIPAN

Où y a-t-il une table ?

LAVENDANGE

Apporte de quoi faire libation.

SACRIPAN

La langue se coupe pour être mise à part.

LAVENDANGE

Pas besoin de nous le rappeler. Mais sais-tu ce que tu vas faire ?

SACRIPAN

Si tu me le dis.

LAVENDANGE

Renonce à tes pourparlers avec nous. C'est à la Paix que nous offrons ce saint sacrifice.

vers 1054-1062

SACRIPAN [*déclamant sur le ton des oracles*]
Misérables mortels, dans vos candeurs naïves...

LAVENDANGE

Parle pour toi !

SACRIPAN

... Vous qui avez, en étourdis,
sans rien entendre aux célestes desseins
accordé, vous hommes, un pacte
à des singes aux yeux de braise !...

LAVENDANGE

Oh ! là là !

SACRIPAN

Pourquoi ris-tu ?

LAVENDANGE

Ça me plaît, les singes aux yeux de braise.

SACRIPAN

Vous serez pigeonnés, oisons, qui vous fiâtes
à une engeance renardine,
fourbe de cœur, fourbe dans l'âme !

LAVENDANGE

Ah ! charlatan, si je pouvais te voir flamber le coffre
[*Montrant le rôti*] comme ça !

SACRIPAN

Aussi bien, s'il est vrai que les divines fées [1]
n'abusaient point Vaticinard,
ni Vaticinard les mortels
et point non plus les fées Vaticinard lui-même...

1. *Litt. : les Nymphes.* Pour « Vaticinard », cf. *Cav.*, v. 123 n. Dans toute la suite Sacripan s'embrouille de façon burlesque. Il a déjà donné aux singes l'épithète des lions. Il est en plein galimatias. Plus loin, il confond punaise et belette, et attribue au chardonneret une portée (et non une nichée) qui naît aveugle, comme les chiots et les chatons. Aristophane blague le fatras des oracles.

vers 1063-1071

LAVENDANGE

Meurs et crève ! Suffit ! tu nous bavaticines !

SACRIPAN

... Vous avez devancé la date où le Destin
    avait fixé qu'on fît tomber
les chaînes de la Paix. Ce qu'il fallait d'abord...

LAVENDANGE [*au Serviteur*]

Tiens le sel : saupoudre-moi ça.

SACRIPAN

C'est que le bon plaisir des dieux sérénissimes
    n'est pas encor qu'on en finisse
avec les cris de guerre : il faut qu'on voie les noces
auparavant d'un loup avec une brebis...

LAVENDANGE [*parlant désormais à son tour en vers,*
        par contagion]

Satané gueux ! comment pourrait-on voir les noces
    d'un loup avec une brebis ?

SACRIPAN

Et tant que la punaise en sa fuite répand
un sillage empesté ; que le chardonneret,
    sonnant du grelot, dans sa hâte,
    fait naître aveugle sa portée,
les temps n'étaient point mûrs pour que la paix fût
                        [faite !

LAVENDANGE

    Et que fallait-il faire ?
S'obstiner dans la guerre, ou bien tirer au sort
    pour savoir qui, qui, qui serait rossé ?
Alors que nous pouvions, en signant un accord,
    gouverner la Grèce en commun ?

vers 1072-1082

SACRIPAN

Oncques ne feras-tu qu'un crabe marche droit !

LAVENDANGE

Oncques à l'avenir
ne déjeuneras-tu aux dépens de l'État[1].
Ce qui est fait est fait, et tu n'y pourras rien !

SACRIPAN

Onc ne lisseras-tu le poil du hérisson !

LAVENDANGE

Et toi, blouser Athène, y renonceras-tu ?

SACRIPAN

D'où sort l'oracle auquel vous avez obéi
en mettant à rôtir deux gigots pour les dieux ?

LAVENDANGE

C'est celui-ci, ma foi, ce pur joyau d'Homère[2] :
« Écartant les nuées farouches de la guerre,
ils surent préférer la Paix, et l'instaurèrent
avec un sacrifice ; après quoi, une fois
les gigots consumés, et mangés les viscères,
ils firent, coupe en main, une libation ;
c'est moi qui les guidais... » Mais au diseur d'oracles
nul ne faisait cadeau d'un rutilant hanap.

SACRIPAN

Je n'en veux rien savoir : ce qu'a dit la Sibylle,
c'était tout autre chose.

LAVENDANGE

Le sage Homère a dit, et ma foi, fort bien dit :
« Au ban de toute loi, de tout compagnonnage,
Au ban de tout foyer, celui qui se complaît
dans les atrocités d'une guerre intestine. »

---

1. *Litt. : au Prytanée.* Cf. *Ach.*, v. 125 n.
2. Suit un pot-pourri de vers homériques.

vers 1083-1098

SACRIPAN

Veille qu'en t'abusant par je ne sais quel leurre
un épervier n'agrippe...

LAVENDANGE [*alarmé, au Serviteur*]

... pour le coup méfie-toi !
car cet oracle est redoutable pour les tripes !
Verse libation ! et porte ici des tripes.

SACRIPAN

Hé, si vous permettez,
moi aussi, j'ouvrirai pour moi le robinet[1] !

LAVENDANGE [*buvant*]

Libation ! libation !

SACRIPAN

Hé, verse à moi aussi ! Sers-moi ma part de tripes !

LAVENDANGE

C'est que le bon plaisir des dieux sérénissimes
c'est : article premier :
pour nous : Qu'on se régale ! et pour toi : Qu'on détale !

[*Tournant brusquement le dos à Sacripan*]

Demeure, sainte Paix, avec nous pour la vie !

SACRIPAN [*revenant devant lui*]

Amène ici la langue !

LAVENDANGE

Avale donc la tienne !

LE SERVITEUR [*buvant*]

Libation !

1. *Litt. : je me préparerai un bain pour moi-même.*

vers 1099-1110

LAVENDANGE [*au Serviteur, en lui remplissant son assiette*]
Bon. Et par là-dessus, prends-moi ça, en vitesse.

SACRIPAN [*il revient, suppliant*]
Nul ne m'offrira donc de tripes ?

LAVENDANGE

Impossible
à nous de t'en offrir : il faut qu'on voie les noces,
auparavant, d'un loup avec une brebis.

SACRIPAN
A tes genoux !

LAVENDANGE
Mon vieux, c'est prière perdue :
tu ne lisseras pas le poil du hérisson.

[*Au public*]
Allons, le parterre, venez vous entripailler de compagnie
avec nous deux.

SACRIPAN
Et moi alors ?

LAVENDANGE
Croque ta Sibylle.

SACRIPAN
Terre et Ciel ! Vous ne dévorerez pas ça à vous deux : c'est à
tout le monde !

[*Il essaie de rafler de la viande. Profitant du désordre,
son esclave fait main basse sur les toisons où les autres
allaient s'étendre pour festoyer*]

LAVENDANGE [*à son Serviteur*]
Cogne, cogne le Vaticinard !

SACRIPAN [*au public*]
Je vous prends à témoins !

vers 1110-1119

LAVENDANGE

Et moi aussi, que tu es un pique-assiette et un charlatan ! [*A son Serviteur*] Cogne ! Une volée de bois vert, et bien appuyée, pour le charlatan !

LE SERVITEUR

Toi, plutôt. Moi je vais décortiquer celui-là des peaux de mouton qu'il nous fauchait de son côté subrepticement. Vas-tu bien lâcher ces peaux, eh sacriste !

[*Sacripan et son esclave décampent en hurlant*]

LAVENDANGE

Tu entends ça ? Le joli corbeau qui nous est venu d'Oréos ! Veux-tu t'envoler jusqu'à ton roc à guano [1], et plus vite que ça ?

[*Lavendange et son serviteur rentrent à la maison*]

[STROPHE]   LE CHŒUR

> *Quelle joie ! ô quelle joie*
> *d'être délivré du casque,*
> *du fromage et des oignons* [2] *!*
> *Batailler ne me plaît guère —*
> *mais sécher force bouteilles*
> *avec quelques vrais amis,*
> *des copains, au coin du feu*
> *où je fais flamber mon bois*
> *(le plus sec, celui des souches*
> *arrachées pendant l'été)*
> *en rôtissant les pois chiches,*
> *en faisant griller les faînes* [3],
> *non sans baiser la soubrette* [4]
> *quand ma femme prend son bain !*

1. *Litt. : jusqu'à Elymnion.* L'intention qui gouverne le choix de ce nom nous échappe.
2. Cf. v. 529 n.
3. Pois chiches, faînes, gesses et grains de blé grillés se croquaient tout en buvant, comme les figues sèches.
4. *Litt. : Thratta ;* cf. *Ach.*, v. 273. Plus loin, Manès et Syra sont aussi des noms d'esclaves.

vers 1120-1139

LE CORYPHÉE

Car rien n'est plus agréable que de voir, une fois les semailles faites, le Ciel les arroser de fine pluie, et d'avoir un voisin qui vous dise : « Dis-moi, quel est l'emploi du temps, pour l'heure, Comarchidès ? Moi, ce qui me dirait, c'est de boire un bon coup, puisque le Ciel travaille gentiment pour nous » — « Eh bien, fais griller les gesses, ma femme : trois mesures ! mélanges-y les grains de blé ; et des figues, fais-en voir un peu ! Et Manès, que Syra aille le héler ! Il faut qu'il quitte son champ : il n'y a vraiment pas moyen d'ébourgeonner la vigne aujourd'hui, ni de piocher la boue dans le champ, détrempé comme il est. » — « Et, de chez moi, qu'on apporte la grive et les deux pinsons. Il y avait aussi un peu de lait clairet dans la resserre, et quatre quartiers de lièvre (à moins que la belette[1] n'en ait emporté hier au soir : ça faisait du raffut là-dedans, un drôle de tohu-bohu !). Apporte-nous-en trois, petit[2], et donnes-en un au père. Demande à Eschinadès des branches de myrte avec leurs baies, et en passant, par la même occasion, qu'on hèle Charinadès,

> qu'il vienne avec nous boire un coup,
> puisque le ciel nous est prospère
> et rend service à nos labours. »

[ANTISTROPHE]   LE CHŒUR

> *A la maison des cigales,*
> *lorsque vibre, assourdissante,*
> *leur musique enchanteresse,*
> *quel plaisir de surveiller*
> *mes vignes — du plant des Iles[3] — :*
> *mûrissent-elles déjà ?*
> *(car le cépage est précoce) ;*

---

1. On avait dans les maisons des belettes, comme nous avons des chats, et pour les mêmes services.
2. Le voisin parle à un esclave qui l'accompagne.
3. *Litt. : de Lemnos.*

vers 1140-1164

et mes figues, de les voir
gonfler ! et, une fois mûres,
je les mange et je m'en gave,
en chantant : « Saison chérie ! »
et je me fais des coulis
en broyant de l'ail sauvage.
Et voilà comme j'engraisse
en ces semaines d'été !

LE CORYPHÉE [*enchaînant*]

... bien plus qu'à reluquer un maudit chef d'escadron avec un triple panache, et une cape d'un rouge perçant ; oui, il prétend que c'est de la teinture de Perse[1]... Mais si jamais il lui faut aller au combat avec sa cape, alors c'est bien lui qui la trempe d'une méchante teinture, kaki-caca[2] ! Sur ce, il est le premier à détaler, en secouant ses panaches, miroitant des sabots et des ailes comme un hippocoq[3] ! Et moi, je reste posté aux premières loges[4] ! Et une fois chez eux, ils vous en font, ça n'est pas tolérable ! ils inscrivent des noms sur la liste, ils en biffent d'autres, ils la brouillent sens dessus dessous, deux fois, trois fois : « Demain, départ en campagne. » Le type n'avait pas acheté de provisions : il ne savait pas qu'il allait partir ; et puis, quillé devant le panneau d'affichage[5], il s'est vu manqué, lui ! Éperdu du désastre, il court partout, l'œil à la vinaigrette ! Voilà ce qu'ils nous font, à nous les paysans ! Aux gens de la ville, ils n'en font pas tant, ces grands déserteurs devant l'Éternel — et devant les hommes !

1. *Litt. : de Sardes.*
2. *Litt. : de Cyzique,* avec un jeu de mots qui pourrait se rendre par « teinture de Chisique ».
3. *Litt. : un hippalectryon :* animal fabuleux sculpté et peint, comme figure de proue par exemple, cf. *Gren.,* v. 932-933.
4. *Litt. : je reste à garder les filets,* comme un valet de chasse qu'on a oublié de relever.
5. *Litt. : devant la statue de Pandion.* Les listes, dressées par tribus, étaient affichées sur le socle des statues des dix héros éponymes. Notre homme est de la tribu pandionide.

vers 1165-1186

Un jour, s'il plaît à Dieu, ils m'en rendront raison :
       car ils m'en ont trop fait subir !
lions au coin du feu, mais au combat, renards !

> [*Rentrent Lavendange et le Serviteur*]

LAVENDANGE [*voyant le Chœur massé autour de sa porte*]

Bravo, bravo ! Il en est venu, du monde, à la noce pour dîner !

> [*Au Serviteur, en lui tendant une tunique militaire qu'il chiffonne*]

Tiens, essuie les tables avec ça : il n'y a plus rien d'autre à en faire à présent. Et puis sers les gâteaux, et les grives, et les portions de lièvre, en masse, et les macarons.

> [*Entrent deux hommes, deux artisans, l'un portant des faux, l'autre des jarres*]

LE FABRICANT DE FAUX

Où donc, où donc est Lavendange ?

LAVENDANGE

Je fais mijoter des grives.

LE FABRICANT DE FAUX

Lavendange, ami béni ! Quels services tu nous a rendus en faisant la paix ! Avant ça, pas un acheteur ne m'aurait donné un sou d'une de mes faux : à présent, je les vends cinq écus[1]. Et lui, trois écus, ses jarres pour la campagne. Eh bien, Lavendange, tu vois ces faux et ces jarres ? Prends-en ce que tu veux, pour rien.

> [*Lavendange choisit ; l'autre lui met encore d'autres choses dans les bras*]

Et ça par-dessus le marché : c'est sur le bénéfice de ce qu'on a vendu qu'on t'apporte ça en cadeau de noces.

---

1. *Litt. : cinq drachmes.* Dans tout ce qui suit on a renoncé aux termes monétaires grecs qui aujourd'hui ne nous « parlent » plus.

vers 1187-1206

LAVENDANGE

Eh bien, portez tout ça chez moi, et entrez dîner bien vite.
Tiens, voici venir un armurier : il en a gros sur le cœur.

[*Les deux artisans entrent chez Lavendange. Entre un
armurier, accompagné de ses fournisseurs spécialisés,
portant qui un panache, qui une cuirasse, qui une
trompette, etc.*]

L'ARMURIER

Ah ! malheur ! comme tu m'as coulé, Lavendange ! corps et
biens !

LAVENDANGE

Qu'est-ce que tu as, mon pauvre vieux ? C'est-il pas des fois
le plumet qui te travaille ?

L'ARMURIER

Tu as coulé mon métier, mon gagne-pain [*Montrant le
heaumier*] et le sien [*Montrant le troisième*] et aussi le sien à
lui, le tourneur de lances !

LAVENDANGE [*qui fait mine de vouloir faire plaisir
à tout le monde en ce jour de liesse*]

Voyons, combien faut-il t'allonger pour ces deux panaches ?

L'ARMURIER

Toi-même, qu'est-ce que tu en donnes ?

LAVENDANGE

Ce que j'en donne ? Tu me gênes beaucoup... Tout de même,
il y a bien du travail dans la bague de serrage : j'en donnerais
trois mesures de figues sèches[1].

L'ARMURIER

Tope : rentre chercher les figues. [*A son confrère*] Ça vaut
toujours mieux que rien, mon vieux !

1. Je tiens pour interpolé le v. 1218 (« Je m'en servirai pour essuyer
la table ») copié sur le v. 1193.

vers 1207-1220

LAVENDANGE [*brusquement*]

Déblaie! déblaie! au diable, hors de chez moi! Leur crin s'en va, ils ne valent rien, ces panaches! Je ne les achèterais pas pour une figue, pas pour une seule!

L'ARMURIER [*posant par terre, debout, une cuirasse
et faisant l'article*]

Et cette cuirasse — ça vaut mille écus, si bien ajustée! Qu'est-ce que je vais en faire? ah! misère!

LAVENDANGE

Celle-là, au moins, elle ne te fera pas perte sèche. Allons, passe-la-moi au prix coûtant : comme chaise percée, ça sera tout à fait idoine.

L'ARMURIER

Cesse de me faire outrage dans mon matériel!

LAVENDANGE [*calant l'objet*]

Comme ça, avec trois pierres sur les côtés. Ce n'est pas bien trouvé?

L'ARMURIER

Et par où donc tu te torcheras, bougre d'imbécile?

LAVENDANGE [*montrant les deux trous pour les bras*]

Par ici, en passant la main par le hublot, et par là.

L'ARMURIER

Des deux mains, alors?

LAVENDANGE

Oui parbleu! pour qu'on ne m'accuse pas de tricher sur l'effectif des rameurs [1]!

1. Les commandants des vaisseaux de guerre aveuglaient parfois quelques sabords, de façon à garder pour eux la solde des rameurs ainsi subrepticement économisés.

vers 1221-1234

L'ARMURIER

Et alors, tu t'assiéras sur mille écus pour lâcher ta crotte ?

LAVENDANGE

Oui parbleu, vieux gredin ! Et mon cul, tu crois donc que je le céderais pour le même prix ?

L'ARMURIER

Allons, soit, amène l'argent.

LAVENDANGE [*goguenard*]

Au fait, mon brave, elle me coince le croupion, emporte-la, je ne suis pas acheteur.

L'ARMURIER [*montrant une trompette*]

Et cette trompette, qu'est-ce que j'en ferai ? je l'ai payée soixante dans le temps.

LAVENDANGE

Verse du plomb, là dans le tube, et puis soudes-y par en haut une tige un peu longuette : ça te fera une espèce de surtout de table à coulisse [1].

L'ARMURIER

Ah là là ! tu te paies ma tête !

LAVENDANGE

Bon, une autre suggestion : verse du plomb comme je t'ai dit ; par ici, adapte un plateau attaché avec des ficelles : et voilà : ça te fera une balance à peser les figues pour les valets de ferme.

L'ARMURIER [*montrant des casques*]

Implacable destin, quel coup tu m'as porté

quand j'ai donné cent écus de ces casques ! que faire à présent ? Qui me les achètera ?

1. *Litt. : un cottabe.* C'était un plateau sur lequel, par un jeu de société pratiqué dans les banquets, on s'amusait à jeter du vin.

vers 1235-1252

LAVENDANGE

Va faire un tour chez les Marseillais, et vends-les-leur : c'est
tout à fait commode pour tourner l'aïoli [1].

L'ARMURIER

Hélas, mon vieux heaumier, nous voilà dans de beaux
draps !

LAVENDANGE

Mais rien n'est perdu pour lui !

L'ARMURIER

Et à quoi pourra-t-on faire servir les casques maintenant ?

LAVENDANGE

S'il apprend à leur faire des anses, comme ça [*Il montre ses
deux oreilles*] il s'en défera bien plus avantageusement qu'aujourd'hui [2].

L'ARMURIER

Allons-nous-en, va, tourneur de lances !

LAVENDANGE

Non pas ! je vais lui acheter ces javelines que voilà.

L'ARMURIER

Combien en donnes-tu ?

LAVENDANGE

Sciées en deux, je pourrais les prendre comme échalas, à un
écu le cent.

L'ARMURIER

On nous outrage ! En route, l'ami, déguerpissons !

[*Ils s'en vont tous trois*]

1. *Litt. : chez les Égyptiens... pour mesurer la « syrmea »*, plante dont
les Égyptiens usaient beaucoup pour ses vertus purgatives.
2. Parce qu'il les vendra comme marmites.

vers 1253-1264

LAVENDANGE [*leur faisant un signe narquois*]

Oui-da, car voici que les petits enfants des invités viennent pissoter ici dehors. Ce sont vocalises pour préluder à leurs chansons, je pense.

[*Appelant un des petits garçons qui vient de paraître*]

Voyons, qu'est-ce que tu comptes chanter, petit ? Viens près de moi, et trousse-moi [1] ça d'abord ici.

LE PETIT GARÇON [*chantant*]

« Attaquons donc notre cantique,
une fois encor, par l'éloge
de nos milices juvéniles ! »

LAVENDANGE

Halte-là ! Ne chante pas les milices juvéniles, triple chena-pan ! et juste le jour où c'est la paix ! Fichu nigaud que tu es !

LE PETIT

« Ils vinrent à portée, et ce fut la mêlée,
le choc des boucliers, des rondaches bombées... »

LAVENDANGE

Boucliers ? Vas-tu finir de nous parler boucliers ?

LE PETIT

« Lors montèrent ensemble
et les clameurs de deuil, et les cris de jactance... »

LAVENDANGE

Des clameurs de deuil ! Vin-dieu ! il t'en cuira de chanter des deuils, et bombés, avec ça !

LE PETIT

Mais qu'est-ce qu'il faut chanter, alors ? Dis-moi ce qui te fait plaisir.

1. Le grec ἀναβαλοῦ signifie à la fois retrousser (un vêtement) et entonner (une chanson).

vers 1265-1279

LAVENDANGE

Par exemple :
« Ils mangeaient des quartiers de bœuf »,
et puis des choses de ce goût-ci :
« Au dîner, on servit tous les mets les plus fins. »

LE PETIT

« Ils mangeaient des quartiers de bœuf
et ils déharnachaient le col
de leurs destriers en sueur :
la guerre, ils en étaient repus. »

LAVENDANGE

Bravo ! ils étaient repus de la guerre, et là-dessus, ils passaient à table. C'est ça, c'est ça, chante comme ils étaient repus en se mettant à table !

LE PETIT

« Quand ils eurent fini, alors, se sentant ivres... »

LAVENDANGE

Les braves gens, ma foi !

LE PETIT

« ... de rage [1], déferlant au-dehors des remparts,
ils lancèrent au ciel des cris inextinguibles... »

LAVENDANGE

Va-t'en à tous les diables, méchant galopin, avec tes guerres ! Tu ne chantes que les batailles ! Au fait, qui est ton père ?

LE PETIT

Moi ?

LAVENDANGE

Oui, toi, pardi !

---

1. Jeu de mots sur le double sens de θωρήσσομαι, « se cuirasser », qui en langue familière veut dire « se garnir l'estomac » ; cf. *Ach.*, v. 1133 n.

vers 1280-1290

LE PETIT

Vatenguerre[1].

LAVENDANGE

Pouah !
    Ah ! ça m'étonnait bien, aussi, à t'écouter,
    si tu n'avais été le fils d'un Clameguerre
        ou bien d'un Brameguerre !
Fous le camp ! va-t'en chanter pour les hallebardiers !

    [*L'enfant détale. Lavendange suffoque, et cherche ce
qui pourra le remettre d'aplomb. Soudain il a une idée*]

    Il me faut le mioche de Cléonyme[2]. Où est-il ?

             [*L'enfant se présente à point nommé*]

    Chante-moi un couplet avant d'entrer. Toi, je sais bien que
tu ne vas pas faire de l'esbroufe : ton père est un homme qui
sait prendre ses mesures.

LE FILS DE CLÉONYME

    « Un Thrace se pavane avec mon bouclier,
    ce harnais sans reproche auquel, sans le vouloir,
    aux abords d'un buisson j'ai faussé compagnie[3]... »

LAVENDANGE

Dis-moi, mon couillon, c'est pour ton père, ce couplet ?

LE FILS DE CLÉONYME

    « ... Mais j'ai sauvé ma peau...

    LAVENDANGE [*enchaîne en l'interrompant*]

                ... déshonorant ma race ! »

Allons, entrons. Je suis sûr et certain que ta chanson sur le
bouclier, il n'y a pas de danger que tu l'oublies, avec le père
que tu as !

1. Cf. *Ach.*, v. 566 n.
2. Cf. *Cav.*, v. 958 n.
3. Vers d'Archiloque, qui s'était enfui lors d'un combat contre les
Thraces.

vers 1290-1304

[L'enfant rentre. Des serviteurs apportent plats et corbeilles]

LAVENDANGE [*au Chœur*]

Ce qui vous reste à faire, à présent, vous que je retiens ici, c'est de croquer et mastiquer tout ça, et de ne pas moudre du vent[1]. Allons, à vos bancs, bravement, et travaillez des mâchoires, une, deux! Car des dents blanches, mes pauvres amis, ça ne sert à rien, si elles n'ont pas quelque chose à broyer!

LE CORYPHÉE

Nous en ferons notre affaire, mais tu es gentil de nous le dire. Allons, les affamés d'hier, à l'abordage de la gibelotte! Pensez! ce n'est pas tous les jours qu'il est donné de tomber sur des gâteaux égarés qui se promènent tout seuls. En foi de quoi, croquez, ou vous ne tarderez pas à avoir du regret, c'est moi qui vous le dis!

LAVENDANGE [*solennel, debout sur le seuil*]

Qu'on se recueille et qu'on amène ici dehors la fiancée! Prenez des torches! Que tout le monde fasse chorus à notre joie et à nos acclamations! Tous nos outils, à présent, il nous les faut rapatrier à la campagne, après avoir dansé, trinqué, flanqué dehors Hyperbolos,

　　et supplié les dieux : qu'ils accordent aux Grecs
　　　　　l'opulence! Oui à nous tous,
　　　　　autant les uns que les autres,
　　　　　qu'ils nous fassent récolter
　　　　　beaucoup de vin, beaucoup d'orge
　　　　　et des figues à brouter!
　　　　　que nos femmes nous fabriquent
　　　　　des marmots; et que la gerbe
　　　　　de tous les bonheurs perdus
　　　　　nous revienne dans les bras,
　　　　　sans en excepter un seul!
　　　　　A bas les lueurs d'acier!

---

1. *Litt. : tirer la rame dans le vide*, sans mordre sur l'eau; l'image se continue dans les vers suivants.

vers 1305-1328

[*A Trésor-d'Été*]

Viens, partons à la campagne,
viens, ma tendre épouse ! et puis
songe à me donner, mignonne,
une mignonne nuitée !
Noces, noces de liesse !

[*Un joyeux cortège se forme et emmène Lavendange,
porté sur les épaules de ses amis*]

LE CORYPHÉE

O heureux, trois fois heureux !
Comme elles sont méritées
les joies dont tu es nanti !
noces, noces de liesse !

LE CHŒUR

Noces, noces de liesse !

LAVENDANGE

Qu'allons-nous lui faire à elle ?

LE CHŒUR

Qu'allons-nous lui faire à elle ?

LAVENDANGE

Nous allons la vendanger.

LE CHŒUR

Nous allons la vendanger !

LE CORYPHÉE

Allons, camarades, nous
qui sommes au premier rang
soulevons le fiancé
portons-le sur le pavois !
Noces, noces de liesse !

vers 1329-1344

LE CHŒUR

Noces, noces de liesse !

LAVENDANGE

Ah ! vous aurez au foyer
vie gentille et sans tracas,
passée à cueillir fleurette [1]
Noces, noces de liesse !

LE CHŒUR

Noces, noces de liesse !

LE CORYPHÉE

Son fleuron à lui est gros et dodu !
Sa fleurette à elle est douce et tendrette !

LAVENDANGE

Tu m'en diras des nouvelles,
quand tu te gobergeras
en buvant force rasades !
Noces, noces de liesse !

LE CHŒUR

Noces, noces de liesse !

LAVENDANGE [*au public*]

Bonsoir, bonsoir les amis !
Suivez le chemin que j'ouvre :
vous allez être gâtés
        de gâteaux !

---

1. *Litt. : à cueillir des figues.* Le mot grec prête à des équivoques
gaillardes, qui m'ont dicté la transposition que j'ai tentée.

vers 1345-1359

VIE D'ARISTOPHANE

490. Bataille de Marathon.

480. Bataille de Salamine.

Vers 445 ? Naissance d'Aristophane.

444-429. Périclès gouverne Athènes.

435-432. Prodromes de la guerre du Péloponnèse.

430. Peste d'Athènes.

427. *Les Banqueteurs* (Δαιταλῆς), comédie perdue.

426. *Les Babyloniens* (Βαβυλώνιοι), comédie perdue.

425. *Les Acharniens* ('Αχαρνῆς).

425. Prise de Sphactérie par Cléon.

424. *Les Cavaliers* ('Ιππῆς).

423. *Les Nuées* (Νεφέλαι).

422. *Les Guêpes* (Σφῆκες).

422. Mort de Cléon et de Brasidas à Amphipolis.

421. *La Paix* (Εἰρήνη).

421. Paix de Nicias, entre Athènes et Sparte.

415. Expédition athénienne en Sicile.

414. *Les Oiseaux* ('Όρνιθες).

413. Désastre athénien en Sicile.

411. *Lysistrata* (Λυσιστράτη).

411. *Les Thesmophories* (Θεσμοφοριάζουσαι).

405. *Les Grenouilles* (Βάτραχοι).

404. Défaite d'Athènes ; gouvernement oligarchique des Trente.

399. Mort de Socrate.

392. *L'Assemblée des femmes* ('Εκκλησιάζουσαι).

388. *Plutus* ou *L'Argent* (Πλοῦτος).

387. *Cocalos* (Κώκαλος), comédie perdue.

385. *La Cuisine d'Éole* (Αἰωλοσίκων), comédie perdue.

Vers 380 ? mort d'Aristophane.

Impression Bussière à Saint-Amand (Cher),
le 13 janvier 1987.
Dépôt légal : janvier 1987.
Numéro d'imprimeur : 2671.
ISBN 2-07-037789-X./Imprimé en France.

39675